KiWi

1614

DAS BUCH

Sara hat sich von ihrem Mann Johan scheiden lassen und teilt sich mit ihm das Sorgerecht für die Kinder. Diese leben alle zwei Wochen bei ihr, wobei Sara sowohl die Zeit mit den Kindern als auch die Zeit ohne sie genießt. Doch das Leben als alleinstehende Mutter ist komplizierter als angenommen. Eine Mutter, die ihre emotionalen und sexuellen Bedürfnisse pflegt, passt nicht in das gesellschaftliche Bild. Sara stößt sogar im engeren Bekanntenkreis auf Unmut. Bei ihren Freundinnen Misha und Lena, die beide ebenfalls geschiedene Mütter sind, findet sie Verständnis. Gemeinsam diskutieren sie über die Auswirkungen des Patriarchats auf das Leben der Frauen in einer nur vermeintlich gleichgestellten Gesellschaft, die erwartet, dass die Frau, gerade wenn sie geschieden ist, in erster Linie Mutter ist und sich entsprechend verhält.

DIE AUTORIN

Maria Sveland, geboren 1974, absolvierte ein Studium am Institut für Film- und Fernsehwissenschaften in Stockholm und arbeitet seitdem als TV- und Hörfunkjournalistin. »Bitterfotze«, ihr erster Roman, sorgte in Schweden für großes Aufsehen und stand wochenlang auf den Bestsellerlisten. Auch in Deutschland wurde der Roman heiß diskutiert und über 30 000 Mal verkauft.

DIE ÜBERSETZERIN

Regine Elsässer übersetzt seit vielen Jahren aus dem Schwedischen, Dänischen und Norwegischen und lebt in Mannheim.

Maria Sveland

IMMER NOCH BITTERFOTZE

Roman

Aus dem Schwedischen
von Regine Elsässer

Kiepenheuer & Witsch

MIX
Papier aus verantwortungsvollen Quellen
FSC www.fsc.org
FSC® C083411

Verlag Kiepenheuer & Witsch, FSC®-N001512

1. Auflage 2019

Titel der Originalausgabe Bitterfittan 2

Aus dem Schwedischen von Regine Elsässer

Umschlaggestaltung Barbara Thoben, Köln
Umschlagmotiv © Getty Images/Debrocke/ClassicStock
Gesetzt aus der Sabon LT Pro
Satz Dörlemann Satz, Lemförde
Druck und Bindung CPI books GmbH, Leck
ISBN 978-3-462-05200-8

»Als Kind war mir klar, dass das Leben nicht lebenswert wäre, wenn man keine Liebe erlebte. Ich wünschte, ich könnte bezeugen, dass diese Erkenntnis auf der Liebe, die ich in meinem Leben erfahren habe, beruht. Aber es war die Abwesenheit von Liebe, die mich begreifen ließ, wie viel sie bedeutet.«

bell hooks, *All About Love*

Gespräch mit einer Zeitungsredakteurin

Ich schrieb über eine Frau, die mehrere liebte
und sich nicht dafür schämte.
Ich erfand eine Geschichte ohne glückliches Ende
sie war nicht jung und
nahm es nicht so genau.
»Aber ist doch ziemlich erbärmlich!«
  sagte die Redakteurin
sie war hübsch und blond und hatte drei Kinder und
einen Mann, der war Flugkapitän.
Ich konnte ihr nicht erklären, das Leben,
das ist ziemlich erbärmlich, wirklich.
Für die meisten ist es nicht besonders
nicht sehr schön oder wohlriechend
und man scheißt darauf, den Tisch hübsch zu decken.

Kerstin Thorvall, *Följetong i skärt och svart / Feuilleton in Rosa und Schwarz,* 1971

Ich hörte ihn aus dem Badezimmer, er ließ etwas auf die Fliesen fallen, ein hartes, metallisches Geräusch. Kurze Stille, dann fing er an zu singen, Doris Days *Que Sera, Sera*.

Typisch Amerikaner, laut und zwanghaft optimistisch. Der feste Glaube, dass alles gut wird. Ich hob meine Hand und sah, dass sie immer noch zitterte, wie vor einer viertel Stunde, und als ich das Weinglas zum Mund führte, verschüttete ich Wein auf meine Jeans. Ein rosa Fleck auf meinem Oberschenkel. Alles wird gut. Oder auch nicht. Warum hatte ich ihn hierher eingeladen? Einen Mann, den ich nur einmal gesehen hatte. Was hatte ich gesagt, was er? Irgendwie war es passiert, er hatte ein Ticket gekauft, sich ins Flugzeug gesetzt und war den weiten Weg von Los Angeles nach Capri gereist. Und jetzt stand er im Badezimmer des kleinen Hauses und sang Doris Day.

Die arme Doris Day. Sie hätte sich nicht mit Qué será, será begnügen sollen. Sie hätte auf der Wahrheit bestehen sollen. Dann wäre sie vielleicht nicht von ihrem Mann Marty angeschmiert worden, der sie verschuldet und pleite sitzenließ.

Hatte ich in meiner Mail geschrieben, dass er willkommen wäre? Wirklich? Jedenfalls hatte er geantwortet, danke, wie nett. Ich komme. Und ich konnte niemandem die Schuld geben, weder meiner Mutter noch Doris Day, noch schlechter Erziehung oder dem Zufall.

Ich habe mich ganz allein in diese Situation gebracht, in der ein unbekannter Mann gerade duschte und sich für unsere Begegnung frisch machte.

Wäre ich doch nur ein bisschen mehr wie Doris Day.

Nein. Doch. Nein. Doch. Nein. Doch.

Manchmal dachte ich, ich weiß, was ich will, aber dann bereute ich es gleich wieder und wollte doch nicht mehr.

Er würde Sex haben wollen. Zum Beispiel. Wollte ich das? Zum Beispiel. Ich wusste es nicht. Mama, bitte, Hilfe! Doris? Sonst jemand?

Die Badezimmertür ging auf, und David kam mit einem Handtuch um die Hüfte heraus. Er stellte sich vor mich und ließ es zu Boden gleiten. Sein Penis zeigte steil nach oben, auffordernd und selbstverständlich. Die Eichel schmückte ein gigantisches Piercing, ein dicker schwarzer Ring aus Plastik, ich wollte mir wirklich nicht vorstellen, wie es gewesen sein musste, den da anzubringen. Auch die Brustwarzen waren mit Silberringen gepierct, die Lenden zierten zwei tätowierte Sterne. Ich schloss meinen offenen Mund und versuchte, eine lässige Miene aufzusetzen. So überrascht zu werden war der Preis, den man bezahlen musste, wenn man zu schnell mit unbekannten Leuten intim wurde.

Er lächelte, zog mich an sich, drückte meine Oberarme, als wollte er meine Kraft messen. Dann hob er sie an und zog mir das T-Shirt über den Kopf. Er beugte sich vor und küsste meine Brüste. Das machte mich erst müde, dann froh.

Plötzlich ging er in die Knie, machte meine Jeans auf und zog sie mit dem Slip über die Hüfte. Er schaute mich an, seufzte und strich sanft über meine Vulva, dann beugte er sich vor und ließ seine Zunge ins Feuchte gleiten.

Ich schaute aus dem Fenster und versuchte, ein Gefühl zu finden. Ein Gärtner ging draußen vorbei, und ich hob automatisch die Hand zum Gruß. Er zog die Brauen zusammen und erwiderte ihn zögernd. Ich lächelte breit, um zu zeigen, was für ein netter Mensch ich war. Erst als er weiterging und den Kopf schüttelte, wurde mir klar, warum er so erstaunt geschaut hatte.

Ich schaute auf Davids dunkle Locken hinunter, sie bewegten sich zwischen meinen Beinen hin und her. Schauder aus Wohlbefinden und Scham zuckten durch meinen Körper. Ich schloss die Augen und dachte an Doris Day.

Es war in Stockholm, es war Januar, es war 2010, und es begann mit einem Bild.

Natürlich begann nichts mit einem Bild, es hatte alles viel früher angefangen, vor langer Zeit. Kleine, banale Ereignisse, die jedes für sich ohne Bedeutung waren, zusammen jedoch eine Geschichte ergaben.

Dennoch, wir behaupten einfach, dass alles mit einem Bild begann.

Ich hatte ein Stipendium vom Journalistenverband bekommen, unerwartetes Geld, nicht viel, aber genug, um die Möglichkeit zu haben, *etwas Besonderes zu machen*. Was, war noch nicht klar.

Es war, kurz bevor Johan und ich beschlossen, uns scheiden zu lassen. Ich war frustriert, müde und elend. Eines Tages rief eine Freundin an und sagte, eine Bekannte habe ein Bild gemalt, bei dessen Anblick sie an mich habe denken müssen. Sie mailte ein Foto, ich musste lachen, als ich das Bild sah, eine verwirrte Ballerina, die in einer ewigen Drehung feststeckte und sich fortpflanzte, sodass hundert kleine Schattenballerinen das Bild bedeckten. Die Ballerinen hatten unterschiedliche Gesichtsausdrücke, sie schauten freudig, verwirrt, grotesk, traurig, gleichgültig. Erst lachte ich, dann kamen mir die Tränen. Zu jener Zeit weinte ich viel und oft, besonders abends, wenn die Kinder schliefen und Stille in der Wohnung herrschte.

Ich schloss mich dann meistens ins Badezimmer ein und ließ heißes Wasser in die Wanne laufen. Von der Wärme umschlossen, konnte ich in Ruhe schluchzen und das Leben betrauern, das an mir vorbeiging, und dass ich den Absprung vom Karussell nicht fand, von dem mir übel wurde und das mich verzweifeln ließ.

Ich schnäuzte mich, mailte der Freundin und fragte, was das Bild kostete. Ich dachte an das Geld, das ich gerade bekommen hatte. Meine Freundin antwortete, sie würde sich erkundigen, und nach ein paar Tagen schrieb sie, ich könne das Bild kaufen, für den Betrag, den ich mir leisten konnte, und das war genau die Summe des Stipendiums.

Es war Ende Januar. Das ist der Monat, in dem meine Augen sich immer zu schmalen misstrauischen Schlitzen verengen und die Müdigkeit erbarmungslos zuschlägt, ein Leben wie im Nebel. Ich habe den Januar schon immer gehasst, auch zu Zeiten, als ich gut drauf war. Im Januar auch noch depressiv zu sein, das ist unerträglich. An einem dieser tristen Tage rief meine Freundin an und sagte, sie und die Künstlerin und einige Freunde aus Los Angeles seien zu Besuch in der Stadt, und ich sollte dazukommen, denn die Künstlerin würde gerne die einzige Person, die ein Bild von ihr gekauft hatte, treffen. Nach dem Abendessen mit Johan und den Kindern traf ich meine Freundin und die Künstlerin in einer Kneipe, dabei waren auch die beiden Amerikaner David und Shakira. David streckte die Hand aus und lachte breit. Braune Augen, eingerahmt von einem feinen Muster aus Lachfältchen. Er trug einen weinroten Anzug im Stil der Sechziger und eine türkisblaue, schräge Dame-Edna-Brille. Shakira trug Frauenkleider und ein kräftiges Make-up, das farblich zur regenbogenfarbenen Boa passte. Ich nahm an, dass sie ein Paar waren. Vielleicht konnte ich mich deshalb so leicht den ganzen Abend mit ihnen unterhalten? Keine sexuelle Aufladung, kein erotisches Spiel.

Ich merkte schon, dass David gerne in meiner Nähe sein wollte, er bat sogar meine Freundin, den Platz zu tauschen, damit er neben mir sitzen konnte, aber ich interpretierte das als ganz normales Interesse an einem neuen Menschen, mit dem man sich unterhalten möchte.

Es war ein unterhaltsamer Abend, und ich schlief ein mit einem Seufzer, dass solche Stunden so selten waren. Anregend und verlockend, wie das Leben auch sein kann. Am nächsten Morgen, als ich ins Büro kam, hatte David eine Mail geschickt.

> Sara!
> I very much enjoyed your company last night. Brilliant, passionate, outspoken, tough, and gorgeous and dimples, too? Impressive. Since I'm American, I hope I'm allowed to be bombastic and forward in a way that is completely irreverant to Swedish cultural protocol: you're hot and I want to see you again. Tonight.
> D

Ich las die Mail immer wieder und schämte mich, weil man mir offenbar so leicht schmeicheln konnte. Mein Herz klopfte, und ich bekam rote Wangen. Ich fühlte mich wieder wie vierzehn, ging in die Personalküche und trank ein großes Glas Wasser, in der Hoffnung, dass es mich abkühlen würde. Es half nichts. Mein Inneres brüllte vor Sehnsucht. Ich versuchte zu arbeiten, es zu verdrängen, ich ging aufs Klo, holte eine Tasse Kaffee, beantwortete alle Mails. Schuldbewusst schickte ich Johan eine SMS. Wie sehr ich ihn liebte. Das war nicht wahr, und es half auch nicht gegen das brüllende Verlangen, das weiterhin dazwischenfunkte. Die Wahrheit war, ich hätte fast alles getan, um David noch am selben Abend zu treffen. Und doch setzte ich mich hin und schrieb eine folgsame Mail zurück.

David, You make me blush – as a Swede I'm not used to bombastic manners or big words. Wish I could meet you tonight but I'm afraid I'm going to be stuck at home with my children …
I had a great time yesterday and enjoyed meeting you and the others and if I ever run away from my family / home I'll definitely come visit you in Los Angeles!
All the best,
Sara

Es dauerte nur ein paar Sekunden, bis es Pling machte.

Well, I suppose that being a responsible parent is an acceptable reason. We'll let it slide this time … Looking forward to you running away from home some day for at least a short visit.
XO

Den Rest des Tages versuchte ich, mich auf die Arbeit zu konzentrieren, dabei hatte ich die ganze Zeit eine Vorahnung, dass sich von nun alles verändern würde. Ein Stein war ins Rollen gekommen.

Johan und ich waren seit einer Ewigkeit zusammen. Wir lernten uns kennen, als wir zu jung waren. Wurden erwachsen, wuchsen zusammen. Mit der Zeit entwickelte sich ein Knäuel, eine historische Unendlichkeit, sodass ich nicht mehr wusste, wo ich anfing und er aufhörte. Vollbekleckert von emotionalen Schmutzflecken. Die letzten Jahre, seit wir Kinder hatten, waren wir ungefähr alle zwei Jahre in eine Familientherapie gegangen, das half ein bisschen, und wir hielten uns über Wasser. Im Nachhinein kann man leicht die Muster sehen, die nie deutlich genug hervortreten, wenn man zu nah dran ist. Natürlich waren wir auf dem Weg zur Trennung. Wir brauchten nur noch eine Kleinigkeit, damit einer den ersten Schritt machte. David wurde diese Kleinigkeit.

David und ich begannen uns zu schreiben. Er schickte ein Foto von sich, nackt, nur mit einem rosa Pelz bekleidet.

Speaking of things I love which are impractical, I wanted to send you a photo (which is what you do when you are pen-pals, especially when you think the other one is really cute and want them to like you), so I thought I'd send one of this new impractical fur coat I got. It's so effeminate and campy that I can't get over it. I bought it at this store that sells clothes only to strippers and porn stars and hookers. (And to me, too, I guess.) The nice thing is that in LA you can wear stuff like this and get away with it. You're political and opinionated. So, do you have issues with fur? If so, I would be honored for you to be the first person to throw blood on my coat when I'm at some music-industry event. Or red paint. I don't know what's cool these days when it comes to that sort of thing. We could consult Wikipedia?

Er brachte mich zum Lachen, trotz Januar. Ich antwortete, und plötzlich schrieben wir uns fast jeden Tag. Erzählten von unserem Leben, unseren Sehnsüchten, unserer Kindheit und den zerbrochenen Beziehungen, so ehrlich, wie man nur gegenüber einem völlig Unbekannten sein kann, der sich zudem noch auf der anderen Seite des Atlantiks befindet.

Der Stein war ins Rollen gekommen, und eines Abends, als Johan und ich ausnahmsweise einmal einen Babysitter hatten und zusammen essen gingen, war das Schweigen zwischen uns so quälend und unerträglich, dass ich anfing zu weinen. Es war ein etwas besseres italienisches Restaurant, und wir saßen zum Glück an einem einzelnen Tisch in einer Ecke. Nur Johan konnte meine Tränen sehen.

»Was hast du denn?«, fragte er.

Ich versuchte durch die Tränen zu antworten. Ja, was war eigentlich los? Warum war ich die ganze Zeit so traurig? Zu den unpassendsten Gelegenheiten fing ich plötzlich an zu weinen. Die ständige Zermürbung und Frustration, Menschen, die dem Tode nahe sind, beschreiben oft, dass ihr Leben in kurzen Bildern an ihnen vorbeiflimmert, ein Resümee, *dies war dein Leben, jetzt stirbst du.* In dem Restaurant, als ich in Johans schöne, traurige Augen schaute, erlebte ich so etwas Ähnliches. Ich sah den Abend, als wir uns zum ersten Mal getroffen hatten. Unsere erste Nacht zusammen. Wie wir in unsere erste gemeinsame Wohnung einzogen, jeder mit einem Koffer und einem Karton mit Hausrat, ohne Möbel. Der Abend, als wir auf dem Boden saßen, Rotwein tranken und uns ein Hähnchen mit Pommes teilten. Die Abendsonne zeichnete einen Kreis auf den Boden, das war ein Zeichen für mich. Wir wurden gesehen, die Mächte des Universums leuchteten, und wir waren auserwählt, uns zu lieben. Ich sah, wie unsere drei Kinder geboren wurden. Ich weinte vor Erleichterung und Glück. So nah kann man einander nur sein, wenn man vorher große Schmerzen und Angst durchlebt hat. Ich sah unsere unaufgeräumte Wohnung. Überall Spielsachen und Schmutzwäsche. Brotkrümel und eingetrocknete Essensreste unter dem Tisch. Unser Ärger und unsere Kleinlichkeit. Streit bei IKEA. Ich wollte immer mehr Sachen kaufen als Johan. Er bremste. Ein durchgängiges Muster in unserer Beziehung. Ich wollte immer mehr, von allem. Ich sah, wie der Abstand zwischen uns größer wurde, wie wir keine Worte mehr hatten. *Ich habe nichts mehr zu sagen. Scheiß drauf. Gute Nacht.* Ich sah unsere vielen Jahre zusammen, unser ganzes Leben vorbeiflimmern. Und dann schluckte ich und sagte die Worte, die ich auch vor mir selbst kaum auszusprechen wagte. Ich möchte mich trennen.

Einfach so. Eben noch war alles wie bisher, ich war traurig, wie meistens, wir schwiegen, wie meistens, und ungeachtet aller Gedanken hätte sich nichts verändert, wenn dieser Gedanke nicht ausgesprochen worden wäre. Erst so wurde es real. Es auszusprechen bedeutete, sich einen Abhang hinabzustürzen. Also ließen wir uns scheiden. Binnen weniger Wochen verkauften wir unsere Wohnung, und jeder kaufte sich eine neue.

Alles, was ich über die Liebe wusste, hatte ich von Johan gelernt. Er war meine erste und größte Liebe, mein bester Freund. Mein Lebenskamerad. Der immer an mich glaubte, mich tröstete, mich unerschütterlich liebte, auch wenn ich ihn in schwarzen Anfällen von Zweifel und Selbstverachtung von mir wegstieß. Ich war neunzehn, als wir zusammenkamen, jetzt war ich fünfunddreißig und hatte noch nie allein gelebt. Meine Teenagerzeit hatte aus einer Reihe von Jungs bestanden, die einander ablösten.

Jetzt war es an der Zeit, sich nicht länger hinter einer Beziehung zu verstecken. Sich zu trauen, herauszufinden, wer diese fünfunddreißigjährige Mutter von drei Kindern war. Ernsthaft.

Mein Inneres war ein Wirrwarr aus Gefühlen, die miteinander stritten. Manchmal war ich voller Zuversicht, dass alles funktionieren würde. Irgendwie. Es musste funktionieren. Dann wieder war ich so aufgeregt und voller Ängste, dass ich nicht schlafen konnte und die ganze Nacht Erica Jongs *Angst vorm Fliegen* lesen musste. Und wieder die Scham, dass ich mich nicht begnügen konnte.

Die Sehnsucht nach mehr, etwas anderem, egal was, nur nicht das. Ich wusste, dass Johan gut war. Vermutlich würde ich nie wieder so einen netten, sympathischen, klugen und herzlichen Mann treffen. Solche Männer waren selten, weil das Scheißpatriarchat und die sexistische Sozialisierung die meisten Männer zu leicht empathielosen, selbstzentrierten, schweigsamen, langweiligen, nicht tanzenden, freudlosen Kopien von uns Frauen gemacht hatte. Aber trotz besseren Wissens klopfte mein Herz fest und bestimmt. Ich wollte mich scheiden lassen. Ich würde mich scheiden lassen. Ich würde ökonomisch schlechter gestellt sein, eine kleinere Wohnung haben, würde alle zwei Wochen allein mit unseren drei Kindern leben, ein Gedanke, der mich entsetzte. Und zudem würde ich die Menschen, die ich am meisten liebte, enttäuschen. Johan, Sigge, Stella, Harry. Von meinem Umfeld gar nicht zu reden. Meine Freunde, Bekannten, Geschwister und meine Mutter. Für meine Mutter war es am schlimmsten.

Dass ich mich von Johan scheiden lassen wollte, war der endgültige Beweis dafür, dass sie mit mir versagt hatte. Ich war eine verwöhnte Gans, die nicht wusste, was gut für sie war. Die ohne Not das Leben zerstörte, von dem andere Frauen nur träumen konnten. Trotz allem, ich wollte es. Ich hatte die Worte ausgesprochen, jetzt würde es geschehen. Ich würde mich scheiden lassen.

Eines Morgens Anfang März stand ich auf dem Bahnsteig und drängte mich mit aufgeregten, gestressten Menschen in einen Zug. Es herrschte Schneechaos, die Züge waren mehrere Stunden verspätet. Aus allen Gesichtern war Panik zu lesen, auch aus meinem, wenn auch aus einem anderen Grund. Im Gegensatz zu allen anderen hoffte ich, dass durch das Schneechaos auch dieser Zug ausfallen würde. Ich war auf dem Weg nach Hause nach Västerås, um meiner Mutter zu erzählen, dass wir beschlossen hatten, uns scheiden zu lassen, und ich fürchtete mich vor ihrer Reaktion, und in diesem Moment, im Schneechaos, als die Entscheidung noch neu und zerbrechlich war, wusste ich, dass es mir weh tun würde. Ich konnte nicht auch noch ihre Gefühle übernehmen, meine waren schon schlimm genug. Ich hatte all meinen Mut zusammennehmen müssen, um diesen Beschluss zu fassen, und viel war nicht übrig geblieben. Aber ich konnte einsteigen, und der Zug war sogar pünktlich, vermutlich der einzige an diesem Tag.

Ein Stunde später umarmte ich meine Mutter am Bahnhof. Wir fuhren nach Hause, sie kochte Kartoffeln und Fleisch wie immer, dazu tranken wir Wein aus dem Karton und redeten über alles und nichts. Wie geht es den Kindern? Gut. Wie ist es auf der Arbeit? Auch gut. Ich suchte fieberhaft nach anderen Gesprächsthemen und spielte mit dem Gedanken, es einfach nicht zu sagen.

Vielleicht war es besser, ihr hinterher eine SMS zu schicken? Oder ich könnte meine Schwester bitten, sie anzurufen und es ihr zu erzählen? Schließlich wurde es still, Mama zog den Weinkarton zu sich und melkte auch noch den letzten Tropfen aus dem Plastikschlauch. Ich beobachtete ihre Hände, holte schließlich tief Luft und erzählte es.

Ich betrachtete ihr Gesicht. Der zusammengekniffene Mund wurde zu einem schmalen Strich, ich wartete auf die Worte, die nicht kamen. Keine Frage, kein Trost, kein Aufschrei, nichts. Aber die Augen glänzten, ich sah, dass sie sich Mühe gab, nicht zu weinen. Ich erschauderte vor Enttäuschung und starrte auf einen Fleck Soße, den ich auf den Tisch gekleckert hatte. Als ich aufsah, stand sie auf und ging auf den Balkon, um zu rauchen. Die Glut schwebte wie ein verlorener Stern in der Dunkelheit, und jetzt konnte ich das Weinen nicht mehr zurückhalten. Als sie wieder hereinkam, war ich wütend.

»Warum sagst du denn nichts?«

Ihre Augen glänzten, aber der Mund war immer noch ein harter Strich. In diesem Moment hasste ich sie.

»Ja, also, ich mach mir doch Sorgen, wie du zurechtkommen wirst. Finanziell und so. Und was sagen die Kinder?«

Obwohl ich auf diese Art von Reaktion vorbereitet war, wurde ich wütend.

»Kapierst du denn nicht, dass ich mir auch um genau diese Dinge Sorgen mache? Ich brauche deine Unterstützung, nicht deine Sorgen!«

Sie steckte sich noch eine Zigarette an, diesmal im Zimmer, und zog den Rauch ein, immer noch ohne etwas zu sagen. Wie schon so oft gab ich auf. Ich war so müde, dass ich nicht mehr denken konnte, mein Mund wurde zum gleichen harten Strich wie bei meiner Mutter, ihr Schweigen wurde mein Schweigen. Nach ein paar Minuten stand ich auf und ging schlafen, ohne ein Wort zu sagen. Schlaflos versuchte ich, meine Gefühle zu ordnen. Ich war wütend, aber vor allem die Einsicht, wie arm dran ich war, tat weh. Keine Mutter zu haben, die einen trösten und unterstützen konnte, wenn man es am allermeisten brauchte, entlarvte meine Armseligkeit.

Ich wachte früh am nächsten Morgen auf und packte schnell zusammen, damit ich möglichst früh einen Zug zurück nach Stockholm bekam. Aber wie der Teufel es wollte, traf das Schneechaos an diesem Tag die Strecke Västerås–Stockholm. Es fuhr kein Zug, Panik ergriff mich. Ich sah vor mir, wie ich für alle Ewigkeit in Västerås bleiben musste. Bei meiner Mutter einziehen musste. Kartonwein jeden Freitag, vielleicht jeden Abend. Bald würde ich alkoholabhängig sein. Und fleischvergiftet. Oh, mein Gott! Das Leben zog an mir vorbei, mir wurde übel, ich hielt Ausschau nach einem Papierkorb, in den ich zur Not kotzen konnte. Mit zitternden Fingern holte ich das Telefon aus der Tasche und rief Misha an. Sie antwortete fröhlich, im Hintergrund hörte man den Lärm der Redaktion. Eifrige Stimmen, Telefone und das Surren der Kaffeemaschine. Ihre fröhliche Stimme brachte mich zum Weinen.

»Misha, du musst kommen und mir helfen!«

Ihre Stimme wurde gleich ernst.

»Was ist los? Wo bist du?«

Schniefend versuchte ich, ihr alles zu erklären. Mutter.

Västerås. Kartonwein. Schneechaos. Misha unterbrach mich.

»Schatz, ich komme gleich. Jetzt setzt du dich erst mal in ein Café und holst dir einen Kaffee und ein Brötchen. Ich bin in etwa einer Stunde bei dir.«

Ich blieb auf der Bank sitzen und wartete, bis ich mich beruhigt hatte. Durch die Tränen hindurch versuchte ich, bekannte Gesichter unter den Menschen am Bahnhof auszumachen, aber alle, die höflich in eine andere Richtung schauten, waren mir unbekannt. Ich war einfach nur eine fremde weinende Frau mit einem Nervenzusammenbruch an einem Bahnhof.

Nach einer Weile versiegten die Tränen, und ich zog um ins Bahnhofscafé, holte mir einen Kaffee und ein Käsebrötchen und ließ mich an einem der hässlichen Tische nieder.

Etwa eine Stunde später kam Misha. Sie hatte ihre kleingelockten schwarzen Haare zu einem Knoten zusammengebunden, ein langer türkisgrüner Schal flatterte hinter ihr her, als sie mit großen Schritten durch den Bahnhof kam. Sie sah aus wie eine Mischung aus Grace Jones und Lisa Bonet, Disco trifft auf Oberschichtsbohemien. Misha war die einzige Frau, die ich kannte, die sich Kleiderkombinationen erlauben konnte, die bei anderen komplett wahnsinnig ausgesehen hätten. Einmal waren wir in einer Bar verabredet, sie kam im Sportdress, hohen Stiefeln und mit einer großen kunstvollen Silberkette über dem T-Shirt, und doch sah sie aus wie eine glamouröse Disco-Queen.

Als Adoptivtochter aus Äthiopien, die in Djursholm aufgewachsen war, hatte sie schon früh ihre Andersartigkeit zum Markenzeichen gemacht. Damals gab es in dieser feinen Gegend nicht viele dunkelhäutige Menschen. Anders zu sein war ihr Normalzustand, deshalb erlebten viele sie oft als hart und dominant. Ich kannte sie so gut und wusste, dass es darunter ein großes Herz voller Zuneigung und Sorge für ihre Nächsten gab.

Bei ihrem Anblick musste ich wieder weinen. Ihre Haltung war so stolz und ungebeugt, zwei riesige Goldringe schaukelten wild an den Ohren. Ich wusste, was es hieß, die Arbeit in der Redaktion zu verlassen, wahrscheinlich war sie mitten in etwas drin gewesen, als ich anrief. Sie bemerkte mich, kam auf ihren hochhackigen Stiefeln schnell auf mich zu und nahm mich in die Arme. Jetzt weinte ich hemmungslos.

»Komm, meine Kleine. Wir fahren nach Hause.«

Sie nahm meine Hand und führte mich zum Auto. Ich erzählte von meiner Mutter. Misha hörte zu und stieß hin und wieder kleine wütende Laute aus.

»Was ist nur mit dieser Generation von Frauen los? Die sollen sich ein bisschen zusammenreißen.«

Misha hatte sich vor einem Jahr scheiden lassen, und das hatte bei ihrer Mutter zu einer Lebenskrise geführt. Monatelang hatte Misha sie trösten und ihr versichern müssen, dass alles gut werden würde.

»Es war, als hätte meine Trennung sie an ihre eigene unglückliche Ehe erinnert. Als wäre erst dadurch der unbearbeitete Frust, dass sie selbst sich nicht hatte scheiden lassen, hochgespült worden. Trotz seiner ständigen Seitensprünge und Abwesenheit. Eigentlich verstand ich nicht, wovor sie eigentlich Angst hatte, denn faktisch hatte sie uns allein aufgezogen. Sie hätte also sehr gut wissen können, dass man ausgezeichnet leben kann ohne einen Mann«, sagte Misha.

»Ist das nicht typisch für die Oberschicht?«, fragte ich. »Dass du weiter verheiratet bleibst, trotz Untreue und schlechter Beziehung, und dass du einen unausgesprochenen Vertrag brichst, wenn du dich scheiden lässt?«

Wie immer, wenn wir auf das Thema soziale Schichten zu sprechen kamen, war Misha nicht meiner Meinung, sie verzog das Gesicht und runzelte die Stirn.

»Ich weiß nicht, ob das was mit der Schicht zu tun hat. Deine Mutter hat doch auch erfahren, dass das Leben besser wurde nach der Scheidung, und dennoch reagierte sie so negativ, als du davon erzählt hast.«

»Schon, aber ich denke doch, dass Status und das, was man nach außen hin zeigt, in der Oberschicht wichtiger sind, während es bei der Reaktion meiner Mutter vor allem die Sorge um meine wirtschaftliche Situation ist und das totale Unverständnis, dass ich mich gegen einen Mann wie Johan entscheiden kann, der ja im Vergleich zu meinem Vater ein Heiliger ist.«

Misha seufzte.

»Du musst immer alles zu einer Schichtfrage erklären. Zum Teufel auch, eine Scheidung löst in allen Schichten Sorgen aus.«

»Vielleicht«, sagte ich und schaute in die vorbeifliegende Landschaft. Schneebedeckte Felder und Häuser, in denen Kleinfamilien jetzt liebten, stritten, glücklich waren oder Angst hatten. Woher hatten sie die Geduld, das auszuhalten? Und warum konnte ich nicht still im Boot sitzen? Sobald es nur ein kleines bisschen schaukelte, bildete ich mir ein, dass ein Sturm aufzog und es besser war, ins Wasser zu springen und an Land zu schwimmen. Unter Einsatz meines Lebens. Andererseits war es doch möglich, dass ich überleben würde und auf der Insel, zu der ich geschwommen war, etwas Neues aufbauen könnte.

»Also mal ganz im Ernst«, sagte Misha und senkte die Stimme. »Das erste Jahr ist ziemlich scheiße. Alles ist neu und schrecklich, aber auch wunderbar und voller Möglichkeiten, wenn du verstehst, was ich meine. Wenn du dich ein bisschen anstrengst, wirst du es schaffen. Und auch wenn deine Mutter im Moment nicht die allerbeste Stütze ist, hast du jede Menge andere Menschen um dich herum.«

»Ich weiß«, sagte ich und zog die Nase hoch.

»Und wenn man deine Mutter mit freundlichen Augen betrachten will, kann man ihre Reaktion als Angst deuten. Wahrscheinlich macht sie sich total Sorgen, wie alles werden wird, und dann hat sie halt eine unglückliche Art, das auszudrücken.«

»Ja, ich weiß«, sagte ich, wischte die Tränen ab und dachte an meine Mutter. Sie hatte schon immer eine merkwürdige Art gehabt, ihre Liebe auszudrücken. Ich sollte das gewohnt sein, wissen, dass man von ihr statt Worten und Umarmungen eben Kartoffeln und Fleisch bekam. Sie stellte einem eine Schale aufgeschnittenes Obst hin, backte Zimtschnecken oder einen Apfelkuchen. So war es immer gewesen, und ich war eigentlich lang genug in Therapie gegangen, um mich damit zu versöhnen. Und doch kam ich mir armselig vor und war voller Selbstmitleid. Misha kannte mich nur zu gut, sie seufzte und parkte das Auto.

»So, jetzt ist Schluss mit Selbstmitleid. Alles wird gut, Sara! Ich verspreche es dir, auch wenn deine Umgebung sich gerade wie ein kollektives Arschloch benimmt. Komm, wir machen uns was zu essen!«

»Musst du denn nicht arbeiten?«

»Nein, ich habe gesagt, Robin hat aus der Schule angerufen, ihm sei übel. Ich liebe diesen hartnäckigen Magen-Darm-Virus! Die Leute habe eine solche Angst, angesteckt zu werden, dass du damit immer durchkommst.«

Draußen wurde es schon wieder dunkel. Der Schnee fiel leise und unerbittlich, lag dick auf dem Gehweg, der heute vielleicht schon einmal geräumt worden war.

»Verdammt, ich hätte nicht diese Stiefel anziehen sollen!«, sagte Misha und stakste durch den Schnee. Ich schaute auf meine festen Stiefel und war mal wieder dankbar, dass ich mich weigerte, hohe Absätze zu tragen. Vielleicht traf man doch manchmal die richtige Entscheidung.

»Dann ist er vielleicht auch morgen noch ›krank‹?«, sagte ich.

»Kann gut sein, dass ich morgen zu Hause bleiben muss«, antwortete Misha.

Auch wenn niemand es geradeheraus sagte, war deutlich zu spüren, dass ich in den Augen der Gesellschaft als sozial erfolgreich galt, solange ich verheiratet war. Als ich mich scheiden ließ, galt ich sofort als gescheitert. Alle Geschichten, die ich von klein an gelesen und gehört hatte, handelten davon, die Liebe zu finden und an ihr festzuhalten. Sich scheiden zu lassen kam in diesen Märchen nicht vor. Das war einfach so. Und wenn du aus unerfindlichen Gründen dennoch zu dem Schluss kamst, ohne einander glücklicher zu sein, dann war dieser Normbruch so stark, dass niemand ihn auch nur ansprach.

Eigenartigerweise fühlte ich mich nicht als Versager. Im Gegenteil. Obwohl die Trennung bedeutete, dass mein Leben ökonomisch angespannter sein würde, obwohl die Gesellschaft alles tat, damit ich Schuldgefühle hatte und mich schämte, fühlte ich mich mutig und geradezu erfolgreich. Ausnahmsweise hatte ich auf mich gehört und meine Gefühle ernst genommen. Das war ein großer Akt von Liebe.

In dieser Stimmung kaufte ich mein erstes eigenes Bett. Ein Bett, das genau so war, wie ich es wollte. Das klingt vielleicht banal, aber es war ein revolutionäres Gefühl, keine Rücksicht auf die Vorlieben von jemand anderem nehmen zu müssen. Ich kaufte das weichste Bett mit einer dicken Auflage, der Körper versank darin, und ich würde sanft umschlossen werden. Ein Bett, stellte sich später heraus, das alle Männer, die je darin schliefen, schrecklich fanden. Aber die Kinder liebten es, das hatte seine guten und schlechten Seiten, weil es dazu führte, dass die beiden kleinen Kinder, Stella und Harry, gerne in der Nacht kamen und die letzten Stunden bei mir schliefen.

Manche Tage waren ermüdend und schrecklich. Dann gab es wieder Tage, an denen ich mich unbesiegbar fühlte. Ich war noch nie so ängstlich und schwach gewesen. Und noch nie so mutig und stark. Nur meine Umgebung brachte ständig meinen neu erworbenen Mut ins Wanken. Das waren nicht so sehr die engen Freunde, aber Bekannte. Ich finde, *Umgebung* trifft es sehr gut. Meine Umgebung ließ mich nicht in Frieden und drückte deutlich aus, was sie von der Trennung hielt. Sie reagierte auf unsere Trennung, als würden wir sie persönlich beleidigen, und kommentierte sie mit betroffenen und plumpen

Bemerkungen. Kommentaren und Fragen, die Salz in mein wundes Herz rieben.

»Machst du dir keine Sorgen wegen des Geldes? Als Alleinstehende hat man doch viel mehr Ausgaben.«

»Und der Umzug, mein Gott, wie schrecklich! Alles einpacken zu müssen und dann noch in eine kleinere Wohnung zu ziehen!«

Dass die kleine dunkle Zweizimmerwohnung mir vorkam wie eine Dachterrasse, mein Trost in dunklen Stunden, brauchte ich ihnen gar nicht zu sagen. Sie würden es doch nicht verstehen. Sie klammerten sich an dem Bild fest, wie anstrengend und schrecklich es sein musste, sich scheiden zu lassen.

»Aber denk wenigstens an die Kinder!«, sagte eine ehemalige Kollegin, als ich erzählte, wie gut ich mich fühlte und dass alles prima lief. In so einem erschrockenen Tonfall, als hätte ich erzählt, ich würde nach Afghanistan emigrieren und nie wieder zurückkommen.

Solange ich Sorge und Angst über meine neue Situation ausdrückte, bekam ich mitfühlendes Nicken und Verständnis als Reaktion. Aber sobald ich von der Freude sprach, die ich auch verspürte, wurde das als Provokation aufgefasst. Am schlimmsten war es, wenn ich sagte, ich freue mich darauf, jede zweite Woche allein zu sein. Kinderfrei. Es gibt fast nichts, was mehr provoziert als eine Frau, die einer Sehnsucht Ausdruck verleiht, die Mann und Kinder nicht einbezieht. Eine solche Frau ist egoistisch, *wider die Natur.* Es widerspricht der Frauenrolle, egoistische Sehnsüchte und Gefühle zu haben. Diese Gefühle sind Männern vorbehalten. Ein Mann, der sich scheiden lässt und das Sorgerecht für die Kinder übernimmt, bekommt zu hören, wie toll er ist, weil er so viel

Verantwortung übernimmt. Eine Frau, die das Gleiche macht, muss missbilligende Blicke und stumme Skepsis in Kauf nehmen. Und wenn sich dann noch herausstellt, dass sie sich, Gott bewahre, *vergnügt,* womöglich sogar Liebhaber hat, dann muss sie damit rechnen, als Frau und Mutter unter Verdacht zu geraten.

Wir würden so gerne glauben, dass wir in einer modernen Gesellschaft leben, aber die uralte Einteilung zwischen Hure und Heiliger ist tief in uns verankert.

Auch ich war von all den Schreckgespenstern indoktriniert. All die halbwahren christdemokratischen Untersuchungen, die angeblich bewiesen, dass Kinder von geschiedenen Eltern schlechter in der Schule und ängstlicher waren, Missbrauchsprobleme, Kontaktschwierigkeiten und Gott weiß was alles hatten.

Das schlechte Gewissen den Kindern gegenüber nagte in mir. Obwohl sie die Trennung von uns allen am besten zu verkraften schienen.

Einige Monate nachdem wir uns getrennt hatten, fragte ich eine der Erzieherinnen in Harrys Kita, ob sie etwas Besonderes an ihm bemerkt habe. Wie verarbeitete er das Geschehene?

Sie schüttelte den Kopf und sagte, er käme offenbar gut damit zurecht, Harry hatte den anderen Kindern erklärt, dass sie umgezogen seien und er jetzt ein Papa-Zuhause und ein Mama-Zuhause habe, mehr nicht. Er war wie immer.

»Er sieht ja, dass ihr euch einig seid, du und Johan, und dass es euch gut geht, und dann ist eine Trennung nicht so schlimm.«

Die Wände in der Kita waren voller Zeichnungen. Viele stellten Familien dar. Eine Mutter, einen Vater und zwei

Kinder. Eins war mit rosa Glitzer gemalt. Zwei große Strichmännchen und zwei kleine. Hand in Hand. Ich starrte die Zeichnungen an und fing an zu weinen. Für Harry würde es jetzt schwierig sein, Familienbilder zu malen. Wie sollte er das schaffen, er konnte ja kaum ein Strichmännchen malen. Ich brachte meine Befürchtungen der Schulpädagogin schluchzend vor, sie reichte mir ein Taschentuch und meinte, Harry hätte noch nie eine Familie gemalt.

»Er interessiert sich mehr für Hunde und Waffen, verstehst du …«

Als ich meinen ältesten Sohn Sigge fragte, der damals in die zweite Klasse ging, wie er das alles fand, antwortete er ruhig, dass der Umzug schwierig war, aber dass jetzt alles gut sei.

Ganz allmählich glaubte auch ich, dass die Kinder nicht so traumatisiert waren, wie alle behaupteten. Traurig und durcheinander, das schon, aber okay. Sie würden es überstehen.

Ich hatte für Mai eine Gästewohnung in der Villa San Michele auf Capri bekommen, dort wollte ich drei Wochen bleiben und schreiben. Das war ein guter Neustart nach einem turbulenten Frühjahr. Woanders sein, denken, lesen, spazieren gehen, weinen und meine verlorenen Trennungskilos mit Nudeln wieder anfuttern.

Da ich David über alles auf dem Laufenden hielt, was passierte, und als ich (vermutlich sehr spät in der Nacht) ihm in einem Anfall schrieb, er solle mich doch besuchen kommen, dauerte es kaum eine Stunde, bis er antwortete.

If you think that you're charming and brilliant and attractive enough for me – someone you only met once – to fly around the world to see you for some little reckless stint of insanity and arguing over ideas and most likely some scandalous, torrid affair of the most dangerous kind then let me be devastatingly honest with you: You couldn't be more right.

Ich starrte auf seine Antwort und bereute es sofort. War ich wahnsinnig? Wie kam ich nur auf die Idee, einen völlig fremden Menschen einzuladen, zu einem Aufenthalt, der als Erholung von einer Trennung und einem Umzug gedacht war? Und so kurz danach. Es gab unausgesprochene Regeln, wie viel Zeit zu vergehen hatte, bevor man eine Affäre anfing. Regeln, die vor allem für Frauen galten. Aber ich hatte alle Regeln satt, denen ich mich so lange unterworfen hatte, und die starke Stimme, die sagte, das Leben ist kurz, wurde immer lauter. Ich wollte leben. Und obwohl ich David nur einmal getroffen hatte, waren wir uns durch die Unmengen von E-Mails auf eine merkwürdige Art nahegekommen.

David wusste Dinge über mich, die nicht einmal meine allernächsten Freunde wussten. Und ich nehme an, dass ein Teil dessen, was David mir erzählte, Dinge waren, die kaum jemand wusste. Wir kannten einander nicht, das geht nicht via Mail, aber ich verspürte dennoch eine Nähe und Zuversicht. Er hatte etwas in mir geweckt, einen Lebenshunger, und egal wie verrückt es auch sein mochte, so wusste ich mit meinem Körper und meiner Seele, dass ich ihn kennenlernen wollte.

Ich fuhr also nach Capri. Und zwei Wochen später kam David.

Capri war tatsächlich so schön, wie alle gesagt hatten. Ich machte lange Spaziergänge entlang der steilen gewundenen Pfade, die zum Monte Solaro hinaufführen, dem Berg oberhalb der Villa San Michele. Ganz oben, direkt am Via Tragara, lag das Haus des schottischen Schriftstellers Compton Mackenzie, die Casa Solitara. Hier wohnte er um 1910 einige Jahre zusammen mit seiner Frau Faith, hier schrieb er *Extraordinary Women*, ein Buch, das unter anderem von einer Gruppe lesbischer Frauen handelte, die wie viele andere radikale oder queere Menschen zu Beginn des Jahrhunderts nach Capri geflohen waren.

Damals war Capri eine Insel voller exzentrischer Adeliger, Intellektueller und anderer alternativer Menschen, die sich im bigotten Europa nicht zu Hause fühlten. Nicht zu vergleichen mit dem Capri von heute, einem Zufluchtsort für vulgäre reiche Royals und andere schreckliche Typen.

Es war Mai, grünes Gras, geschmückt mit kleinen weißen Blumen, die aussahen wie Gänseblümchen, bedeckte die Berge.

Ich hatte mir angewöhnt, mich auf einer verwitterten Holzbank auszuruhen und ein wenig zu weinen. Außer einem alten Mann mit einem Stock war ich hier oben alleine. Niemand sah mein Weinen, niemand störte meine Gedanken. Die dramatischen Felsen, die schwindelnde Höhe hinab in die weiße Gischt des Meeres, die Möwen, die einige hundert Meter weiter unten vorbeisegelten. Eine melodramatische Szenerie, die gut zu meiner Stimmung passte.

Von der Piazza Vittoria ging ein einfacher Sessellift zum Gipfel. Eigentlich war es so gedacht, dass man den Lift nach oben nahm und dann hinunterwanderte, aber mein Körper war so unruhig, und es fühlte sich gut an, die Muskeln den steilen Weg nach oben zu zwingen, den Schweiß und die Erschöpfung zu spüren, als ich schließlich oben ankam. Nach der Heulpause auf der Bank fuhr ich meistens mit dem Lift nach unten. Er bestand aus einem Stuhl und einer einfachen Kette als Sicherung, dann fuhr man in ziemlichem Tempo nach unten, mit baumelnden Beinen und einem Kitzeln im Bauch. Das Ganze erinnerte mich an das Karussell, auf dem ich als Kind fahren durfte, und dann musste ich noch eine Träne verdrücken über das Leben, das weiterging, ohne zu bremsen.

Ich war viel zu aufgewühlt, um schreiben zu können. In den ersten Tagen machte ich ein paar Versuche, aber ich konnte einfach nicht still sitzen. Ich musste über zu vieles nachdenken. Ich machte Wanderungen über die Insel, ließ mir viel Zeit beim Mittagessen in den Restaurants, und ich war immer wieder glücklich, wie gut die Nudeln schmeckten.

Als der Tag von Davids Ankunft näher rückte, wurde ich immer nervöser und reumütiger. Es hatte seinen Preis, ein Mensch zu sein, der seinen Einfällen folgte. Jetzt war es an der Zeit, zur Besinnung zu kommen. Ich holte ihn unten am Hafen ab, er kam mit der Nachmittagsfähre. Er zog einen violetten Koffer hinter sich her, passend zu seinem violetten Samtanzug. Seine Schlangenlederboots klapperten bei jedem Schritt, außerdem trug er die türkisfarbene Dame-Edna-Brille. Er war kleiner, als ich ihn in Erinnerung hatte, und als wir uns gegenüberstanden, sah ich, dass er mit dem linken Auge ein klein wenig schielte.

Wir standen da und lächelten blöde, dann umarmten wir uns fest und lange. Im Bus die gewundene Straße hinauf nach Anacapri tauschten wir Höflichkeiten aus.

Gute Reise gehabt? Ja. Müde? Nicht so sehr. Hungrig? Ein wenig.

Schließlich kamen wir zur Villa San Michele, und David schüttelte nur noch den Kopf, als er die Aussicht sah.

Dann wollte er duschen. Ich öffnete inzwischen eine Flasche Wein und trank ein großes Glas. Meine Hände zitterten, und ich hatte bestimmt blühende rote Flecken am Hals, wie so oft, wenn ich nervös war. Ich dachte an Johan und die Kinder zu Hause, und mir kamen die Tränen. Was hatte ich nur gemacht? Wollte ich mich nach fünfzehn gemeinsamen Jahren scheiden lassen, nur weil Januar war und alles ein bisschen trist und grau? Wegen eines Briefwechsels mit einem exzentrischen Amerikaner, von dem ich fast nichts wusste? Wie verrückt darf man sein? Dann holte ich tief Luft und beruhigte mich. Die Trennung hatte sich schon lange angekündigt. Seit vielen Jahren. Vielleicht hatte die Begegnung mit David den Stein ins Rollen gebracht, aber der Stein hatte da bereits gelegen. Dann konnte ich nicht weiter nachdenken, weil die Badezimmertür aufging und David nur mit einem Handtuch herauskam.

Auch Doris Day hatte kein einfaches Leben, das wirkte nur so auf den Bildern. An manchen Tagen dachte ich, alle, die behaupten, eine glückliche Kindheit gehabt zu haben, lügen. An anderen Tagen dachte ich, alle, die länger als zehn Jahre verheiratet sind, sollten sich trennen. Und an wieder anderen richtete ich die Bitterkeit nach innen. Dann dachte ich, alle wissen, wie es geht, wissen, was sie wollen, machen, was sie wollen, und wollen die richtigen Dinge, alle außer mir.

David hatte den gleichen amerikanischen bombastischen Blick aufs Leben wie Doris Day. Qué será, es ist, wie es ist, und wenn du auf dem Foto fröhlich aussiehst, dann bist du es auch. Er fand meine schwedische Schwermut überflüssig.

»But why?«, sagte er, wenn ich von meinen dunklen Gedanken und Zweifeln erzählte. Ich versuchte, es zu erklären, aber er runzelte nur die Stirn und küsste mich auf die Lider. Er sprach Selbstverständlichkeiten aus, als wären sie schwer verständliche Wahrheiten, überschüttete mich mit Liebeserklärungen und fand, wozu braucht man richtiges Essen, wenn man Nachtisch haben kann. Er bestellte zum Mittagessen munter Pannacotta, Tiramisu, Zitronentörtchen und Mandelkuchen. Nichts schien ihn zu bekümmern, obwohl er als Hochzeitsfotograf, Theaterproduzent und Barista arbeiten musste, damit es zum Leben reichte. Er überlegte, ob er einen vierten Job annehmen und in einer Art Pornofilm mitmachen sollte.

»Why not?«, sagte er empört, als ich meine Zweifel äußerte. Ich hielt einen langen einfühlsamen Vortrag, wie wichtig körperliche Integrität war und dass kein Mensch Sex gegen Bezahlung haben sollte. Meine eigenen Worte regten mich so sehr auf, dass ich zu weinen anfing.

»Oh my god, you're such a delicate flower!«, sagte David zufrieden und tröstete mich mit noch mehr Küssen und Streicheln.

Ich mochte seine neugierigen, geduldigen Hände an meinem Körper. Seine Erregung und seine sanfte und gierige Art zu lieben. Ich mochte es, hinterher eng umschlugen beieinanderzuliegen, die Gesichter nahe zusammen, während David viel zu große Worte flüsterte, die ich eigentlich sofort zurückweisen wollte.

Mir gefiel es, dass er das Bett am liebsten gar nicht verlassen wollte, obwohl wir auf Capri waren und wir die Insel erforschen und die *Sehenswürdigkeiten* besuchen sollten. Mir gefiel, dass er so total anders war als alle, mit denen ich bisher zusammen gewesen war, und dass gerade er der Beginn zu meinem neuen Leben als geschiedene Frau war. Aber am meisten gefiel mir, dass es so unkompliziert war, warme Gefühle zu haben und gleichzeitig zu wissen, dass wir uns nach einer Woche wieder trennen würden. Zu wissen, dass ich mich hingeben konnte, ohne dass es Konsequenzen hatte. Tschüs, Schatz, danke für diese Woche! Hab ein schönes Leben. Du auch.

David war das Sorbet, das manchmal bei einem italienischen Acht-Gänge-Menü zwischendurch serviert wird, um andere Geschmacksknospen anzusprechen. Er bereitete mich vor und machte mich empfänglicher für die neuen Gänge, die kommen würden. Ich liebte so viel mit ihm, ohne *ihn* zu lieben. Das verwunderte und erleichterte mich.

Das muss es gewesen sein, was Erica Jong meinte, als sie in *Angst vorm Fliegen* vom »Spontanfick« schrieb. Begegnungen, die niemanden verletzen, bedingungslos, ohne Erwartungen, außer sich ein paar schöne Stunden zu machen. Ich war so indoktriniert von all den Liebesgeschichten, die behaupteten, man könne keinen guten Sex mit jemandem haben, ohne Gefühle für den anderen zu hegen, dass ich erstaunt war, als ich entdeckte, dass es genau umgekehrt war. Das Problem war nicht, gute, zärtliche, nette, genussvolle sexuelle Begegnungen mit Menschen zu haben. Solange es nichts mit Liebe zu tun hatte, war alles einfach. Die Liebe machte es gefährlich und schwierig.

Eine andere Sache, die ich nicht verstand, war, dass Erica Jong schrieb, ein Spontanfick sei seltener zu finden als ein Einhorn. Seit ich geschieden war, wusste ich, dass sie sich irrte. Spontanficks waren leicht zu haben und quasi unerschöpflich. Verschwand einer, tauchte gleich der Nächste auf. Aber die *Liebe* war so selten wie ein Einhorn.

Als die Woche vorbei und es Zeit zum Heimfahren war, hatte ich aufgehört zu weinen. Mein Körper war wund und wohlig vor Liebe. Gedopt durch orgasmische Hormone, Dopamin, Oxytocin, Endorphine und Kortikosteroide. Ich war high und betäubt zugleich.

Sein Flug ging eine Stunde später als meiner, und wir küssten uns am Gate. Unser Abschied hatte nichts Trauriges, nicht einmal etwas Wehmütiges, nur große Freude und Seligkeit über das Erlebte.

Als das Flugzeug abhob und die Insel Capri sich in einen Punkt verwandelte, dachte ich, dass vielleicht doch alles gut werden würde. Qué será. Ich spürte meine heißen Wangen. Das Herz schlug, das Blut pulsierte. Ich lebte.

Edith brachte mir bei, die Männer nicht so ernst zu nehmen.

»Im großen Ganzen sind sie nebensächlich«, sie zündete eine Zigarette an und lehnte sich in ihrem rosa Korbstuhl zurück. »Nur schade, dass es so viele Jahre gedauert hat, bis man das kapiert. Ich hätte mir viel unnötige Trauer ersparen können.«

Wir hatten uns kennengelernt, als ich eines Abends auf dem Balkon saß und grundlos grinste. Ich war vor einer Woche in die neue Wohnung gezogen und immer noch fasziniert von meinem neuen Leben. Meiner allerersten eigenen Wohnung.

»Na, du siehst aber fröhlich aus.«

Eine ältere Frau auf dem Nachbarbalkon beugte sich über das Geländer und streckte die Hand aus.

»Ich heiße Edith. Du bist gerade eingezogen, nicht?«

Ich stellte mich vor und erzählte, dass ich hier mit meinen Kindern wohnte, die alle zwei Wochen bei mir seien.

»Gratuliere!«

»Wozu?«

»Zur Trennung.«

Nach Wochen mit bedauerlichen Kommentaren aus dem Umfeld, dem Schweigen meiner Mutter und meinem schlechten Gewissen taten mir ihre Worte einfach gut.

»Danke. Leider scheinst du die Einzige zu sein, die es angebracht findet zu gratulieren.«

»Die Leute sind nicht ganz zurechnungsfähig, wenn es um Ehe und Familie geht! Was sie nicht alles machen! Ertragen die schrecklichsten Beziehungen, Untreue und Kränkungen, ganz gleich, was, nur um nicht allein sein zu müssen. Als ob es besser wäre, mit jemandem zu leben, den man nicht liebt, als allein zu sein. Hast du Lust, auf ein Glas Wein zu mir zu kommen?«

Hatte ich. Edith wohnte seit über vierzig Jahren in der Zweizimmerwohnung neben mir. Ihr Schlafzimmer war rosa, ebenso wie die Geranien, die Tagesdecke, die Zierkissen und die Kommode. Im Wohnzimmer reichten die Bücherregale bis zur Decke. Der schwere Duft von Chanel No 5 lag über der Wohnung. Sie war genau wie Edith, klassisch und exzentrisch. Ausgreifend, überschwänglich, brachte sie mich zum Husten.

Edith hatte als Schweinebäuerin, Bibliothekarin, Busfahrerin und die letzten zehn Jahre als Psychotherapeutin gearbeitet. Ihr Vater war Jude und ihre Mutter in einem freikirchlichen Zuhause im Tornetal aufgewachsen. Das Ergebnis dieser Ehe waren Edith und ein zwanzig Jahre dauernder täglicher Streit gewesen. (»Ich kann einfach nicht verstehen, was die beiden verband. Sie waren die totalen Gegensätze. Ich habe im Lauf der Jahre versucht, mich sowohl meinem jüdischen als auch meinem freikirchlichen Erbe zu nähern, und bin zu dem Schluss gekommen, dass Religion nicht mein Ding ist.«) Sie war über siebzig. (»Das Alter ist Einstellungssache. Laut meinem Pass bin ich fünfundsiebzig, psychologisch aber um die zweiundvierzig.«)

Sie war nie verheiratet gewesen (»Meine klügste und beste Entscheidung in diesem Leben«) und hatte auch keine Kinder. (»Nein, weißt du, ich war nie richtig scharf darauf. Ja, vielleicht wäre es nett gewesen, aber bis ich sechzig wurde, war ich so unreif und exzentrisch, dass das bestimmt schiefgegangen wäre.«) Ich habe mich nie getraut zu fragen, wie sie das Wort exzentrisch definierte. In meinen Augen war sie eine der originellsten Frauen, die ich je getroffen habe: knallrosa Lippen, schwarzer Eyeliner, zu viel Rouge, hochhackige Pantoffeln in Gold, vorne mit einem Federpuschel. Sie hatte sogar eine Boa, die war zwar über eine Schranktür geworfen, aber ich bin sicher, sie verwendete sie täglich. Sie ähnelte einem schönen, aber betagten Schmetterling, der sich auf merkwürdige Weise aus einem tropischen Regenwald nach Schweden verirrt hatte.

Vielleicht trank ich an diesem ersten Abend ein bisschen zu viel Wein. Edith liebte Weine aus der Toskana und hatte immer speziell importierten auf Lager, und sie hatte gerne Gesellschaft, wenn sie ihren Wein genoss.

Der Wein trug das Seine dazu bei, aber durch Ediths offene und neugierige Art erzählte ich plötzlich von meiner Ehe und meiner Trennung. Ich erzählte vom Leben, das mir beinahe aus den Händen geglitten wäre, und wie ich es in letzter Sekunde hatte festhalten können. Und von David und Capri, den Kindern und meiner Mutter, dem Scheißpatriarchat und dass ich mir wünschte, lesbisch zu sein.

Ich redete so viel, dass ich auf ihrem Sofa umkippte und erst am nächsten Morgen vom Radio und dem Duft von frischem Kaffee wieder aufwachte. Edith kam mit einem Tablett mit Toast, Käse und Feigenmarmelade, Orangensaft, Eiern und Kaffee. Ich starrte sie mit glänzenden Augen an.

»Na, meine Liebe, wie geht es?«

»Ich kann mich nicht erinnern, dass mir jemals jemand Frühstück ans Bett gebracht hat.«

»Ganz klar, du musst ein wenig bemuttert werden, das hör ich doch! So, iss jetzt, dann wirst du gleich nicht mehr so in Selbstmitleid schwimmen.«

Ich lachte verlegen. Diese plötzlichen Anfälle von Selbstmitleid waren wirklich nicht gesund. Und doch konnte ich sie nicht zurückhalten. Außer in den Momenten, wo ich high vor Euphorie über mein neu erworbenes Glück war, tat ich mir schon sehr oft leid.

Dass ich es brauchte, bemuttert zu werden, das war auch wahr. Edith übernahm gerne die Rolle als Mutter/Therapeutin/Freundin. Sie machte das so gut, dass ich bald abhängig von ihrer Gesellschaft wurde. Wir sprachen fast täglich miteinander. Und wenn wir nur rauchend über das Balkongeländer lehnten. Edith schaffte es, dass ihr Umfeld sowohl ihre Gewohnheiten als auch ihre Laster annahm. Ich hatte noch nie geraucht, fing jetzt aber zu ihrer Begeisterung damit an.

An einem der Abende, als wir auf unseren Balkons standen und rauchten, die Kinder waren endlich eingeschlafen, und eigentlich hätte auch ich zu Bett gehen sollen, erzählte ich Edith von meinem Plan.

»Ich glaube, ich will nie mehr eine feste Beziehung haben. Ich werde mir stattdessen einen Stall voller Liebhaber zulegen, die einander ablösen können. Es müssen so viele sein, dass einer immer zur Verfügung steht.«

Edith lachte und hustete.

»In der Theorie klingt das wunderbar, aber es muss schon viel passieren, bis das auch in der Realität klappt.«

»Warum soll es denn nicht klappen?«, sagte ich.

»Weil in der Realität immer einer schwach wird. Entweder du verliebst dich, oder einer der Männer verliebt sich. Und am Ende ist immer einer verletzt.«

»Mit David hat es doch auch geklappt.«

»Aber David wohnt jenseits des Atlantiks, der Rahmen für eure Geschichte war von Anfang deutlich abgesteckt. Außerdem scheint er eine selten freie Seele zu sein, nur sehr wenige Menschen sind so frei von Konventionen.«

»Dann müssen wir uns halt angewöhnen, nicht mehr so konventionell zu sein!«

»Schon, aber das ist leichter gesagt als getan. Wir werden beeinflusst, ob wir das wollen oder nicht. Besonders wenn es um die Liebe geht. Sich von dem ganzen Paket zu befreien, das schaffen nur sehr wenige Menschen.«

»Aha, aber ich werde es auf jeden Fall versuchen.«

»Viel Glück!«

Eine Woche später bot sich die erste Gelegenheit. Einige Freunde feierten ein großes Fest, nur weil Sommer war und alle bald in die Ferien fahren würden. Als ich dort eintraf, war ich nicht nur voller Drinks von Edith, sondern auch großer Erwartungen. Aber ich musste enttäuscht feststellen, dass nur Paare auf dem Fest waren.

Als Verheiratete hatte ich nie darüber nachgedacht, wer Single war oder nicht, mir war wichtig, ob ich mich mit jemandem gut unterhalten konnte. Jetzt gab es andere Kriterien. Ich hatte seit David keinen Sex mehr gehabt, und das war viele Wochen her.

Jackie begrüßte mich in einem grünen Sechziger-Jahre-Kleid mit rosa Blumen. Ihre langen Haare hatte sie in der Mitte gescheitelt, und so sah sie noch mehr als sonst wie ein Hippie aus. Die Wohnung war vollgestopft mit Flohmarktsachen, die sie und Dimitri auf ihren vielen Reisen durch Schweden auf der Jagd nach dem billigsten und besten Schnäppchen gesammelt hatten.

Aus dem Wohnzimmer sang Janis Joplin, und wenn da nicht ein Mann im Anzug in sein Handy gesprochen hätte, wäre die zeitliche Verwirrung total gewesen. Jackie gab mir ein Glas Rotwein und zog mich hinaus auf den Balkon.

»Du musst alles erzählen, wie es dir jetzt geht. Wie ist die neue Wohnung?«

Ich erzählte, dass es mir gut ging, obwohl mir immer noch ziemlich oft zum Weinen und sentimental zumute war.

»Na klar, wie auch anders. Und, hast du Sex gehabt?« Jackie schaute mich mit lüsternen Blicken an.

Ich lächelte, seit meiner Trennung waren erst ein paar Monate vergangen, aber in der Zeit hatte ich festgestellt, dass viele meiner zusammenlebenden oder verheirateten Freundinnen sich alle möglichen Vorstellungen machten, wie man als Single lebte. Angestachelt von ihren eifrigen Fragen, erzählte ich von David und Capri.

»Aber das ist schon viele Wochen her, es ist also mal wieder an der Zeit. Ich plane, mir einen ganzen Haufen Liebhaber zuzulegen, die einander ablösen können.«

»Ich will mich auch scheiden lassen!«

Ich wusste, dass das nicht stimmte, Jackie und ihr Mann Dimitri waren eines der seltenen Paare, die wirklich Spaß miteinander hatten. Sie waren über zehn Jahre zusammen und hatten zwei Kinder. Auch wenn sie sich manchmal stritten und eine Familientherapie machten, so sah ich sie doch oft miteinander lachen und spürte, dass sie einander liebten.

»Hallo Sara, lang nicht gesehen!«

Morris war ein Fotograf Anfang vierzig und flirtete notorisch mit allen, auch wenn seine Frau im selben Raum war. Vielleicht hatte ich ein paarmal zurückgeflirtet. Er sah aus wie eine jüngere Ausgabe von Gabriel Byrne und war sich seiner Wirkung auf Frauen sehr bewusst.

Jackie kannte ihn gut und hatte mir von seinen vielen Affären erzählt, und da sie auch mit seiner Frau befreundet war, wusste sie oft nicht, wie sie sich verhalten sollte. Er war ein Mann, der gewohnheitsmäßig alle Beziehungen zu Frauen sexualisierte.

Wir standen in einer Ecke des Balkons eingeklemmt, das ganze Fest schien sich jetzt hier abzuspielen.

»Danke, gut. Und selbst?«

Er ignorierte die Frage und lächelte selbstsicher.

»Ich habe gehört, du hast dich scheiden lassen?«

»Ja, stimmt. Und wo ist deine Frau?«

Sein Lächeln erstarrte eine kurze Sekunde, dann wurde es breiter.

»Sie ist nach Hause gegangen. Muss morgen früh raus und arbeiten.«

Er kam noch ein wenig näher, unsere Arme berührten sich.

Ich verdrehte die Augen, war mir aber nicht sicher, dass Morris es bemerkte. War es wirklich so schlicht? Wurde ich durch die Trennung zur allgemeinen Beute? Ich verachtete ihn, und doch spürte ich auch eine neue Lust. Offenbar war nicht nur Morris so schlicht. Dass der Mangel an physischer Nähe einen spürbaren Hunger zur Folge hatte, der meinen Intellekt immer wieder in die Irre führen würde, damit hatte ich nicht gerechnet. Fünfzehn Jahre lang hatte es immer eine Möglichkeit für Nähe und Sex gegeben. Ich hatte es offenbar für selbstverständlich gehalten. Jetzt, auf dem Balkon neben Morris, der von seiner Arbeit sprach, bekam ich eine Ahnung, was sexuelle Lust alles anrichten konnte.

Jackie brachte neue Drinks, jemand fing an zu singen, andere stimmten ein. Morris stand weiter viel zu nah, mein Körper wurde immer schwächer. Zu meiner Verteidigung könnte ich sagen, dass ich ein paarmal (zweimal) pinkeln war, Wasser getrunken habe, um wieder nüchtern zu werden, und mit anderen Leuten sprach. Aber Morris tauchte immer wieder neben mir auf und nahm mich in Anspruch. Zu meiner Verteidigung könnte ich außerdem sagen, dass er ein Plauderer vorm Herrn war. Und tatsächlich unterhaltend und ziemlich schlau.

Später zog er mich wieder hinaus auf den Balkon. Wir hatten inzwischen einige körperliche Grenzen überschritten, was man von außen gesehen dem Alkohol zuschreiben könnte. Das ganze Fest artete aus, ich sah Hände an Stellen, wo sie nicht hingehörten.

Jetzt drückte er mich ganz einfach in die Ecke, ich protestierte lahm, sagte, nobody puts baby in a corner. Aber Morris ignorierte meinen schlechten Scherz, alles war sowieso schon nur noch Klischee, und als er sich vorbeugte und mich küsste, beantwortete ich den Kuss.

Wir verließen heimlich das Fest und fuhren zu mir.

Er war ein erfahrener Liebhaber, ich schlief befriedigt ein und wachte erst am Morgen auf, als Morris sich anzog.

»Geht's jetzt wieder heim zur Gattin?«

Ich konnte es nicht lassen, aber Morris wirkte schamlos unbewegt.

»Japp.«

Er kam zu mir und küsste meine Brüste.

»Wann darf ich dich wiedersehen?«

»Ich weiß nicht«, sagte ich.

Er lächelte siegessicher, was mich unglaublich provozierte.

»Das deute ich als bald.«

»Deute es, wie du willst.«

»Immer.«

»Na klar.«

Ein paar Stunden später wachte ich mit Kopfschmerzen und einem schlechten Gewissen auf. Nicht sehr schwesterlich, mit dem Mann einer anderen Frau zu schlafen. Ich versuchte es mit Ausreden.

Nicht ich war untreu, sondern Morris. Außerdem war ich wohl kaum die Einzige. Als würde das die Sache besser machen. Schließlich hatte auch ich eine Verantwortung und einen freien Willen. Ich hätte ihn nicht mit nach

Hause schleppen müssen. Ich hätte beschließen können, mich an Singles zu halten, dann hätte ich keine betrogene Frau oder Freundin auf dem Gewissen.

»Was wäre denn richtig?«, fragte ich Rilke, als wir ein paar Stunden später mit ihrem Hund zum Park gingen. Sie schüttelte den Kopf.

»Ich kann wirklich nicht behaupten, dass wir Lesben in Bezug auf Treue einen Deut besser sind.« Sie lachte ein freudloses Lachen. »Wie oft bin ich betrogen worden. Verdammt! Es ist wirklich furchtbar.«

Ich verzog das Gesicht.

»Puh, ich fühle mich schrecklich.«

»Versteh ich. Aber du warst scharf, und immerhin warst nicht du untreu, er hat seine Frau betrogen.«

Sie wickelte das Palästinensertuch um den Hals und zog die Lederjacke zu. Ihre wirren blondierten Locken verstärkten den unkonventionellen Eindruck. Wir hatten uns vor ein paar Jahren in einem Boxclub kennengelernt. Rilke war über fünfzig, sah aber mindestens zehn Jahre jünger aus. Sie behauptete, das läge an ihrer veganen Lebensweise, aber ich glaube, es lag eher daran, dass sie sehr viel Sport machte. Sie hatte einen starken, geschmeidigen Körper, war ausgesprochen gesund und fitter als die meisten ihrer gleichaltrigen Freundinnen. Sie war Sozialarbeiterin, half Kindern aus prekären Verhältnissen und vollbrachte dabei Heldentaten. Außerdem konnte sie mich mit ihren schwarzhumorigen Kommentaren zum Lachen bringen. Ich versuchte, so oft wie möglich mit ihr spazieren zu gehen, sie forderte mich heraus, und ich bekam vor allem gute Laune.

Die Sonne war hinter den Wolken verschwunden, und

die trügerische Vorsommerwärme war wieder in Frühlingskälte umgeschlagen.

»Ich verstehe nicht, wie er das aushält. Ich bin ja weiß Gott nicht die Einzige. Warum trennt er sich nicht, wenn er mit allen Sex haben will?«, sagte ich und nahm die Sonnenbrille ab.

»Weil er zu Hause einen prima Service hat. Für ihn ist das perfekt, die Frau sorgt für alles, was mit dem Haus und der Familie zu tun hat, und sie gibt ihm in den Augen der Gesellschaft einen bestimmten Status. Man darf nicht unterschätzen, was Menschen zu tun bereit sind, um die Norm zu erfüllen. Außerdem ist untreu zu sein spannend und macht Spaß.«

»Aber trotzdem, wie kann man jemanden, den man liebt, so behandeln?«

»Wir behandeln diejenigen, die wir lieben, oft schlecht«, sagte Rilke. »Wir sagen gemeine Sachen, halten ihre Anwesenheit für selbstverständlich. Untreue ist nur eine von vielen Dummheiten in Beziehungen.«

»Wie kannst du nur so zynisch sein?«

»Das Leben, Sara, das Leben«, sagte sie und ließ Solanas von der Leine, die sofort in ein Gebüsch rannte. »Außerdem haben die meisten Menschen schreckliche Angst vor einer Trennung. Da bin auch ich nicht anders. Ich habe noch nie mit einer Freundin Schluss gemacht. Ich habe immer gewartet, bis sie mich verlassen haben. Es ist saublöd, aber ich kann nichts dafür. Ich habe eine so schreckliche Trennungsangst, und damit bin ich wahrlich nicht allein. Solanas, bei Fuß!«

Solanas stand ein Stück weiter weg und bellte einen Mann an.

»Schau nur, wie sie Männer hasst!«, sagte Rilke zufrieden. »Sie muss Schreckliches erlebt haben, so bellt sie nie Frauen oder Kinder an. In vielen Anzeigen für Hunde steht tatsächlich: ›Mag keine Männer‹. Ich habe noch nie gelesen, dass da steht, der Hund mag keine Frauen. Das spiegelt wohl nur die Gesellschaft insgesamt wider. Es gibt wohl kaum Frauen, die Hunde misshandeln«, sagte Rilke.

Wir gingen weiter hinauf zum weißen Pavillon am Sommertheater. Ich musste über das nachdenken, was Rilke über die Angst vor einer Trennung gesagt hatte, und ich gestand mir ein, dass auch ich Angst davor gehabt hatte, obwohl unsere Beziehung schon seit einigen Jahren nicht mehr so gut war. Ich hatte es verdrängt und kompensiert, ich beschäftigte mich mit allem Möglichen, um nicht nachdenken zu müssen. Ich hatte alles getan, um den Tag, an dem es gar nicht mehr ging, hinauszuschieben. Gegen Ende unserer Beziehung war in meinem Kopf ein Bild aufgetaucht, das mich als Clown zeigte, der eine Eisenbahn zog. In einem der Wagen saßen Johan und die Kinder und schauten mich an. Ich zog die Bahn und machte dabei akrobatische Kunststücke. Jonglierte und voltigierte mit Tränen in den Augen. Es war ein erbärmliches Bild, aber es spiegelte meine Gefühle wider.

Ich betrachtete die Paare, die Händchen hielten, die nichts von Clowns ahnten, und ich wurde immer bitterer.

»Wenn wir die Zweisamkeit aufgeben könnten«, sagte ich. »Wenn wir doch ein bisschen mehr polyamor sein könnten, dann wären die Menschen wenigstens nicht traurig, wenn ihre Partner fremdgehen.«

Rilke räusperte sich und schüttelte den Kopf.

»Das einzige Mal, dass ich es mit einer Dreierbeziehung

versucht habe, endete damit, dass die anderen zwei sich ineinander verliebten und ich beide verloren habe.«

»Warum hast du nur schon alles probiert? Gibt es nichts, wofür du ein wenig offen sein könntest?«

»Ich kann nichts dafür, dass ich klug bin und Lebenserfahrung besitze. Das kommt mit den Jahren. Wirst schon sehen. Das mit Polyamorie funktioniert nur, solange keine Gefühle im Spiel sind. Sobald Gefühle dazukommen, und glaube mir, das tun sie fast immer, wird jemand verletzt.«

Ich seufzte, Rilke rief ihren Hund, der im Gebüsch weiter weg beschäftigt war.

»Edith hat das Gleiche gesagt.«

»Na siehst du, sie ist bestimmt auch alt und erfahren?«

»Edith ist fünfundsiebzig, du bist nicht mal fünfzig.«

»Nein, aber ich bin älter als du!«

»Ich überlege, ob ich mir mehrere Liebhaber suchen soll.«

Rilke blieb stehen und schaute mich resigniert an.

»Wann kommst du endlich rüber auf die richtige Seite? Du musst aufhören mit Männern. Das nimmt nie ein gutes Ende.«

»Du hast ja nicht gerade viele wunderbare lesbische Geschichten, mit denen du mich locken könntest.«

»Eins ist sicher, egal, wie schlecht ich auch im Lauf der Jahre behandelt worden bin, es ist nichts im Vergleich zu dem, was meine Heterofreundinnen erzählen.«

Solanas kam angelaufen, ihr normalerweise beiges Fell war dunkelbraun. Rilke schrie laut auf.

»NEIN! Sie hat sich wieder in Scheiße gewälzt!«

Ein unverkennbarer Gestank verbreitete sich, und Rilke versuchte, Solanas Annäherungsversuche abzuwehren.

»Verfluchter Mist auch! Typisch Mann, in den Park zu scheißen!«

Am Abend kamen die Kinder und vertrieben alle Gedanken, ihre Körper schienen die ganze Wohnung in Beschlag zu nehmen. Sigge lag auf dem Sofa, seine Beine hingen über die Armlehne. Stella und Harry lagen auf meinem Bett und spielten mit ihren Handys. Sie beschwerten sich lauthals, als ich mich zwischen sie drängte und ihnen die Handys abnahm.

Harry verzog das Gesicht.

»Du hast ja Haare unter den Armen! Igitt, wie eklig!«

»Hab ich da etwa einen Sexisten großgezogen!«, sagte ich und zog ihn näher an meine Achselhöhle.

Stella ergriff sofort die Partei ihres Bruders.

»Das ist wirklich ziemlich ungepflegt. Gib uns die Handys zurück!«

»Nein, ihr müsst zuerst noch hier ein bisschen in meiner haarigen Achselhöhle liegen«, sagte ich. Dann wurde ich unterbrochen, weil mein Handy klingelte. Ich stand seufzend auf.

Es war Lena. Sie wollte noch einmal alles ein letztes Mal abstimmen, bevor wir am nächsten Tag zusammen nach Griechenland fuhren. Wir wollten in das Haus, das Johan und ich seit einigen Jahren auf einer Insel vor Athen gemietet hatten. Nach der Trennung hatten wir beschlossen, auch das Sorgerecht für das Haus zu teilen. Erst würde ich zehn Tage mit den Kindern dort sein, dann würde Johan kommen und übernehmen. So würden die Kinder lange am gewohnten Ort bleiben können.

Lena war aufgeregt und gestresst. Genau wie ich

machte sie zum ersten Mal Ferien als Alleinstehende. Ihr Mann hatte sie vor einem Jahr nach zwölf Jahren Ehe verlassen, was dazu geführt hatte, dass sie mit den beiden Kindern in eine kleine Mietwohnung in Bagarmossen gezogen war und er das Haus in Kärrtorp behalten hatte. In der ersten Zeit war sie untröstlich gewesen. Als sich außerdem herausstellte, dass er schon über ein Jahr eine Affäre hatte, war sie für einige Zeit in der Psychiatrie gewesen. Das hatte sich als Glücksfall erwiesen.

»Psychiatrie ist super!«, hatte Lena gesagt, als ich sie anrief, um zu fragen, wie es ihr ging. »Zum ersten Mal seit ich weiß nicht wie vielen Jahren bedient man mich, hört mir zu, nimmt mich ernst, schätzt und respektiert mich. Es ist mir noch nie so gut gegangen. Wie Urlaub! Und außerdem freier Zugang zu allen möglichen Drogen!«

In der Psychiatrie hatte sie wieder angefangen zu schreiben. Bevor die Kinder kamen, hatte sie davon geträumt, einen Roman zu schreiben. In der Psychiatrie hatte sie endlich die Ruhe und Ungestörtheit, die sie brauchte.

»Ich möchte überhaupt nicht entlassen werden!«

Darüber hatten wir lange gelacht, aber zwei Wochen später wurde sie für gesund erklärt und musste die Psycho-Ferien beenden. Aber da war sie schon ziemlich weit mit ihrem Roman und fest entschlossen, ihn zu Ende zu schreiben, was sie auch tat. Ein halbes Jahr später erschien er in einem der großen Verlage. Sie schnitt sich ihre langen Haare ab und färbte sie blond. Von einem Teil des Vorschusses kaufte sie neue Klamotten, und plötzlich erkannte sie, dass die Scheidung sie von einem Langweiler befreit und einen alten Traum wiederbelebt hatte. Ihr Exmann Christian hingegen erkannte, wie anstrengend es war, alle zwei Wochen allein für Kinder und Haus verantwortlich zu sein. Der Service, für den Lena bisher gestanden hatte, fehlte. Nach drei Monaten bereute er die Scheidung und wollte wieder mit ihr zusammenleben, aber da war Lena auf den Geschmack gekommen, die Freiheit durch das geteilte Sorgerecht gefiel ihr, und sie hatte keine Lust, wieder in die Rolle der unbezahlten Projektleiterin der Familie zu schlüpfen.

Ich hatte noch nie vorher beobachtet, wie ein Mensch eine so große Veränderung wie Lena durchmachen konnte. Aus einer »normalen«, abgearbeiteten Mutter von zwei Kindern, die vollauf mit der Familie und ihrer Arbeit als Krankenschwester beschäftigt war, verwandelte sie sich in eine energische, gutaussehende Blondine, die mit raschen Schritten ging, damit sie alles, was sie in den Jahren als Familienmutter versäumt hatte, nachholen konnte.

Als Krankenschwester verdiente sie nicht viel, dieser Job war wirklich eine Frauenfalle, aber dank des Vorschusses für das Buch konnte sie nach Griechenland mitkommen.

Wir gingen noch einmal alles durch, die Packlisten, den Reiseproviant, wer welche Bücher mitnahm. Das Taxi würde uns um halb sechs abholen und nach Arlanda bringen.

Lena war nervös, aber ich beruhigte sie, so gut ich konnte, und verdrängte meine eigene Unruhe angesichts der weiten Reise, die vor uns lag.

Als alle drei Kinder und ich schließlich die Koffer gepackt hatten, das Taxi bestellt und alle Flug- und Fährentickets ausgedruckt waren und ich geduscht hatte, ging ich auf den Balkon und rief Edith. Sie kam gleich mit einer Flasche und zwei Gläsern heraus.

»Ein Absacker, damit du gut schläfst! Ich habe immer schreckliches Reisefieber, obwohl ich viel gereist bin. Das ist mit den Jahren nicht besser geworden, eher im Gegenteil.«

Ich nahm dankbar ein Glas und prostete ihr zu.

»Prost, auf deinen ersten Urlaub als freie Frau!«, sagte Edith und lachte.

»Tja, so kann man es auch sehen«, sagte ich.

»Morgen Abend um neun wirst du verstehen, was ich meine.«

Ich lachte.

»Um neun?«

»Ja, war das nicht die Zeit für die Ankunft?«

»Ja, so ungefähr. Das Flugzeug landet um zwölf, die Fähre geht am Nachmittag, dann sind wir gegen acht dort.«

»Schreib mir eine SMS, wenn du verstanden hast, was ich meine.«

Es gelang mir tatsächlich, die Kinder rechtzeitig zu wecken, sie zogen sich an, nahmen ihre Koffer und gingen runter zum wartenden Taxi. Lena und ihre Kinder winkten fröhlich, und wir klemmten uns schlaftrunken ins Auto.

Schon beim Einchecken verstand ich, was Edith gemeint hatte. Lena und ich waren ein Traumteam. Kein Gemecker trotz müder und hungriger Kinder und einer unendlich langen Schlange.

Ich ging mit den Kindern zum Kiosk und kaufte Saft und belegte Brötchen, während Lena in der Schlange wartete. Als wir zurückkamen, waren wir schon fast an der Reihe, und dann setzten wir uns in der Wartehalle in ein

Café. Die Kinder waren fröhlich und aufgeregt, Lena und ich fühlten uns als Supermütter. Sogar Sigge, der sich bisweilen wegen der präpubertären Hormone in ein Monster verwandelte, war gut drauf.

»Ob sie wohl spüren, dass wir beide freundlich miteinander umgehen, und das irgendwie ansteckt? Es war noch nie so einfach, nach Griechenland zu fahren«, sagte ich, als wir im Flugzeug saßen. Die Kinder saßen vor uns und neben uns auf der anderen Seite des Gangs.

»Da hast du recht. Christian und ich haben uns immer gestritten, wenn wir verreisen wollten, am Ende waren wir immer ein brüllender Haufen. Jeder war auf jeden sauer, und meistens dauerte es ein paar Tage, bis wir so etwas wie Ferienharmonie zustande brachten.«

»Genau wie bei uns. Wir waren immer gestresst und ärgerlich, dann stritten die Kinder miteinander, wir wurden noch ärgerlicher, und am Ende waren wir in dieser Spirale gefangen.«

Alle Etappen, die sonst Geduld erfordert hatten, waren völlig problemlos. Mit der U-Bahn vom Flughafen zum Syntagma und von da weiter nach Piräus zu fahren war ein Kinderspiel. Mit schwerem Gepäck in brütender Hitze auf den abgasstinkenden Straßen in Piräus nach dem richtigen Terminal zu suchen war ebenfalls ein Kinderspiel. Die Fähre hinaus auf die Insel machte sogar ausgesprochen Spaß. Sigge kannte ein Kartenspiel, das auch die fünfjährige Ines lernen konnte, und das spielten sie dann die ganze Überfahrt lang. Lena und ich tranken Eiskaffee und saßen auf Deck in der Sonne, wir konnten alles besprechen, was passiert war, seit wir uns zuletzt gesehen hatten.

Als wir schließlich im Haus waren und die Zimmer verteilt waren, ging ich auf die Terrasse und schickte Edith eine SMS.

»Jetzt verstehe ich, was du meinst. Ich verstehe nur nicht, woher du das weißt. Du hast doch nie Familienferien mit Mann und Kindern verbracht.«

Ich bekam sofort eine Antwort.

»Meine Liebe, nein, aber ich hatte Freundinnen, die alle das gleiche traurige Lied sangen, Jahr für Jahr, bis sie endlich geschieden waren, frei und glücklich.«

»Muss das so sein?«, fragte ich Lena später am Abend, als alle Kinder schliefen und wir auf der Terrasse saßen und in die Dunkelheit schauten. Ich hatte ihr von Ediths Prophezeiung erzählt und über mein Erstaunen, wie recht sie hatte. »Ist eine Scheidung wirklich die einzige Lösung, fröhlich und harmonisch zu sein? Das wäre doch schrecklich.«

Lena schwieg und dachte lange nach, ehe sie antwortete. Sie drehte ihre kurzen gebleichten Haare um die Finger, wie immer, wenn sie nachdachte.

»Es muss irgendwie möglich sein, auch wenn es sehr schwierig ist, solange die Gesellschaft ist, wie sie ist.«

»Wie meinst du das?«, sagte ich.

»Solange wir nicht in einer gleichgestellten Gesellschaft leben, ist es unglaublich schwer für einzelne Männer und Frauen, gleichgestellt zu leben.«

Die Tage flossen in ruhigem Tempo dahin, ich atmete aus und traute mich zu glauben, dass ich wirklich fühlte, was ich fühlte. Das Glück, mit den Kindern in einem salzigen Meer zu schnorcheln, danach schwer atmend am Strand zu liegen, während die Haut wieder sonnenwarm wurde.

Die Kinder, eng nebeneinander, die denselben Comic immer wieder lesen wollten. Der kleine Spaziergang zur Taverna, wo wir nachmittags ein Eis kauften. Das ewige Geschmiere mit der Sonnencreme, deren scharfer chemischer Geruch in allen Handtüchern und Badesachen hängenblieb. Lena hat helle Haut und war schon am zweiten Tag rot verbrannt. Ganz gleich, wie sehr sie sich zu schützen versuchte.

»Du hast zu wenig Unterhautfett!«, sagte ich und kniff in die Rettungsringe um meinen Bauch, die schon ganz braun waren. Lena hatte nach der Scheidung abgenommen, und jetzt, ein Jahr später, war sie immer noch dünn wie ein Strich. Ich machte mir Sorgen, es war, als würde nichts an ihr hängenbleiben, weder Kilos noch Sonnenbräune. Auch wenn es ihr gegen alle Erwartungen gelungen war, das Leben für sich und die Kinder einigermaßen zu organisieren, so wusste ich doch, wie sehr sie Christians Verrat getroffen hatte. Wie sie trotz des Erfolgs mit dem Buch immer wieder in nachtschwarzen Abgründen zu versinken drohte und sich nur mühsam wieder aufrappeln konnte.

»Nein, das ist eine Frage des Pigments! Das wäre nicht anders, wenn ich dick wäre«, sagte Lena und trug noch eine Schicht Sonnencreme auf.

Abends, wenn die Kinder schliefen, lagen wir in Liegestühlen auf der Terrasse, ließen den Blick ins nachtschwarze All wandern und redeten bis spät in die Nacht.

»Stell dir vor, es wäre zehn Jahre später. Was würdest du dir wünschen, wie dein Leben dann aussähe?«, fragte ich.

Lena zögerte mit der Antwort.

»Ich würde gerne vom Schreiben leben können. Und

dann würde ich mir wünschen, dass die Bank mir einen Kredit gäbe, damit ich irgendwo ein kleines Häuschen kaufen kann. Ich glaube, ich werde dann immer noch allein mit den Kindern leben. Ich bin mir nicht sicher, ob ich mich traue, jemals wieder jemanden in mein Leben zu lassen.« Sie schwieg, und ich sah, dass sie die Augen geschlossen hatte. »Und dann würde ich gerne mit den Kindern wieder mit dir hierherkommen«, sagte sie seufzend und fuhr fort, »aber am meisten hoffe ich, dass ich diesen Hass auf Christian nicht mehr habe. Dass er so unwichtig in meinem Leben ist, wie er sein sollte. Das heißt, dass er seine Rolle als Vater den Kindern gegenüber spielt, aber ansonsten ein Mensch ist, der mir völlig egal ist.«

Ich streckte meine Hand aus und nahm ihre. Lena schnaufte und zog die Nase hoch.

»Ich bin sicher, dass du genau das bekommen wirst!«, sagte ich und drückte ihre Hand. »Ich bin vor allem überzeugt davon, dass Christian verblassen wird, so langweilig, wie der ist. Du hast im letzten Jahr so hart an dir selbst gearbeitet. Bist in Therapie gegangen, hast zugelassen, zu trauern und wütend zu sein. Jetzt muss die Zeit das Ihre tun. Du wirst am Ende strahlender denn je zuvor herauskommen.«

»Hoffentlich hast du recht«, sagte Lena und schnäuzte sich.

Eine tiefe Befriedigung verdrängte die große Unruhe und den Stress. Die Muskeln entspannten sich, und plötzlich hörte ich mich selbst völlig grundlos laut lachen. Ein leichtes Lachen, ungezwungen und selbstverständlich.

Das blieb so bis zu dem Tag, als Johan kommen und mich ablösen sollte. Lena war mit ihren Kindern bereits einen Tag früher nach Hause gefahren, Johan kam am

Morgen. Wir wollten den Tag zusammen verbringen, dann würde ich am Abend die Fähre zur Nachbarinsel nehmen, um dort zehn Tage lang zu schreiben. Wieder zusammen in dem Haus, in dem wir so viele Sommer unseres gemeinsamen Familienlebens verbracht hatten. Plötzlich waren wir wieder zu zweit, wir zwei und unsere drei Kinder. Als wären wir eine Familie und die Veränderungen des Frühjahrs hätten nicht stattgefunden. Die alten Sprüche und Ermahnungen kamen wie von selbst: »Du sollst Mama gehorchen und die Zähne putzen, ehe wir an den Strand gehen!«

»Hast du alles eingepackt? Handtuch, Schnorchel, Comics?«

Aufgesetztes, angespanntes Lächeln, sinnlose Worte in einem höflichen Tonfall, ich wollte laut schreien, weil es so falsch klang. Als wären wir nur entfernte Bekannte. Die neue alte Situation schien auch die Kinder zu verwirren, sie waren angespannter als sonst. Das tat mir weh. Vielleicht habe ich da zum ersten Mal Trauer über die Trennung verspürt. Nicht dass ich etwas bereute, nur Trauer angesichts dessen, was vorbei war. Während die anderen ihre Strandtaschen packten, ging ich in den Schatten hinter dem Haus und ließ die Tränen fließen. Als ich erst einmal angefangen hatte, konnte ich nicht mehr aufhören. Ich hatte in den letzten Monaten wegen allem Möglichen geweint, aber das war ein anderes Weinen. Das waren die Tränen der großen Trauer. Wehmütig, stark und nicht zu bremsen. Alles musste raus. Ich weinte stundenlang, ich sperrte mich in mein Zimmer ein, damit die Kinder sich keine Sorgen machten. Johan war mit ihnen am Strand, ich trauerte über das, was war, was vorbei war.

Als sie zurückkehrten, musste ich mich zum Hafen

aufmachen, um die Abendfähre zu erreichen. Die Kinder verspürten wohl die gleiche Wehmut wie ich, unser Abschied war tränenreich, es war eine Mischung aus Trennungsschmerz und sonstiger Trauer. Harry saß auf meinem Schoß und weinte über einen Kratzer am Fuß, er wollte meinen Hals nicht loslassen. Er war untröstlich und schluchzte, der ganze kleine Körper schüttelte sich. Stella hatte sich mit dem Gesicht nach unten neben meine Füße gelegt. Ich spürte ihre Tränen. Sogar Sigge hatte glänzende Augen und drückte mich fest und lange.

Als das Taxi kam, war ich völlig aufgelöst, ich brauchte gar nicht zu versuchen, mein rot geweintes Gesicht zu verbergen.

Ich drehte mich um und schaute durchs Heckfenster. Ein jämmerlicher Haufen mit hängenden Schultern und traurigen Gesichtern.

Johan hob die Hand zu einem schüchternen Winken, für einen Moment trafen sich unsere Blicke in Übereinstimmung. Er war voller Wärme und Respekt und tiefer, gemeinsamer Trauer.

Das Taxi brachte mich zum Hafen, ich setzte mich an den Kai und schickte ein kurzes »Hilfe« an Lena, die mich auch sofort aus Stockholm anrief.

»Du musst dir gestatten, traurig zu sein, Sara. Dass du Trauer empfindest, ist ein Zeichen dafür, dass du funktionierst, es ist gut so.«

Sie hatte recht, ohne Schmerz wäre ich kein ganzer Mensch. Der Schmerz liegt immer direkt neben dem Glück.

Die Fähre fuhr in den glühenden Sonnenuntergang. Ich saß auf dem oberen Deck auf einer weißen Bank und ließ die warme Luft mein rot verweintes Gesicht streicheln.

Neben mir saß eine Frau mit zwei Schildkröten in einer Plastikkiste. Sie lächelte mich an, ich lächelte, so gut es ging, unter Tränen zurück.

Dann stand sie auf und ging zu der kleinen Bar. Sie kam zurück mit einem Bier, das sie mir wortlos reichte. Ich dankte ihr und sagte, ihre Schildkröten seien schön. Sie nickte, und dann saßen wir den Rest der Reise schweigend nebeneinander und schauten aufs Meer.

In meiner Brust begann eine Freude zu tanzen, als mir klar wurde, dass ich tatsächlich auf dem Weg zu einer schönen griechischen Insel war, zu einer einsam gelegenen Pension in den Bergen, wo ich so tun würde, als sei ich Leonard Cohen, ich würde Zeit und Ruhe haben zum Schreiben, Lesen, Schlafen und Denken.

Ich trank mein Bier und lauschte Joanna Newsom, die mir etwas von guten Tagen vorsang, dann dachte ich, so glücklich war ich schon lange nicht mehr. Und dann musste ich noch ein wenig weinen.

Capri, April 2015

In einer Höhe von zehntausend Metern sollten die Gedanken klarer werden. Wenn das Flugzeug abhebt und es in den Ohren saust und alles möglich ist. Der Himmel ist unendlich, die Wolken sind weich, stürzen wir jetzt ab? Was alles passieren kann, aber nicht passiert. Mein Kopf ist jedoch alles andere als klar. Deswegen kann ich weder lesen noch schlafen, noch einen Film anschauen. Das Einzige, was ich tun kann, ist, die Stewardess zu beobachten, die mit wohlerzogenem Körper und auf hohen unbequemen Schuhen im Gang auf und ab geht. Einmal schwankt sie ein wenig, findet jedoch in der letzten Sekunde wieder das Gleichgewicht.

Ein Mann um die fünfzig drei Reihen vor mir mustert sie gründlich von oben bis unten. Winkt sie zu sich, sie lächelt und beugt sich vor. Er sagt etwas, sie lacht, nickt, geht ans Ende des Flugzeugs, kommt mit einer Mini-Whiskyflasche und einem Glas zurück. Der Mann sagt etwas, sie lächelt, er legt eine Hand auf ihren Arm, lässt sie liegen. Aber ihr Lächeln ist jetzt ein klein wenig schiefer. Der Mann lächelt unbekümmert, einen kurzen Moment lang denke ich darüber nach, einzuschreiten, aber die Stewardess ist schon weitergegangen. Ich sage mir mit klopfendem Herzen, dass dies vermutlich

Teil ihres Alltags ist, Routine. Das ist genau der wunde Punkt; der größte Teil von Unterdrückung passiert genau innerhalb der Grenzen dessen, was als okay und *normal* angesehen wird. Die Grenze ist superschmal, und wenn man sie langsam ausdehnt, merken die Betroffenen kaum, was passiert. Das ist wie mit den Fröschen, die aus dem Topf springen, wenn man sie in kochendes Wasser wirft. Wenn du sie jedoch in kaltes Wasser legst und es langsam erwärmst, dann gewöhnen sie sich daran und lassen sich kochen.

Wenn man sich selbst an der Grenze befindet, kann man kaum identifizieren, was gerade geschieht. Wenn sie oder ich oder jemand anders den Mann mit dem Whisky mit seinem Verhalten konfrontiert hätte, dann hätte er natürlich geleugnet. Er würde uns hysterisch, verrückt und paranoid nennen. Feministenfotzen. Und er hätte ganz recht. Und wir hätten ganz recht. Im Patriarchat eine Frau zu sein macht einen hysterisch, verrückt und paranoid. Im Patriarchat eine Frau zu sein macht einen langsam, aber sicher zur Feministenfotze. Zur Bitterfotze.

Die meisten von uns haben genau wie die Stewardess Strategien entwickelt, das auszuhalten. Wir schauen in eine andere Richtung, tun so, als würden wir nichts bemerken. Die Unsicherheit und die Wut wachsen. Was ist gerade passiert? Übertreibe ich? Und genau da, in der Lücke der Unsicherheit, da kann die Machtordnung der Männer sich festsetzen.

Ich war selbst wie die Stewardess. An einem Samstagabend standen Misha, Lena und ich im Gedränge an einer sehr vollen Bar. Alle standen so eng, dass es eine Weile dauerte, bis ich den Mann hinter mir bemerkte, der sein Geschlecht an meinen Oberschenkel drückte. Er drückte ein bisschen zu fest, kam ein bisschen zu nah, als dass man es als normales Gedränge hätte empfinden können. Als ich reagierte und ihn anstarrte und von ihm abrückte, lachte er nur breit und unschuldig. Er sah total normal aus, schick, jung, hätte wahrscheinlich problemlos eine Frau aufreißen und mit nach Hause nehmen können. Er lächelte so breit, dass ich an dem, was gerade passiert war, zweifelte. Bildete ich mir alles nur ein?

Ich war wie die Stewardess auf der Arbeit, wenn meine männlichen Kollegen in einer Sitzung stundenlang Dinge berichteten und erklärten. Manchmal relevant, ganz oft auch überflüssig. Ich war wie sie, die nichts sagt, weil ich keine Lust auf Ärger hatte. Gar nicht zu reden davon, wie oft ich sie war in schlechten Beziehungen, die mir nicht gutgetan haben. Wie ich alle Warnsignale ignoriert habe, die Lieblosigkeit beiseitegewischt und die Erniedrigung geschluckt habe, stattdessen habe ich mich unendlich angepasst, verloren und erst wiedergefunden, als ich wieder Single war. Und all das geschah im Rahmen dessen, was als okay und normal angesehen wird. Ganz normale heterosexuelle Liebe.

Und alles hängt mit allem zusammen. Solange wir nicht gleichberechtigt lieben können, bekommen wir auch keine gleichberechtigte Welt. Andererseits ist es furchtbar schwer für einen einzelnen Mann und eine einzelne Frau, gleichberechtigt zu lieben, wenn die Welt um sie herum so wenig gleichberechtigt ist. Ein schreckliches Durcheinander, das mich ängstigt, resignieren und zum Kampf bereit werden lässt.

Deswegen sitze ich also wieder in einem Flugzeug, um weg von allem zu kommen, über mein Leben nachzudenken und die Trümmer nach einer weiteren Bruchlandung zusammenzufegen. Ich habe keine Angst vorm Fliegen. Im Gegenteil. Es ist lange her, dass ich mich mit Erica Jongs Klassiker getröstet habe. Damals war er relevant. Sprach mich an auf einem Flug nach Teneriffa und im Liegestuhl einer hässlichen Hotelanlage, in die ich gereist war, um *meine Situation zu durchdenken.*

Unter uns ist der weiße Wolkenteppich verschwunden, spitze Berggipfel sind zu sehen. Das amerikanische Paar neben mir schläft einen Dornröschenschlaf, ich habe keine Ahnung, wer den anderen ins Leben zurückholt. Vielleicht wechseln sie sich ab. Das wäre schön. Aber vermutlich wird sie ihn wecken. So viele Märchen und Mythen unserer Kultur stimmen nicht mit der Wirklichkeit überein. In der Wirklichkeit schlafen die Prinzen, die Frauen müssen immer wieder die Männer wecken und sie zurück ins Leben und zur Liebe führen.

Das amerikanische Paar ist großgewachsen und rotnasig, und aus der Art, wie sie nicht miteinander sprachen (bevor sie einschliefen), schloss ich, dass sie schon eine Ewigkeit zusammenleben. Mit einem praktischen Blick auf die Liebe, gemäß dem Zirkelschluss *Wir sind zusammen, weil wir zusammen sind, und deshalb bleiben wir zusammen.* Die meisten Menschen haben solche Angst, ohne Liebe zu leben, dass sie, wenn sie es einmal erlebt haben oder zumindest etwas so Ähnliches, nie mehr loslassen. Es gibt Tage, da denke ich, sie haben verdammt recht, sich an die Beziehung zu klammern, auch wenn die auf Sparflamme läuft. Wenn ich etwas gelernt habe in diesen fünf Jahren als Alleinstehende, dann dass die Liebe so selten vorkommt wie Gespensterorchideen. Das hatte ich damals, vor fünf Jahren, nicht verstanden. Damals sehnte ich mich ausschließlich nach Zeit für mich allein. Allein sein zu dürfen, in Ruhe über etwas nachzudenken. Jetzt sind meine Sehnsüchte widersprüchlicher und verwirrter.

Am Flugplatz habe ich mir einen neuen Lippenstift gekauft. Knallrot, mit einem blöden Namen. Ich konnte wählen zwischen *Redilicious* und *Survivor.* Eigentlich gefiel mir die Farbe von *Survivor* besser, aber ich wollte keinen Lippenstift mit einem so blöden Namen. Bei *Survivor* kam ich mir jämmerlich vor. Als hätte ich mit Müh und Not überlebt. Ich bin zwar aus Stockholm geflohen, um meine Seele zu heilen und lange nachzudenken, aber mehr auch nicht. Ganz normale Lebenskrise, gespickt mit Trauer und einem erschöpften Herzen. Mama braucht eine Pause. Ich entschied mich für *Redilicious.*

Der rote Lippenstift macht mich fröhlich und trotzt meinem Instinkt, möglichst so rumzulaufen, dass niemand mich sieht. Der rote Lippenstift zwingt mich dazu, den Blicken der Menschen, die mir begegnen, standzuhalten. Der rote Lippenstift macht, dass ich den Rücken strecke und tief Luft hole. Der rote Lippenstift ist eine Umschreibung für: *Reiß dich zusammen.* Der rote Lippenstift bittet nicht um Entschuldigung für meine Existenz. Der rote Lippenstift sagt, dass meine Forderungen, unter den gleichen Bedingungen wie Männer zu leben und lieben, weder banal noch übertrieben sind. Im Gegenteil, sagt der rote Lippenstift. Der rote Lippenstift wird oft als einladend missverstanden, dabei ist es genau umgekehrt, der rote Lippenstift ist ein Stoppsignal. No paseran! Der rote Lippenstift bleibt. Hält sich eigensinnig, trotz Kaffee, Wasser und einem weichen Foccaccia, das die Stewardess serviert und das ich nehme und esse, obwohl ich keinen Hunger habe. Er hält vier Stunden, bis wir in Neapel landen und ich noch eine Schicht auflege, einfach so.

Als wir auf das Gepäck warten, drängt sich ein mildes Surren in meine Leere, Steifheit und gefüllte Blase. Als ich schließlich im Taxi sitze und das Meer sehe, weiß ich, dass das Surren Freude ist. Neapels Verkehrschaos, die engen Gassen, der Hafen, die Möwen, alles macht mich froh. In Molo Beverello kaufe ich eine Fahrkarte für die Fähre und setze mich in eines der kleinen Cafés am Hafen. An der Theke sitzen zwei junge Frauen um die zwanzig. Die eine trägt das Zeichen der Kassiopeia auf der Wange. Eine rote, blühende, gezackte Linie von Akne. Genauso entlarvend wie mein Handekzem, das immer ausbricht, wenn meine verdrängten Gefühle sich nicht mehr verdrängen lassen. Die Mythologie sagt, dass Kassiopeia mit der Schönheit ihrer Tochter Andromeda prahlte, sie behauptete, sie sei schöner als die Meeresnymphen. Das ertrug Poseidon nicht und schickte ein Meerungeheuer, um die Tochter zu töten. In letzter Sekunde wurde sie von Perseus gerettet, er verliebte sich in sie und heiratete sie. Aber Poseidon konnte Kassiopeia und ihre Tochter fangen. Er befestigte sie am Himmelsgewölbe. Dazu verdammt, in alle Ewigkeit zu glitzern. Unerreichbare Schmuckstücke im Dunkel des Alls. Ach, Frauenschicksal, ich hasse dich!

Ganz hinten im Café gibt es zwei Tische mit dazugehörigen Plastikstühlen. An einem sitzt ein Mann mittleren Alters mit Fischermütze und weißen Locken. Er hat einen englischen Reiseführer in der Hand, zwei große Rollkoffer versperren den Weg. Er lächelt und verschiebt sie, als ich versuche, mich mit meinem Rollkoffer durchzudrängen. Er will nach Palermo, erzählt er stolz, als ich mich neben ihm mit meinem Bier und einem belegten Brot niederlasse.

»I'm going to Capri«, sage ich.

»Ah, very beautiful. Have you been there before?«

Ich nicke und lache.

»Good, very good!«, sagt er, als würde er ein Urteil verkünden.

Ja, ich war schon einmal dort. Vor fünf Jahren. Eine Ewigkeit. *Gerade eben.* Nichts ist, wie es war. *Alles ist, wie es war.* Ich bin ein neuer Mensch. *Genauso unmöglich wie damals.* Genauso verwirrt wie damals. Die gleiche ärgerliche Kluft zwischen dem, was ich weiß, und dem, was ich fühle. Der gleiche verdammte Kampf, mein Leben, meine Seele besitzen zu wollen. Damals wie heute.

In meiner ersten Zeit als Single sah ich auf den Straßen nur frisch verliebte Paare. Wo ich auch war, traf ich sie, eng umschlungen und lächelnd gingen sie durchs raschelnde Laub, küssten sich, blieben stehen, schauten sich in die Augen, küssten sich und lächelten wieder.

Es war ein sehr schöner Herbst, blauer Himmel und wärmende Sonne ließen die Farben der Bäume leuchten. Wie dafür gemacht, Hand in Hand mit jemandem spazieren zu gehen und mit dem Laub zu rascheln. Ich starrte sie aus schmalen Augen an und hoffte, dass mein zynischer Blick sie wenigstens verlegen machte. Aber sie hatten nur Augen für einander und schauten durch mich hindurch.

Das Weinen des Sommers war in eine fast manische Energie übergegangen. Die Wochen mit den Kindern vergingen in rasendem Tempo, intensiv und anstrengend. Ich stellte fest, dass das Elternsein für Alleinstehende sowohl schwieriger als auch einfacher war. Es war spannend, die Kinder ohne eine weitere Person dazwischen kennenzulernen. Lange hatte ich mich nach Zeit für mich gesehnt, nach Stille, Kindern, die in Ruhe spielten. Jetzt, wo ich alle zwei Wochen Zeit, Stille und Ruhe hatte, konnte ich das Durcheinander und die Stimmen, die dauernd reden und Fragen stellen mussten, besser genießen. Kleine Körper, die immer genau da sein wollten, wo ich gerade war. Das hatte mich früher manchmal gestört. Jetzt genoss ich ihre Nähe, ich nahm die Kinder gerne auf den Arm, um sie zu küssen, auch wenn ich gerade kochte und eigentlich keine Zeit hatte. Andererseits war es anstrengend, keinen Partner zu haben, der helfen konnte, wenn sie sich stritten. Das erforderte eine ganz andere Präsenz von mir.

Alle zwei Wochen hatte ich rund um die Uhr die Verantwortung. Da konnte mich niemand auch nur fünf Minuten ablösen. Der Begriff Yoga-Atmung bekam einen neuen Sinn. Tief einzuatmen und bis zehn zu zählen wurde zur täglichen Übung.

Alle zwei Woche ohne Kinder zu sein bedeutete, dass eine unerwartete Menge an Zeit frei wurde. Plötzlich konnte ich arbeiten, wie ich wollte, lange aufbleiben und morgens ausschlafen, wenn mir danach war, zu unmöglichen Zeiten zum Sport gehen, Freunde treffen und Dinge tun, für die ich vorher keine Zeit gehabt hatte. Obwohl ich gewusst hatte, dass die Familie viel Zeit in Anspruch nahm, wurde mir jetzt schmerzhaft deutlich, wie viel Zeit sie wirklich gekostet hatte.

»Das überrascht mich kein bisschen«, sagte Rilke, als ich ihr von meiner Erkenntnis berichtete.

»Die Ehe ist eine Frauenfalle, das weiß doch jeder. Es traut sich nur niemand, das zuzugeben, weil so viele unbedingt in diesem Heterosumpf bleiben wollen.« Mit ärgerlicher Stimme betete sie ihre üblichen Statistiken herunter.

»Wenn Frauen von der Arbeit nach Hause kommen, dann steigen ihr Puls und ihre Stresshormone. Wenn Männer von der Arbeit nach Hause kommen, passiert das Gegenteil. Die Stresshormone nehmen ab, und der Puls sinkt.«

Ihr dünner Körper hüpfte, und sie schüttelte wild den Kopf.

»Das weiß ich doch alles schon!«, protestierte ich.

»Alle Untersuchungen, wirklich alle, zeigen, dass es Frauen nach der Scheidung besser geht. Für Männer ist es genau umgekehrt. Na klar, plötzlich stehen sie ohne persönliche Assistentin und Haushälterin da. Dumm gelaufen!« Sie lachte, als sähe sie es vor sich.

»Ich weiß«, versuchte ich es noch einmal, aber wenn Rilke einmal in Gang gekommen war, ließ sie sich nicht bremsen.

»Jetzt fehlt nur der Lesben-Schritt, dann ist dein Leben perfekt! Beende den Tag mit dem Gebet um den inneren Frieden, dann müsste es in ein paar Wochen klar sein«, sagte sie, faltete die Hände und schloss die Augen.

»*Gib mir den inneren Frieden, zu akzeptieren, dass ich mich ändern kann, den Mut, es anzugehen, den Verstand, den Unterschied eines Lebens mit Frauen oder Männern zu erkennen, und dass mir ein neues Leben so viel inneren Frieden schenken kann, dass ich diesen Vers nie mehr aufsagen muss*«, sie öffnete ihre braunen Eichhörnchenaugen und lachte breit.

»Ich sollte Kurse für Anonyme Heteros anbieten. Frauen helfen, nüchtern zu leben und sich zu bekehren. Gar nicht auszudenken, wie reich ich werden könnte! Und was für eine wunderbare Welt das würde!«

Lena und Misha nickten nur, wenn ich ihnen enthusiastisch von meinem neuen Alle-zwei-Wochen-Leben erzählte. Wir saßen in einem Café an der Hornsgatan, wo wir uns donnerstags zum Frühstücken trafen.

»Warum hat einem das niemand erzählt?«

Misha schüttelte den Kopf und beugte sich vor. Ich starrte fasziniert in ihre krausen schwarzen Locken, ein scharfer Kontrast zu meinen dünnen, strapazierten Haaren. Sie besaß die Fähigkeit, immer auszusehen, als sei sie für ein Fest zurechtgemacht, auch wenn es ein müder Donnerstagmorgen war.

»Also, eines solltest du als Allererstes lernen. Du darfst das deinen verheirateten oder zusammenwohnenden Freundinnen niemals erzählen!«, sagte Misha. Sie legte ein Bein übers andere, und die schwarze Lederhose quietschte.

»Warum nicht? Die Leute haben doch solche Angst, sich scheiden zu lassen. Wenn sie wüssten, wie toll das Leben danach ist, würden sich vielleicht mehr trauen!«, sagte ich.

»Die wollen das nicht hören!«, sagte Misha nachdrücklich und bremste mich. »Wenn du denen erzählst, wie wunderbar dein Leben nach der Scheidung ist, dann hassen sie dich.« Sie gestikulierte wild mit der Rechten, sodass das Goldarmband, das sie von ihrer Großmutter geerbt hatte, klirrte.

Ich verzog skeptisch das Gesicht.

»Glaub mir! Wie oft habe ich versucht, meinen verheirateten Freundinnen zu erzählen, welche guten Seiten eine Scheidung hat, und habe nur Schweigen geerntet.«

»Das klingt, als hättest du nur Umgang mit den schlimmsten Tussis aus den reicheren Stadtteilen!«, sagte ich.

Aber Lena pflichtete Misha bei.

»Ich kenne das auch«, sagte sie und schob sich Kautabak hinter die Lippe. Im Gegensatz zu Misha sah sie aus, als käme sie geradewegs aus dem Bett. Die Haare waren struppig, das Gesicht ungeschminkt, das T-Shirt und die Jeans sahen aus, als wären sie die erstbesten Kleidungsstücke gewesen, die sie fand. »Um eine triste Ehe auszuhalten, muss man so einiges verdrängen, damit man es schafft. Wenn deine frisch geschiedene Freundin plötzlich frischer und strahlender aussieht als je zuvor und fröhlich erzählt, wie viel Zeit sie plötzlich hat, dann willst du das nicht hören und glaubst ihr nicht. Solange ich verheiratet war, habe ich versucht, die Fassade einer glücklichen Familie aufrechtzuerhalten. Ich wusste natürlich, dass das nicht stimmte, meine Güte, wir hatten zwei Jahre keinen Sex gehabt! Aber trotzdem tat es weh, zuzugeben, dass alles falsch war. Am Anfang, als Christian mich verließ, war ich verzweifelt, aber ganz allmählich, als ich merkte, was das neue Leben bedeutete, da war es wie eine Revolution.«

»Aber mir hättet ihr es doch wenigstens sagen können!«, sagte ich.

Lena und Misha tauschten Blicke aus und lächelten.

»Nicht einmal du hättest uns das geglaubt, Schatz!«, sagte Misha und nahm meine Hand. »Ganz sicher, das wäre an dir abgeperlt wie Wasser an einer Ente.«

Lena nickte.

»Das ist ein Geheimnis, das besser zwischen uns Divorces bleibt«, sagte Misha.

Konnte das wahr sein? Ich lag in der Badewanne, hörte Nina Simone und pulte im Bauchnabel. Schmutzige Hautablagerungen lösten sich und flossen um mich herum. Ich wusste schon, dass die Liebe ein ideales Gebiet für Selbstbetrug war. Ich wusste auch, dass ich einen gehörigen Teil an Lebenslügen mit mir herumtrug und Strategien entwickelt hatte, um mich der Wahrheit nicht stellen zu müssen, aber dennoch.

Ich schloss die Augen. Wenn Misha mir vor zwei Jahren

erzählt hätte, wie viel Zeit sie plötzlich hatte und wie gut das Alle-zwei-Wochen-Leben funktionierte, hätte ich ihr gratuliert, aber gedacht, dass es bei mir nicht funktionieren würde. Mishas und Jims Ehe war so anders als meine und Johans gewesen. Jim war ein erfolgreicher Werbefachmann und arbeitete ständig, bis es Misha schließlich zu bunt wurde. Ich stellte mir vor, dass wir einzigartig wären, alle außer uns waren nicht gleichgestellt. Deren Probleme waren nicht unsere. Zu akzeptieren, dass man selbst im gleichen miesen Muster gefangen ist, das tat weh. Es gab immer andere, die weniger gleichberechtigt lebten, noch weniger Sex hatten und mehr stritten. Paare, mit denen man sich vergleichen und trösten konnte. Diese Paare waren lebenswichtig, um die Fassade aufrechtzuerhalten.

Meine Mutter war eine von denen, die sich aus unerfindlichen Gründen an den Mythos klammerten, dass eine geschiedene Frau per Definition eine Verliererin sei. Obwohl sie das lebende Beispiel des Gegenteils war. Als sie sich nach neunzehn unglücklichen Jahren mit meinem Vater endlich scheiden ließ, war sie wie ausgewechselt. Der gespannte Zug um den Mund glättete sich, plötzlich hatte sie Zeit, sich aufs Sofa zu legen und mit meinen Geschwistern fernzusehen, ich war schon von zu Hause ausgezogen und bekam heimliche Berichte von Kajsa über die »neue« Mutter.

»Sie ist kaum mehr in der Küche, wir dürfen mindestens einmal die Woche Pizza holen, weil sie keine Lust zum Kochen hat. Und sie saugt nur noch am Wochenende, nicht jeden Tag wie früher«, sagte Kajsa begeistert.

Wie so viele Frauen, die in der Pflege arbeiten, verdiente meine Mutter sehr wenig, aber es stellte sich heraus, dass man von diesem Scheißlohn, von dem unser Vater gesagt hatte, er sei eigentlich unwichtig, doch irgendwie leben konnte. Sie zog mit meinen Geschwistern in eine kleine Wohnung, nichts Besonderes, aber sie richtete sie gemütlich ein, und es reichte, dass alle sich wohlfühlten. Auf materiellen Standard zu verzichten wog offenbar schwerer, als weiter in einer unglücklichen Ehe zu leben, mit einem Mann, der ihr ständig sagte, wie unmöglich und wertlos sie sei.

Mein Vater hingegen, er verlor seinen Job und musste in eine kleine Zweizimmerwohnung am Stadtrand ziehen. Die war bald verraucht, zugestellt mit Werkzeug und einem überdimensionalen Flachfernseher und einer Stereoanlage. Die Möbel bestanden aus zufällig zusammengewürfelten Gegenständen. Es gab keine Vorhänge, Blumen, Teppiche, Kerzen, Lampen oder irgendwas, das eine Wohnung gemütlich macht.

In den Jahren bis zu seinem Tod verwandelte sich die Wohnung immer mehr in einen Ort, wo man am liebsten auf dem Absatz kehrtgemacht hätte. Unbequem, kalt, unpersönlich. Eine Wohnung, die nur allzu deutlich seine Angst und seinen Selbsthass spiegelte.

Die wenigen Male, die ich pflichtschuldig die Kinder mitschleppte, damit sie ihren Großvater sahen (ungefähr einmal im Jahr), sagten sie kein Wort und warteten, bis die obligatorische Stunde vorbei war und wir alle aufatmen und wieder gehen konnten.

»Es riecht so eklig bei Großvater!«, sagte Stella einmal nach unserem Besuch.

»Weil er in der Wohnung raucht«, sagte ich.

»Und der Boden ist schmutzig!«, sagte Sigge angeekelt.

Ich schämte mich für meinen Vater, und er tat mir leid.

Auch wenn er der lebende Beweis war für eine destruktive Maskulinitätsrolle und das Unvermögen, sich um sich selbst und seine Angehörigen zu kümmern, hatte ich doch nie ein Gefühl der Überlegenheit. Nur eine verwirrende Mischung aus Scham, Schuld und Trauer, eine offene Wunde in den Jahren, die er noch lebte.

Wenn es jemanden gab, dann meine Mutter, die erfahren hatte, dass das Leben nach einer Scheidung besser wurde. Warum reagierte sie so negativ auf meine Trennung? Ich war nicht in der gleichen prekären ökonomischen Situation wie sie. Johan und ich hatten uns im Unterschied zu ihr und meinem Vater respektvoll getrennt, das geteilte Sorgerecht war selbstverständlich für uns.

War es vielleicht ganz einfach so, dass man in den Augen der Gesellschaft von einer verheirateten, sozial erfolgreichen (ehrbaren) Frau zu einer geschiedenen und damit sozial gescheiterten Frau wurde? War ihr vielleicht mein sozialer Status wichtiger gewesen, als ich geahnt hatte? Etwas, was sie vor Freunden und Bekannten stolz hervorheben konnte? Sara und ihre netten Kinder und ihr wunderbarer Mann. Sara in Stockholm mit einem tollen Job und einer Wohnung mitten in der Stadt. Durch die Scheidung war ich auf der gesellschaftlichen Leiter eine Stufe herabgestiegen, ganz gleich, wie froh und glücklich ich war. Ich war jetzt geschieden, alleinstehend, unverheiratet. Das alles verstärkte das Gefühl der Gefährdung. Geschieden zu sein hieß, dass ein soziales Projekt gescheitert war. Die Menschen konnten in ihrer Ehe noch so unglücklich sein, geschieden zu sein war immer noch schlimmer.

Wir konnten nie darüber sprechen. Sie stellte keine Fragen, und ich konfrontierte sie auch nicht oder erklärte ihr, dass alles gut wäre. Dass das Schlimmste ihre Reaktionen und die des Umfelds waren.

Sie rief regelmäßig an, und wir führten unsere Nicht-Gespräche.

»Hallo, hier ist Mama.«

»Hallo!«

»Wie geht es euch?«

»Danke, alles gut.«

»Und was machen die Kinder?«

Kurzes Schweigen, ich schaute ins Wohnzimmer.

»Stella und Harry schauen ein Kinderprogramm, und Sigge liegt in seinem Zimmer mit dem Handy, glaube ich.«

»Aha, habt ihr schon gegessen?«

»Ja.«

»Was habt ihr gegessen?«

»Quornbolognese mit Spaghetti.«

»Quornwas?«

»Das ist ein vegetarisches Protein, das man statt Hackfleisch nehmen kann.«

»Du musst daran denken, dass Sigge wächst, er braucht Proteine.«

»Ja, das ist Protein.«

»Aber es ist kein Fleisch.«

»Nein.«

»Und Kinder brauchen Protein.«

Ich seufzte und versuchte, das Thema zu wechseln.

»Und wie geht es dir?«

»Mir geht es gut.«

»Was hast du gegessen?«

»Kassler mit Kartoffeln.«

»Aha.«

»Dann wünsch ich euch alles Gute.«
»Ja, ich dir auch.«
»Okay, tschüs.«
»Tschüs.«

Im Oktober war ich eingeladen, ein vierzigster Geburtstag wurde in Jackies und Dimitris Sommerhaus gefeiert. Ich fuhr am Freitagnachmittag mit dem Zug los und war gegen sieben in Lund.

Jackie hatte gesagt, sie würde jemanden schicken, um mich abzuholen, ich wartete also vor dem Bahnhof. Nach einer Weile fuhr ein grüner Toyota vor und hupte. Hinter dem Steuer saß Morris und grinste. Wir hatten uns seit der letzten Begegnung, der ersten und einzigen, nicht mehr gesehen.

»Was für ein Zufall!«, sagte ich und warf den Koffer auf den Rücksitz.

»Nicht wahr! Komm her, dass ich dich küssen kann!«

Er sagte das mit einer solchen Selbstverständlichkeit, dass ich resigniert und, ich muss es zugeben, auch ein wenig freudig seufzte.

Wir fuhren Richtung Öved, Morris erzählte von seinen Sommerferien.

»Wie läuft es denn mit deinem Liebhaberstall?«

Ich konnte mich nicht erinnern, dass ich ihm von meinem Plan erzählt hatte, aber es war auch ein langer Abend mit viel Alkohol gewesen.

»So lala«, sagte ich wahrheitsgemäß. »Noch sind die Boxen ziemlich leer, bis auf einen Freiwilligen, aber der wohnt in den USA, da läuft also nicht sehr oft was, so gerne er das auch hätte.«

»Ich könnte!«, sagte Morris. »Einen Abend alle zwei Wochen?«

»Super. Ist deine Frau mit diesem Arrangement einverstanden?«

Er lachte.

»Nein, noch nicht, aber wir haben im Sommer ziemlich viel über Seitensprünge geredet, ich bearbeite sie noch. Ich glaube, für mich wäre das super.«

Jetzt musste ich lachen.

»Entschuldigung, aber praktizierst du das nicht sowieso?«

Zum ersten Mal sah er ein wenig verlegen aus.

»Nein, ich meine, dass ich es ganz offen machen könnte.«

»Und da stellst du dir auch vor, dass deine Frau Liebhaber außer dir hat?«

»Ja, vermutlich. Wenn sie will.«

»Na klar würde sie wollen!«, sagte ich und musste lächeln, als ich seinen besorgten Blick sah.

Er schwieg und bog plötzlich in einen Waldweg ab und parkte das Auto. Er drehte sich zu mir und schaute mich an.

»Ich muss dich erst mal richtig anfassen!«

Er beugte sich herüber und küsste mich, dabei suchte seine Hand meine Brüste.

Und wieder verriet mich mein Körper. Die vielen Sommerwochen ohne Mann hatten meine Lust angeheizt und meine intellektuelle Verteidigung außer Gefecht gesetzt. Außerdem waren meine Brüste schon immer mein schwacher Punkt. Streichle meine Brüste, und ich gehöre dir. Ich zog mein Kleid hoch und setzte mich auf Morris' Geschlecht. Er drang in mich ein. Sein Gesicht war auf der

Höhe meiner Brüste, er küsste sie, während ich ihn ritt. Zu meiner Enttäuschung kam er schon nach ein paar Sekunden. Er stöhnte und beugte den Kopf zurück. Als er wieder zu Sinnen kam, umarmte er mich und bohrte sein Gesicht zwischen die Brüste.

»Oh, warum bist du nur so wundervoll?«

»Und warum bist du so notgeil?«, antwortete ich mit einem Seufzer. »Du hast hoffentlich gemerkt, dass ich nicht gekommen bin?« Ich führte seine Hand an meine Klitoris. Morris schaute auf die Uhr.

»Verdammt, wir sind schon viel zu lange unterwegs. Ich verspreche, heute Nacht mache ich es wieder gut!«

Feucht und frustriert starrte ich auf die schmale Landstraße. Mein Geschlecht pochte wütend, und innerlich fluchte ich über meine eigene Dummheit und die egoistischen Männer. Besonders verheiratete egoistische Männer.

Als wir bei Jackies und Dimitris Sommerhaus ankamen, trafen wir als Erstes Åsa, Morris' Frau. Sie lächelte und umarmte mich. Morris legte gleich einen Arm um ihre Schultern und küsste sie leicht auf die Wange.

Nahm sie den Geruch von Sex wahr? War ihr Lächeln ein klein wenig schief? Wie konnte er sich nur so schamlos und nonchalant ihr gegenüber verhalten? Dass sein Verrat ihn nicht sterben ließ. Mich nicht sterben ließ. Dankbar sah ich, dass Jackie auf uns zukam.

»Endlich bist du da! Komm!«

Das Fest war schon in vollem Gang. In einer Scheune spielte eine Country-Band, in einer anderen stand das Buffet. In einer dritten waren die Bar und eine Tanzfläche. Ich kannte die meisten Leute von früheren Festen und stellte fest, dass es vor allem Paare waren.

Jackie zog mich zum Buffet und ermahnte mich, zuzugreifen, sie würde etwas zu trinken besorgen.

»Du hast was nachzuholen, wir feiern schon seit Mittag.«

Ich trank folgsam und widmete mich dem Essen. Bald spürte ich, wie der Alkohol wirkte und das Pochen zwischen den Beinen sich beruhigte. Ich konzentrierte mich auf die Menschen an meinem Tisch und dachte, von jetzt an ist Schluss mit verheirateten Männern.

Aus dem Abend wurde Nacht, und ich stellte erleichtert fest, dass mein Plan funktionierte. Ich hatte Spaß mit Jackie und den anderen, Morris sah ich nur hin und wieder aus den Augenwinkeln.

Allmählich verzogen sich die Partygäste auf die Tanzfläche. Es war eng und heiß, alle waren spürbar angetrunken. Gerade als ich eine Pause machen und Wasser trinken wollte, tauchte Morris auf und stellte sich neben mich. Sein Lächeln war mal wieder selbstzufrieden und charmant zugleich. Ehe ich reagieren konnte, hatte er mich an sich gezogen, in eine Umarmung, die im besten Fall einem Klammerblues glich. Einen Moment erwog ich, mich zu entziehen, aber das hätte vielleicht noch verdächtiger ausgesehen. Wir waren Freunde auf einer Tanzfläche voll mit anderen Freunden, die alle eng miteinander tanzten, ohne dass es etwas zu bedeuten hatte.

Er sagte ausnahmsweise nichts, vielleicht war er zu betrunken? Ich spürte seine Hände auf meinem Rücken und wie mein Körper automatisch mit einem Schaudern antwortete. Ich diskutierte mit mir selbst, jetzt war der Moment, wo ich mich beherrschen und das Ganze abbrechen sollte. Danke und tschüs. Bevor ich etwas tun konnte, wurden wir von Åsa unterbrochen, die aus dem Gedränge auf der Tanzfläche auftauchte.

»Ich geh jetzt schlafen.«

Ihre Augen waren traurig und müde, meine Wangen glühten vor Scham. Morris ließ mich los, zog sie an sich und küsste sie wieder so gleichgültig und oberflächlich wie bei unserer Ankunft.

»Schlaf gut, Liebling.«

Sie blieb stehen und schaute zwischen uns hin und her.

»Kommst du nicht mit?«

»Ich komme gleich.«

Er sagte es in einem bestimmten Tonfall, fast genervt, sie zuckte zusammen, als versuche sie zu verstehen, was das bedeutete. In diesem Moment verschwand alles Spielerische, meine Weigerung, die Sache ernst zu nehmen. Selbstverachtung mischte sich mit Wut über sein arrogantes Verhalten.

»Entschuldige, ich wollte mir etwas zu trinken holen«, sagte ich und drängte mich schnell durch die verschwitzte Menge. Draußen war es sternenklar, die Nachtluft kühlte meine heißen Wangen. Für mich war das Fest vorbei. Es war nicht mehr lustig. Was für mich eine bedeutungslose sexuelle Begegnung gewesen war, hatte jemand anderem das Herz gebrochen. Da wollte ich nicht mehr mitspielen. Das war es nicht wert. Ich ging ins Haus auf die Toilette, ließ kaltes Wasser über meine Handgelenke laufen und starrte mein müdes Gesicht im Spiegel an. Die Scham verlangte Genugtuung. Als ich da stand, versuchte ich mir einzureden, dass nichts passiert sei. Das war fast wahr, wenn man von gewissen Dingen früher am Tag absah.

Capri, April 2015

Der gewundene Weg von Marina Grande den Berg hinauf nach Anacapri ist stellenweise so halsbrecherisch, dass ich die Augen schließen muss. Der Abgrund ist so nahe, dass der Bus zu fliegen scheint. Es ist die gleiche Schreckensfahrt wie vor fünf Jahren, aber da hatte ich die Augen weit aufgerissen. Das Herz klopfte trotzdem wie wild, ich war ohnehin im freien Fall. Ein Busunfall mehr oder weniger spielte keine Rolle.

Schließlich erreichen wir die Piazza Vittoria. Ich steige mit weichen Knien aus, und der wohlbekannte Duft aus Salbei, Kiefernnadeln, Abgasen und Chlor schlägt mir entgegen. Die kleinen Häuser an der Straße zur Villa San Michele stehen eng beieinander. Auf beiden Seiten drängen sich Touristenläden, die Krimskrams, Sandalen und Pizza verkaufen, und überall stehen Zitronenbäume voller Früchte. Jeder Garten scheint seine eigenen Zitronenbäume, Hunde und Vogelkolonien zu haben. Ich hatte vergessen, wie viele Vögel hier wohnen. Die ständige Geräuschkulisse von Vogelstimmen, die über ganz Capri liegt, wo man auch hingeht. Glücksgesang. Und dann das Meer, wohin man den Blick auch wendet, glitzernd gegen die kargen Kalkfelsen.

Luca, der Hausmeister der Villa San Michele, holt

mich ab. Auch er sieht aus, wie ich es in Erinnerung habe. Ordentlich angezogen, die grau melierten Haare zurückgekämmt. Er lächelt und fragt, wie die Reise war, dann zeigt er mir den kleinen Trick mit dem Tor, man muss es beim Aufschließen zu sich ziehen. Es ist ein altes Tor. Genau wie das weiß gekalkte Haus dahinter.

Ich darf dieses Mal in Ginestre wohnen. Das Haus ist größer und schöner als das, in dem ich zuletzt wohnte. Ich habe mich immer gefragt, warum manche in den kleinen Zimmern in der Foresteria wohnen sollen, während andere kleine Häuser mit Terrasse und Meerblick bekommen. Das schönste heißt Limone und hat mehrere Zimmer mit Mosaikfußboden. Jetzt wohnt hier ein älteres Paar, Göran und Inger. Er schreibt ein Buch über Axel Munthes und Königin Victorias heimliche Liebesgeschichte. Die Frau lächelt breit und stellt sich als »Begleitung« vor. Einfach so. All diese Männer und ihre »begleitenden« Ehefrauen.

Was wohl Axel Munthe über so eine wie mich gedacht hätte? Er scheint nicht direkt ein Feminist gewesen zu sein. Obwohl, wer weiß, ein paar radikale Gedanken scheint er gehabt zu haben, besonders in Bezug auf Sex und Zweisamkeit, auch wenn die Freiheit vor allem ihm vorbehalten war. Vermutlich hätte er die »Radikalität« nicht so gut gefunden, wenn seine Frau ihn so betrogen hätte wie er sie.

Oh, alle diese Männer, die von einseitigen polyamoren Ausschweifungen träumen! Wenn ihr doch aussterben würdet, aber ganz im Gegenteil, ihr lebt und werdet ständig mehr unter einem löchrigen Begriffsschirm, der sich Radikalität nennt.

Axel Munthe ist auf jeden Fall selbst schuld, dass er sein

schönes Haus dem Staat geschenkt hat, mit dem Wunsch, es als Gästewohnung für diverse Kulturschaffende bereitzustellen. Wenn man sich nicht genauer ausdrückt, kann es passieren, dass auch mal eine Bitterfotze unter den Antragstellern ist. Und wenn es einen Ort auf der Welt gibt, wo auch die bitterste Bitterfotze geheilt werden kann, dann ist es Capri. Und einige der griechischen Inseln.

Ich packe aus und gehe dann auf die Terrasse. Weit unten liegt das Meer und glänzt in der Abendsonne. Auf meiner Terrasse steht ein Orangenbaum, und darunter blühen Kirschbäume. Und dann der Gesang der Vögel. Immer Vogelgesang.

Ich habe Kerstin Thorvalls Gedichtband *Hässliche Worte sind so schön / Fula ord är så sköna* dabei, weil ich so ruhelos bin, dass ich keinen längeren Text lesen kann. Vielleicht in ein paar Tagen, wenn ich richtig angekommen bin, aber hier und jetzt geht nur Poesie. Fast alle ihre Gedichte sind relevant für meinen Geisteszustand. Ich wähle eines, das heißt *Lass es raus,* und lese es immer wieder.

Lass es raus
Lass los
Hab keine Angst
Schließ die Augen
Denke nicht
Lass das LEBEN über dich spülen
Pah –
Was zum Teufel?
Davon wird es auch nicht anders.

Ich wusste nicht sehr viel über Kerstin Thorvall, außer dass ihr Buch *Alles was verboten ist,* das 1976 erschien, einen Skandal auslöste. Vor allem wegen der schamlosen, sich selbst ausliefernden Schilderungen ihres Sexlebens.

Als ich das Buch schließlich las, stellte ich fest, dass es darin vor allem um ihre Ängste und ihr problematisches Verhältnis zu ihrer Mutter ging. Und doch waren es vor allem die Sexschilderungen, die es berühmt machten, der Sex schien im Weg zu stehen, zumindest für die Kritiker. Es war offenbar undenkbar, dass eine alte Frau sich so benahm. Und was heißt hier alt, erst viel später ging mir auf, dass sie erst einundfünfzig war, als sie *Alles was verboten ist* schrieb. Kaum ein Alter, in dem man keinen Sex mehr hat, und doch wurde es so aufgefasst. Sie brach mit einem Tabu, aber dass eine Frau mittleren Alters über ihre Lust schrieb, sah man nicht als revolutionär an, sondern nur als unanständig.

Ulf Lundell, der im selben Jahr einen Roman veröffentlichte, in dem es auch um Angst und Sex ging, wurde ganz anders aufgenommen. Manchmal zeigen sich die unterschiedlichen Lebensbedingungen mit lachhafter Deutlichkeit. Er wurde nicht beschämt und lächerlich gemacht, sondern zum Genie erklärt und als gesellschaftskritischer Generationsautor verherrlicht.

Die Sexschilderungen waren unterhaltsam, und den Begriff slut-shaming gab es 1976 noch nicht. Dass eine Frau davon erzählte, dass sie wechselnde Sexpartner hatte, fand man weder passend noch moralisch und schon gar nicht literarisch.

Mehr als die Sexschilderungen berührt mich ihre Sehnsucht, das Familienleben hinter sich zu lassen. Darin erkenne ich mich wieder, dazu habe ich einen Bezug. Für mich ist diese Sehnsucht das Allerverbotenste. Damals, vor zehn Jahren, als Sigge noch ganz klein war, zerrte das schlechte Gewissen, dass ich ihn und Johan eine Woche allein ließ, an mir und ließ mir keine Ruhe. Jetzt habe ich eine ganz andere Freiheit. Mit großen Schulkindern, die eine Trennung von der Mama hin und wieder verkraften. Ein Alle-zwei-Wochen-Leben, an das sie sich überraschend gut gewöhnt haben.

»Böse Tochter. Untreue Ehefrau. Schlechte Mutter. Widerwillige Großmutter. Ich komme nie aus dem Trotzalter raus. Das ist tragisch. Und hoffnungslos«, schrieb Kerstin Thorvall und wurde so zur Stimme von Tausenden Frauen, die sich darin wiedererkannten. Und doch wurde sie als neurotische Tagebuchschreiberin mit »egozentrischem Ego-Durchfall« abqualifiziert. Diese ärgerlichen Zuschreibungen, die sich durch die Literaturgeschichte ziehen, wenn Frauen über ihre Erfahrungen schreiben. Sie werden sofort als neurotisch, egoistisch und uninteressant abgestempelt. Wenn Männer das Gleiche machen, nennt man es große Literatur.

Thorwall schrieb über sich und über ihre Lust, zwei Tabus auf einen Streich, da folgt die Strafe auf dem Fuß.

Die Rezensionen waren wahrlich nicht gnädig. Jemand nannte sie »übersexualisiert«, da wurde sie wütend und rief den Rezensenten an und fragte, was die Kriterien für »übersexualisiert« seien. Einmal pro Woche? Jeden zweiten Tag? Jeden Tag? Sie bekam keine Antwort. Und hielt weiter durch, trotzig, schamlos und gleichzeitig voller Angst. Sex und Verlieben als Selbstmedikation. Als Gegenpol zum Tod. Aber sie wehrte sich dagegen, sexsüchtig genannt zu werden, sie bestand auf ihrem Recht, Lust und Verliebtsein als Aphrodisiakum zu benutzen. Neben dem Tanzen und dem Reisen.

Darin erkenne ich mich wieder, auch ich kann graue Zeiten nur überleben, indem ich verreise. Es ist der beste Fluchtweg, wenn meine Sicherung wegen Überlastung herausfliegt. Und wenn ich meine Fehler überdenken muss.

Wenn das letzte Stückchen Sonne im Meer verschwindet, wird es kühl. Und dunkel. Ich gehe ins Haus, ziehe mir eine Strickjacke an und gehe in den nächsten Supermarkt.

Unterwegs komme ich am Luxushotel Capri Palace vorbei, ein riesiger Kronleuchter erhellt die elegante Lobby. Leise klassische Musik dringt heraus, und man kann sich gut vorstellen, wie weiß gekleidete Jahrhundertwende-Menschen mit ausgefallenen Frisuren dadrinnen dinieren.

Das letzte Mal war ich mit David hier. Wir wollten in der Lobby einen Drink nehmen und so tun, als seien wir reich, vielleicht sogar irgendwelche Royals. Wir waren high von Sex und Schlafmangel und dem ständigen Konsum von Limoncello alternativ Aperol Spritz und hatten deshalb nicht bedacht, dass Royals wohl kaum einen lila Blazer aus den sechziger Jahren und türkisfarbene Dame-Edna-Sonnenbrillen trugen. Auch meine rosa Sneakers zu schwarzen Jeans und T-Shirt waren nicht sehr royal.

Das Personal des Capri Palace war also nicht so freundlich, wie wir gehofft hatten. Als wir zudem feststellten, dass ein Glas Weißwein zwanzig Euro kostete, beschlossen wir, unseren unroyalen Glanz in einer der kleinen Bars an der Hauptstraße zu verbreiten. Aber zuerst schrieben wir noch in das große Gästebuch in blauem Leder, das im Foyer lag. *Sara and David were here.* David nahm mir den Stift aus der Hand und zeichnete einen erigierten Schwanz. Ich nahm ihm den Stift wieder ab und schrieb *Rich people are boring.*

Auf Capri haben sich Prinzessin Madeleine und einer ihrer früheren Verehrer verlobt. Kurz darauf stellte sich heraus, dass er ihr untreu gewesen war, und Prinzessin Madeleine floh ins Ausland. Ich stelle mir vor, dass es schwer ist für einen normalen Mann, mit einer Frau aus der königlichen Familie zusammen zu sein. Umgekehrt funktioniert es natürlich ausgezeichnet, die Frau aus dem Volk, die einen Prinzen bekommt. Das ist das Märchen, das wir kennen. Dieses festgestanzte Muster zu brechen erfordert ein Selbstbewusstsein, das vielen zu fehlen scheint.

Man sollte niemals die Kraft der Norm unterschätzen!

Wenn ich sie damals und dort in dem schicken Restaurant mit einer gut gekühlten Flasche Champagner hätte dinieren sehen, ob ich da wohl geahnt hätte, dass ihre Liebesgeschichte auf einer Lüge basiert? Oder hätte ich gedacht, sie sehen schrecklich verliebt und glücklich aus?

Das Problem ist, man kann nur selten beurteilen, ob ein Paar sich wirklich liebt oder ob sie sich belügen und betrügen. Weil so viele, die behaupten, sich zu lieben, einander betrügen und belügen. Und weil wir im Namen der Liebe nicht nur den anderen, sondern auch uns selbst betrügen. Wir projizieren Kindheitstraumata und idealisieren. Versuchen den anderen zu dem zu machen, den oder die wir uns wünschen, und übersehen bereitwillig alle Warnsignale und Zeichen. Oder umgekehrt, wir sehen nur das Schlechte.

In meiner Ehe mit Johan hatte ich gedacht, der Mangel an Gleichberechtigung und Gerechtigkeit habe mich zu einer Bitterfotze gemacht. Dass die Ehe als Institution, die heterosexuelle Zweisamkeit, ein immanentes Machtgefälle besitzt, das die Frauen immer zu Verlierern macht.

Jetzt, wo ich nicht mehr in einer Beziehung lebe, nach fünf Jahren als Alleinstehende und vielen Liebhabern, denke ich, dass es erheblich komplizierter ist. Es geht nicht nur darum, wer was im Haushalt macht oder wer die Hauptverantwortung für die Kinder trägt. Es ist eigentlich viel schlimmer.

Ich dachte, wenn ich nur wieder frei wäre, dann könnte ich meine eigene Frau stehen und nach meinen Bedingungen lieben. Was ich in meiner unendlichen Naivität nicht wusste, war, dass genau das ein Widerspruch in sich ist.

In der Theorie lieben Männer sogenannte freie Frauen und fühlen sich von ihnen angezogen. Frauen, die selbständig leben und keine finanzielle Unterstützung brauchen. In der Praxis, wenn es ernst wird, zeigt sich, dass sie alles tun, um die alte Ordnung wiederherzustellen und sie abhängig zu machen. Diese Erkenntnis macht mich mehr als alles andere zur Bitterfotze. Einer müden und desillusionierten Bitterfotze, die nun auf dem Bett ihres Zimmers auf Capri liegt und an die Decke starrt, während draußen im Dunkel die Katzen maunzen.

»Bist du nie einsam?«, fragte ich Edith eines Abends, als wir gerade ein großartiges Essen mit Borschtschsuppe und Blinis mit Rogen, Sauerrahm und Zwiebeln zu uns genommen hatten. Edith hatte eine Vorliebe für Gerichte, zu denen man Wodka oder Champagner trank.

»Nein, eigentlich nie.« Sie schwieg und dachte nach. »In der Zeit zwischen dreißig und vierzig, als alle in meinem Bekanntenkreis Kinder bekamen und Familien gründeten. Da war ich oft einsam. Habe ich dir von Arthur erzählt?«

Ich schüttelte den Kopf.

»Wir lernten uns bei einem Seminar für Bibliothekare kennen, als ich fünfunddreißig war. Er war zehn Jahre älter, seit zwanzig Jahren verheiratet und Vater von zwei Kindern. Wir verliebten uns Hals über Kopf und nach allen Regeln der Kunst. Es gibt da keine Umschreibungen, es war so banal und grandios, wie die Liebe nun einmal ist.« Sie schwieg und schloss theatralisch die Augen. »Ich kannte niemanden wie Arthur, einen Mann, der sich seiner selbst so sicher war und sich von mir nicht bedroht fühlte. Er fand alles, was ich sagte und tat, fantastisch, in seiner Gegenwart fühlte ich mich wie eine Göttin. Ich hatte auch nie einen Mann getroffen, mit dem ich so gut reden konnte wie mit Arthur. Genau wie ich liebte er die Literatur und gab sich leidenschaftlich seinem Beruf hin. Wir waren ganz einfach Seelenverwandte, und man hat im Leben ja nicht immer das Glück, so jemanden zu treffen. Wie auch immer, Arthurs Frau hatte schwache Nerven, wie man das damals nannte. Sie hatte schwere Depressionen und wurde immer wieder in Kliniken eingewiesen, wo man alles mit ihr versuchte, von Elektroschocks bis Lithium. Zwischendurch ging es ihr immer wieder gut, aber die Ehe war seit vielen Jahren kaputt. Doch sie hatten beschlossen, sich nicht scheiden zu lassen, weil das in der Familie seiner Frau einen großen Skandal bedeutet hätte. Es waren die siebziger Jahre, gewiss, aber in Teilen der Oberschicht war es immer noch eine Provokation, aus einer Ehe auszubrechen. Arthur hatte das mit Rücksicht auf ihre angeschlagene Gesundheit widerwillig akzeptiert, aber er war nicht glücklich. Deshalb mussten wir unsere Beziehung neben seinem anderen Leben ausleben. Ich hatte immer gedacht, wenn ich mich einmal richtig verliebe, dann möchte ich mit diesem Menschen Kinder haben. Aber das habe ich im Lauf der Jahre gelernt, das Leben wird nie so, wie man es sich ausgemalt hat. Als ich jetzt also zum ersten Mal im Leben jemanden traf, den ich liebte, durften wir keine Kinder bekommen. Ich war verzweifelt und wollte die Situation nicht akzeptieren. Eine Zeitlang hörte ich heimlich auf, die Pille zu nehmen, in der Hoffnung, schwanger zu werden und Arthur vor vollendete Tatsachen zu stellen. Aber ich wurde nicht schwanger, und Arthur und ich führten unsere Beziehung weiter wie zuvor. Wir waren am Ende fast fünfzehn Jahre zusammen.«

»Fünfzehn Jahre?« Ich schüttelte den Kopf. »Warum hast du nicht Schluss gemacht?«

»Ich habe es ein paarmal versucht, aber es klappte

nicht. Ich liebte ihn, und weil das so war, akzeptierte ich alles, nur um in seiner Nähe zu sein.«

Ich goss mein Champagnerglas nach, Edith hatte ihres ausnahmsweise noch nicht ausgetrunken.

»Genau davor habe ich Angst«, sagte ich. »Dass die Liebe mich blind macht und ich Dinge und Situationen akzeptiere, nur weil ich in dummen Gefühlen gefangen bin.«

»Du vergisst, dass nichts nur schwarz oder weiß ist. Von außen könnte es so aussehen, dass ich verliebt und unterdrückt war und Arthur mich und seine Frau ausnützte, aber das ist wirklich nicht die ganze Wahrheit. Er war nicht nur der beste Liebhaber, den ich je hatte, er war auch mein bester Freund und Kamerad, er war immer zur Stelle, ob es um einen Umzug ging oder darum, mir sein Auto zu leihen oder mich bei der Arbeit bei einem Konflikt zu unterstützen. Nach einigen Jahren erkannte ich auch, dass ich in unserer Beziehung eine ganz andere Freiheit hatte, als wenn wir verheiratet gewesen wären oder zusammengewohnt hätten. Ich konnte arbeiten und reisen, wie ich wollte. Unser Arrangement hatte also auch große Vorteile.«

»Aber du musstest auf eine Familie verzichten.«

Edith lachte trocken.

»Vielleicht war das ja auch mein Glück.«

»Und was ist mit der Einsamkeit?«

Edith schwieg, kniff den Mund zusammen und runzelte die Stirn.

»Jemand, der einen festhält, wenn man im Morgengrauen aufwacht und Angst hat?«, insistierte ich.

»Vielleicht ist die Einsamkeit in der Wolfsstunde der Preis, den man für die Freiheit bezahlen muss«, sagte

Edith sachlich. »Du hast doch selbst gesagt, wie sehr du es genießt, keine Beziehung zu haben. Mir geht es genauso, und zwar schon lange.«

»Ja, das stimmt. Aber ich würde nie ohne meine Kinder sein wollen«, sagte ich.

»Natürlich nicht. Ein Kind bereut man wohl nie«, sagte Edith und spülte die Teller ab. »Aber mich provoziert der Gedanke, dass ich alles Mögliche bereuen soll. Wir treffen dauernd Entscheidungen, und am Ende muss man zu ihnen stehen. Ich habe keine Lust, Vergangenes zu bereuen. Ich lebe jetzt, bin fünfundsiebzig und gesünder und fröhlicher als die meisten.«

»Jetzt klingst du wie Ingmar Bergman. Er hat auch nie bereut, dass er Menschen betrogen und schlecht behandelt hat. In meinen Augen ist das ein wenig psychopathisch«, sagte ich. »Was ist so schlimm daran, etwas zu bereuen? Ich kann etwas bereuen, wenn ich im Nachhinein feststelle, dass es eine dumme Entscheidung war, die zu Problemen geführt hat. Zum Beispiel, als Johan in einer anderen Stadt arbeitete, obwohl Sigge gerade geboren war. Das war eine Entscheidung, die wir gefällt haben, weil wir keine Erfahrung hatten, was es bedeutet, ein kleines Baby zu haben. Ich hatte keine Ahnung, wie sehr mich der Schlafmangel beeinträchtigen würde oder wie schwierig es wäre, Tag und Nacht, von Montag bis Freitag mit einem zwei Monate alten Baby allein zu sein. Das war eine Entscheidung, die ich zutiefst bereue und die mich nicht nur fast wahnsinnig machte, sondern die auch unsere Beziehung zerstörte. Im Nachhinein denke ich, dass wir sie nie wieder reparieren konnten, obwohl wir es versucht haben, mit Familientherapie und allem.«

Edith seufzte und setzte sich hin. Ich füllte unsere Gläser mit dem Rest Champagner, und Edith zündete sich eine Zigarette an.

»Ich verstehe, was du meinst, aber das Leben ist zu kurz, um in Bitterkeit zu schwelgen. Es ist, wie es ist. Am Ende können wir nur feststellen, dass das Leben uns passiert ist. Es kommt selten so, wie wir es geplant oder uns vorgestellt haben. Aber es wird. Irgendwie. Ja, du hast es ein paar Jahre schwer gehabt, aber jetzt sitzt du hier, bist reicher an Erfahrung, und es geht dir ziemlich gut.«

»Musst du so starrsinnig sein!«, sagte ich trotzig. »Mir geht es jetzt nicht wegen, sondern trotz meiner schlechten Erfahrungen gut.«

»Und du nennst mich starrsinnig!«

Ich sah schon von weitem, dass sie wütend war. Ihre große Gestalt auf den hohen Absätzen stolperte mir in unglaublichem Tempo entgegen. Ich weiß nicht, wie oder wo Misha gelernt hatte, auf High Heels zu laufen, vielleicht war auch das ein Geheimnis der Oberschicht, genau wie ihre gepflegte Haut und ihr Selbstvertrauen. Die wenigen Male, die ich versucht hatte, etwas anderes als Schuhe mit breiter, flacher Sohle zu tragen, war ich nur unsicher getorkelt.

Sie war rasend, weil Jim eine neue Frau kennengelernt hatte.

»Habe ich es nicht schon vor einem Jahr gesagt, er wird sich eins von den jungen blonden Mädels aus seinem Büro aussuchen? Eine, die ihn für seine künstlerischen Fähigkeiten bewundert«, sie machte ein Zitatzeichen in die Luft, »und die es gewöhnt ist, die Produzentin im Hintergrund zu sein, hab ich es nicht gesagt? Ich kenne ihn doch und weiß, wie sehr er Bestätigung braucht!«

Ich nickte, sie hatte diesen Verlauf der Ereignisse tatsächlich direkt nach der Scheidung vorhergesehen.

»Und diese lächerliche Besessenheit vom Joggen. Er ist noch nie gejoggt, und jetzt will er plötzlich einen Marathon laufen. Ich sag nur, Kerle in der Krise.«

»Vielleicht hat er zu viel Energie?«, versuchte ich es, weil ich mich getroffen fühlte. Ich hatte auch vor ein paar Wochen angefangen zu joggen, obwohl ich genau wusste, dass das ein Scheidungsklischee war.

»Ist doch erstaunlich, dass diese überschüssige Energie ausgerechnet nach der Scheidung aufblüht. Solange wir verheiratet waren, ist er rumgelaufen wie ein Zombie und war immer nur müde. Ständig musste er ein Nickerchen machen, oder er zog sich aufs Klo zurück. Von seiner Morgenmuffeligkeit wollen wir gar nicht erst reden. Seine träge Müdigkeit, die war ein Grund dafür, dass ich vermoderte.«

Sie trat mit den teuren Wildlederstiefeln in einen Laubhaufen. Ich verkniff mir zu sagen, sie solle vorsichtig sein. Ich wusste, dass sie die Stiefel nicht imprägniert hatte. Misha ging weder mit Geld noch mit Dingen sorgfältig um. Wenn etwas kaputtging oder abgenutzt war, kaufte sie sich etwas Neues.

»Du kannst froh sein, dass er joggt. Könnte schlimmer sein. Evas Mann hat nach der Scheidung angefangen zu trinken und war am Ende total heruntergekommen.«

Aber Misha war in Gedanken und schien mich nicht zu hören.

»Und dann diese Braut. Eine dümmere Braut muss man

lange suchen. Wenn er sich wenigstens jemand Cooles ausgesucht hätte.«

»Das wäre noch viel schlimmer gewesen!«, sagte ich.

»Vielleicht. Aber trotzdem, wie viele Klischees muss ein Mensch erfüllen, bis er vor Selbstverachtung eingeht?«

»Dann gelte ich in deinen Augen auch als schuldig?«, sagte ich.

»Nein, du hältst dich immer noch an die Grenzen. Ab und zu wechselnde Sexpartner ist noch kein Klischee.«

»So mancher könnte sagen, dass mein Verhalten im Allgemeinen und mein Sexleben im Besonderen typisch sind für eine Scheidungsdepression.«

»Dann sind manche eben entweder Christdemokraten oder nur ganz allgemein geschlechtskonservative Idioten. Nach einer Scheidung wechselnde Sexpartner zu haben ist total normal, sich in eine neue Beziehung zu stürzen ist feige, dumm und abgedroschen.«

Wir waren beim Lokal Blå Porten angekommen und gingen in den sehr vollen Saal. Die Fenster waren beschlagen und der Geräuschpegel alarmierend. Überraschenderweise fanden wir zwei freie Plätze, legten unsere Jacken ab und stellten uns in die Schlange. Ich schaute um mich, lauter gut angezogene Menschen, ein Schauer von Wohlbefinden überkam mich. Bürgerlicher ging es kaum. Ich muss zugeben, ich liebe und fürchte diese Art von konservativem kulturellem Milieu. So kein Vergleich mit meiner Kindheit in Pizzerien und Autobahnraststätten, das ewige Autofahren, wohin wir auch wollten. Mir wurde immer schlecht, ich musste mich übergeben, meine Geschwister stritten sich, meine Mutter hatte Migräne. Der einzig Zufriedene war mein Vater.

Misha bewegte sich wie selbstverständlich zwischen

Kasse und Salatbuffet. Sie war gewissermaßen hier groß geworden, mit Familienfeiern, Geburtstagen, Weihnachtsessen, Sonntagsausflügen, als ob das Blå Porten ein weiteres Zimmer ihres Zuhauses wäre. Ich versuchte, mir meine Eltern an einem der Tische vorzustellen. Es ging nicht.

»Ich liebe dieses Lokal!«, sagte Misha, als wir uns mit unseren Quiches gesetzt hatten. »Wenn ich mal Rentnerin bin, werde ich mindestens einmal pro Woche hier sitzen und mit meinen Freunden zu Mittag essen und Wein trinken.«

»Ich will auch dabei sein!«, sagte ich.

»Na klar bist du dabei«, sagte Misha und lächelte.

Wir prosteten uns zu, dann schmiedeten wir Pläne für unser Alter. Ich erzählte ihr von meiner Idee, mit achtzig anzufangen, Drogen zu nehmen.

»In dem Alter kann man doch alles ausprobieren, wozu man früher nicht gekommen ist. Kokain, Heroin, LSD. Wir brauchen nur einen ausgebildeten Pfleger, der unsere Trips überwacht.«

»Klingt super. Und wir müssen ein eigenes Altersheim einrichten. Mit Sternekoch und Sommelier!«, sagte Misha.

»Hast du gewusst, dass es in Altersheimen in Florida große Probleme mit Geschlechtskrankheiten gibt?«

Misha lachte laut.

»Ist das wahr?«

»Ja, ich habe im Radio eine Reportage gehört. Die haben dauernd Sex, verwenden keine Kondome, weil sie ja nicht mehr schwanger werden können. Stattdessen verbreiten sich Geschlechtskrankheiten. Chlamydien und Gonorrhö sind die häufigsten. Wunderbar! So will ich auch leben, wenn ich alt bin!«

Plötzlich stand ein Mann an unserem Tisch. In unserem Alter, mit dunklen, kurzgeschnittenen Haaren und braunen Augen.

»Entschuldigung, dass ich störe«, sagte er und lächelte breit. »Aber du und ich, wir sollten mal einen Kaffee trinken gehen.« Er reichte mir eine Visitenkarte. Es war die Adresse einer Anwaltskanzlei, zwei Nachnamen in Gold.

»Aha. Und warum?«, fragte ich und studierte ihn etwas genauer. Er machte einen selbstsicheren Eindruck.

»Weil ich weiß, dass wir uns gut verstehen würden.«

Ich suchte nach einer schlagfertigen Antwort, er erinnerte mich allzu sehr an die Jungs vom naturwissenschaftlichen Zweig im Gymnasium. Die gingen mit langsamen, selbstsicheren Schritten über den Schulhof, waren sich ihres Status bewusst, von nun an bis in alle Ewigkeit. Überzeugt davon, dass das Leben ihnen gehörte.

Ich wollte etwas sagen wie: Jemand, der sich traut, eine unbekannte Person in einem Restaurant anzusprechen, hat zu viel Selbstvertrauen, um interessant zu sein. Stattdessen sagte ich nur: *Aha.*

»Das war's schon. Melde dich, wenn du Lust hast!«

Ich schloss den Mund und nickte. Er verschwand zum Ausgang, wir starrten ihm nach.

»Was war das denn?«, sagte Misha.

Ich schüttelte den Kopf.

»Ich werde mich melden, wenn ich Lust habe«, sagte ich lahm.

»Ganz genau. Er geht davon aus, dass du alle Zeit der Welt hast«, fuhr sie ärgerlich fort. »Bei ihm klang es so, als würdest du da sitzen und nur auf ihn warten und als hätte er sich endlich dazu aufgerafft, dich anzusprechen.«

»Mir sind in letzter Zeit öfter solche merkwürdigen Sachen passiert.«

Ich erzählte ihr von Edvin, den hatte ich vor zwei Wochen getroffen. Ein ehemaliger Nachbar, mit dem ich ab und zu ein paar Worte im Park gewechselt hatte, als unsere Kinder noch klein waren. Eines Tages meldete er sich und fragte, ob wir uns treffen könnten. Er war offenbar auch gerade geschieden worden. Da mein Stall immer noch bedauerlich leer war, sagte ich ja. Wir trafen uns in einem Café am Vasapark, und ich weiß nicht, wie es geschehen konnte, aber das Kaffeetrinken ging über in eine Art Drinks Party, danach in ein Abendessen, und schließlich kam er mit zu mir nach Hause, um meine elektrische Wärmedecke auszuprobieren.

Misha lachte bitter.

»Das ist das Blödeste, was ich je gehört habe!«

»Ich weiß. Aber die Wärmedecke ist, wie sich zeigte, eine super Knutschdecke, eins führte zum anderen, und schließlich blieb er über Nacht.«

»Meine Güte, du bist ja noch schlimmer als ich in meinen schlimmsten Zeiten!«

»Aber der Punkt ist doch, dass ich in letzter Zeit das Gefühl habe, ich kann kaum vor die Tür gehen, ohne jemanden zu treffen. Ich weiß nicht, was ich ausstrahle.«

Misha seufzte.

»Erstens musst du nicht jeden, den du triffst, ins Bett zerren. Einfach um klarzustellen, dass du kein willenloses Opfer bist«, sagte Misha.

»Das meine ich doch nicht, mir ist nur aufgegangen, dass jede Menge Männer plötzlich engen Kontakt mit mir haben wollen.«

»Da kann ich nur eins sagen, du sendest Verletzbarkeit aus, und es ist eine bekannte Tatsache, dass verletzliche und schwache Frauen immer anziehend auf Männer wirken. Das ist in unseren sexistischen Geschlechterrollen begründet.«

Ich protestierte.

»Verletzlichkeit? Das glaube ich nicht, ich fühle mich stärker und fröhlicher als lange.«

»Aber das schließt doch nicht aus, dass du auch verletzlich bist. Es ist nur ein paar Monate her, dass ihr auseinandergezogen seid, und ganz gleich, wie fröhlich dich das macht, so bist du doch in einer verletzlichen Situation.«

»Das klingt zu einfach. Und traurig.«

»Ja, Geschlechterrollen sind traurig. Ich wurde nie so oft angebaggert wie zu den Zeiten, als es mir schlecht ging, aber wenn ich stark und gut drauf bin, habe ich eine Art unsichtbare Rüstung an. Ich glaube, es geht um Angst. Einer schwachen Frau kann ein Mann sich eher nähern, das Risiko, abgewiesen zu werden, ist geringer als bei einer starken Frau.«

»Du meinst also, das Interesse, das Männer in letzter Zeit gezeigt haben, ist kein Ausdruck dafür, wie toll ich bin, sondern wie schwach ich bin?«, sagte ich enttäuscht.

»Ungefähr«, sagte Misha und holte ihre exklusive Handcreme aus der Tasche. Geschickt cremte sie sich die Hände ein, ein schöner Duft verbreitete sich. Ich dachte an meine billige, geruchlose Creme aus der Apotheke und beschloss, das nächste Mal auch eine parfümierte zu kaufen.

»Männer lieben schwache Frauen und hassen starke. Sie *glauben* nur, dass sie starke Frauen lieben. *Starke*

Frauen, das ist wie ein Fetisch, sie bewundern sie in der Theorie, aber in der Praxis sind sie nur ein Gegenstand, ein Talisman. Du musst kapieren, dass die größte Angst von Männern ist, abgewiesen und ausgelacht zu werden. Die größte Angst von Frauen ist hingegen, dass Männer sie ermorden. Unter diesen Bedingungen müssen wir versuchen, einander zu lieben.«

In allen Selbsthilfebüchern, die ich gelesen habe, vor allem denen mit einer breit lachenden Frau auf dem Cover, geht es darum: Positives Denken. Es ist meist eine ausgesprochen zweifelhafte Mischung aus wissenschaftlicher Untersuchung und magischem Denken, es wird betont, wie wichtig es ist, sich auszumalen, wie das zukünftige Leben duften, schmecken oder aussehen soll. Der Rest der komplexen Psyche mitsamt dem schmutzigen Gepäck würde sich gleichsam auflösen. Die Amerikaner lieben Selbsthilfebücher. David konnte aus einigen zitieren, und er hatte mir nach Capri Rhonda Byrnes *The Secret* geschickt – ich habe daraufhin sofort Barbara Ehrenreichs *Smile or Die: Wie die Ideologie des positiven Denkens die Welt verdummt* auf Englisch gekauft und es ihm geschickt.

Die Selbsthilfebücher sind vermutlich der einzige Grund, warum die Amerikaner nicht gegen das ungerechte politische System, das große Teile der Bevölkerung in Armut hält, aufbegehren. Die Selbsthilfebücher sind ein Traum für die Liberalen; denk positiv, dann bekommst du ein gutes Leben. Keine Rede von Strukturen oder sozialem Hintergrund, nur ein individualistisches gebleichtes Lächeln. Doris Day – hey hey hey.

Und doch kam es hin und wieder vor, dass ich klein beigab und an einem Montag versuchte, mich im positiven Denken zu üben. Wenn es außerdem ein regnerischer Montag war, was bedeutete, dass es einen Kampf geben würde, Harry zu überreden, die Regensachen anzuziehen, ein müder Montag, von dem ich im Voraus wusste, dass nichts helfen würde, dann erschienen einem die Selbsthilfebücher als einzige Alternative. Wenn um halb sieben der Wecker klingelte und ich unter die Dusche wankte, um wenigstens ein halber Mensch zu werden, bevor die Kinder aufwachten, dann dachte ich intensiv an lachende Frauen und Selbsthilfe. Ich malte mir das Bild eines gedeckten Frühstückstischs aus, Kerzen, drei müde, aber kuschelige Kinder, die mit ihrer müden, aber wundervollen Mutter plauderten, während sie ihr gesundes Frühstück zu sich nahmen. Danach zogen sie sich leise und folgsam an, und schließlich warteten sie geduldig, bis alle fertig waren und wir gemeinsam in die Schule oder den Kindergarten aufbrechen konnten. Eine glückliche, harmonische Familie. Ich zog mich deshalb schnell an, ging in die Küche, machte die Kaffeemaschine an, stellte Joghurt, Banane, Müsli, Brot und Käse auf den Tisch und kochte Eier. Ich zündete die Kerzen an und ging dann die Kinder wecken.

»Wo sind meine Turtlessocken?!« Harry schaute mich vorwurfsvoll an und zeigte auf den Boden, wo er sie am Abend zuvor fallen gelassen hatte.

»Die sind in der Wäsche. Wir haben schon oft darüber gesprochen, man muss jeden Tag frische Strümpfe anziehen«, sagte ich mit meiner mildesten Selbsthilfestimme.

Harry schüttelte den Kopf, ging ins Badezimmer und fischte die Socken aus dem Wäschekorb.

»Hast du nicht gehört, was sie gesagt hat, du Schwein!«, sagte Sigge ärgerlich. »Die sind schmutzig. Es ist eklig, zwei Tage hintereinander dieselben Socken anzuziehen!«

Harry schubste Sigge und drängte sich an ihm vorbei. Sigge packte ihn am Arm und zog so fest, dass Harry hinfiel. Harry schrie.

»Sigge, hör auf. Ich mach das schon!«, sagte ich lahm und setzte mich zu Harry auf den Boden.

»Er hat mich Schwein genannt!«, heulte Harry.

»Ja, ich hab's gehört. Das war nicht okay. Aber deine Socken sind wirklich schmutzig und müssen gewaschen werden. Schau mal!«, sagte ich und hielt den Strumpf hoch.

»Ist mir egal, ich will sie anziehen. Die anderen sind nicht so gemütlich«, sagte Harry. Sigge stöhnte laut und demonstrativ auf, aus dem Badezimmer hörte ich, wie Stella die Tür zuknallte, um zu betonen, wie satt sie uns hatte.

Ich schaute Harry an, strich ihm über die strubbeligen Haare, ein Versuch, zarte Muttergefühle hervorzurufen. Das war nur der erste Kampf, die Aufwärmung vor dem Kampf um die Regensachen. Ich musste mich für einen Kampf entscheiden. Ich gab ihm den schmutzigen Strumpf.

»Okay, zieh sie an, wenn du unbedingt willst, aber heute Abend müssen wir sie waschen.«

Ich stand auf und ging in die Küche. Sigge hatte den Toaster hervorgeholt und sich ein Brot getoastet, das er jetzt mit Butter und Marmelade bestrich.

»Haben wir O'boy?«

»Du weißt, dass es Kakao nur am Wochenende gibt. Toastbrot mit Marmelade und Schokolade ist kein Frühstück, das dir Kraft gibt«, sagte ich und verfluchte mich selbst, weil ich so nörgelig klang.

Sigge stöhnte.

»Mein Gott! Du lässt dieses verwöhnte Schwein seine ekligen Socken anziehen, aber ich darf nicht frühstücken, was ich will.«

»Du bist älter als Harry, und es geht darum, dass das Frühstück dir Kraft geben soll bis zum Mittagessen. Kakao und Brot mit Marmelade machen zuckerhigh, und danach stürzt du total ab. Wir haben darüber schon oft gesprochen, nicht wahr?«

Sigge sagte nichts mehr, kaute sein Toastbrot und schenkte sich ein Glas Orangensaft ein, das er in zwei Schlucken leerte. Ich seufzte und trank meinen kalten Kaffee. Harry kam herein und sah Sigges Brote.

»Wenn er Toastbrot bekommt, will auch eins haben.«

Bevor ich antworten konnte, kam ein schriller Schrei aus dem Badezimmer, gefolgt von Stellas energischen Schritten. Sie kam in die Küche und hielt eine Dose Haargel in der Hand.

»Wer hat mein Gel benutzt?«

Harry fasste sich schuldbewusst in die Haare, die tatsächlich vor zu viel Haargel glänzten.

»Verdammte Scheiße! Nichts ist in diesem Haus sicher!«

Stella warf die Küchentür zu und ging in ihr Zimmer.

Ich stöhnte, schaute Harry an, der zuckte mit den Schultern und starrte zurück.

»Was denn?«

Ich sagte nichts. Es war inzwischen Viertel vor acht, und ich hatte die Vorstellung von dem wunderbaren gesunden gemeinsamen Frühstück schon lange aufgegeben.

Wie erwartet gab es einen harten Kampf um Regenklamotten und Gummistiefel, gefolgt von Sigges und Stellas zunehmendem Ärger über die Launen ihres kleinen Bruders. Nach weiteren Kompromissen, Harry durfte normale Schuhe anziehen, wenn er versprach, in der Kita die Gummistiefel anzuziehen, waren wir schließlich abmarschbereit. Verschwitzt, verheult und erschöpft vom Streit und einem zu zuckerhaltigen Frühstück. Als ich wieder zu Hause war, betrachtete ich das Schlachtfeld, die Spuren der morgendlichen Auseinandersetzungen lagen in der ganzen Wohnung herum. Warum war es so schwer, Geduld und Autorität zu bewahren? Warum stritten sich meine Kinder und waren gemein zueinander? War das ein Zeichen dafür, dass die Scheidung ihnen geschadet hatte? Waren sie dadurch zu aggressiven Monstern geworden, die ihre Frustration und Trauer gegeneinander ausspielten? War ich zu müde und allein, um mit drei traurigen Kindern zurechtzukommen?

Ich nahm das Handy und drückte Johans Namen. Zögerte einen Moment. Er ging nicht dran, schließlich kam die Ansage. *Sag was nach dem Piep*. Ich hörte das lange Signal und überlegte.

»Hallo Johan. Sara hier …«, ich schwieg, räusperte mich und fuhr fort, »ähm, ja, ich dachte … ich wollte mit dir über die Kinder reden …« Ich schwieg wieder und suchte nach Worten. Sah Johans zusammengekniffenes Gesicht vor mir, hart und verschlossen. So anders als das warme, offene Gesicht, das mich einmal mit Liebe und Wohlwollen angeschaut hatte. Ich räusperte mich wieder.

»Ach was, es war nur ein chaotischer Morgen mit den Kindern. Nichts Wichtiges. Hoffentlich ist bei dir alles gut. Bis dann!«

Ich drückte das Gespräch weg und blieb mit dem Handy in der Hand sitzen. Von all den Dingen, die sich nach der Scheidung verändert hatten, vermisste ich am meisten, dass ich alltägliche Probleme und Vorkommnisse mit den Kindern nicht mehr teilen konnte. Geschieden oder nicht, unser größtes gemeinsames Interesse würden für immer das Leben und die Entwicklung unserer Kinder sein. Das nicht teilen zu können war ein Verlust.

Männer kamen und gingen und hinterließen zwiespältige Gefühle. Einerseits war eine Nacht mit einem Unbekannten keine große Sache mehr. Es befriedigte ein Bedürfnis, genau wie ich gerne mit meiner elektrischen Wärmedecke, Chips und einem guten Film auf dem Sofa lag. Dass es schändlich sein könnte, unpassend, unmoralisch oder krankhaft oder was auch immer unsere Kultur zu behaupten versuchte, daran verschwendete ich keinen Gedanken. Es gibt eine Grenze für die internalisierte Frauenverachtung, auch bei mir. Ich dachte gar nicht daran, wegen meiner Lust um Entschuldigung zu bitten, im Gegenteil, sie bereicherte mein Leben, war etwas, das ich pflegte und hütete. Wenn man keine feste Beziehung hat, dann muss man sich eben damit begnügen, ab und zu jemanden fürs Bett mit nach Hause zu schleppen. Ich hatte meine Tricks, manche waren so einfach, dass ich erstaunt war, dass sie klappten.

Manche Begegnungen waren routiniert, hinterließen nur ein vages Kräuseln und waren allmählich eine laue

Erinnerung. Dann wieder erwachte ich ganz durcheinander und freudig überrascht über die Empfindungen des Körpers. Ganz selten einmal erwachte ich gleichgültig. Aber nie angsterfüllt.

Aber das aufgedrehte Liebestempo der letzten Monate hatte mich auch ein wenig ermattet.

Als der Dezember kam, war ich so satt, dass ich konsequent alle Einladungen ablehnte und stattdessen zu Hause blieb, las oder Serien guckte. Die Wochenenden, an denen die Kinder bei Johan waren, blieb ich am liebsten im Schlafanzug und zog nur einen Mantel über, wenn ich Nachschub an Chips brauchte. Ab und zu machte ich einen Spaziergang mit Rilke und Solanas. Sie war erfreut über meine strikte Männer-Diät.

»Zeit, den Laden zu schließen«, sagte sie in einem sarkastischen Tonfall. Sie rief Solanas, die neben einem Papierkorb eine halb gegessene Pizza gefunden hatte.

Misha verstand meine Ermüdung, aber sie glaubte mehr an eine vorübergehende Abstinenz.

»Und vielleicht solltest du etwas wählerischer werden. Schau ein bisschen genauer hin, wen du reinlässt«, sagte sie und musterte meine müde Erscheinung. »Im Moment siehst du aus wie ein altes abgewirtschaftetes Tivoli. Nur noch die Hälfte aller Lichter blinken, die Karussells müssen repariert werden. Du solltest eine Weile wegen Renovierung schließen. Du kannst die Leute nicht immer mit auf die Achterbahn schleppen und gratis Popcorn verteilen, wenn jemand Einlass begehrt.«

Das stimmte. Ich war müde und musste die Tür zumachen, damit ich mich erholen und renovieren konnte. Die verblasste Farbe auffrischen.

Edith versuchte auf ihre Art, mir zu helfen. Sie bestand

darin, mich betrunken zu machen, indem sie mir ständig Wein anbot und außerdem lange Reden hielt, wie unwichtig Männer schlussendlich seien.

»Es ist unglaublich befreiend, so alt wie ich zu werden und keine Lust mehr zu verspüren. So viele Jahre war ich versklavt! Erst jetzt bin wirklich frei!«

»Du vergisst, dass ich erst sechsunddreißig bin!«, sagte ich und füllte mein Glas nach. »Kann sein, dass ich Sklavin meiner Lust bin, aber ich will auch nicht, dass sie für immer verschwindet.«

»Du Ärmste«, sagte Edith.

Lena gab mir einen Vibrator und eine Flasche Mandelöl, ihrer Meinung nach das beste Gleitmittel.

»Hoffentlich magst du ihn, der ist mein absoluter Favorit. Einmal bin ich elf Mal hintereinander gekommen, wann ist einem das mit einem Mann passiert?«

Als ich Rilke vom Vibrator erzählte, war sie das erste Mal seit Monaten begeistert.

»Super! Endlich etwas Konkretes, was dir aus deiner Abhängigkeit von Männern heraushelfen kann. Du wirst bald feststellen, wie variationsreich dein Sexleben ist, jetzt, wo du Größe und Konsistenz je nach Tagesform wählen kannst und dich nicht mehr mit nur einem Penis und dem dazugehörigen Mann begnügen musst.«

Sie selbst hatte unter ihrem Bett eine ganze Kiste voller Sextoys, die sie mir auf einem langen Spaziergang um die Årstabucht herum anpries. Dazu lieferte sie mir noch die Zahlen, wie viel leichter Frauen zusammen mit Frauen kamen.

»Sex mit Männern bedeutet, dass man Geschlechtskrankheiten, eine Schwangerschaft oder Gewalt riskiert, und außerdem ist es nicht so einfach zu kommen. Fast zwanzig Prozent aller Frauen haben Schwierigkeiten, einen Orgasmus zu bekommen. Also, wenn sie mit Männern Sex haben, wenn sie mit Frauen schlafen oder onanieren, haben sie fast nie Probleme.«

Der Vibrator tat, was er sollte, aber wie viele Orgasmen ich auch bekam, mir fehlten die Berührung und die physische Nähe zu einem anderen Menschen. Als ich mich deswegen auf einem Spaziergang ein paar Tage später bei Rilke beklagte, blieb sie stehen und schaute mich ärgerlich an:

»Ich wünschte, ich könnte dich Fotze nennen. Aber dafür fehlt dir Tiefe und Wärme.«

»Jim hat Herzflimmern!« Misha schaute mich und Lena aufgeregt an. Wir hatten uns gerade in das Café an der Hornsgatan gesetzt und mit unserem Donnerstagsfrühstück begonnen. Es war das einzige Café in der Stadt, in dem man eine Tasse Filterkaffee und ein Käsebrötchen für zwanzig Kronen bekommen konnte. »Er kam gestern Abend in die Notaufnahme und weiß nicht, wie lange er zur Beobachtung drinbleiben muss. Zum Glück sind die Kinder bei mir und haben von der ganzen Aufregung nichts mitbekommen.«

»Meine Güte, was ist denn passiert?«

»Er ist offenbar nach einem Badmintonmatch zusammengebrochen. Die Ärzte sagen, es sei Stress und exzessives Training«, sagte sie und lächelte schief. »Seit der Trennung hat er trainiert, als wäre er fünfundzwanzig. Das hat in seinem dreiundvierzigjährigen Körper Spuren hinterlassen.«

»Der Ärmste!«, sagte ich.

»Na«, sagte Misha, »das bringt ihn vielleicht zum Nachdenken. Wenn er die Kinder nicht hat, dann fährt er eine Achtzig-Stunden-Woche, und dann noch das Training obendrauf. Ist doch klar, dass der Körper irgendwann streikt.«

»Da wir gerade von unmöglichen Exmännern sprechen, ich habe mich heute Morgen mit Christian gestritten«, sagte Lena. »Er wollte Geld für den neuen Winteroverall, den er für Siri gekauft hat. Ich habe ihm erklärt, dass ich es mir nicht leisten kann, bei Polarn & Pyret Winterklamotten zu kaufen, ein Overall kostet dort tausend Kronen, man kann genauso tolle gebraucht oder in billigeren Geschäften bekommen, aber das will er nicht hören. Oder verstehen. Und wenn ich dann sage, dass ich es mir nicht leisten kann, dann bin ich geizig.«

»Mein Gott, er verdient doch doppelt so viel wie du, kann er nicht einfach bezahlen, wenn er unbedingt den teuersten Overall kaufen will?«, sagte ich.

»Würde ihm nie einfallen, hier wird halbe-halbe gemacht. Ich glaube, er findet das wirklich gerecht und gleichberechtigt«, sagte Lena.

Schlecht über unsere Exmänner zu reden war vielleicht nicht besonders anständig, aber wir hatten nun einmal das Bedürfnis. Keine wollte darauf verzichten, sich darin zu wälzen und das Verhalten zu vergleichen, sich aufzuregen, weil man etwas erkannte oder froh war, dass der eigene Ex sich doch nicht so unmöglich verhielt. Offensichtlich war das ein notwendiger Teil der Rehabilitation.

Ich konnte immer noch nicht akzeptieren, dass Johan, der fünfzehn Jahre lang mein bester Freund gewesen war, keinen Kontakt mehr mit mir haben wollte, abgesehen von kurzen sachlichen Mails oder Kurznachrichten. In meiner Naivität hatte ich geglaubt, dass wir weiterhin Freunde bleiben könnten, auch nachdem wir auseinandergezogen waren.

»Du heiratest eine Person, aber du trennst dich von einer ganz anderen!«, sagte Misha. »Deshalb ist es so wichtig, dass man sich vor der Hochzeit die Frage stellt: Werde ich mich von dieser Person auf eine anständige Art und Weise trennen können?«

»Dieses Verhalten bei Christian hätte ich nicht vorhersehen können«, sagte Lena.

»Nein, manchmal wird man überrascht. Oder du hast diese Seiten an ihm nicht sehen wollen«, sagte Misha.

»Ja, vielleicht«, sagte Lena.

Ich dachte auf dem ganzen Heimweg nach. Nichts eignet sich besser für Selbstbetrug als die Liebe. Im Namen der Liebe sind wir bereit, sowohl anderen als auch uns selbst die merkwürdigsten Dinge anzutun. Im Namen der Liebe sind wir bereit, alles zu übersehen, was weh tut, die Lieblosigkeit, die Aggression. Woher soll man wissen, welches das korrekte Bild ist?

»Vermutlich liegt die Wahrheit irgendwo in der Mitte«, sagte Edith, als ich ein paar Tage später meine Frustration in Worte fasste. Ich hatte sie zum Essen ins Il Tempo eingeladen, als Dank für den vielen Wein, den ich im Lauf des letzten Jahres bei ihr getrunken hatte.

»Natürlich malt die Liebe alles rosa, und die Angst davor, dass sie aufhören könnte, lässt uns den Partner mit liebevoll verzeihenden Augen betrachten. Das ist ja auch das Schöne an der Liebe, dass sie uns die Größe eines anderen Menschen sehen und die nicht so netten Teile übersehen lässt. Jetzt, wo du nicht mit Johan zusammenlebst, kannst du ihn mit nüchternen Augen betrachten, und da treten seine weniger guten Seiten hervor. Und so wie du Johans Kühle dir gegenüber beschreibst, dann klingt das so, als wäre er in einem ähnlichen Prozess, und da kommst du in seinen Augen im Moment auch nicht so gut weg.«

Ich seufzte.

»Warum muss nur alles immer so kompliziert sein?«

Edith lachte.

»So ist das Leben.«

»Aber ich ertrage den Gedanken nicht, dass Johan auch so eine Geschichtsrevision betreibt! Warum kann es nicht einfach eine objektive Wahrheit geben?«, sagte ich.

»Du wirst leider lernen müssen, es zu ertragen. Das Einzige, was hilft, ist, zu sehen, dass ihr beide versucht, eure Trauer zu unterdrücken, indem ihr euch gegenseitig schlechtmacht.«

»Meine Güte, ist es nicht anstrengend, immer so klug und ausgewogen zu sein?«, sagte ich. »Hast du nie Lust, einfach nur zu schreien und dich schlecht zu benehmen?«

Edith lächelte und trank einen Schluck Rotwein.

»Wenn du wüsstest, wie oft ich in meinem Leben geschrien und mich schlecht benommen habe! Aber wie du weißt, ist man bei anderen immer klüger als bei sich selbst.«

Ich betrachtete ihre knallrosa Lippen, den lila Lidschatten und die Bluse mit Leopardenmuster und hob mein Glas.

»Prost, auf all die klugen älteren Frauen, die im letzten Jahr in mein Leben gekommen sind.«

»Ich möchte das Gleiche sagen«, sagte Edith plötzlich

ernst. »Prost und ein Gott sei Dank, an den ich nicht glaube, dass ich auf meine alten Tage doch noch eine Tochter bekommen habe.«

Capri, April 2015

Heute Nacht konnte ich wieder nicht schlafen. Das ist untypisch, denn normalerweise schlafe ich gut. Manchmal denke ich, vielleicht bin ich einfach zu dumm, um mir Sorgen zu machen. Dass meine Dummheit mich zu einer oberflächlichen und mittelbeschränkten Seele gemacht hat, die nicht Verstand genug besitzt, um die Größe der Sorgen zu verstehen. Bisher jedenfalls. Gegen Morgen kapitulierte ich und stand auf.

Bedeutet die Schlaflosigkeit, dass ich endlich den Ernst erkannt habe, dass das Leben wirklich ist und kein Spiel? Bin ich nun klüger? Angsterfüllt und schlaflos, aber von meiner ahnungslosen Dummheit geheilt?

Ich gebe starken Kaffee in die Espressokanne, koche ein Ei, schneide dicke Scheiben Mozzarella ab und lege sie auf das weiße, nicht mehr ganz frische Brot, das ich gestern im Laden gekauft habe. Im selben Laden wie beim letzten Mal, unaufgeräumt und staubig. Aber wenn man sich nicht abschrecken lässt, erwartet einen hinter der Glastheke der beste frische Mozzarella. Auch der großgewachsene Mann ist noch der gleiche, nur der Bauch und die Glatze sind größer geworden. Er erkannte mich nicht, lächelte und fragte mich in schlechtem Englisch, wo ich wohnte.

»Where you live here?«

»Villa San Michele«, antwortete ich, und sein Gesicht hellte sich auf.

»Ah, very beautiful!«

Ich nickte und lächelte zurück.

Alle hier auf Capri kennen Axel Munthe und seine Villa San Michele. Nicht nur, weil sie eines der großen Touristenziele ist, sondern vor allem, weil Axel Munthe sich als Arzt auch um die ärmere Bevölkerung der Insel kümmerte, ohne Geld zu verlangen, was ihn natürlich unglaublich beliebt machte. Aber vielleicht gehört das auch nur zur Romantisierung seiner Person. Er war ein Mann und sorgte dafür, seine eigene Geschichte zu schreiben, *Das Buch von San Michele,* das voller erdichteter Heldentaten ist. Die historische Wahrheit, also nicht Munthes eigene Version, ist, dass er San Michele beinahe an Hermann Göring verkauft hätte, kurz bevor der Zweite Weltkrieg ausbrach. *»Ich überlasse mein geliebtes altes Haus lieber Ihnen als einem der amerikanischen Millionäre, die keine andere Qualifikation haben, diesen einzigartigen Ort zu besitzen, als Geld«,* schrieb er in einem Brief an Göring, der sein Interesse bekundete, aber erklärte, er habe Probleme, ausländische Geldmittel zur Bezahlung zu beschaffen. Der Verkauf kam nicht zustande, und Munthe beschloss, die Villa dem schwedischen Staat als Gästewohnung für Kulturschaffende zu übereignen. Und deshalb liegt jetzt also eine Bitterfotze und nicht Hermann Göring schlaflos im Bett und starrt an die Decke.

Ich trage mein Frühstück hinaus auf die Terrasse. Es ist noch kühl, aber mit einer Strickjacke kann man draußen sitzen und die Sonne aufgehen sehen. Die Vögel sind schon lange wach, und bald hört man den Lärm von Bussen und Menschen auf dem Weg zur Arbeit, Hundegebell, einen Hahn. Der starke Kaffee muntert mich auf, und ich beschließe, heute zur Villa Lysis zu wandern. Capri ist voller grandioser, sagenumwobener Häuser und Villen, die exzentrische Millionäre haben bauen lassen. Die Villa Lysis gehört dazu.

Mit David war ich das letzte Mal dort, es war einer unserer seltenen Ausflüge. Nach vier Tagen im Bett war mir langweilig, und ich fand, wir sollten mehr von der Insel sehen als das kleine Gästehaus. Widerwillig ließ er sich überreden. Die Wanderung dauerte fast zwei Stunden, Vogelgesang begleitete uns die ganze Zeit. David bekam Blasen in seinen spitzen Boots. Ich hatte vergessen, dass man in L.A. nicht zu Fuß ging, sondern das Auto nahm, auch wenn man einen Freund zwei Straßen weiter besuchte. Er humpelte und verfluchte seine unbequemen Schuhe, die nicht für lange Spaziergänge geeignet waren. Wie so vieles andere in dieser Welt ist es ein Mythos, dass Frauen das schwache Geschlecht sind. Meine höchst unwissenschaftlichen Beobachtungen belegen, dass vor allem Männer bei einer beginnenden Erkältung, Schürfwunden, Bauchweh und Kopfschmerzen ein riesiges Theater machen. Frauen hingegen arbeiten einfach weiter, kümmern sich um Kinder und Haushalt, obwohl sie hämmernde Migräne, Regelschmerzen oder sonst was haben.

Anekdotischer Beweis: Die Performancekünstlerin Marina Abramović veranstaltete in den 1970er und 80er Jahren einige Aktionen mit ihrem Lebensgefährten Ulay. In den Videos, die man anschauen kann, wird deutlich, dass immer sie den Schmerz länger aushält als er. In dem

Video, in dem sie sich gegenseitig ohrfeigen, kann man sehen, wie er das Gesicht vor Schmerzen verzieht, lange bevor ihre Hand sein Gesicht erreicht. Das Gleiche, als sie sich stundenlang unbeweglich gegenübersitzen. Es ist immer Ulay, der zuerst aufgibt.

Das kann natürlich damit zusammenhängen, dass Marinas Eltern (zwei ehemalige Partisanen und kommunistische Nationalhelden) sie während ihrer ganzen Kindheit misshandelten und dass ihr Vater sie beinahe ertränkt hätte, als er mit ihr in einem Boot aufs Wasser ruderte und sie über Bord warf, damit sie schwimmen lernte. Das erzählt sie mit eintöniger Stimme und in schrecklich schlechtem Englisch in ihrer Autobiographie, die es als Hörbuch gibt. Deshalb widmet sie den Rest ihres Lebens und ihre ganze Künstlerschaft dem Versuch, den Schmerz auszuhalten, um so die Angst vor dem Schlag zu überwinden, der immer ganz plötzlich und ohne Vorwarnung kommt.

Der gigantische Mythos, den Männer hinsichtlich ihrer Stärke und der angeblichen Schwäche der Frauen geschaffen haben, entlarvt nur allzu gut ihre existenzielle Urangst vor der Stärke der Frauen. Deswegen reden sie ständig von der Schwäche und Hilflosigkeit der Frauen – um nicht als die Schwächlinge, die sie eigentlich sind, entlarvt zu werden. Es geht um Beschwörung und Projektion, und zwar in einer ausgesprochen ungesunden Mischung. Buchstäblich *fake news* und *alternative facts*.

Als wir bei der Villa Lysis ankamen, war David schlecht gelaunt. Wir standen vor dem grandiosen Eingang mit der Inschrift *Amori et dolori sacrum* – ein heiliger Ort für Liebe und Trauer – und stritten uns, weil David nicht hineingehen wollte. Ich versuchte, ihn zu überreden, erst indem ich seine schlechte Laune ignorierte und versuchte, ihn zu begeistern, dann indem ich ihn als starrsinnigen, ignoranten Amerikaner, der keinen Sinn für Kultur hatte, beschimpfte. Schließlich ging ich allein hinein, er wartete auf der Treppe davor. Aber der Streit hatte sich wie ein nasses Tuch über den Ausflug gelegt.

Dieses Mal bin ich meine eigene Frau, ohne sturen Mann mit Blasen an den Füßen. Dieses Mal entscheide ich selbst, wie ich den Tag verbringen will. So banal wie revolutionär. Die Villa Lysis liegt auf der anderen Seite der Insel auf einem Felsen, umgeben von steilen Abhängen und windzerzausten Kiefern. Keine Seele ist zu sehen, aber die große Tür ist weit geöffnet. Ich gehe hinein und bleibe in der großartigen Halle stehen und betrachte die schwarz-weißen Fotos von Nino Cesarini, der nackt auf einem Sofa posiert. Er war der arme junge Mann, den Jacques d'Adelswärd-Fersen in Rom von der Straße auflas und mit hierher nach Capri nahm, als er aus Paris fliehen musste, weil er in einen Sexskandal mit jungen Männern verwickelt war. Was ihm sechs Monate Gefängnis einbrachte und seine mögliche Karriere als Diplomat zunichtemachte. Nino blieb und lebte mit Jacques, bis zum Schluss, als Jacques an einer Überdosis in der Opiumhöhle im Keller starb. Es wird berichtet, dass hier wilde Feste und Orgien verschiedenster Art gefeiert wurden.

Ich setze mich auf die Marmortreppe vor dem großartigen Eingang mit der ewigen Inschrift *Amori et dolori sacrum*. Wenn Kerstin Thorvall zu Beginn des Jahrhunderts gelebt hätte, dann hätte sie es bestimmt so gemacht wie viele andere freiheitsdürstende Menschen und wäre nach Capri gekommen. Vielleicht hätte sie ihre Lust mit Jacques und Nino auf ihren ausschweifenden Orgien ausgelebt. Eine unheilvolle Mischung aus Lebenslust und Angst. Manchmal, wenn Kerstin unglücklich verliebt war, dann quälte sie die Lust. Die Angst war so stark, dass sie einmal zu einem Arzt ging und um ein Medikament bat, das ihr die Sexlust nehmen würde. Er sagte, so ein Medikament gäbe es nicht. Kerstin war verzweifelt.

Wenn man als Frau über fünfzig einen Mann haben will, aber kein Mann einen haben will, was macht man dann? Dieser Spezialist antwortete tatsächlich, dass er noch nie so eine Frau in seiner Praxis gehabt hätte. Ich wäre die erste.

»Aber«, sagte er und wusch sich die Hände, »man kann einer Frau in dieser Situation immer sagen, dass Onanie völlig natürlich und erlaubt sei …«

»Danke. Das weiß ich. Aber es geht mir nicht um den Orgasmus als solches, den kann man, wie gesagt, selbst hervorkitzeln. Nein, mir geht es darum, neben jemandem zu liegen, Nähe und Wärme und den Geruch eines Menschen zu spüren. Dass man zu zweit ist im Sexualleben, darum geht es mir. Was macht man dann? Müssen vierzehn Tage auf den Kanarischen Inseln das ganze Jahr reichen? Danach gibt es nur Bingo und Onanie, meinten Sie das, Herr Doktor?«

Nein, stimmt nicht. Den letzten Satz habe ich nicht gesagt. Er schaute sowieso schon verlegen genug. Und ein Medikament bekam ich auch nicht.

Es gab andere Zeiten, da hatte sie Freude an ihrer Lust. Und im Gegensatz zu Erica Jong in *Angst vorm Fliegen* hatte sie keine Probleme mit den Spontanficks. Ohne lebenslange Verpflichtungen. In *Ich erinnere mich an alle meine Liebhaber und wie sie mich angefasst haben* schreibt sie:

> Was heißt sie? Oh, das weißt du schon. Die Männer, die einem plötzlich begegnen, man zuckt zusammen, spürt ein kurzes Saugen im ganzen Körper, ein wenig Schwindel und Schwatzen, eine leichte Atemlosigkeit, und dann Bett oder Auto, oder an einem lauen Augustabend im Park oder gegen eine Wand, dann ist es wohl Nacht, ja, all diese erotischen Schlampereien, die einem einen kurzen Moment lang unbedingt notwendig erscheinen. Aber ihre reelle Bedeutung liegt darin, dass sie nie zu Wunden und Verlust werden; es sind freie Verirrungen mit dem gemeinsamen Nenner, dass sie nicht weh tun (ich spreche da von den empfindlichen Weichteilen der Seele). (…) Männer, die einem nicht weh tun. Die sollte man in dem Album haben, von dem man später nicht mehr weiß, wo man es hingelegt hat.

Ich schließe die Augen und wende das Gesicht der Sonne zu, das machen wir Nordländer, sobald wir die Gelegenheit dazu haben. Aus Angst, auch nur eine Sekunde der Wärme zu verpassen. Ich denke an David und überlege, ob ich ihm eine SMS schreiben soll. In den vergangenen Jahren haben wir den Kontakt via Mail oder SMS gehalten. Soweit ich weiß, hat er die Idee fallengelassen, Pornostar zu werden. Oder er hat es mir nicht erzählt, weil er weiß, wie entsetzt ich darüber wäre. Den Bildern auf Facebook nach zu schließen arbeitet er abwechselnd als Hochzeitsfotograf und als Barista in einem Café in Venice Beach. Man sieht immer andere Frauen um ihn herum. Manche kommen ein paar Monate lang immer wieder vor, verschwinden und werden durch neue ersetzt. Fehlt er mir? Nein. Ich bin mir sicher, wenn wir uns je wiedersehen würden, wäre die Magie gebrochen. David ist eine sehr schöne Erinnerung, in der Tiefe meines Inneren verborgen. Ein warmer Punkt, der sich hin und wieder in Erinnerung bringt.

Ich hole das Handy hervor und blättere zu Davids Namen und seinen Mitteilungen. Ich möchte ihm ein Gedicht aus *Följetång i skärt och svart / Feuilleton in Rosa und Schwarz* schicken, ich glaube, es könnte ihm gefallen.

Am Ende begann ich zu verstehen
Der Lohn der Tugend ist
der Tod.
Die Tugend ist das versteinerte Leben
Die Angst und die Leere.
Es nicht tun.
Wie kann es je lebendig sein?
Aber so ist das Leben
Dass Menschen jene loben
die nicht.

David! I'm at Capri again, sitting on the stairs to Villa Lysis – if you recall our long walk and your pain caused by your inconvenient boots? Here's a poem for you on this beautiful day:

At the end I started to realize / that the reward of virtue
is / death / Virtue is the petrified life / The precariousness and
hollowness / To not do / How can it ever be to live? / But such
is life / that people praise those / who not
Take care! Lot's of love
Sara

Wochenlang hatte ich mir Gedanken über Weihnachten gemacht, mein erstes Weihnachten als *Alleinstehende*. Auf der Arbeit hörte ich gestresste Gespräche.

»Wir machen es wie immer, wir feiern mit Håkans Familie.«

»Wir machen es wie immer. Bleiben zu Hause und machen es uns gemütlich.«

»Wir machen es wie immer, wir fahren ins Sommerhaus.«

Alle hatten einen Plan, wie immer. Alle, außer mir. Nichts war wie immer, ich war allein mit den Kindern, und normalerweise hätten wir zusammen als die Familie, die wir einmal waren, gefeiert. Jetzt war alles offen und unklar. Meine Mutter wollte, dass wir zu ihr nach Västerås kämen, und weil meine Schwester mit ihrer Familie feierte und mein Bruder irgendwo im Dschungel in Kolumbien war und wir auch keinen Plan hatten, gab ich nach, und wir fuhren zu ihr.

Am Tag vor Weihnachten nahmen wir den Zug und kamen gegen Abend an. Meine Mutter holte uns am Bahnhof ab, sie umarmte mich kurz und fest, voller Unsicherheit und Distanz. Fahrige Bewegungen, sie schien nie Ruhe zu finden, auch jetzt nicht, wo sie in Rente war.

Wir gingen zu Fuß durch die Stadt, es dauerte zwanzig

Minuten, um zu ihrer Wohnung zu kommen. Wie immer überkamen mich zwiespältige Gefühle angesichts der wohlbekannten, aber nun sehr weit entfernten Straßen, durch die ich so oft gegangen war.

»Jetzt gibt es Schinkenbrot und Reisbrei, hoffentlich ist das recht!«, sagte Mutter, als wir die Wohnung betraten. »Aber ich muss zuerst noch kurz runter, den Müll wegbringen und eine rauchen.«

Sie verschwand im Treppenhaus, und ich setzte mich an den Küchentisch und blätterte zerstreut in der Lokalzeitung, las Meldungen über Vandalismus an Schulen, dichtgemachte Altersheime, Todes- und Vermählungsanzeigen. Die Minuten vergingen, Mutter kam nicht zurück, schließlich ging ich ins Treppenhaus, um zu sehen, ob etwas passiert war. Sie war nirgends zu sehen, weder rauchend vor der Tür noch im Treppenhaus. Verwirrt und schweigend stand ich da und versuchte mir vorzustellen, was passiert sein könnte, als ich ein Geräusch aus dem Aufzug hörte.

»Hallo?«, rief ich durch die geschlossene Tür.

»Hallo!«, sagte Mutter mit erstickter Stimme. »Ich sitze fest!«

Ich drückte auf den Knopf, aber der Aufzug rührte sich nicht.

»Hast du den Alarmknopf gedrückt?«, rief ich.

»Na klar, was glaubst du denn?«, rief Mutter zurück.

Die Kinder kamen und stellten sich neben mich.

»Was ist passiert?«, fragte Sigge.

»Oma sitzt im Aufzug fest«, sagte ich. »Und es kann eine Weile dauern, bis ein Mechaniker kommt.«

»Ich bekomme Panik!« Mutters Stimme klang angespannt.

»Nein, entspann dich!«, schrie ich. »Zünde dir eine Zigarette an!«

»Man darf hier drinnen nicht rauchen!«

»Seit wann scherst du dich um Verbote?«, rief ich und dachte an die vielen Male, wo ich sie verlegen am Arm gezogen hatte, weil sie Süßigkeiten probiert oder Kaffee nachgeschenkt hatte, obwohl man das nicht durfte. Das war nicht Ausdruck einer Haltung, dass sie über allen anderen stand. Im Gegenteil. Das war ihre Art, sich gegen eine Welt aufzulehnen, die sie schlecht behandelte. Eine Rebellion, die mir dennoch peinlich war.

»Ich bekomme keine Luft!«, stöhnte sie.

»Doch, doch!«, rief ich. »Dadrinnen ist jede Menge Luft. Das ist nur die Panik, deswegen hast du das Gefühl, dass es weniger wird.«

Stella fing an zu weinen.

»Muss Oma jetzt sterben?«

»Nein, Schatz, sie wird nicht sterben. Sie hat nur Angst.«

»Aber wenn es keine Luft mehr gibt«, schniefte Stella.

»Ich bekomme keine Luft mehr!«, rief Mutter nun noch aufgeregter.

Jetzt fing auch Harry an zu weinen.

»Die arme Oma! Warum kommt denn niemand und hilft ihr?«

»Die sind schon unterwegs! Also hört zu, es besteht keine Gefahr. Oma kommt da raus, lebendiger als je zuvor. Sie ist jetzt ein bisschen verängstigt. Ihr könntet ihr ein Lied vorsingen, oder?«

Sigge verzog das Gesicht, Stella legte sich auf den Bauch und rief schluchzend in den Aufzug.

»Ich liebe dich, Oma!«

»Ich auch!«, rief Harry.

Mutter antwortete schniefend.

»Und ich liebe euch, meine wunderbaren Enkelkinder! Wenn ich sterbe, dann sollt ihr wissen, dass ich euch lieb gehabt habe!«

Ich seufzte.

»Und dich auch, Sara! Ich weiß, ich sage das nicht so oft, wie ich sollte, aber ich bin so stolz auf dich! Ich liebe dich, du meine älteste Tochter!«

Ich verdrehte die Augen. Sigge grinste.

»Ja, Mama, ist schon gut. Beruhige dich, gleich kommt der Mechaniker, der befreit dich, und dann essen wir Schinkenbrote!«

»Und ich weiß, dass ich nicht immer eine Hilfe für dich war. Dass ich wahrscheinlich eine schlechte Mutter war«, fuhr sie fort.

»Nein, du hast getan, was du konntest«, antwortete ich und verdrehte wieder die Augen, damit die Kinder verstanden, dass es nicht so schlimm war. »Ich weiß, dass du es nicht leicht hattest mit Papa, als wir klein waren«, fuhr ich fort und spürte, wie es mir den Hals zuschnürte.

»Ich weiß, ich hätte dich bei der Scheidung unterstützen sollen«, sagte sie mit plötzlicher Stärke. »Widersprich nicht, ich weiß es! Ich weiß, dass dir das weh getan hat!«

»Ist schon okay, Mama«, sagte ich, und die Tränen schossen mir in die Augen. »Ich habe schon verstanden, dass meine Scheidung viel in dir aufgewühlt hat. Du hast einfach Angst bekommen.«

»Es ist nicht okay! Ich hätte nicht so egoistisch sein dürfen. Es gibt keine Entschuldigung!« Sie klang jetzt wütend, ich wischte mir die Tränen ab und gab Sigge ein Zeichen, dass alles okay war. Auch er hatte jetzt glänzende Augen und schaute unruhig.

Ich war auf den Boden gesunken, Stella und Harry krochen auf meinen Schoß. Sigge kam auch näher und legte den Arm um mich. Wir saßen im Treppenhaus und weinten alle vier, als kurze Zeit später der Mechaniker kam. Er schaute uns erstaunt an, dann brachte er mit einem einfachen Trick den Fahrstuhl wieder zum Laufen.

Das Leben ist merkwürdig. Manchmal braucht es eine verschlossene Fahrstuhltür zwischen Menschen, damit ein richtiges Gespräch entsteht.

»Was soll ich sagen, es war ein gesegnetes Weihnachtsfest«, sagte ich zu Lena und Misha, als wir uns eine Woche später an Silvester trafen.

Der Schnee, der die Welt im Februar verschönert hatte, fing an zu schmelzen, Streusand und Hundekacke kamen zum Vorschein. Obwohl die Tage länger wurden, war alles unglaublich hässlich. Die Müdigkeit ließ mich nicht aus dem Griff, das einzig Gute daran war, dass ich mich immer noch im Alleinsein übte. Alle zwei Wochen waren die Kinder da, mit ihrem Durcheinander und ihren Nähe suchenden kleinen Körpern. Wenn sie nicht da waren, arbeitete ich, traf Freunde oder schlief.

Eines Abends schleppte meine Kindheitsfreundin Isa mich zu einer Theatervorstellung, die ein Freund von ihr gemacht hatte. Es war der Monolog eines Stand-up-Comedians.

»Du musst mal wieder lachen, und ich will die Vorstellung sehen, um daran erinnert zu werden, dass man seine eigenen Texte auf die Bühne bringen kann«, sagte sie und fuhr mit der Hand durch ihre schwarzen, kurzgeschnittenen Haare.

Isa war Schauspielerin und seit dem Abschluss auf der Schauspielschule entweder arbeitslos, oder sie hatte mehr oder weniger spannende Rollen an Landestheatern überall in Schweden. Ein Schicksal, das sie mit den meisten Schauspielerinnen teilte. Dass ihre Eltern zudem noch aus dem Iran stammten und Isas Haut deswegen ein wenig dunkler war, schränkte das Angebot an Rollen noch mehr ein. Obwohl wir im 21. Jahrhundert lebten und Schweden seit langer Zeit durch Menschen mit anderer Hautfarbe als unserer blassen nördlichen Haut bereichert wurde, hatten immer noch erstaunlich viele Regisseure und Theaterintendanten Probleme damit, in anderen Bahnen zu denken, wenn sie ihre Shakespeare- und Strindberg-Inszenierungen besetzten.

Im Lauf der Jahre hatte Isa unzählige Dienstmädchen und Prostituierte gespielt, die einzigen Frauenrollen, die es offenbar im Überfluss gab. Um das Stereotyp zu kompensieren, versuchte sie, den Figuren eine Tiefe zu geben, die sie eigentlich nicht hatten. Sie hatte ein Dienstmädchen gespielt, das T. S. Eliot las, und ein Straßenmädchen, das Marx zitierte. Sie war unglaublich eigensinnig, und es erstaunte mich nicht, dass sie die Regisseure davon überzeugte, dass ein Dienstmädchen selbstverständlich T. S. Eliot lesen kann.

Für die männlichen weißen Schauspieler war die Situation erheblich besser. Am *Dramaten* fand ein immerwährendes Strindberg-Festival statt, und nur wenige Theaterintendanten verstanden, dass sie neu geschriebene Stücke auf den Spielplan setzen mussten, wenn sie etwas an der veralteten, blass-öden Rollenverteilung auf der Bühne ändern wollten.

Isa träumte seit langem davon, ihren Monolog aufzuführen, er handelte von ihrer Mutter und ihrer Großmutter, es war eine zutiefst berührende Geschichte von Klasse und Erbe. Ich hatte ihn gelesen und verstand überhaupt nicht, warum sie zögerte. Er war gut geschrieben, traurig und lustig, und im Gegensatz zu vielem anderem Mist hatte er eine politische Botschaft.

»Ich weiß«, hatte Isa gesagt und bedrückt geschaut. »Aber ich bin noch nicht so weit. Verdammt, warum trau ich mich denn nicht!«

Ach je, die destruktive Spirale der doppelten Bestrafung! Deshalb sagte ich zu, als Isa mich fragte, ob ich zum Monolog ihres Freundes mitkommen wolle, und hoffte, dass sie den Anstoß bekommen würde, den sie brauchte. Diese männliche Unbekümmertheit, sich zu nehmen, was das Leben und die Welt zu bieten hatten, als ob es nur für einen selbst da wäre, davon sollten wir uns wirklich inspirieren lassen.

Der männliche Schauspieler kam nackt auf die Bühne.

»Ich heiße also Petter, und ihr seid herzlich willkommen … äh, habe ich etwas vergessen?«

Alle lachten.

»Also, ich habe das Gefühl, etwas vergessen zu haben?«

Er kratzte sich gedankenverloren im Schritt.

Ich lachte widerwillig und dachte, eine Frau würde mit diesem einfachen Trick niemals durchkommen. Der Frauenkörper war viel zu sexualisiert.

Schließlich setzte Musik ein, alle klatschten, und Petter zog sich eine Unterhose und ein T-Shirt an und begann mit seinem Monolog.

Er war sehr komisch und lustig und verbarg geschickt den Ernst, es ging um Probleme mit Nähe, Vertrauen, mangelndem Selbstwertgefühl. Es war ein charmanter, großer Junge, dem es offenbar leichter fiel, sein Leben zu kommentieren und sich darüber lustig zu machen, als es wirklich zu leben. Eine Kopie der Rockyfigur, die alle Kerle lieben, die sich nach Liebe sehnen und denen dennoch nur kurze, sinnlose Beziehungen gelingen, in denen sie entweder verletzen oder verletzt werden. Wenn da nicht der aufrichtige Versuch gewesen wäre, sich selbst zu erforschen, hätte ich das Ganze als typisch Mann abgetan. Er hatte etwas ehrlich Hilfloses, das mich versöhnte.

Hinterher gingen wir zu ihm hinter die Bühne, dankten für die Vorstellung. Petter war aufgedreht und redete manisch.

»Was habt ihr jetzt vor? Wir müssen zusammen was trinken! Kommt mit!«

Eine halbe Stunde später saßen wir im KB, tranken Bier, und Petter unterhielt uns mit Anekdoten aus seinem Leben. Er war irgendwie immer noch auf der Bühne und schien einen Text herunterzurattern, trotzdem musste ich mehrmals lachen. Er war beides, nervig und rührend, lustig und warmherzig, und als wir schließlich torkelnd das Lokal verließen, war ich verwirrt und erregt zugleich. Isa nahm die U-Bahn Richtung Norden, Petter und ich blieben zurück. Er wohnte im Süden von Söder, stieg aber mit mir am Medborgarplatsen aus und schlug vor, noch ein letztes Bier im Hotel Malmen zu trinken. Ich schaute ihn an und ermahnte mich innerlich, einen kühlen Kopf zu behalten.

»Okay, aber nur ein Bier!«, sagte ich, worauf Petter meine Hand nahm und mich durch das nächtliche Chaos der Hotelbar Malmen führte. Sie war voll von Leuten, die fanden, mitten in der Nacht sei nicht die Zeit zum Schlafengehen. Wir standen im Gedränge und tranken unser

Bier. Petter schaute mich an und streichelte mit einem Finger leicht meinen Nacken. Die Berührung ließ einen Schauer über meinen Rücken laufen. Mit großer Selbstbeherrschung entzog ich mich.

»Vergiss eins nicht, ich habe gerade einem Monolog zugehört, in dem es darum geht, wie unmöglich du bist!«, sagte ich und drehte mich weg.

Er lachte und nahm seine Hand runter.

»Ja, das war fürs Anbaggern nicht ideal. Den Preis muss ich bezahlen.«

»Was ist das für ein Gefühl, wenn du nun verraten hast, wer du bist, und deshalb nie mehr Sex haben wirst?«

»Das fühlt sich schrecklich an«, sagte Petter mit einem sorglosen Lächeln, beugte sich vor und küsste mich. Nach Monaten der sexuellen Enthaltsamkeit wurde ich wieder von meinem Körper verraten. Ich drückte mich an ihn und erwiderte seinen Kuss.

»Komm, wir gehen zu mir nach Hause!«, sagte ich und nahm seine Hand.

Petter brachte mich zum Lachen und meinen Körper zum Singen. Nach ein paar Wochen war ich verliebt. Das fühlte sich ungewohnt und ein bisschen merkwürdig an. Mit Fremden ins Bett zu steigen war viel einfacher und weniger risikoreich, als mit jemandem zu schlafen, für den ich etwas empfand. Es entstand eine Unsicherheit, die ich, so gut es ging, zu verdrängen versuchte. Unsicherheit und Sehnsucht. Petter hatte eine achtjährige Tochter, und unsere Kinderwochen waren nur teilweise synchron, wir tauschten freitags, Petter und seine Ex mittwochs. Wir kompensierten es mit Telefongesprächen und SMS.

»Hallo!«

»Hallo!«

»Was machst du?«

»Die Kinder sind gerade eingeschlafen, und ich sitze hier und denke an dich. Was machst du?«

»Ich bin gerade von der Vorstellung nach Hause gekommen.«

»Und? Wie lief es?«

»Ganz gut, außer dass ich die ganze Zeit an dich denken muss.« (Zufriedener Laut von mir)

»Und woran denkst du dann?«

»Ich denke daran, wie toll du bist. Und dass ich in deiner Nähe sein will. Und dann denke ich, dass ich ordentlich aufräumen muss, ehe du am Samstag herkommst, damit du total beeindruckt bist und denkst, dass ich so ein ordentlicher Typ bin, der alles unter Kontrolle hat.«

»Ich werde total beeindruckt sein. Du weißt ja, Männer, die putzen, sind das beste Aphrodisiakum?«

»Dann lege ich besser gleich auf und fange schon mal an. Meine Wohnung wird so sauber sein wie noch nie.«

»Und ich werde so erregt sein, wie deine Wohnung sauber ist.«

»Vielleicht hilft es ja auch, wenn ich deine empfindlichen Brustwarzen küsse?«

»Vielleicht.«

»Und deinen Nabel?«

»Klingt sehr gut.«

»Und die Innenseite deiner Schenkel?«

»Oh, wie aufregend.«

»Und die Augenlider.«

»Hör auf, ich halt's nicht aus!«

Ich mochte die Art, wie er keuchend Luft holte, wenn wir uns trafen. Als würde ich ihn buchstäblich atemlos machen. Ich mochte es, wenn seine Pupillen sich weiteten, wenn wir nackt und ineinander verschlungen im Bett lagen und uns in die Augen schauten. Ich mochte seinen Geruch, seine schönen Schultern und Fußballerwaden, seinen großen Bärenkörper, der meinen umschloss, ich mochte es, dass er mich zum Lachen brachte. Mit Petter war es nie langweilig. In einer langen Schlange in der Bank zu stehen, war ein Erlebnis voller geflüsterter Phantasien über die anderen Leute. Er war verspielt und verschmust, ich war wie eine Katze in der Sonne. Ich entdeckte, dass es hinter seinem scherzhaften Jargon eine ernste und kluge Seite gab. Einen anderen Teil von ihm. Der gerne sprach und diskutierte. Er war ein Küchentisch-Feminist, hatte jedoch keine Ahnung von der Theorie, und ich beschloss, eine Liste mit feministischer Literatur für ihn zusammenzustellen.

»Ich will, dass du verstehst, was das bedeutet, das ist eine Liebeserklärung! Ich habe hoch und heilig versprochen, keine Energie mehr darauf zu verschwenden, unwissenden Männern die feministische Machtanalyse zu erklären«, sagte ich und gab ihm die Liste. Er lächelte und drückte sie an sein Herz.

»Ich fühle mich natürlich geehrt und freue mich darauf, von einem unwissenden zu einem wissenden und modernen Mann zu werden.« Er zog mich an sich und bohrte seinen Kopf in meinen Bauch. »Am liebsten will ich in dir sein, in deine Augen schauen und eng bei dir liegen.«

Ich machte mich los und trat einen Schritt zurück.

»Die Literaturliste ist Kompensation dafür, dass ich mit dir so verdammt unfeministisch bin. Ich kann nur noch daran denken, wie du riechst und dich anfühlst, diese feministische Liste ist ein Muss, damit es nicht geradewegs in die patriarchale Hölle geht!«

»Das ist doch toll, wenn es in die Hölle geht! Aber ich will lesen. Wirklich. Dann fahren wir geradewegs in die Hölle, das wird ganz toll!«

Ich setzte mich auf seinen Schoß und ließ mich von ihm in die Arme nehmen.

»Als du heute Morgen gegangen bist, wartete ich mit dem Duschen, weil ich nicht wollte, dass dein Duft mit dir verschwindet oder sich mit Lavendelseife mischt.«

»Wie süß du bist! Soll ich heute Abend nach der Vorstellung zu dir kommen?«

»Ja, mach das!«

»Gut, ich muss jetzt gehen, aber wir sehen uns heute Abend! Gerne im String!«, sagte Petter.

»String kannst du selber anziehen, du alter Sexist. Ich will Liebe und Nähe«, sagte ich.

»Dann komme ich in meinem rosa String mit einem Arm voller Liebe«, sagte Petter.

Drei Monate waren wir in der Verliebten-Blase. Wir waren das unerträgliche Paar, das in der Stadt alle fünf Meter stehen bleibt, um sich zu küssen. Wir hatten Kosenamen füreinander, wir sprachen mit verstellten Stimmen und lächelten dämlich, sobald wir einander erblickten. Alle meine Pläne für ein polyamores Liebesleben waren weit weg und uninteressant.

Rilke seufzte resigniert, Edith war höflich abwartend, Misha und Lena freuten sich für mich, aber Isa sagte, ich solle so schnell wie möglich abhauen.

»Du weißt doch, dass er unmöglich ist! Du hast doch

seine Vorstellung gesehen! Denk doch bitte mal nach. Mit dem willst du keine Beziehung haben. Glaub mir ausnahmsweise mal, ich kenne Petter. Ich habe ihn schon öfter *in action* gesehen.«

»Aber es ist zu spät. Ich habe mich verliebt, wirklich. Er bringt mich zum Lachen, wir haben tollen Sex, ich werde darauf nicht verzichten, nur weil es vielleicht irgendwann zu Ende gehen wird.«

Isa seufzte und sah mich mitleidig an.

»Ja, ja, mach, was du willst. Ich habe Schlafmittel und Beruhigungspillen für dich, wenn es so weit ist. Du kannst dich auch in der Notaufnahme der Psychiatrie einfinden, wenn es richtig scheiße läuft.«

»Hört sich beruhigend an.«

Natürlich gab es Wolken am Verliebtsein-Himmel, aber die übersah ich bereitwillig. Eine war seine rührende Ungeschicklichkeit, dass er fast nie seine Karte zückte, wenn es ans Bezahlen ging. Ich stellte auch sehr bald fest, dass Petter nicht der Mann war, der unaufgefordert spülte oder nach dem Frühstück oder Abendessen den Tisch abräumte. Es wäre ihm auch nie in den Sinn gekommen, die Blumen zu gießen oder langweilige, aber dringend gebrauchte Lebensmittel einzukaufen oder auch nur den Tisch abzuwischen und eine Runde zu saugen. Die Art alltäglicher Fürsorge gab es bei ihm nicht. Da wir nicht zusammenwohnten, war es nicht so schlimm, meistens konnte ich es als unwichtig abtun, außerdem brachte er mich immer zum Lachen mit all seinen Geschichten, und dafür liebte ich ihn. Aber manchmal, wenn ich gestresst schon wieder das Abendessen machte, während Petter mit einem Glas Wein am Küchentisch saß und mich mit seinen Anekdoten unterhielt, spürte ich, wie die Galle der

Verärgerung durch den Schimmer der Verliebtheit drang. Petter war das rothaarige Erdmännchen, das Hakuna Matata summte, und ich war die tüchtige Deutsche mit ihren Autobahnen und organisierten Ausflügen. Außerdem war ich verliebt, und immer wenn das passiert, mache ich bereitwillig das (deutsche) Tivoli auf. Biete gratis Popcorn und freien Eintritt an, Karussells, Akrobatik und Alkohol, Gesang und Tanznummern und auch immer wieder etwas zu essen. Petter bedankte und bediente sich.

Er war auch notorisch flirtig, er hatte so eine Art, die Beziehungen zum anderen Geschlecht automatisch zu sexualisieren, das heißt ohne eigentliche Absicht, einfach aus Gewohnheit. Aber wenn ich auf einem Fest mit einem Mann sprach, dann war er eifersüchtig und am Boden zerstört.

»Aber schau dich doch selbst an«, sagte ich. »Du hast doch auch keine Absichten gehabt, als du das ganze Fest mit dieser Schauspielerin geredet hast. Das gilt auch für mich, mit jemandem zu reden bedeutet doch nicht automatisch, zu flirten.«

»Nein, ich weiß, aber dieser Schriftsteller, mit dem du geredet hast, das ist genau der Typ, mit dem du zusammen sein solltest. Intellektuell, cool, politisch, schreibt über Drogen und Südamerika. Alles, was ich nicht bin.«

»Mach dir keine Sorgen, er hat eine Freundin«, sagte ich, aber da bekam Petter einen Wutausbruch.

»Du willst also sagen, wenn er keine Freundin hätte, wärst du interessiert?«

»Hör auf, so habe ich es nicht gemeint.«

»Aber gib es zu, du findest, dass er gut aussieht.«

»Ja, er sieht gut aus.«

»Und wenn du und ich nicht zusammen wären und er

keine Freundin hätte, dann könntest du dir vorstellen, mit ihm zusammen zu sein?«

»Ja, vielleicht.«

»Genau! Das habe ich mir doch gedacht!«

»Mein Gott, jetzt hör schon auf, natürlich gibt es jede Menge Menschen, mit denen ich zusammen sein könnte, wenn du und ich es nicht wären, aber jetzt bin ich nun mal mit dir zusammen, und es gibt keinen, den ich lieber haben wollte.«

Petter murmelte etwas und schüttelte den Kopf.

»Ich hab's gewusst.«

Kleine Wolken, noch nicht dunkel und groß genug, um die Sonne zu verdecken.

Es war Frühsommer, und sobald wir ein kinderfreies Wochenende hatten, verbachten wir es zusammen.

Eines Abends, nach einem ungewöhnlich romantischen Sonntag, den wir auf Djurgården verbracht und mit einem Abendessen bei KB abgeschlossen hatten, lagen wir im Bett und grinsten uns an. Ich hielt seine Hände und schaute ihm in die Augen.

»Petter, vielleicht findest du es zu früh, aber ich sage es dennoch. Ich liebe dich.«

Sein Lächeln erstarrte, seine Pupillen zogen sich zu schwarzen Stecknadeln zusammen.

»Okay.«

Ich lachte.

»Hast du jetzt Angst bekommen?«

Er setzte sich auf, sein Blick flackerte.

»Nein, ich freue mich. Aber es sind große Worte.«

»Ja, genauso groß wie meine Gefühle für dich.«

Er küsste mich auf die Stirn.

»Du bist toll.«

Er stand auf und ging zur Toilette.

Ich blieb liegen und verfluchte mich mit klopfendem Herzen. Verdammt, warum war ich immer so aufgeregt und übereilt? Verdammt, warum nur verrieten mich meine Gefühle und mein Körper, und ich verlor dann den Verstand? Verdammt, warum konnte ich keinen kühlen Kopf bewahren und richtig mitspielen?

Als er aus dem Badezimmer kam, strich er sich verlegen durch die Haare und legte sich neben mich.

»Jetzt schlafen wir.«

Ich lag wach und versuchte, mir einzureden, dass er nur ein wenig Zeit brauchte, um mein Geständnis zu verdauen. Aber ganz tief in mir wusste ich, dass alles anders war. Ich sah es in seinem Blick, las es in seinen immer liebloser werdenden SMS, hörte es in allem, was er nicht mehr sagte.

Und doch machten wir weiter, als wäre nichts geschehen. Keiner traute sich, das anzusprechen, was ich gesagt und welche Reaktion es ausgelöst hatte.

Es folgten einige verzweifelte Wochen, ich war außerstande, etwas zu tun, weil ich Angst hatte, noch mehr kaputt zu machen.

Eines Nachts wachte ich davon auf, dass Petter sich im Schlaf hin- und herwälzte. Er stöhnte und seufzte, und als ich ihn fragte, was los sei, sagte er, er habe Angst.

»Dieses Bett ist einfach zu weich! Ich kann nicht schlafen. Ich habe immer Rückenschmerzen, wenn ich hier geschlafen habe«, sagte er und schaute mich unglücklich an.

Es dauerte einen Moment, dann wusste ich, woher ich diese Szene kannte. Genau so hatte er eine Situation in seinem Monolog beschrieben: dass er voller Angst neben seiner Freundin aufwacht, die gerade gesagt hat, dass sie mit ihm zusammenziehen will. In der Szene beschreibt er, wie er sie anstarrt und sich plötzlich einbildet, dass sie aussieht wie ein Fisch. Dass sie ein Fisch ist und sie Fischkinder bekommen werden.

Aus der Verzweiflung der letzten Wochen wurde Ärger.

»Stellst du dir jetzt vor, dass ich ein Fisch bin oder ein Krokodil oder sonst was?«

Petter fing an zu weinen.

»Ich weiß nicht, warum ich so ängstlich bin. Du bist so toll, und trotzdem macht mir alles Angst.«

Eine unendliche Müdigkeit übermannte mich.

»Weißt du was, ich habe nicht vor, dich zu trösten, weil du neben mir liegst und nicht schlafen kannst und dir einbildest, ich sei ein Fisch. Nimm die Gästematratze und leg dich auf den Boden. Ich will schlafen.«

Ich hörte, wie er sich auch auf der Matratze neben dem Bett wälzte, konnte aber trotz meines Ärgers einschlafen und wachte erst auf, als Petter am Morgen aufstand und sich anzog.

»Ich geh jetzt.«

»Ja, mach das.«

Am Abend rief er an und war reumütig.

»Ich bin so blöd. Ich verstehe es nicht, das passiert mir jedes Mal, wenn ich mit jemandem zusammen bin. Nach ein paar Monaten bekomme ich Angst. Ich habe offenbar Probleme mit Nähe, einerseits sehne ich mich danach, und andererseits habe ich solche Angst davor. Aber ich habe dich so gern, Sara. Ich bin verliebt in dich, ich liebe dich, ich will mit dir zusammen sein! Ich finde, du bist ein wunderbarer Mensch, und ich glaube an uns als Paar. Wir passen gut zusammen.«

»Mein Gott, ich hasse, was du da sagst.«

»Was?«

»Dass wir als Paar zusammenpassen. Da ist so entlarvend und distanzierend. Ist mir doch scheißegal, wie wir uns als Paar machen, solange wir uns lieben. Das klingt, als wolltest du dich selbst überreden, dass wir zusammenpassen, du dich aber nicht wiedererkennst in diesem Gefühl.«

Petter stöhnte.

»Ich bin so blöd! Ich verstehe mich selbst nicht. Mal will ich heiraten, mal habe ich nur Angst.«

»Ich weiß, dass du blöd und neurotisch bist, aber ich habe selbst viel zu viel Dunkles in mir, als dass ich auch deine Dunkelheit tragen könnte. Ich kann deine Probleme nicht lösen.« Ich schwieg und seufzte. »Ich habe dir das Schönste angeboten, was ich habe, meine Liebe. Du hast sie abgewiesen, und jetzt fürchte ich, dass es zu spät ist. Du hast mich verletzt, unglücklich und elend gemacht, ich will nicht mehr unglücklich sein, das tut zu weh.«

Petter weinte. Ich holte tief Luft und fuhr fort.

»Ich glaube an die Liebe. Wirklich. Wir hatten richtig magische Momente. Schöne. Nahe. Alles, wovon ich denke, dass es Liebe ist. Und doch macht mich diese Beziehung immer unglücklicher. Jetzt denke ich so. Entweder bist du nicht mehr verliebt, das ist okay. Die Liebe kommt und geht, und wir können dankbar sein für die Zeit, die war, und uns als Freunde trennen. Oder du willst weitermachen. Dann musst du in allem, was du sagst und tust, deine Liebe zeigen. Weil ich es sonst nicht aushalte.«

»Verzeih mir, Sara! Ich will dir nicht weh tun! Verzeih! Bitte! Du bist die Tollste. Du siehst gut aus. Du bist klug. Du bist lustig. Du kannst zuhören. Du kannst gut reden.

Ich liebe es, dass du so intuitiv bist und immer weißt, wo es langgeht. Dass wir über alles reden können. Ich will mit dir zusammen sein, und ich liebe dich.«

»Du versuchst, dich selbst zu überreden. So läuft das nicht.«

»Nein, es ist wahr. Jedes Wort. Bitte, bitte gib mir noch eine Chance! Ich verspreche dir, ich will nicht mehr so blöd sein.«

Ich seufzte.

»Die Kinder kommen morgen, wir können uns sowieso erst in einer Woche sehen.«

»Okay.«

»Und das ist vielleicht gut so, wir machen eine Pause und denken über alles nach.«

»Ja.«

Am nächsten Tag machten Edith und ich einen langen Spaziergang. Mit der Wärme waren aber auch Pollen gekommen, und meine Augen, die sowieso schon rot geweint waren, juckten teuflisch, je mehr Bäume und Büsche unseren Weg säumten. Am Söder-Krankenhaus blieb Edith stehen und holte eine Sonnenbrille aus der Handtasche.

»Hier, mein Schatz! Du siehst ja schrecklich aus!«

»Ich weiß«, sagte ich und seufzte.

»Versink jetzt bloß nicht in Selbstmitleid. Du hast doch von Anfang an gewusst, dass er ein charmanter, unmöglicher großer Junge ist. Ein Mann mit dokumentierten Problemen in Bezug auf Nähe und Liebe, meine Güte, der Typ hat doch sogar ein Theaterstück darüber geschrieben, was erwartest du denn?«

Ich zögerte. Sah Petters blaue Augen und seine geweiteten Pupillen. Den Liebesblick. Dann die Pupillen, die sich zusammenzogen, die Verschlossenheit.

»Ich habe mich verliebt«, sagte ich lahm. »Und ich hasse es, dass es nicht einfach ist. Dass Nähe ihm Angst macht. Ich will ihm weh tun, hässliche Sachen sagen, die ihn verletzen.«

Edith grinste schief und seufzte. Wir gingen schweigend weiter, bis wir zur Liljeholmsbrücke kamen. Dort setzten wir uns auf eine grüne Bank am Wasser. Ich nahm die Sonnenbrille ab und versuchte, nicht die Augen zu reiben.

»Ich glaube eigentlich nicht, dass du auf Petter sauer bist«, sagte Edith und wischte sich die Schweißperlen von der Stirn. »Er ist nur eine Randfigur in deinem Leben. Wirklich sauer bist du auf dich selbst, weil du dich in dieser Beziehung nicht gut um dich gekümmert hast.«

»Wie meinst du das?«

»Ich meine, du bist ein Beziehungsmensch, wie so viele Frauen. Das liegt an unseren Geschlechterrollen. Männer hingegen wurden dazu sozialisiert, autonom zu sein. Das bedeutet, dass du viele Beziehungen haben möchtest. Aber wegen deiner Herkunft und deiner Erziehung hast du eine Überlebensstrategie entwickelt, die auf Selbständigkeit basiert. Wenn du dich verliebst, wirst du schwach, und das kollidiert mit deiner Selbständigkeit. Ich glaube, du musst lernen, zu dem zu stehen, was du bist, und dich nicht wegen dieser Gefühle zu schämen. Du bist eine empfindsame Seele mit einer fantastischen Fähigkeit zu lieben. Du hast Zugang zu deinen Gefühlen, und du folgst in allem, was du tust, deinem Herzen. Das ist wunderbar. Aber du musst dich selbst respektieren und nicht andere entscheiden lassen, ob du liebenswert bist oder nicht.«

In der folgenden Woche kamen wir an einem Wochenende voller Gefühle wieder zusammen. Wieder weiteten sich seine Pupillen, wenn unsere Blicke sich trafen. Wieder keuchte er, sobald er mich sah. Wieder kamen die Liebesworte. Unsere Körper, die sich immer geliebt hatten, waren ekstatisch.

Das hielt drei Wochen, dann flackerte Petters Blick wieder, und er wurde wortkarg. Nachts wand er sich wie ein Wurm, getrieben von Angst und Vorstellungen über uns, von denen ich lieber nichts wissen wollte. Ich sah, wie alles sich wiederholen würde, außerstande, etwas zu tun, außer meine Erwartungen herunterzuschrauben.

»Wenn ich ihn doch so nehmen könnte, wie er ist, und mich nicht nach dieser frisch verliebten Person sehnen würde, die ständig auf den Zehenspitzen steht, dann könnte es vielleicht gehen«, sagte ich zu Lena, als wir zusammen ein Bücherregal im Wohnzimmer an die Wand schrauben wollten. Die Wände waren aus Beton, und sosehr ich auch diese Art von Tätigkeiten selbst schaffen wollte, ich musste nach einigen missglückten Versuchen und einem kaputten Bohrer schließlich doch Lena um Hilfe bitten. Sie kam sogleich mit ihrer Schlagbohrmaschine, und gemeinsam bekamen wir das Regal an die Wand.

Sie schaute mich besorgt an.

»Klingt nicht gut.«

»Ja, aber was soll ich machen? Ich liebe ihn trotz allem, und manchmal ist es so magisch wie am Anfang. Ich weiß, dass er mit sich und seinen Problemen kämpft, und da denke ich, ich muss ihn einfach so nehmen, wie er ist, ein neurotischer, komplizierter, aber wunderbarer Mensch.«

»Wenn das nur nicht zu viel Energie kostet. Er scheint das lebende Beispiel für Mindfuck zu sein, mit seinem ganzen Hin und Her. Gerade noch liebt und vergöttert er dich, um im nächsten Moment zu denken, dass du aussiehst wie ein Fisch oder eine Kuh oder was er sonst für Wahnvorstellungen hat.«

Ich seufzte und lachte.

»Manchmal denke ich, dass ich zu hohe Anforderungen habe. Dass meine Vorstellung von Liebe auch eine Art Wahnvorstellung ist. Romantisch und grandios und überhaupt nicht realistisch.«

»Schon, wir schleppen alle unsere romantischen Wahnvorstellungen mit uns herum, aber dass man sich in einer Beziehung sicher fühlen will, das ist keine übertriebene Forderung. Natürlich musst du sagen können, dass du ihn liebst, ohne dass er ausflippt und denkt, dass du eigentlich eine verkleidete Kuh bist.«

Wir lachten, und ich dachte, das ist typisch Petter, auch wenn er neurotisch ist, hat das etwas Lustiges.

Es wurde Sommer und Zeit, nach Griechenland zu fahren. Dieses Mal war ich besser vorbereitet, und als alle strebsamen Kleinfamilien die Stadt verließen und in ihre Sommerhäuser fuhren oder teure Fernreisen unternahmen, machten Misha, Lena und ich uns mit allen Kindern auf den Weg nach Griechenland.

»Wenn die zusammenhalten, dann müssen wir Geschiedenen auch zusammenhalten«, hatte Lena gesagt, als wir einen Monat zuvor die Flugtickets gebucht hatten.

Ferien und Feiertage waren die schwierigste Zeit für Geschiedene. Da waren die Familien selbstverständlich zusammen und hatten einander, wir anderen mussten sehen, wie wir mit unseren Ängsten zurechtkamen.

»Wir haben jetzt unsere eigenen Herde«, sagte Misha. »Sollen sie doch in ihren verregneten Sommerhäusern sitzen und darüber nachdenken, warum sie keine Luft bekommen.«

»Pfui Teufel, wie bitter das klingt. Geschieden und verbittert«, sagte Lena.

»Ich steh dazu, dass ich verbittert bin«, sagte Misha.

Ich stimmte ihr zu.

Petter hatte Arbeit bei einem Sommertheater irgendwo im Norden gefunden und würde den ganzen Sommer über dort sein. Das war angenehm und traurig zugleich. Angenehm, weil ich dann nicht enttäuscht würde von seinem doppeldeutigen Hin und Her zwischen Liebe und Panik, traurig, weil ich ihn trotz allem noch nicht ganz aufgeben wollte und mich eigentlich danach sehnte, mit ihm zusammen zu sein. Ferien mit den Kindern und Misha und Lena waren jedoch das beste Heilmittel, wenn das Herz weh tat.

Ein paar Tage vor unserer Abreise feierten Edith und ich den Sommer. Wir saßen wie immer auf ihrem Balkon und rauchten und tranken Rotwein. Edith würde die Woche drauf mit ihrer Freundin Hanna nach Barcelona reisen.

»Danach bin ich für zwei Wochen bei Gudrun in ihrem Landhaus, zusammen mit der alten Truppe. Und dann werden wir sehen. Vielleicht besuche ich Maud in Paris, aber das hängt davon ab, wie der Sommer hier zu Hause wird.«

»Das klingt, als wärst du den Sommer über beschäftigt!«, sagte ich, wieder einmal erstaunt über ihre Energie und wie reich ihr Leben war. »Es gibt nicht viele Fünfundsiebzigjährige, die so viel herumreisen!«

»Ich verstehe gar nicht, wieso man *nicht* verreist! Man kann doch nicht einen ganzen Sommer zu Hause sitzen. Da kann man ja gleich sterben. Man muss die letzten Jahre doch noch genießen. Wer weiß, welche Krankheiten und Krämpfe einen nächsten Sommer heimsuchen. Oder nächsten Monat. Außerdem bin ich in dem Alter, in dem viele Freunde wegsterben. Freunde, die ich geliebt habe und mit denen ich im Lauf der Jahre so viel erlebt habe. Da will ich doch alle, die noch am Leben sind, pflegen und jede Sekunde genießen!«

Ich lächelte in ihr sorgfältig gemaltes Gesicht. Farbtupfer aus schockrosa Lippenstift, glitzerlila Lidschatten, der sich mit den grünen Fingernägeln und der gelben Halskette biss. Sie war ein einziger Regenbogen.

»Du bist mein Idol!«, sagte ich. »Wenn ich alt bin, will ich genauso werden wie du!«

»Dummes Zeug! Du musst du selbst bleiben, und es wird dir noch besser gehen als mir.« Sie drückte die Zigarette aus und füllte unsere Gläser. »Aber diesen Petter, den kannst du schon jetzt in die Wüste schicken. Mit dem wirst du nur Ärger haben.«

»Ich weiß«, sagte ich und lehnte mich im Liegestuhl zurück. »Ich muss mit ihm Schluss machen. Aber noch nicht jetzt. Im Herbst.«

»Dann musst du aber auch zugeben, dass in dir eine kleine Masochistin wohnt.«

»Vielleicht. Aber manche Dinge kann man eben nicht mit dem Kopf steuern, die muss man durchleben und durchleiden, bis die Wahrheit Platz greift. Im Übrigen sind dann wohl fast alle Frauen Masochisten.«

»Ja, weiß Gott, es gibt wahrlich keinen Mangel an weiblichen Masochisten. Aber deswegen musst du keine sein«, sagte Edith und ließ ihr Gesicht von der Abendsonne bescheinen.

Griechenland war wieder mal eine Zeit der Befreiung von Liebeskummer, alter Bitterkeit und Erschöpfung. Am Strand konnte ich mich in der Wärme gesund schlafen, die Kinder schwatzten und badeten. Misha, Lena und ich wechselten uns als Kombination aus Animateurin und Bademeisterin ab. Wieder einmal stellte ich fest, dass es so viel einfacher war, mit Freunden zu verreisen als mit dem Partner.

»Oder vielleicht waren Johan und ich ein ungewöhnlich schlechtes Team?«, sagte ich eines Abends, als wir in der kleinen Taverne am Strand saßen und auf das Essen warteten. Die Kinder spielten mit anderen Kindern Fußball. Die glutrote Sonne ging gerade am Horizont unter, mein Körper war warm und angenehm nach einem Tag am Strand. Misha schüttelte den Kopf.

»Dazu gibt es zu viele schlechte Teams. Ich glaube nicht, dass wir drei mit unseren Ehen besondere Ausnahmen waren, ich glaube, es ist ein Fehler im System der Zweisamkeit. Dass man ungeniert Fehler und Mängel auf seinen Partner projiziert und seinen Ärger am anderen auslässt, das ist eine Folge des Zusammenlebens, Tag und Nacht, Stunde um Stunde. Für Freunde entscheidet man sich täglich aktiv. Wir haben die notwendigen Pausen und brauchen die schlechten Seiten des anderen nicht aus der Nähe mitzuerleben. Und auch wenn sie sich hin und wieder zeigen, kann man sie ignorieren, weil man weiß, dass man sich nach zwei Wochen wieder trennt. Der Punkt ist, ich muss nicht Tag für Tag mit ihnen, mit euch leben.«

Sie bürstete unsichtbare Krümel von ihrem weißen Leinenkleid und lehnte sich zurück. Ihre braune Haut glänzte vom Sonnenöl gegen den weißen Stoff, und zusammen mit der überdimensionalen Brille glich sie einem Filmstar aus den siebziger Jahren.

»Danke«, sagte ich und trank einen Schluck Retsina.

»Aber im Ernst«, sagte Lena, »das ist doch krank, dass es so ist. Es muss doch möglich sein, so ein System auch mit demjenigen, den man liebt, aufzubauen.«

Sie behandelte sorgfältig ihre verbrannten Arme mit einem kühlenden Aloe-vera-Gelee. Wie viel sie sich auch eincremte, sie bekam immer einen Sonnenbrand. Sie hatte den ganzen Tag ein langärmeliges hellblaues Hemd und einen Sonnenhut getragen, und dennoch saß sie jetzt hier mit roten Armen und Schultern.

»Nicht zusammenleben«, sagte Misha todernst.

Wir lachten.

»Du bist noch schlimmer als Rilke«, sagte ich.

»Aber es stimmt doch, dass etwas passiert, wenn man zusammenzieht und zusammenlebt«, sagte Lena. »Die Frage ist doch nur, wie man das vermeidet.«

»Da ich nun mal die Rolle der bitteren Verkünderin der Wahrheit übernommen habe, kann ich ruhig weitermachen«, sagte Misha. »Die meisten von uns sind einfach nicht reif für eine lange Beziehung mit allem, was dazugehört, vor allem alltägliche Plackerei und Schlafmangel. Ich meine das ernst!«, sagte sie, als wir lachten. »Es ist sauschwer, zusammenzuleben, die meisten von uns werden wieder wie die Kinder, wenn sie ernste Beziehungen eingehen. Wir werden gierig, eifersüchtig, kontrollierend, egoistisch. Nur wenigen gelingt es, sich respektvoll und liebevoll zu behandeln.«

»Amen«, sagte ich, und da kam der Kellner mit dem Essen. Wir riefen die Kinder, sie kamen schmutzig und hungrig angelaufen.

Vielleicht war das die Lösung, nie zusammenzuziehen und Liebesleben und Zuhause und Familie zu trennen? Abgesehen von meinen misslungenen Versuchen, polyamor zu sein, war ich immer noch überzeugt davon, dass ich nie mehr mit jemandem zusammenleben wollte. Zumindest nicht in absehbarer Zeit. Petters nichtssagende SMS verstärkten meine Überzeugung. Sie waren voller irrelevanter Informationen, wie die Abendvorstellung gewesen war, ob jemand, den er kennt, im Publikum gewesen war, wie weit er am Vormittag gejoggt war und was er zu Mittag gegessen hatte. Sie endeten mit einem freundlichen »Ich denke an dich. Kuss«.

Ich beantwortete sie auf die gleiche Weise, wohl darauf bedacht, keinen Millimeter von meinem Herzen herzugeben. Neidvoll verfolgte ich Lenas innigliche Korrespondenz mit einem Mann, den sie vor zwei Monaten getroffen hatte. Einen Schriftstellerkollegen, den sie bei einer Lesung in Kalmar kennengelernt hatte. Sie waren frisch verliebt und vermissten einander so sehr, dass es weh tat.

»Endlich mal ein Mann, der sich ausdrücken kann!«, sagte Lena euphorisch, als sie schon wieder eine SMS von Klas las.

Ich gönnte Lena alle Liebe der Welt und war aufrichtig froh für sie, auch wenn ihr Verliebtsein mich an das Verschwinden meiner Liebe erinnerte.

»Warum ist das nur ein solches Problem für viele Männer?«, sagte ich und dachte an Petters langweilige SMS und Mails. »Den meisten Frauen fällt es leicht, Liebe in Worte zu fassen, während es vielen Männern unendlich schwerfällt.«

»Sexistische Sozialisierung!«, murmelte Misha unter ihrem weißen Sonnenhut.

»Mein Gott, er hat eine Playlist geschickt!«, piepste Lena und setzte die Kopfhörer auf. Ich schaute sie an, wie sie dalag, mit geschlossenen Augen und einem seligen Lächeln, und ich verspürte Neid und Unruhe. Es würde weh tun, wenn sich herausstellen würde, dass Klas genauso ängstlich und unmöglich wie die meisten Männer war. Ich wusste, dass sie noch an den Verletzungen zu knabbern hatte, die Christians Verrat ihr zugefügt hatte, ich wollte gar nicht daran denken, was ein weiterer Verrat bedeuten würde.

Der Sommer ging zu Ende, und das Wiedersehen mit Petter war genauso lauwarm wie unsere SMS, und dennoch konnte ich nicht Schluss machen. Vielleicht hoffte ich, dass sich die Pupillen seiner Augen wieder weiten würden, wenn er mich anschaute, dass er keuchend nach Luft schnappen würde, wenn wir uns küssten. Aber nichts passierte, und wir machten weiter wie das strebsame Paar, das wir geworden waren.

Der Alltag hatte uns wieder im Griff, und die Umstellung von den faulen Sommertagen zum Frühaufstehen war ein Schock. Die Kinder blinzelten mich morgens verschlafen an und sahen aus, als hätte ich sie geohrfeigt. Während des Sommers hatten sie sich daran gewöhnt, bis zehn zu schlafen, sogar Harry, der sonst immer früh auf war, wusste die langen, gemütlichen Sommermorgen zu schätzen, wenn alle bis weit in den Vormittag im Schlafanzug blieben. Jeder war mit seinen Dingen beschäftigt. Der unglaubliche Luxus, in aller Ruhe die Zeitung zu lesen, mit einer Tasse Kaffee, aus der zwei und schließlich eine Kanne Tee wurden, nur um beim Lesen etwas zu trinken zu haben. Die langen Artikel, die ich normalerweise schnell überflog, weil der alltägliche Stress andere Prioritäten setzt.

In der Zeit, als ich auf die richtige Gelegenheit zum Schlussmachen wartete, traf ich mich mit Edith und Rilke. Das heißt, wenn eine von ihnen Zeit hatte. Edith war mit Museumsbesuchen, Verabredungen zum Mittagessen und Wochenendreisen beschäftigt. Rilke war mit einer Frau zusammen und noch pessimistischer als sonst.

»Ich weiß, dass es schiefgehen wird. Das ist immer so bei mir. Aber noch ist es ganz okay«, sagte sie auf einem Spaziergang.

»Warum meinst du, dass es schiefgeht? Ihr seid doch frisch verliebt, und nach allem, was du erzählst, ist sie ganz toll?«

»Du bist wirklich naiv, aber auf eine Art, wie nur Heterosexuelle es sein können. Wir anderen wissen, dass die Liebe Wunschdenken ist. Ein imaginäres Gefühl, das nach langjähriger Gehirnwäsche entsteht.«

»Jetzt hör auf!«, seufzte ich. »Du willst mir doch nicht einreden, dass nur Heteros sich verlieben!«

»Natürlich können auch Homos sich verlieben, aber wir sind viel realistischer und pragmatischer als ihr. Vor allem die Schwulen haben das kapiert, deswegen führen so viele offene Beziehungen. Die haben verstanden, dass Sex und Liebe zwei verschiedene Dinge sind, die man nicht unbedingt vermischen muss.«

»Okay, mag ja sein, aber was du sagst, klingt nach etwas anderem. Du bist zum ersten Mal seit langem wieder verliebt, aber du hast Angst, enttäuscht zu werden. Deswegen redest du dir jetzt schon ein, dass es schiefgehen wird.«

»Ich rede mir das nicht ein, ich *weiß*, dass es schiefgehen wird. Das ist immer so. Aber wir haben tollen Sex, und dafür bin ich dankbar.«

Ich gab ihr recht, dass wir beeinflusst werden von stereotypen Bildern, wie die Liebe aussehen, riechen und schmecken muss, und dass alle, die von der Heteronorm abweichen, ihre eigene Geschichte erfinden müssen, was sie in vielerlei Hinsicht freier macht (wenn man mal absieht von der jahrelangen systematischen Unterdrückung durch die Gesellschaft oder das Umfeld, die sie ertragen müssen). Ich wusste aber auch, dass Rilke eine unheilbare Romantikerin war, die in ihren Beziehungen immer enttäuscht wurde, weil sie, wie viele Frauen in heterosexuellen Paarbeziehungen, dazu neigte, mehr zu geben, als sie bekam.

Ich erkannte mich wieder in ihrer schwarzmalenden Strategie. Indem ich meine Erwartungen an Petter reduzierte, indem ich fast aufgab, hatte ich die Lautstärke schrittweise gesenkt, bis die Musik fast nicht mehr zu hören war. Von leise zu ganz aus ist nicht der gleiche Schock, wie Discomusik mit voller Laustärke zu spielen und dann den Off-Knopf zu drücken. Meine reduzierten Erwartungen bedeuteten jedoch auch, dass ich mir selbst Gewalt antat, und ich wusste, dass ich eigentlich mehr von einer Beziehung verlangen konnte.

Im Oktober meinte Petter, wir sollten übers Wochenende nach Paris fahren. Ich sagte, ich müsse darüber nachdenken. Ich war mir nicht sicher, ob ich es mir leisten konnte, eine andere Befürchtung war, dass es die falschen Signale sein könnten.

»Fahr nach Paris«, sagte Edith, »so eine Gelegenheit zu missachten heißt, aufs Leben zu spucken.«

»Fahr nicht«, sagte Rilke. »Das ist verschwendete Zeit und herausgeworfenes Geld, mit Petter zu fahren. Fahr mit einer Freundin, wenn du Lust auf einen Wochenendausflug hast.«

»Fahr«, sagte Misha, »warum denn nicht.«

»Fahr nicht«, sagte Lena. »Paris ist nur etwas für frisch Verliebte, nicht für Paare, die sich trennen wollen.«

An einem Wochenende Mitte Oktober mit Schneeregen über Stockholm fuhren wir nach Paris. Dort gab es noch spätsommerliche Wärme. Wir wohnten in einem kleinen Hotel im Maraisviertel, und nachdem wir eingecheckt hatten, ging ich mit Petter ins La Perle, eines meiner Lieblingsbistros ein paar Straßen weiter in der Rue Vieille du Temple. Wir tranken Champagner, und einen Moment lang empfand ich reines Glück. Glück, weil ich seit vielen Jahren mal wieder in Paris war. Glück, weil der Champagner so gut schmeckte und sich alles mit Petter so unkompliziert anfühlte. Könnte es vielleicht doch funktionieren? Wenn wir uns nur anstrengten? Wir tranken ziemlich viel, gingen dann weiter ins Chez Janous in der Nähe des Place des Vosges und genossen ein wunderbares Essen. Alles war perfekt. Sollte perfekt sein. Paris war schön und warm, ich fühlte mich schön und beschwipst, Petter brachte mich zum Lachen wie immer. Und doch breitete sich in mir eine Leere aus. Ich trank immer weiter, um in meinem Glücksrausch zu bleiben, aber plötzlich schmeckte der Wein nicht mehr. In meinem Kopf dreht es sich, und als ich Petter anschaute, spürte ich plötzlich nur noch Müdigkeit. Was machte ich hier? Und ausgerechnet mit Petter? Ich war ja nicht mal verliebt.

»Was ist los?«, fragte Petter, der die Veränderung wahrnahm.

»Nichts, ich bin bloß müde. Die Reise und alles. Sollen wir um die Rechnung bitten und ins Hotel gehen?«

»Okay.«

Ich holte meine Karte heraus und legte sie auf den Tisch.

»Du lädst ein, und ich bezahle?«, sagte ich in einem Versuch, einen Scherz zu machen. Petter lachte nicht, er hielt mir einen langen Vortrag darüber, wie wenig Geld er im Moment hatte und dass er es sich im Unterschied zu mir nicht leisten konnte, jeden Abend in teuren Restaurants zu essen.

»Ich würde Chez Janous nicht als teures Restaurant bezeichnen, eher als ganz normales Restaurant«, sagte ich.

»Nenn es, wie du willst, für mich ist es auf jeden Fall zu teuer«, sagte Petter.

Der seit langem unterdrückte Ärger brach mit überraschender Kraft und Schnelligkeit hervor.

»Ich wehre mich gegen deine Behauptung, dass du finanziell schlechter dran bist als ich. Du verdienst mindestens so viel mit deinen Werbe- und Schauspielverträgen.«

»Der Unterschied ist, deine Situation als Freie ist viel stabiler als meine. Ich weiß selten mehr als drei Monate im Voraus, ob es zum Leben reicht«, sagte Petter.

Ich schüttelte den Kopf, bezahlte und verließ das Restaurant, Petter folgte mir. In der lauen Pariser Nacht waren die Straßencafés gut besucht. Menschen lachten laut, in intensive Gespräche vertieft. Ich schaute geradeaus, damit ich sie nicht sehen musste.

»Der Unterschied ist, dass du für uns kein Geld ausgeben willst. Du hältst es zurück, bist geizig mit Gefühlen und mit Geld.«

Jetzt wurde Petter wütend.

»Du meinst also, dass ich geizig bin? Was?«

Er war rot im Gesicht, der Blick wurde schwarz.

»Nein, aber ich finde es traurig, dass du dir für uns nicht mal ein ganz normales Essen leisten willst, wenn wir ausnahmsweise mal in Paris sind. Das ist nicht besonders attraktiv.«

»Nee. Aber weißt du, was ich an dir unattraktiv finde?«, sagte Petter mit unterdrückter Wut.

Ich seufzte.

»Dass du so kleine Brüste hast.«

Ich sagte nichts. Wir waren auf einem Niveau angekommen, von dem es kein Zurück mehr gab. Petter fuhr triumphierend fort.

»Tatsache ist, dass ich noch nie mit einer Frau zusammen war, die so kleine Brüste hat. Normalerweise mag ich große Brüste, und es hat eine Weile gedauert, sich daran zu gewöhnen.«

»Wie schwer muss es gewesen sein, sich an meine kleinen Brüste zu gewöhnen. Ich bin ja so dankbar, dass du trotz allem so großzügig warst und sie ertragen hast«, sagte ich und öffnete die Tür zu unserem Hotel.

Wir schliefen weit entfernt voneinander in dem großen Bett. Ich wurde früh wach, hatte Kopfschmerzen und die vertraute Angst, wenn der Alkohol sich abbaute. Es waren noch zwei Tage bis zur Heimreise. Nach dem Streit und den Gemeinheiten vom Abend zuvor kam mir das unerträglich lang vor. Ich suchte nach einer Kopfschmerztablette und schluckte sie mit extraviel Mineralwasser, um den Flüssigkeitsverlust zu kompensieren. Petter schlief noch, ich ging ins Bad und duschte lange. Als ich herauskam, saß er auf der Bettkante, den Kopf in den Händen. Er schaute mich mit traurigen Augen an.

»Verzeih mir.«

Ich setzte mich neben ihn.

»Verzeih mir auch«, sagte ich.

»Sollen wir versuchen, das Beste aus der Situation zu machen und zu vergessen, was gestern war?«

Ich nickte.

»Klingt nach einer guten Idee.«

Wir umarmten und küssten uns und gingen hinaus in den kühlen Herbstmorgen und suchten uns ein Café, in dem wir frühstücken konnten.

Die beiden Tage vergingen höflich und unter großer Rücksicht, was eine große Distanz zwischen uns erzeugte. Sorgfältig mieden wir alle sensiblen Themen und taten so, als interessierten wir uns wirklich für Kunst und Architektur. Wir einigten uns auf das Minimale. *Paris war tatsächlich schön. Ja. Wirklich.*

Am Sonntagabend schlief ich auf dem Heimflug und wachte müde und traurig auf. Petter wollte zu sich nach Hause, ich zu mir. Keine Rede davon, zusammenzubleiben.

»Pass auf dich auf«, sagte ich, als wir uns am Bahnhof trennten.

»Du auch«, sagte Petter.

Zwei Tage später machte ich Schluss. Petter seufzte, aber er schien nicht besonders traurig.

»Wir können wohl Freunde bleiben?«, sagte ich.

»Ja. Und wir müssen doch nicht ganz Schluss machen?«, sagte Petter. »Wir können uns doch nach Weihnachten mal treffen und sehen, wie es sich anfühlt?«

»Na klar«, sagte ich und dachte daran, was man so alles sagt, ohne es zu meinen.

Die Liebe kann uns alle in Vierzehnjährige verwandeln. Wir dürsten nach Bestätigung, sind narzisstisch, enttäuscht, ängstlich. Zumindest die romantische, sexuelle Liebe. Die Liebe zu Kindern und Freunden hingegen ist bedingungslos, uneigennützig und selbstverständlich. Das ist sehr eigenartig. Wie ich es auch drehte und wendete, ich fand keine gute Erklärung. Wenn es einfach nur Indoktrinierung war, dann erklärte das nicht, warum es so unglaublich schwer war, sich davon frei zu machen. Im 20. Jahrhundert haben wir uns von jeder Menge veralteter Normen mit Hilfe von Diskussion und Aufklärung befreit. In Schweden werden Frauen heute als gleichwertig angesehen, und sie haben die gleichen Bürgerrechte. Es wurde verboten, Kinder zu schlagen und in der Öffentlichkeit zu rauchen. Homosexualität ist keine Krankheit mehr. Abtreibung ist auch keine Straftat mehr, sondern ein Recht. Die Geschichte zeigt, dass es sehr wohl möglich ist, bestehende Normen zu verändern, wieso also ist es in Bezug auf die romantische, sexuelle Liebe zwischen zwei Menschen nicht passiert?

»Ist mir egal, warum«, sagte Misha, »ich kann nur konstatieren, dass ich nicht möchte, dass derjenige, den ich liebe, mit anderen schläft. Kannst mich gerne konservativ oder eine verstaubte Romantikerin nennen, da gibt es etwas in der Liebe, das macht, dass es nur zu zweit geht.«

»Ja, aber *was?* Was genau ist das?«, fragte ich frustriert.

»Keine Ahnung, es ist einfach so.«

»Wie kannst du dich bloß mit so einer Nichtantwort zufriedengeben? Interessiert es dich überhaupt nicht, warum das so ist?«

»Nein. Im Moment denke ich nur daran, dass ich seit Monaten keinen Sex mehr hatte und allmählich verzweifele. Können wir nicht am Samstag einen draufmachen?«

»Ich habe die Kinder.«

»Kannst du nicht Edith bitten, Babysitter zu sein?«

Ich lachte.

»Du kennst Edith nicht. Sie ist meine Freundin, nicht meine Großmutter.«

»Ich bin auch deine Freundin, und ich habe schon ich weiß nicht wie oft deine Kinder gehütet und du meine. Warum sollte sie das nicht tun?«

»Ich weiß nicht so recht. Ich glaube einfach, sie findet Kinder nicht besonders interessant.«

Misha lachte.

»Tolle Frau.«

»Die allertollste«, sagte ich und überlegte, dass es stimmte. Ediths Nichtinteresse an meinen Kindern verletzte mich nicht. Im Gegenteil, ich fand es befreiend, dass sie so sorglos gegen alle Frauennormen verstieß. Sie hatte keine eigenen Kinder bekommen und interessierte sich auch nicht sonderlich für die anderer Leute. Die Gespräche mit Edith handelten von anderen Dingen, Liebe, Sexualität, Kunst. Nie von Kindern. Wenn ich sie mal zur Sprache brachte, hörte sie höflich zu und ließ das Thema dann fallen, indem sie nicht kommentierte oder keine Frage stellte. Genau wie mit Rilke. Kinder waren kein Thema. Als ich sie einmal fragte, warum, zischte sie ärgerlich:

»Weil ich die Schnauze voll habe von den masochistischen Neigungen heterosexueller Frauen in Bezug auf Männer und Kinder. Wie viele Jahre zwischen dreißig und vierzig habe ich damit zugebracht, die Kinder meiner Freundinnen zu hüten und meine abgearbeiteten Freundinnen zu therapieren, die ganz allmählich von ihrem ungleichgestellten Familienleben aufgezehrt wurden. Jahrelang waren die Kinder *das einzige* Gesprächsthema in meinem Freundeskreis. Am Ende gab ich auf. Es gab nie Platz, über meine Liebesprobleme oder Ängste zu sprechen, es ging immer nur um die Kinder und wie viel Zeit sie beanspruchten.«

Sie fuhr sich mit der Hand durch die struppigen Haare.

»Wir Lesben haben uns am Kampf für so viele Rechte beteiligt, die uns eigentlich nicht berühren, das Recht auf Abtreibung, den Ausbau von Kindergärten, Elternzeit. Wir haben das aus Frauensolidarität gemacht, aber ich muss dir ehrlich sagen, jetzt, dreißig Jahre später, bin ich doch traurig und enttäuscht, dass die Frauenbewegung nicht im gleichen Maß für unsere Rechte gekämpft hat. Zum Beispiel das Recht, als lesbische oder alleinstehende Frau Kinder zu bekommen. Diesen Kampf mussten wir ganz alleine führen. In den letzten Jahren ist es ein bisschen besser geworden, aber lange hat diese Frage die Frauenbewegung nicht interessiert, sie waren zu beschäftigt mit ihren heterosexuellen Liebesbeziehungen, die sie langsam umbrachten.«

Ich bekam rote Wangen, weil sie recht hatte. Noch rötere Wangen bekam ich, als ich sah, dass sie Tränen in den Augen hatte.

»Das wird ein Schmerz bleiben, dass diese Gesellschaft mir das Recht verweigert hat, ein Kind zu bekommen, als es noch möglich war. Ich glaube, ich wäre eine gute Mutter geworden – jetzt ist es zu spät.«

»Du wärst eine tolle Mutter geworden!«, sagte ich. »Die allerbeste!«

Rilke zog ihren Palästinenserschal enger um sich. Danach hütete ich mich, sie mit der Kinderfrage zu belasten. Es gab so viel anderes zu diskutieren, und meine Sorgen mit den Kindern konnte ich immer mit Lena und Misha besprechen.

Capri, April 2015

Als ich klein war, liebte ich Astrid Lindgrens *Madita.* Ich saß wie gebannt vor dem Fernseher, voller Bewunderung für das Mädchen mit den langen, schönen Haaren (so fundamental anders als meine eigenen, kurzgeschnittenen dünnen und mausgrauen Haare, hässlicher als hässlich), für ihre Phantasie und ihren Mut und ihre Streiche, die gerade so frech waren, dass sie nie wirklich gefährlich wurden. Ich bewunderte und beneidete sie um ihre reiche, wohlgeordnete Familie mit einem Papa, der Chefredakteur war, und einer Mama, die Hausfrau war und Migräne hatte. Sie wohnten in einem schönen großen Haus mit Dienstboten, die sich ums Kochen, Putzen und um die Wäsche kümmerten, alles war unproblematisch und gut. Nur die schöne Mutter verstand ich nicht, sie bewegte sich wie ein schweigender, leicht abwesender Schatten in Spitzenbluse mit hohem Kragen durchs Haus. Oft war sie bettlägerig mit einem diffusen Leiden. Merkwürdigerweise wurde weder ihre Schwäche noch ihre Abwesenheit in Frage gestellt. Das war irgendwie kein Problem, kein Zeichen für eine Depression oder sonst etwas Ernstes. Eher so, als gehörte das zur Weiblichkeit. Sie wurde trotz ihrer Zartheit von allen Familienmitgliedern geliebt und respektiert. Oder vielleicht gerade deswegen.

Hier in der Villa San Michele wohnt ein Paar, das mich an Maditas Eltern erinnert. Er ist um die sechzig und trägt einen zeitlosen Tweedanzug, sie hat die langen grauen Haare zu einem Knoten hochgesteckt, lockige Strähnen, die sich aus der Frisur lösen, verstärken den Eindruck von Zartheit und Hilflosigkeit. Sie ist sehr mager, trägt exklusive Leinenkleider übereinander. Sie ist schweigsam, aber freundlich und liebenswürdig. Er ist rundlich und redet gerne. Er grüßt laut, wenn wir uns unten im Dorf begegnen, will er gerne ein paar Worte wechseln über Ausflüge und Erlebnisse. Ich sah sie zum ersten Mal bei einem Vorstellungstreffen zu Beginn der Woche, zu dem alle Gäste der Villa San Michele eingeladen waren. Ich bemerkte ihn, als er ihr den Stuhl herauszog. Sie lächelte und setzte sich. Dann fragte er sie, ob sie etwas zu trinken haben wolle. Sie runzelte die Stirn und nahm sich Zeit. Als sei das eine Frage, die wohlüberlegt sein wollte. Schließlich hauchte sie ein kleines »Tee«. Ich hörte es nur, weil ich neben ihr saß. Er strich ihr über die Wange und ging zu einem Tisch ein paar Meter weiter weg, wo Kaffee, Tee und italienische Mandelkekse standen. Ich schaute sie an und versuchte zu sehen, was für eine Behinderung sie hatte. Aber nein, sie war vollkommen beweglich und schien an nichts zu leiden. Als er mit einer Tasse Tee und einem Keks zurückkam, nahm er die Gelegenheit wahr, ihre Strickjacke, die von der Lehne gerutscht war, zurechtzuziehen. Jetzt starrte ich sie offen und ungeniert an. Das war so ungewöhnlich, dass ein Mann als persönlicher Assistent einer Frau auftrat. Liebevoll und selbstverständlich.

Bei der Vorstellungsrunde erzählte er, dass er Ornithologe sei, er war hier, um die Vögel zu studieren (vielleicht gab es hier ein besonderes Vogelleben, das ich nicht ganz mitbekam). Sie begleitete ihn. Na klar.

Ein paar Abende später waren wir im selben Restaurant. Ich saß an einem Tisch ganz hinten in der Ecke. Sie sahen mich nicht, als sie hereinkamen, und bekamen einen Tisch am anderen Ende des Raums. Wieder das Gleiche, er zog ihr den Stuhl zurecht, sie lächelte und setzte sich. Er servierte ihr Wein und Wasser, und als ihr Essen offenbar nicht so war, wie es sein sollte, winkte er den Kellner herbei, argumentierte laut und gestikulierte, bis der Teller verschwand und durch einen neuen ersetzt wurde. Sie saß die ganze Zeit schweigend und mit einem freundlichen Lächeln am Tisch. Als sie sich eine halbe Stunde später erhob, um zur Toilette zu gehen, stand er gleich auf und bot ihr seinen Arm an. Er begleitete sie, wartete vor der Toilette und brachte sie zum Tisch zurück. Auch dieses Mal entdeckte ich keinerlei Zeichen von Makel oder Krankheit. Sie humpelte nicht und war auch nicht unsicher. Seine Stütze war nur eine freundliche, liebevolle Geste.

Maditas Mutter und ihr Abbild hier auf Capri sind ein Frauentyp, der mich unglaublich fasziniert. Sie gehören zu der Sorte Frauen, die sich nicht scheuen, ihre Schwäche zu zeigen, und sie haben keinerlei Probleme damit, um Hilfe zu bitten, ganz im Gegenteil, sie finden es selbstverständlich, dass andere für sie da sind.

Es gibt Frauen, die es sich erlauben, in ihren Beziehungen schwach und hilflos zu sein. Frauen wie Maditas Mutter. Zart, schön, geliebt und umsorgt von Mann und Kindern. Eine Art blasse, kränkliche Jane-Austen-Frau mit geschnürter Taille und kratzenden Spitzen, die sich immer dann draußen im Freien befinden, wenn das

Unwetter kommt. Die gerettet werden müssen. Es gibt auch heute noch Frauen, im gleichen Alter wie ich und mit den gleichen Vorstellungen von Gleichberechtigung, die auch hin und wieder von ihren Männern umsorgt werden. Ich beneide sie und bin fasziniert, habe keine Ahnung, wie sie es machen. Wie wird man Maditas Mutter?

Eines meiner großen Probleme im Leben ist, dass ich nicht einfach um Hilfe bitten kann. Weder in meinen engen Beziehungen noch im übrigen Leben. Das zeigt sich auf verschiedene Weise, manchmal ganz unproblematisch, kaum spürbar. Manchmal wird es absurd. Wenn ich körperlich krank bin, muss ich schon sehr hohes Fieber und einen Infekt haben, der mich umwirft, damit ich Ruhe gebe (das kommt sehr selten vor). Sogar dann habe ich Probleme, im Bett zu bleiben und mich versorgen zu lassen. Und da meine Partner es auch nicht gewöhnt sind, dass ich bettlägerig bin, und es noch weniger gewöhnt sind, mich zu bedienen, werden sie ungeschickt und konfus.

Ich kann ganz schlecht äußern, was ich brauche, deshalb werden meine Bedürfnisse auch nicht wahrgenommen. Dann zerfließe ich in Selbstmitleid, weil niemand merkt, was ich brauche.

Die Sache wird noch dadurch kompliziert, dass wir in einer Welt leben, in der jahrtausendelange Frauenunterdrückung dazu geführt hat, dass ich darum kämpfe, nicht abhängig von Männern und schon gar nicht ausgeliefert zu sein.

Eine Frau ohne Mann ist wie ein Fisch ohne Fahrrad. Und nein, ich sehne mich nicht nach einem Gentleman, der mir die Tür aufhält, mich versorgt oder meinen Koffer trägt. Mit alldem komme ich prima zurecht. Ich bin mir völlig bewusst, dass das Frauenideal früherer Zeiten abstoßend ist. Ich möchte nicht die Mutter von Madita sein, immer mit Migräne im Bett liegen. Nicht wirklich, aber vielleicht ab und zu einmal?

Ist das der eigentliche Sinn von Liebesbeziehungen, dass man schwach und jämmerlich und grandios und großartig sein kann? Dass das ganze Spektrum vorkommen darf? Dass man in Not und Lust, Freude und Trost zusammensteht? Dass jemand sich von meinen Erfolgen nicht kleingemacht fühlt, sondern sich mit mir freut? Ist eine Beziehung denkbar, in der man nicht seine Unabhängigkeit aufgeben muss, nur weil man hin und wieder in Spitzenbluse und auf geschüttelten Kissen auf dem Sofa liegen und ein bisschen Migräne haben will? Blass und schön, zart und stark. Heute geliebt und umsorgt, um morgen wieder aufzustehen, um die Rechnungen zu bezahlen, den Reifenwechsel zu organisieren, einen wichtigen Artikel zu schreiben, einen Preis zu gewinnen und am Abend immer noch genauso geliebt und umsorgt zu werden.

Vermutlich nicht. Vermutlich gehört das in die Kategorie DIE ILLUSION DIE WIR PFLEGEN MÜSSEN DAMIT WIR WEITER AN DIE HETEROSEXUELLE LIEBE GLAUBEN KÖNNEN.

In Woody Allans Film *Hannah und ihre Schwestern* gibt es eine Szene, bei der ich weinen musste, als ich den Film vor einiger Zeit an einem Freitagabend im Fernsehen sah. Hannahs kleine Schwester hat eine Affäre mit Hannahs Mann, und sie fragt ihn, was er eigentlich an ihr findet, wenn Hannah doch so fantastisch ist. Er antwortet:

»Weil du mich brauchst, Hannah braucht mich nicht.«

Ich weinte, weil ich genau das aus meinen Beziehungen kannte. Wenn bestimmte Männer merken, dass sie nicht gebraucht werden, weckt das eine solche Wut, dass sie die Liebe tötet.

Wir waren fünf nackte Frauen, die an einem regnerischen Vormittag in der Sauna des Hallenbads schwitzten. Misha und ich lagen auf der obersten Bank, unter uns saß eine junge Frau mit trainiertem Körper, die Schamhaare waren zu einem Viereck rasiert, das Rilke *Fischstäbchen* nennt.

Auf der untersten Bank lagen zwei Frauen über siebzig mit großen, ausladenden Körpern, die die ganzen Bänke einnahmen. Wenn man in regelmäßigen Abständen ein öffentliches Schwimmbad besucht, bekommt man eine wohltuende Dosis Wirklichkeit verpasst. Dicke, schlaffe, faltige, magere, behaarte, rot gefleckte, bleiche Körper. Vom Alter, Kinderkriegen und Frauenleben gezeichnet.

Hier sehen die Frauen echt aus, im Gegensatz zu den Frauenkörpern, die uns in der Werbung auf der Straße oder der U-Bahn begegnen. Es gibt nur wenig, was mich so wütend macht wie das U-Bahn-Fahren mit meinen Kindern. Was die Werbung mit dem Selbstbild meiner Tochter macht, will ich mir gar nicht ausdenken. Aber für meine Söhne ist die sexistische Werbung mindestens genauso schlimm. Die Sauna im Hallenbad war eine Impfung, die mir in vielerlei Hinsicht guttat. Neben der Dosis Wirklichkeit mochte ich die Sauna als frauenseparatistischen Ort. Und als die anderen Frauen nach einer Weile genug von der Hitze hatten, konnten Misha und ich uns ausstrecken und endlich zum Thema kommen. Seit ein paar Monaten traf sie sich mit einem jüngeren Mann, der einerseits heiß auf sie war, sich aber andererseits offenbar von der Tatsache provoziert fühlte, dass Misha bereits ein ausgefülltes Leben hatte, das nicht davon abhing, ob er kam oder ging. Er hatte damit angefangen, sich über Kleinigkeiten zu beklagen, zum Beispiel dass sie zu viel Weichspüler verwendete, die Kissen im Bett zu hart waren, um allmählich in eine ziemlich ernste Form von Kontrollbedürfnis überzugehen.

»Jetzt stört ihn, dass ich jeden Morgen meditieren will.«

»Er will dir doch nicht im Ernst verbieten zu meditieren?«, sagte ich und setzte mich auf.

»Nein, er würde nie zugeben, dass er sich bedroht fühlt, weil die Meditation etwas ist, das mir gehört und zu dem er keinen Zugang hat. Er macht das so, dass er dummes Zeug redet und sich über Meditation und Leute, die meditieren, lustig macht.«

»Verdammter Idiot, du musst Schluss machen.«

»Ja, ich weiß. Werde ich auch. Ich muss nur erst die Enttäuschung verdauen, dass er nicht der ist, der er zunächst zu sein schien.«

»Was für ein Glück, dass wir ein Alter erreicht haben, in dem man so etwas durchschaut. Wäre das passiert, als du zwanzig warst, hättest du dich wahrscheinlich seinen Launen angepasst.«

»Ja. Man darf die Norm nicht unterschätzen«, sagte Misha und schloss die Augen. »Er kann behaupten, dass er Feminist ist, so viel er will, aber wenn es darauf ankommt, dann ertragen nur wenige Männer, dass du mehr verdienst, beruflich mehr Erfolg hast, eine Wohnung und jede Menge Freunde hast und außerdem noch älter bist.«

»Er ist freier Journalist, nicht wahr?«

»Ja, er versucht es. Sein Traum ist, für *Dagens Nyheter* und die anderen großen Zeitungen zu schreiben, aber Tatsache ist, dass er nur langweilige Aufträge für kleine Fachzeitungen bekommt.«

»Und dann lernt er dich kennen, du bist fest angestellt und wirst sicher bald zur Chefredakteurin befördert. Der Ärmste.«

»Nein, er muss einem nicht leidtun«, berichtigte Misha. »Ich war auch mal freischaffend und musste kämpfen, damit ich heute da bin, wo ich bin. Als ich zwischen zwanzig und dreißig war, hatte ich jede Menge Beziehungen mit älteren Männern, die mehr verdient haben und bessere Jobs hatten, und ich habe mich verdammt noch mal nicht beschwert, dass zu viel Weichspüler in der Wäsche war und die Kissen im Bett zu hart waren. Oder dass sie weiß Gott wie viel Zeit damit verbrachten, Badminton zu spielen oder was es auch immer für ein Sport war. Ich habe das ganze Paket genommen und war dankbar, dass sie sich überhaupt mit mir abgaben.«

Die Tür ging auf, zwei ältere Frauen kamen herein und setzten sich auf die untere Bank. Ich sah ihre schweren Brüste und großen Bäuche, die vielleicht mehrere Kinder ausgetragen und geboren hatten. Sie saßen schweigend da. Wir lagen schweigend da. Ich schaute auf meinen runden Bauch und das Dreieck aus Haaren, das mein Geschlecht zierte.

Vielleicht sollte ich es auch mal wie ein Fischstäbchen rasieren? Vielleicht wurde dann alles besser? Aber die wenigen Male, wo ich versucht hatte, eine Bikinilinie zu rasieren, war das Ergebnis pickelige, juckende Haut gewesen. Die Tür ging wieder auf, und eine Frau um die fünfzig kam herein. Sie setzte sich neben Misha, die beiseiterückte, damit die Frau Platz fand.

»Danke«, sagte die Frau und starrte Misha ungeniert an. »Da wollen wir mal hoffen, dass die Läuse in der Hitze hier drinnen eingehen.«

»Entschuldigung?«, sagte Misha und zog das Handtuch um ihren nackten Körper.

»Ja, ihr kommt doch aus den Flüchtlingslagern und bringt alle möglichen hygienischen Probleme mit. Kein Wunder, dass die Schädlingsbekämpfer alle Hände voll zu tun haben, Flöhe und anderes Ungeziefer zu bekämpfen. Bevor ihr herkamt, hatten wir keine Probleme.«

Misha stand auf und stellte sich vor die Frau.

»Bist du völlig verrückt? Erstens habe ich mein ganzes Leben hier gelebt. Zweitens beruht die Verbreitung von Schädlingen darauf, dass die Leute viel mehr reisen als früher. Und drittens sollten alle widerlichen Rassisten mal in ein Flüchtlingslager geschickt werden, dann würden sie vielleicht verstehen, warum die Menschen da nicht bleiben wollen.«

»Aha, plötzlich ist man auch noch Rassist!«, sagte die Frau, die von der Hitze und dem Wortwechsel ein hochrotes Gesicht bekommen hatte.

Misha lachte hart.

»Nein, natürlich bist du kein Rassist, du hast nur was gegen die unverantwortliche Flüchtlingspolitik?«

Sie machte die Saunatür auf, ich kletterte von meiner Bank herunter und stellte mich neben sie.

»Pfui Teufel«, sagte Misha und ging hinaus.

»Du solltest dich schämen«, sagte ich und folgte ihr.

Sie ging laut fluchend zu den Duschen.

»Das ist ja wohl das Letzte!«, sagte ich.

Misha fluchte und schüttelte den Kopf, während das Wasser an ihr herunterlief.

»Man meint, man würde sich daran gewöhnen, aber man gewöhnt sich verdammt noch mal nicht daran. Neulich hat ein Mann in der U-Bahn hinter mir hergespuckt. Vorige Woche hat ein junger Typ mich auf der Straße angerempelt, und als ich mich umdrehte, zischte er ›Kanake‹.«

»Natürlich gewöhnst du dich nicht daran, alles andere wäre unmenschlich. Ich hatte wirklich keine Ahnung, dass es so schlimm ist«, sagte ich verlegen. Mir wurde klar, dass meine Bewunderung für meine wunderschöne Freundin mich blind für ihre Hautfarbe gemacht hatte.

»Es ist schlimmer geworden im letzten Jahr«, sagte sie und seifte sich ein. »Seit die Schwedendemokraten im Reichstag sind.« Sie sah mein stummes Gesicht und fuhr fort, ohne auf eine Antwort zu warten. »Natürlich hat das Folgen, wenn die Rassisten plötzlich Plattformen, Platz und Geld bekommen, um ihren Hass zu verbreiten. Ich verspreche dir, das ist nur der Anfang. In ein paar Jahren haben wir uns alle angepasst und finden die Schwedendemokraten ganz okay im Vergleich zu den Neonazis. Das nennt man Normalisierung und Abstumpfen.«

Ich schloss die Augen und ließ das Wasser über mein heißes Gesicht laufen. Ich wollte etwas sagen. Dass sie übertrieb. So schlimm konnte es nicht sein. Aber ich schwieg und fühlte mich dumm. Fühlten sich so die Männer, wenn Frauen von Ungerechtigkeiten und Kränkungen sprachen? Schuld und Scham in einer Mischung, die nur allzu leicht dazu führte, dass man die Probleme negierte oder verkleinerte und ärgerlich oder ignorant wurde.

Ganz oben auf der Liste der kleinen, alltäglichen Dinge, mit denen das Patriarchat den Frauen das Leben schwer macht, steht Weihnachten. Dicht gefolgt von Schönheits- und Körperzwängen, Putzen und Kochen. Weihnachten ist Tradition, und das Scheißpatriarchat erwartet von dir, dass du dich den Vorbereitungen mit Freude widmest, und zwar als sich aufopfernde Mamafrau. Eine Mamafrau ohne andere Interessen oder ein Leben außerhalb der vier Wände. Und der Gipfel des Ganzen ist, dass Mann (ja, es muss ein Mann sein, Wichtel oder Weihnachtsmann, oder Gott oder Papa oder Jesus oder sein Stiefvater Josef, oder war es vielleicht sogar Onkel Oscar?) sich hat einfallen lassen, dass Weihnachten für *die Kinder* ist. Teuflisch schlau, es den Frauen zuzuschieben, die sowieso ständig ein schlechtes Gewissen haben, was sie alles nicht schaffen, dass sie das alles natürlich *für die Kinder* machen. Denn wie bei allem anderen im Familienleben sind es mal wieder die Frauen, die für den Großteil der Vorbereitungen für Weihnachten zuständig sind. Es gibt Männer, die Bonbons kochen oder den Schinken grillen oder sogar einen Kartoffelauflauf zubereiten, aber in diesen Fällen übernimmt die Frau bestimmt alle anderen Aufgaben.

Am schlimmsten sind die Männer, die danebenstehen und motzen und sagen, sie solle doch mal Ruhe geben, statt zu helfen. »Hör auf mit dem Stress, das wird schon.« Als hätte man sich den Stress selbst ausgesucht. Als ob der nicht aufgebürdet und institutionalisiert wäre. Als würden seine Kommentare sie nicht noch schuldbewusster machen. Als würde er nicht noch motziger werden, wenn sie antwortet: »Ja, du hast recht, ich bin gestresst, weil noch so viel gemacht werden muss, ehe deine Familie an Weihnachten kommt. Ich könnte mich auch aufs Sofa legen, und du übernimmst! Ich verspreche dir, ich wache rechtzeitig, bevor die Gäste kommen, auf und bin dann völlig entspannt und ausgeruht.«

Das Gute an der Situation, keine Kleinfamilie mehr zu sein, war, dass die Feste und Traditionen nicht mehr so selbstverständlich waren. Wie das Spiel, das wir als Kinder gespielt haben, wo man eine Handvoll Steinchen in die Luft wirft und dazu sagen muss: Wie viele Kinder bekomme ich, wenn ich groß bin? Die Anzahl Steine, die in der ausgestreckten Hand landeten, war die Anzahl Kinder, die man in Zukunft bekommen würde. Das Gleiche galt für Feste und Traditionen – alles, was seit Ewigkeiten vorausbestimmt ist, das waren die in die Luft geworfenen Steinchen, und das Ergebnis war reiner Zufall. Das war beängstigend und befreiend zugleich.

Fasziniert und immer ärgerlicher scrollte ich durch meine Nachrichten bei Facebook und Instagram, nichts als Weihnachtsbasteleien. Waren es keine Lebkuchenhäuser, dann wurden Luciawecken gebacken, mit lauter braven Kindern. Ich grunzte bösartig, denn alle, die jemals versucht haben, Luciawecken mit Kindern zu backen, wissen, dass das immer, wirklich immer mit Krach und Geschrei und Teig in der ganzen Wohnung endet. Die Kinder finden es nicht lustig, du findest es nicht lustig. Und doch machten wir es jedes Jahr. Denn ganz zu Beginn der Backerei, bevor alles schiefgeht, gibt es die kleine Chance, ein Foto zu machen, das so präsentabel ist, dass man es in den sozialen Medien posten oder der Mutter oder Schwiegermutter schicken kann. Das waren die Bilder, die mich jetzt höhnisch vom Bildschirm angrinsten.

Bilder von mit Nelken gespickten Orangen, selbstgemachte Adventskalender (Meine Güte! In meinem Fall würde das bedeuten, dass ich 24 mal 3 verdammte kleine Geschenke besorgen müsste, zusätzlich zu den richtigen Geschenken!), Bonbonkochen und hübsche Eisschokolade in bunten Förmchen (es gibt supergute Eisschokolade in genau diesen bunten Förmchen in jedem Supermarkt in Schweden!) segelten vorbei und verdüsterten meine Sinne. Was war nur mit den Leuten los? Wie hatten sie nur die Zeit? Die Kraft? Hatten die den Glühwein mit Amphetamin gespritzt?

Es war vier Uhr geworden, ich schlug den Laptop zu und ging hinaus in die Dunkelheit, um Harry aus dem Kindergarten abzuholen.

Große Schneeflocken schwebten ruhig und höhnisch vom Himmel herab. Legten sich bequem da zurecht, wo sie landeten, und glitzerten. In der Allee der Katarina Bangatan drängelten sich Menschen mit vollen Taschen, und an der Kreuzung zur Östgötagatan stand ein Mann in Holzfällerkluft und verkaufte Weihnachtsbäume. Ich blieb stehen und betrachtete die Paare, die zusammen mit ihren erwartungsvollen Kindern warteten, um mit Hilfe des Verkäufers einen Baum auszusuchen. Irgendwie gehörte das Besorgen eines Weihnachtsbaums zu den wenigen Dingen, bei denen ich mich danach sehnte, zu zweit zu sein. Vielleicht hatte ich zu viele amerikanische Filme gesehen, in denen der Weihnachtsbaum das Glück symbolisierte? Wie sie liebevoll zusammenarbeiteten, um die stachelige Tanne nach Hause zu bringen, und sich dabei küssten und Schneebälle warfen.

Ich hatte für das erste Weihnachten nach der Scheidung einen rosa Plastikbaum gekauft, in einem Anfall von verspätetem und fehlgeleitetem Pubertätsprotest. Niemand scherte sich darum, ob ich einen richtigen Weihnachtsbaum hatte oder nicht, und dennoch war ich kindisch zufrieden mit meinem Plastikbaum. Die Hässlichkeit hob meine Laune.

Als ich am Weihnachtsbaumverkäufer vorbeikam und all die Paare sah, bekam ich einen Stich in der Brust.

Harry saß allein vor der Legokiste im großen Gemeinschaftsraum, sein Kopf war nach vorn gebeugt, die Schultern hingen herab. Es war der dünne, kleine Körper eines Fünfjährigen, der müde und traurig war.

»Hallo mein Schatz«, rief ich und ging zu ihm. Er drehte sich um und warf mir einen gleichgültigen Blick zu.

»Hallo.«

»Wie geht's?«, sagte ich und setzte mich neben ihn.

Er antwortete nicht, baute weiter an dem, was aussah wie eine Raumstation. Ich schaute mich im leeren Raum um.

»Wo sind die anderen Kinder? Und die Erzieherinnen?«

»Die sind schon lange nach Hause gegangen.«

Ich schaute auf die Uhr, es war erst Viertel nach vier. Das war eines der Rätsel, wenn man auf Södermalm wohnte – wieso hatten die Leute Zeit, ihre Kinder so früh abzuholen? Ich war Freiberuflerin und konnte mir die Arbeitszeit einteilen, aber wie machten das alle anderen? Wahrscheinlich waren die Leute reicher, als ich mir vorstellen konnte. Der Ruf als Rebellen- und Alternativstadtteil hielt sich, obwohl das schon lange vorbei war. In vielen Artikeln wurden die Bewohner von Södermalm als die PC-Nerds und sauerteigbackenden Hipster beschrieben. Ich wünschte, das wäre so, aber in Wirklichkeit hatte der Ausverkauf der öffentlichen Versorgungsunternehmen und der Wohnungsmarkt Södermalm in einen total kleinbürgerlichen Stadtteil verwandelt. Die Wohnungen waren scheißteuer, und um den Nytorg herum stand ein SUV neben dem anderen. Sechzig Prozent hatten die bürgerliche Allianz gewählt. Sogar widerliche Schwedendemokraten hatten sich hier niedergelassen. Und offensichtlich hatten die Eltern die Zeit und das Geld, ihre Kinder vor vier Uhr aus dem Kindergarten abzuholen.

»Die können doch nicht schon lange gegangen sein? Es ist doch erst kurz nach vier!«, sagte ich ärgerlich. Harry stand auf und stellte sein Legogebäude vorsichtig auf das Regal.

»Ich werde immer zuletzt abgeholt! Die anderen Eltern kommen immer viel früher.«

»Schon, aber wenn man kurz nach vier abgeholt wird, dann ist das nicht sehr spät. Als ich klein war …« Harry unterbrach mich.

»… da wurdest du um halb sieben gebracht und um halb sechs abends wieder abgeholt. Ich weiß, Mama, das hast du schon tausend Mal erzählt.«

Ich schickte einen dankbaren Gedanken an die Dunkelheit, die meine roten Wangen verbarg.

»Ah, da bist du ja!« Harrys Erzieherin Anja kam herein. »Harry hat schon auf dich gewartet.«

Ich schluckte und beschloss, den Vorwurf zu ignorieren. Vielleicht hatte ich Paranoia, vielleicht konstatierte sie nur ein Faktum, ohne Hintergedanken.

»So, jetzt gehen wir nach Hause!«, sagte ich, nahm Harry an der Hand und ging mit ihm zur Garderobe.

Anja kam hinterher.

»Und vergiss den Stoffwichtel nicht!«

»Stoffwichtel?«, sagte ich.

»Für die Weihnachtsfeier. Die Lotterie.«

Ich schüttelte den Kopf.

»Wir haben in allen Wochenbriefen seit November daran erinnert und Schnittmuster und Anleitungen mitgeschickt. Alle Kinder müssen für die Lotterie des Weihnachtsbasars einen Stoffwichtel mitbringen.«

Ich erinnerte mich, eine Aufforderung gelesen zu haben, dass alle einen Stoffwichtel nähen sollten, hatte das jedoch sofort als freiwilligen Beitrag abgelegt, der nicht für alle galt.

»Aha, ich dachte, das wäre was für diejenigen, die nähen können und wollen. Kein Muss.«

»Die Idee ist, dass die Stoffwichtel der Kinder bei der Weihnachtsfeier Lose ziehen können.«

»Das ist doch wohl ein Scherz?«, sagte ich und spürte, wie die aufgestaute Bitterkeit, die seit langem in mir brodelte, hervorkam. Anja schaute mich unsicher an. Ihr Lächeln war verschwunden.

»Nein.«

»Das kann doch nicht euer Ernst sein, dass alle Eltern, oder um Klartext zu reden, alle *Mütter,* ich nehme an, dass ihr nicht damit rechnet, dass die Väter einen Stoffwichtel nähen können, neben all dem anderen Stress, den Weihnachten bedeutet, sich abends hinsetzen und Stoffwichtel nähen!«

»Es ist nur einer und auch nicht schwierig!«

»Für jemanden, der nicht nähen kann, mich zum Beispiel, ist es sauschwer, einen Stoffwichtel zu nähen!«

»Wenn man eine gerade Naht nähen kann, dann kann man auch diesen Wichtel nähen, versprochen.« Anja gab nicht nach.

»Ich kann keine gerade Naht nähen! Ich habe nicht mal eine Nähmaschine!« Ich war lauter geworden und hörte selbst, wie unfreundlich und aggressiv ich klang. Harry nahm meine Hand.

»Mama!«

Anja schnaubte und versuchte gleichzeitig zu lächeln, um ihren Ärger nicht zu zeigen. Es klang merkwürdig gequetscht.

»Und was machst du, wenn du eine Hose kürzer machen musst?«

Ich starrte sie an und fragte mich, ob sie es ernst meinte.

»Ich nähe keine Hosen kürzer. Ich nehme Textilkleber, wenn eine Hose zu lang ist«, sagte ich.

Harry zog an meiner Hand.

»Komm jetzt, Mama, ich will nach Hause.«

Ich schaute erst ihn an, dann Anja.

»Ja, wir gehen jetzt. Und ich werde keinen Wichtel nähen. Harry kann eine Legofigur von zu Hause mitnehmen, die kann er für die Verlosung nehmen.«

Anja nickte erschöpft. Sie war es sicher gewohnt, dass blöde Eltern dauernd etwas zu meckern hatten, und hatte gelernt, Ruhe zu bewahren, wenn jemand durchdrehte. Meine Wangen glühten. Ich hatte mich noch nie mit einer Erzieherin gestritten. Im Lauf der Jahre hatte ich unzählige Pädagogen und Kitas kennengelernt und war immer auf ihrer Seite gewesen, gegen nörgelige Eltern, die sich beschwerten, dass es weißes Brot zum Essen gab und der Saft für den Ausflug zu viel Zucker enthielt. Ich hatte immer gefunden, dass sie den wichtigsten Job der Welt machten, anstrengend und schlecht bezahlt. Aber beim Stoffwichtel gab es offenbar für mich eine Grenze.

Ich versuchte zu lächeln und wartete, bis Harry fertig angezogen war.

»So, jetzt sind wir fertig. Danke und bis morgen!«

Anja nickte gnädig, drehte sich um und ging ins Personalzimmer.

»Warum kannst du keinen Stoffwichtel nähen?«, sagte Harry vorwurfsvoll, als wir auf der Straße waren. »Alle anderen können es!«

Ich seufzte.

»Nur weil ich eine Frau bin, heißt das nicht, dass ich nähen kann. Und wenn du mich ausschimpfst, dass ich keine Stoffwichtel nähen kann, dann musst du auch Papa ausschimpfen – er ist dafür genauso verantwortlich wie ich. Es stört mich, dass Anja und die anderen im Kindergarten einfach davon ausgehen, dass wir Mütter abends zu Hause sitzen und Wichtel nähen.«

»Das macht sie gar nicht, sie sagt es auch den Vätern.«

Ich blieb stehen und nahm seine Hand zwischen meine.

»Ich schwöre, mit den Vätern streitet sie bestimmt nicht wegen irgendwelcher nicht genähter Wichtel.«

»Pah, du bist bloß dumm.«

»Ja, ich bin dumm. Wahrscheinlich die dümmste Mama der Welt?«

»Ja.«

Wir waren zum Weihnachtsbaumverkäufer gekommen. Harry blieb stehen und zog mich an der Hand.

»Können wir bitte einen Baum kaufen?«

Ich holte tief Luft. Das war offensichtlich der Tag, an dem ich ein für alle Mal zur schlechtesten Mutter der Welt aufsteigen würde.

»Nein, wir kaufen keinen Tannenbaum. Wir haben den rosa Plastikbaum, weißt du?«

Harry stöhnte.

»Der ist so hässlich. Und nicht echt.«

Ein großer Mann mit braunen Haaren und einem dunkelblauen Dufflecoat ging an uns vorbei, seine Tochter an der einen Hand, einen Tannenbaum in der anderen. Sie sahen wohlhabend aus, erfolgreiche Menschen, die alles im Griff hatten. Wahrscheinlich saß seine Frau zu Hause, nähte einen Stoffwichtel und rührte gleichzeitig in der Bonbonmasse.

»Ich finde ihn schön«, sagte ich ohne Überzeugung.

Da kam uns ein Paar mit einem Dackel entgegen. Harry ließ meine Hand los und rannte zu ihnen, bückte sich und streichelte den Hund.

»Mama, schau mal, wie süß!«

Ich blieb ein Stück weiter weg stehen und lächelte das ältere Paar an.

»Ja, toll. Wie heißt er denn?«

»Er heißt Olsson.«

Olsson hüpfte wie wild und küsste Harry auf den Mund. Harry fiel um. Sein glucksendes Lachen stieg in den schneeverhangenen Himmel. Der schönste Laut, den es gibt. Als sie fertig gespielt hatten, machten wir uns auf den Heimweg. Olsson hatte Harrys Laune gehoben, aber auch auf neue unmögliche Ideen gebracht.

»Können wir uns einen Hund zulegen? Bitte? Ich weiß, dass du keinen haben willst, aber ich verspreche, dass ich mich um ihn kümmere, mit ihm Gassi gehen und alles. Du würdest nichts machen müssen! Bitte, bitte, bitte, Mama!«

»Wir haben es schon tausend Mal besprochen, und du weißt, dass es nicht geht«, sagte ich mit meiner allerliebsten Stimme. »Erstens bin ich allergisch, und zweitens mag ich Hunde nicht besonders gern.«

»Ich habe gewusst, dass du das sagen würdest! Du bist

so blöd und dumm und gemein und langweilig!«, schrie Harry. »Du sagst immer nein, nein und noch mal nein zu allem. Ich hasse dich!« Harry ging mit raschen Schritten davon, ohne sich umzudrehen.

Ich sagte nichts, was sollte ich auch sagen? Er hatte recht. Die Machtlosigkeit angesichts der Launen und Wünsche der Erwachsenen ist für Kinder das Schlimmste. Es nützte nichts, dass ich murmelte, er könne sich einen Hund kaufen, wenn er groß ist. Ich schaute in den Himmel und wünschte mir intensiv, ich wäre ein anderer Mensch. Eine Mamafrau, die Hunde, Tannenbäume, Weihnachtsbasteln und Stoffwichtel liebt.

Die Kinder waren über Weihnachten bei Johan und würden erst zum Jahreswechsel zu mir kommen. Meine Mutter hatte angerufen und gefragt, ob ich über Weihnachten nach Hause nach Västerås kommen wollte, aber Lena, Misha und ich hatte einen Weihnachtsabend bei Lena geplant.

»Jede Menge luxuriöses Essen, kein typisches Weihnachtsessen, und dann ein Filmfestival«, sagte Lena. »Jede sucht einen Film aus, und dann machen wir es uns supergemütlich.«

Am Morgen von Heiligabend kam Edith zum Frühstücken. Wir aßen Krabbensandwich und tranken Champagner und hörten Elvis Presleys Weihnachtsplatte. Edith bekam ein Halstuch mit Leopardenmuster von mir, und ich bekam ein antikes Armband aus Gold mit grünen Edelsteinen von ihr.

»Bist du wahnsinnig! Wir hatten doch gesagt, dass wir uns nur etwas Symbolisches schenken!«, sagte ich verlegen.

»Ach was, ich habe es nicht gekauft. Das Armband hat meiner Tante gehört. Habe ich dir von ihr erzählt? Sie arbeitete in den zwanziger Jahren in Paris als Fotomodell, und sie hat immer behauptet, das Armband habe ihr ein reicher Herzog aus England geschenkt, der sie verehrte. Aber was weiß ich, sie hat das Blaue vom Himmel heruntergelogen, bis sie in den achtziger Jahren Alzheimer bekam und plötzlich nur noch die Wahrheit sagte und unausstehlich wurde.«

Edith würde mit ihrer Freundin Birgitta ein ganz traditionelles Weihnachtsfest für alle Freundinnen, die keine Familie hatten, ausrichten. Edith behauptete, es sei jedes Jahr das lustigste Fest.

Gegen Mittag spazierte ich zu Lena, mit *Sound of Music* und meiner elektrischen Wärmedecke in einer Plastiktüte. Im Rucksack hatte ich Prosecco, Dill und Rogen, mein Beitrag zum Buffet, auf das Misha und Lena schon Lachstatar, Topinambursuppe und frisches Baguette gelegt hatten.

»Was für gesegnete Weihnachten!«, seufzte Misha, als wir uns satt auf dem Sofa zurechtlegten.

»Können wir es nicht immer so machen?«, sagte Lena.

»Als ob sich unsere Familien und Bekannten nicht so schon an unserem losen Lebenswandel stören würden!«, sagte ich.

»Wenn ihr wüsstet, was ich zu hören bekommen habe, als ich erzählte, dass wir zusammen feiern würden, ohne Kinder und Familie.«

»Ich hör da schon gar nicht mehr hin«, sagte Misha. »Das Einzige, was mich interessiert, ist, was die Kinder meinen, und sie gewöhnen sich allmählich daran, alle zwei Jahre mit ihrem Vater zu feiern. Ich sehe wirklich keinen Grund, mich mit Verwandten zu quälen, wenn die Kinder an Weihnachten bei Jim sind.«

Wir machten die zweite Flasche Prosecco auf und legten Lenas Wunschfilm, *Das Leben ist wunderbar* von Frank Capra, ein. Danach schauten wir *Die Hard 1*, den Misha ausgesucht hatte. Als wir *Sound of Music* gesehen hatten, war es schon zehn Uhr.

»Na, wie sieht's aus, sollen wir auf einen Sprung zum Kvarnen?«, sagte Misha und streckte sich.

Ich war müde und dösig von Essen und Prosecco und wäre am liebsten unter meiner Wärmedecke eingeschlafen.

»Jetzt?«, fragte Lena.

»Ja, jetzt. Kommt schon. Da ist immer super was los an Weihnachten.«

»Ich weiß nicht, ich kann nicht mehr«, sagte ich gähnend.

»Natürlich kannst du. Ich habe beschlossen, dass wir jetzt da hingehen. Nur kurz.«

Hätte jemand anderes uns so herumkommandiert, wäre ich sauer und ärgerlich geworden. Aber jetzt war es Misha, meine geliebte Misha, die darauf bestand. Lena und ich schauten uns resigniert an. Wir wussten beide, dass Misha nicht aufgeben würde, bis wir mitkamen.

Vor dem Lokal Kvarnen ringelte sich eine lange Schlange angetrunkener, frierender Menschen, die alle genug von der Familie hatten. Wir stellten uns folgsam hinten an, hinter vier Typen, die mehrstimmig »Joy to the World« sangen und aus einer mitgebrachten Plastikflasche Schnaps tranken.

»Wir scheinen mit Abstand die Ältesten hier zu sein«, sagte Lena und schaute die Schlange an.

»Ich vertue mich da immer«, sagte ich, denn ich hatte in letzter Zeit öfter bemerkt, dass ich mich beim Alter von Leuten total verschätzte. Beim Elternabend dachte ich, alle Eltern seien mindestens zehn Jahre älter als ich, und war dann sehr peinlich berührt, wenn sich herausstellte, dass es umgekehrt war.

»Ich bin leider viel zu selbstgefällig in Bezug auf mein Alter und mein Aussehen, habe ich gemerkt.«

»Na, mit Recht!«, sagte einer der Männer, die gerade »Joy to the World« gegrölt hatten, und drehte sich um. »Du siehst keinen Tag älter als dreißig aus.«

»Nicht wahr!«, sagte ich.

»Ich meine es ernst!«, sagte er und versuchte, nüchtern auszusehen.

Seine Freunde buhten seine plumpe Anmache aus.

»Du bist sehr betrunken, und außerdem ist es stockdunkel«, sagte ich.

»Pah, man wird doch noch einer Lady schmeicheln dürfen, ist doch schließlich Weihnachten!«, sagte er.

Es stellte sich heraus, dass er Andreas hieß und Musiker war. Zusammen mit den anderen bildeten sie eine Skatepunkband.

»Du willst also sagen, dass ihr hin und wieder abends und am Wochenende spielt, so als Hobby, aber eigentlich was anderes arbeitet«, korrigierte Misha ihn. »Wieso habt ihr Männer solche Probleme, eure Jungsträume loszulassen? Ich gehe jeden Mittwoch und manchmal auch samstags zum Tanzen, aber ich würde nie auf die Idee kommen, mich Tänzerin zu nennen. Ich arbeite als Journalistin, Tanzen ist mein Hobby«, fuhr sie fort.

»Ist Skatepunk nicht sehr neunziger?«, fragte ich.

»Ja, wir sind in den Neunzigern«, antwortete Andreas und lächelte breit. »Das ist auch die Antwort auf deine Frage zu den Jungsträumen«, sagte er zu Misha.

Als wir schließlich ins Lokal kamen, war es da so voll, dass wir im Eingang stehen bleiben mussten, bevor wir uns durch das Meer von verschwitzten Körpern zur Bar durchkämpfen konnten.

Andreas bemühte sich weiter um mich, es war eine Mischung aus billiger Schmeichelei und Drinks, und schließlich war ich so betrunken, dass ich ihn beinahe toll fand. Sein Gesicht war irgendwie schief und kantig, was um diese Zeit in der Weihnachtsnacht interessant wirkte. Außerdem war es Monate her, dass ich mich von Petter getrennt hatte, und die alte Lust pochte spürbar.

»Ja, aus Mangel an was Besserem!«, sagte ich, als Lena und Misha ihrer Skepsis Ausdruck gaben.

»Du warst doch müde, willst du nicht lieber nach Hause gehen? Oder bei mir schlafen?«, sagte Lena.

»Ich schwöre dir, der ist total scheiße im Bett. Das ist immer so bei Musikern. Sie leben von einem alten Rockermythos und meinen, sie bräuchten sich nicht anzustrengen«, sagte Misha.

»Ist mir egal, ob er schlecht im Bett ist, ich will nur ein bisschen Nähe spüren«, sagte ich.

Sehr bald musste ich enttäuscht erkennen, dass sie recht gehabt hatten. Andreas war nicht nur ungeschickt, sondern auch noch mit einem sehr bescheidenen Organ ausgestattet, das zudem dauernd schlappmachte.

»Verdammt, das ist der Alkohol!«, sagte er gestresst.

»Und außerdem ist dieses Bett zu weich! Man hat ja keinen Widerstand!«

»Das macht nichts!«, sagte ich, weil mir in dieser Situation auch nichts anderes einfiel. »Wir konzentrieren uns auf mich!«

»Wie meinst du das?«, er schaute mich erstaunt an.

»Ja, du kannst dich mir widmen, in Erwartung besserer Zeiten, gewissermaßen!«, versuchte ich.

»Wie?«

Ich lachte, unsicher, ob er es ernst meinte.

»Zum Beispiel kannst du es mir mit dem Mund besorgen.«

»Aha, so meinst du das.«

»Genau.«

Schweigen, Andreas machte keine Anstalten, sich zu bewegen, streichelte nur seinen schlaffen Penis, der immer noch wie eine gestrandete Robbe dalag.

»Du hast doch wohl schon mal geleckt?« Ich musste an Misha denken, die gesagt hatte, dass Musiker schlechte Liebhaber sind. Vielleicht war er auch nur unerfahren im Befriedigen von Frauen.

»Na ja, vielleicht mal ein wenig. Aber ich habe noch nie eine Frau geleckt, bis sie kam.«

Jetzt war ich erstaunt.

»Aber wie sind denn die Frauen, mit denen du zusammen warst, gekommen?«

»Ich weiß nicht so recht.«

Ich seufzte und setzte mich im Bett auf.

»Okay, dann fangen wir eben ganz vorne an. Regel Nummer eins: Nimm nie, ich meine NIE, den Orgasmus einer Frau nicht ernst! Du wirst jetzt lernen, dass es für Frauen mindestens so wichtig ist, zu kommen, wie für dich. Von jetzt an verlässt du das Bett nie wieder, ohne dass die Frau befriedigt ist. Okay?«

Er grinste schief.

»Gut. Dann versuchen wir es.«

Er legte sich folgsam zurecht. Nach ein paar Minuten hatte er es raus. Ich bewegte meine Hüften, bis ich kam. Andreas schaute mich mit einem zufriedenen Grinsen an.

Ich seufzte befriedigt und stellte fest, dass sein Glied erigiert war.

»Komm!«, sagte ich und zog ihn an mich.

Er legte sich auf mich und drang ein. Endlich klappte es. Immerhin etwas, dachte ich.

Wir schliefen zusammen ein und wachten erst gegen Mittag auf. Nach dem Frühstück gingen wir wieder ins Bett und fuhren mit seiner Ausbildung fort.

Andreas war aufgedreht und erstaunt, was er fertigbrachte.

»Es ist viel toller, mit einer Frau zu schlafen, die auch erregt ist!«, sagte er.

»Vor allem ist es für eine Frau viel toller, wenn sie erregt ist«, sagte ich.

»Ja, klar«, sagte er.

»Penetriert zu werden, wenn man nicht erregt ist, das ist scheiße. Es fühlt sich ungefähr so an, als würdest du den Zeigefinger an der Handfläche reiben. Dein Ziel muss es sein, nicht zu kommen, bevor du sicher bist, dass sie sehr erregt und feucht ist. Erst dann.«

Ich wollte es ihm nicht direkt sagen, aber ein Mann mit einem so kleinen Geschlechtsteil wie Andreas musste sich mehr als andere anstrengen. Es ist ein Wunder, dass er es überhaupt schaffte. Andererseits kam man mit billigen Schmeicheleien und Drinks auch ziemlich weit. Wahrscheinlich sind die Frauen immer mit ihm nach Hause gegangen und haben ihn dann enttäuscht und unbefriedigt am nächsten Morgen verlassen. Wer hatte schon Lust, bei null anzufangen und zu zeigen, wie es geht? Außer mir, mit einer Mischung aus Masochismus und Selbstaufopferung. Und Frauensolidarität. Mein Einsatz würde hoffentlich anderen Frauen zugutekommen, wenn sie ihn spätnachts in der Kneipe kennenlernten.

Gegen Abend schickte ich ihn weg.

»So, ich möchte jetzt alleine sein.«

Er schaute mich bestürzt an.

»Jetzt?«

»Ja, jetzt. Aber danke für alles.«

»Ich danke dir«, er ging verwirrt in den Flur und zog sich die Schuhe an. Dann umarmte er mich auf eine Art, die wohl männlich und bestimmt wirken sollte, und küsste mich. Ein trockener, fester Kuss. Ich machte mich los und verzog das Gesicht.

»Wann sehen wir uns wieder?«

»Ich weiß nicht«, antwortete ich und überlegte, ob ich ihn überhaupt noch mal treffen wollte. Er war zwar ein lernbegieriger Schüler, und ich war befriedigt worden, aber mehr war auch nicht. Die Gespräche waren langweilig, und ich konnte mir nicht vorstellen, dass ein weiteres Treffen mit ihm etwas bringen würde.

»Okay, ich rufe dich an!«, sagte er und ging.

Ich seufzte und rief Lena an.

»Kann ich rüberkommen und meine Wärmedecke holen?«

»Na klar. Misha ist noch da und will alles über die Nacht erfahren.«

»Ja, meine Güte«, stöhnte ich. »Bis gleich.«

Der Versuch, eine freie Frau in einer unfreien Welt zu sein. Könnte man so mein Handeln und Sehnen beschreiben?

Ich saß an einem lauen Sommerabend auf Ediths Balkon und hörte zu, wie sie Pläne für die Ferien schmiedete. Die freieste Frau, die ich kannte. Ihr rosa Seidenkaftan passte zum rosa Lippenstift. Ich war wieder überrascht, wie schön sie war. Sie war auf eine selbstverständliche Art präsent, ohne um Entschuldigung zu bitten. So anders als viele Frauen ihres Alters. Aller Alter.

Meine eigene Garderobe bestand hauptsächlich aus Kleidungsstücken in Schwarz oder Grau. Kleider, die keine Aufmerksamkeit weckten, die signalisierten, dass ich keine Bedrohung darstellte. Allein Ediths Besessenheit für hochhackige Schuhe, die verstand ich nicht. Ich fand sie hässlich und frauenfeindlich.

»Du weißt, dass du in denen an keiner Revolution teilnehmen kannst?«, sagte ich einmal zu ihr, als sie darauf bestand, mit dem Taxi ins Theater zu fahren, weil es geschneit hatte und sie sich weigerte, ihre hochhackigen Schuhe gegen flache Winterschuhe zu tauschen. Edith schnaubte und nannte mich kleinlich.

»Ich halte es da mit Emma Goldman: *If I can't dance it's not my revolution*«, sagte Edith.

»Das hat nichts mit Tanzen zu tun, das ist etwas anderes als hohe Pumps!«, sagte ich. »Und wenn wir schon beim Zitieren sind, sie hat auch gesagt, dass die Revolution nichts anderes ist als in Taten umgesetzte Gedanken. Und ich behaupte felsenfest, dass man in solchen Schuhen nicht radikal handeln kann. Gib wenigstens zu, dass sie total unbequem sind!«

Edith seufzte und schüttelte den Kopf.

»Meine liebe junge Freundin, verstehst du denn nicht, dass diese Schuhe meine Revolution sind? Du vergisst, dass ich aus den siebziger Jahren komme, als strikte Kleidervorschriften herrschten und Frauen, die sich schminkten, als bürgerliche Verräterinnen beschimpft wurden. Das war eine Oberflächlichkeit und Enge, die mich unglaublich provozierte. Diese langweilige Einstellung zu Festen und Glamour war mir zuwider. Champagner durfte man auch nicht trinken, billiger Rotwein musste es sein. Weißt du was, ich bin sicher, unsere Revolution wäre sehr viel erfolgreicher gewesen, wenn wir uns etwas mehr Lebensfreude gegönnt hätten. Schlechtes Essen, billige Getränke und hässliche Kleidung haben noch nie soziale Reformen begünstigt.«

»Jetzt machst du es dir zu einfach«, sagte ich, »vergiss nicht, ich bin in den achtziger Jahren aufgewachsen, da ging es nur noch um teure Kosmetik, Champagner, Pumps und Glamour. Das war auch nicht gerade revolutionär. Und auch nicht befreiend für uns Teenager.«

Wir diskutierten, bis wir aussteigen mussten, am Ende einigten wir uns darauf, dass wir Champagnerfeministinnen und Champagnersozialistinnen wären.

»Das Beste aus beiden Welten!«, sagte Edith und hielt sich an mir fest, damit sie auf der verschneiten Treppe des Theaters nicht ausrutschte. »Ich habe nie verstanden, warum nur die Oberschicht und die Bürger Zugang zu den guten Dingen haben sollen.«

Da hatte sie ganz recht. Seit dem Abend habe ich kein schlechtes Gewissen mehr, weil ich guten Wein mag. Das Leben ist kurz.

»Prost auf den Sommer!«, sagte ich jetzt und hob mein Glas. Ein Bus fuhr unten am Balkon vorbei und schickte eine Wolke Diesel zu uns hoch, wir rümpften die Nase.

»Prost auf den Sommer, der schon so gut wie vor der Tür steht!«, sagte Edith.

Nur wenige Menschen können mich so zum Lachen bringen wie Rilke: Ihre Verallgemeinerungen und nachtschwarzen Beobachtungen in Kombination mit einer völligen Ungerührtheit sind unschlagbar. Sie ist eine nie versiegende Quelle von treffenden Kommentaren, die sie liebevoll verteilt. Wäre sie ein Mann, hätte sie wahrscheinlich eine eigene Show oder zumindest einen eigenen Podcast. Da würde sie dann sehr viel unterhaltender vor sich hin plaudern als in all diesen Männer-Podcasts, von denen es mehr als genug gibt. Stattdessen haben ihre Freundinnen das Privileg, ihre Gratis-Shows zu genießen.

Wir saßen an einem Tisch im Pelikan, zusammen mit ihrer Freundin Vanja und zwei anderen Freundinnen, Mika und Rosa. Rilke war in Hochform, als sie sich leicht angeschwipst über all die aufgeblasenen Männer lustig machte, die meinten, sie seien eine Gottesgabe für Frauen, nur weil sie nach dem Pinkeln die Klobrille herunterklappten.

»Ihr müsst doch zugeben, mit den allermeisten Männern stimmt etwas nicht. Nimm irgendeinen Kerl und stell eine Frau daneben. Sie ist immer tausend Mal interessanter, schlauer und lustiger.«

Vanja beugte sich vor und küsste sie.

»Vergiss nicht, ich habe zwei Söhne!«

Rilkes Augen blitzten auf, und sie trank einen großen Schluck Bier.

»Und vergiss nicht, dass meine Männerverachtung dem Frauenhass in der Welt nicht das Wasser reichen kann! Es sind ja verdammt noch mal nicht die Frauen, die vergewaltigen, misshandeln oder Menschen in kriminellen Auseinandersetzungen töten. Die Kriege anfangen, Großunternehmen gründen, die Umweltgift versprühen. Ich könnte unendlich weitermachen und Beispiele nennen. Dass ich hier sitze und über geistlose, sozial inkompetente Männer herziehe, das ist nichts im Vergleich zum Frauenhass von Männern!«

Sie hatte recht. Dass Rilke sich auf Kosten der Männer lustig machte, war nichts, verglichen mit der Wirklichkeit. Auch wenn die Medien den sogenannten Männerhass gerne als das große Problem darstellten, dass die schwedischen Feministinnen zu weit gegangen seien und so weiter, so wurde die Frauenverachtung zurzeit so offen und ungeniert geäußert wie schon lange nicht mehr.

Sogar Modebloggerinnen und unpolitische Kolumnistinnen, von denen sich manche nie Feministin nennen würden, bekamen ihr Fett weg, nur weil sie in der Öffentlichkeit standen. Eine Meinung zu haben, das war im Netz etwas Ähnliches wie ein zu kurzer Rock: Du bist selbst schuld, wenn du dich *provozierend* ausdrückst. Frauen nahmen sich das Recht, Plätze einzunehmen und Räume zu besetzen, die bisher den Männern vorbehalten waren. Weil die Gesellschaft sich veränderte, waren Frauen in einem Ausmaß auf allen Ebenen präsent wie nie zuvor in der Geschichte. Frauen dachten und meinten und scheuten sich nicht, ihre Meinung laut zu sagen. Frauen wurden gesehen und gehört. Kein Wunder, dass manche Männer durchdrehten. So sehr, dass sie anonyme Hass- und Drohbriefe verschickten, mit Vorschlägen, wie man uns vergewaltigen, misshandeln und schließlich ermorden sollte. In den letzten Jahren hatten alle Frauen in der Redaktion sich daran gewöhnen müssen, täglich Hass- und Drohmails zu bekommen. Und wenn deine Haut etwas dunkler war oder dein Name einen außereuropäischen Klang hatte, dann war es noch schlimmer. Am Anfang hatten unsere Chefs gesagt, wir sollten uns zurückhalten und versuchen, den Hass und die Drohungen zu ignorieren. Aber weil es immer schlimmer wurde, wurde es immer schwieriger, sich »zurückzuhalten«. Man sprach darüber, Maßnahmen zu ergreifen, aber es blieb meistens bei Lippenbekenntnissen. Es war auch unklar, was *Maßnahmen ergreifen* bedeuten sollte, und nach einer Weile war es Teil der Arbeitsplatzbeschreibung, wir mussten es einfach aushalten.

»Ich liebe dich, Rilke!«, sagte Vanja und küsste sie wieder. Ich lächelte Mika und Rosa an, es war ungewöhnlich, dass Rilke verliebt war, und ich wusste, wie dringend sie es brauchte.

Rosa arbeitete als Familientherapeutin, sie und Mika waren seit zehn Jahren zusammen. Es schien ihnen so gut zu gehen, vielleicht auch, weil sie der Ehe zutiefst kritisch gegenüberstanden. Sie gingen liebe- und respektvoll miteinander um und schienen außerdem Spaß miteinander zu haben.

»Wer will noch ein Bier?«, fragte ich und stand auf.

Alle hoben die Hand, und ich ging zur Bar, um die Bestellung aufzugeben. Als ich zurückkam, saß ein Mann auf meinem Stuhl und sprach mit Rosa und Mika.

»Entschuldige, dass ich mich einfach auf deinen Platz gesetzt habe! Ich heiße Ivan«, er reichte mir die Hand und stand auf.

»Macht nichts, ich heiße Sara.«

»Ivan«, sagte der Mann noch einmal, Rosa erklärte, er sei ein ehemaliger Schulkamerad.

Er war jung und auffallend klein, mit einem intensiven Blick und Tattoos, die Hände, Arme und Hals bedeckten. Er arbeitete als Pfleger in einem Altenheim, daneben schrieb er Gedichte, eine Kombination, wie geschaffen für Frustration und Minderwertigkeitskomplexe. Natürlich interessierte er mich.

Nach einer Weile war klar, dass Ivan sein Bestes tat, um uns zu gefallen, und da ich weder Stolz noch Würde besaß, klappte es prima. Ivan unterhielt uns mit allen möglichen Persönlichkeitstests.

»Du kommst in einen Raum. In diesem Raum ist eine Pflanze. Beschreib, wie die Pflanze aussieht.«

»Es ist ein großes Efeu, das über die ganze Wand bis zur Decke rankt. Es nimmt sehr viel Platz ein und ist sehr gewuchert«, sagte ich.

Ivan nickte und murmelte.

»Interessant. Als Nächstes siehst du ein Pferd. Kannst du es beschreiben, Aussehen und Charakter.«

Ich dachte nach.

»Es ist ein großes schwarzes Pferd. Ein richtiges Vollblut. Am Anfang wirkt es bedrohlich, aber wenn man näher kommt, merkt man, dass es freundlich und zärtlich ist. Loyal und liebevoll.«

»Aha. Hm. Im Raum ist auch ein Würfel. Wie sieht er aus, und wo befindet er sich?«

»Er ist aus Spiegelglas, ungefähr so groß wie ein Umzugskarton und steht mitten im Raum.«

»Spannend. Okay, plötzlich fliegt ein Fenster auf, ein Tornado fegt herein. Was passiert mit den Sachen?«

»Das Pferd bekommt Angst und flieht. Der Spiegelwürfel geht kaputt, das Efeu wird gerupft, übersteht es aber einigermaßen.«

Ivan lachte.

»Gut. Bist du bereit für die Interpretation?«

»Ich bin gespannt.«

»Die Pflanze repräsentiert deine Freunde. Du hast sie als wuchernd beschrieben, dass sie an den Wänden und der Decke wächst. Sie hat auch den Tornado am besten überstanden, was interessant ist, weil der Tornado für die Probleme in deinem Leben steht und wie viel Platz sie einnehmen.«

»Das stimmt!«, sagte ich. »Meine Freunde sind immer da, ganz gleich, welche Tornados oder Unwetter es gibt.«

»Ja. Das Pferd steht für deinen Idealpartner. Du hast ihn als loyal und liebevoll beschrieben. Aber auch als etwas bedrohlich, bevor du ihm nahekommst.«

»Wie schrecklich hetero du bist, Sara!«, sagte Rilke. »Sogar das Pferd ist ein Er!«

Ich zuckte mit den Schultern.

»Und da passt es dann auch, dass er Angst bekommt, wenn ein Tornado kommt. Stimmt leider mit meiner Erfahrung überein, dass meine Partner nicht immer standgehalten haben, wenn es stürmisch wurde«, sagte ich.

Ivan nickte.

»Der Würfel repräsentiert dein Ego. Du hast ihn mitten im Raum platziert, aber auch als zerbrechlich beschrieben, er ging kaputt, als der Tornado hereingefegt kam.«

Ich nickte.

»Was soll ich sagen? Es stimmt. Ich habe nicht das beste Selbstvertrauen, wenn es drauf ankommt.«

»So deute ich das auch«, sagte Ivan. »Du bist oberflächlich stark, aber darunter zart und zerbrechlich.«

Er nahm meine Hand und streichelte sie vorsichtig. »Genau wie deine Haut, zart und dünn.«

Ich schauderte und ließ ihn meine Hand streicheln. Es war eh schon zu spät.

Ivan war das genaue Gegenteil von Petter. Er schrieb liebevolle, poetische SMS und kochte fantastisches Essen. Für einen Mann wohnte er mit seinen beiden Katzen in einer ungewöhnlich schön eingerichteten Wohnung. Vielleicht hatte es damit zu tun, dass er hin und wieder Paillettenkleider trug und sich so verkleidete. (Oh, wie langweilig, traurig und vorhersehbar ist doch der heterosexuelle Mann!) Egal, was der Grund war, ich genoss es. Dass er zudem ein hingebungsvoller Liebhaber war, machte die Sache nicht schlechter. Wir sahen uns so oft wie möglich, dazwischen schrieb er prätentiöse SMS, bei denen ich grinsen musste.

> Wenn man in einer Dienstagnacht in einer Wohnung auf Söder den Kopf schräg legt, kann man das Abrakadabra im Schatten zwischen Brust und Hals sehen. Es zuckt in den Füßen, die aufwachen, wie tausend Fragezeichen drängt es unter den Fingerspitzen nach neuer Haut, wie Higginspartikel zwischen den Laken. Ein bisschen wie du.

Ich lächelte und las die SMS immer wieder. Ignorierte den Tonfall, über den ich sonst brutal gelacht hätte. Verliebtsein macht mich immer albern. Ich antwortete sofort.

Bilder in meinem Kopf. Du bist da. Das ist schön.

Er antwortete sofort.

Du. Auf meiner. Netzhaut. Jedes Mal wenn ich.
Blinzele.

Ich antwortete gleich.

Ich trinke Kaffee, höre eine Politiksendung im Radio, verziehe das Gesicht wegen eines Mannes, der sich mal wieder zu breit macht in der Zeitung, und überlege, wie oft ein Mensch wohl am Tag blinzelt.

Drei Minuten später kam Ivans Antwort.

Ich blinzle doppelt so schnell, mache Szenen aus uns, wünschte, ich könnte mich mit einem Herzschlag zu dir zaubern.

Ich seufzte zufrieden und holte tief Luft, als das Handy ein paar Minuten später schon wieder piepste.

Sara, mein ganzer Körper schreit danach, in deiner Nähe zu sein.

Dem müssen wir SOFORT Abhilfe schaffen. Wann kannst du?

Mittwochabend.

Ungeduldig wartete ich darauf, dass es Mittwoch wurde. Ich klingelte bei Edith und nahm dankbar ihren Wein, um meine Nervosität zu betäuben.

»Wie liebevoll seine SMS auch sind, ich weiß doch, dass daraus nichts wird«, sagte ich unglücklich.

»Wie willst du das wissen?«, fragte Edith.

»Er ist eine freie Seele. Zehn Jahre jünger, keinerlei Pläne für eine Bindung, er liebt ungebundenen Sex und das Verliebtsein. Aber das hat keinerlei Bedeutung. Er drückt sich gerne poetisch aus und hat Angst davor, sich zu binden.«

All dies hätte Ivan gleich am Anfang deutlich gemacht, und wie sehr ich auch seine Ehrlichkeit zu schätzen wusste, so tat es doch verdammt weh.

»Aber das klingt doch nach einem perfekten Partner für dich?«, sagte Edith. »Ein prima Mann für deinen Stall.«

»Ach was, das mit dem Stall funktioniert doch nicht. Hat es nie getan. Polyamor zu sein ist in der Theorie ganz schön, funktioniert aber nur, wenn keine Gefühle im Spiel sind«, sagte ich seufzend und trank den Wein aus. »Ich muss leider zugeben, dass ich eine der romantischsten Frauen bin, die ich kenne«, sagte ich. »Und so einer wie Ivan ist viel zu poetisch und romantisch, als dass ich nicht von ihm angezogen würde. Das Schlimme ist, ich kann es nicht stoppen, obwohl ich weiß, dass es mich verletzen wird.«

»Meine Gute!«, sagte Edith und strich mir über die Haare. »Dass das Leben immer so kompliziert sein muss!«

»Ja«, seufzte ich.

Warum konnten das Leben und alle Begegnungen nicht besser abgestimmt sein? Warum war Ivan zehn Jahre jünger? Warum trafen wir uns nicht, wenn er reifer und bereit für eine Beziehung war? Und wo war meine Fähigkeit, mich zusammenzunehmen, einen kühlen Kopf zu bewahren? Wie konnte ich so bereitwillig meine neu gewonnene Freiheit wegwerfen, nur weil ich mich plötzlich verliebte?

Am nächsten Abend wartete ich, dass das Handy piepsen würde. Es schwieg und schwieg und schwieg. Tausend Gedanken fuhren mir durch den Kopf. War es schon aus? Hatte er schon genug? So schnell? Es war schon acht, als es endlich piepste.

»*Sara. Komm. Jetzt.*«

Ich radelte durch den Regen und kam in seine Wohnung. Als wir bei beschlagenen Scheiben und brennenden Kerzen auf dem Sofa aßen, nah aneinandergekuschelt, schnurrte ich wie seine Katzen.

»Das war ganz wunderbar!«, sagte ich.

Ivan lächelte, beugte sich vor und küsste mich.

»Gut, ich möchte dir immer nur das Beste geben.«

Das war natürlich ein Klischee, das wusste ich. Genauso wie vieles andere, was er sagte, schrieb oder tat. Und doch genoss ich hungrig die Idee von Liebe und dachte, dass es hübsch ausgedacht war.

Es wurden keine Versprechen gegeben, aber in den kinderfreien Wochen sahen wir uns mehrmals, und dazwischen amüsierten wir uns mit SMS. Was Ivan machte oder wen er traf, wenn wir uns nicht sahen, das wollte ich nicht wissen. Ich redete mir ein, es sei mir egal, und wie immer, wenn ich mich selbst belog, antwortete mein Körper, indem er empörte, juckende Wahrheitsekzeme auf den Händen erblühen ließ.

Ivan war eine Woche verreist, auf einer Poesietournee. Seine SMS kamen immer seltener. In einem Anfall von bescheuerter Freundlichkeit hatte ich eingewilligt, seine Katzen zu hüten, obwohl ich allergisch bin. Hin und wieder bei Ivan zu schlafen, das ging, wenn ich die Allergiemedikamente nahm. Seine Katzen jedoch eine Woche lang Tag und Nacht um mich zu haben war eine Katastrophe. Meine Augen waren rot und geschwollen, es juckte, die Nase lief, und die Müdigkeit legte sich wie ein feuchtes Tuch über mich. Ich hasste seine Katzen, machte trotzdem süße Bilder, wie ich sie auf dem Schoß hatte, in der Hoffnung, Ivan würde vor Liebe dahinschmelzen, wenn er sie sah.

Abends konnte ich nicht schlafen und onanierte hemmungslos zu Phantasien von Ivan mit anderen Frauen. Radikalen, freien Frauen, im gleichen Alter wie er. Frauen ohne Kinder, die alle zwei Wochen den Alltag diktierten, Frauen, die wie Ivan jede Menge Zeit und Energie hatten, zu feiern und Sex zu haben. Frauen, die nicht allergisch gegen Katzen waren, sondern das ganze Instagramkonto voller süßer Katzenvideos hatten. Mädchenfrauen mit blauen, punkigen Haaren und anorektischen Körpern mit großen Brüsten. Mädchenfrauen, die sich an Halloween als süß-sexy Kätzchen verkleideten (gab es etwas Blöderes?), Mädchenfrauen, die im Gegensatz zu mir polyamor leben konnten, ohne zu leiden.

Ich hasste Katzen und fühlte mich alt und elend. Eine Masochistin mittleren Alters, die alles andere als frei war. Was ich auch machte, immer ging es irgendwie schief. Wenn ich Männer zurückwies, weckte ich ihren Zorn. Wenn ich mich hingegen willig zeigte, immer bereit, mit einer niedlichen SMS oder einem Babysitter-Trick, damit wir uns treffen konnten, dann war der Mann nicht im mindesten interessiert, außer an kurzen Begegnungen.

Genau wie Victoria Benedictsson suhlte ich mich in Selbstmitleid und wiederholte ihren Tagebucheintrag wie ein Mantra: »Es ist so abscheulich, nicht Mensch sein zu dürfen, sondern immer nur Frau, Frau, Frau!«

Ivans Katze Rimbaud miaute und rieb sich an meinem Bein. Ich schüttelte sie ab.

»Komm mir nicht zu nahe, du verdammtes Katzenvieh!«

Am Samstag trafen Lena und ich uns auf Långholmen. Zwischen zwei Familien fanden wir ein minimales Stückchen Wiese, auf das wir unsere Handtücher legen konnten. Sommer in Stockholm war schön, aber es gab in der Stadt viel zu wenige Badestellen, deshalb das Gedränge. Lena zog ihr Kleid aus, blieb im Bikini stehen und studierte die Menschenmenge am Strand.

»Ich möchte nicht wissen, wie viele Kinder und Hunde das Wasser verdreckt haben. Und wie die Bakterien sich in der Wärme vermehrt haben.«

Ich stimmte zu. Es sah nicht sehr einladend aus.

»Wir müssen ja nicht baden, wir liegen einfach eine Weile hier, weil man das im Sommer so macht, dann gehen wir ein Bier trinken.«

»Gute Idee«, sagte Lena und machte es sich auf dem Handtuch bequem.

»Wie geht es mit allem?«, fragte ich.

»Okay. Mit Klas ist alles gut. Eigentlich«, sie schwieg und schloss die Augen.

»Aber?«, fragte ich.

»Ach, ich weiß nicht, aber jetzt, wo es langsam ernst wird, merke ich, wie beschädigt ich nach Christian bin. Ich habe große Probleme, ihm zu glauben, wenn er sagt, dass er mich liebt. An manchen Tagen ist das so qualvoll, dass ich Schluss machen will, nur um uns Schmerzen zu ersparen.«

Ich betrachtete ihre weiße Haut mit den roten Sonnenbrandflecken. Den dünnen Körper, der zäh und zerbrechlich zugleich war. Auch wenn es ihr gelang, sich zu retten, mit Hilfe der Psyche, Antidepressiva, dem Schreiben und einer Stärke, von der ich nicht wusste, woher sie kam, so waren diese Wunden doch da.

»Kannst du mit ihm darüber reden?«

Sie schlug die Augen auf und schaute mich an.

»Ja, aber das hilft nicht. Es verletzt ihn, wenn ich meine schwarzen Zweifelanfälle bekomme.« Ihre Augen glänzten. »Ich fürchte, ich mache alles kaputt, weil ich mich benehme wie eine neurotische Idiotin.«

Ich strich ihr über den Arm und überlegte, was ich sagen könnte.

»Das muss nicht sein. Eine Beziehung ist am Anfang immer ein bisschen unsicher, und ihr seid ja noch nicht sehr lange zusammen.«

Sie schüttelte den Kopf.

»Du weißt nicht, wie ich sein kann. Ich raste aus wegen Kleinigkeiten. Wenn er in einer SMS komisch klingt oder sich nicht meldet, wenn ich es erwarte. Ich falle dann in ein schwarzes Loch, brülle nur noch herum und habe keine Ahnung, wie ich wieder herauskommen soll.«

»Klingt anstrengend«, sagte ich.

»Das ist anstrengend. Für uns beide.«

»Könnt ihr nicht in eine Therapie oder so gehen? Eine Paartherapie?«

»Doch, daran habe ich auch schon gedacht.« Sie seufzte und setzte sich auf. »Ich will im Moment nicht darüber nachdenken, es macht mich nur traurig. Erzähl lieber von dir. Wie geht es mit Ivan?«

Ich erzählte, ließ aber das meiste weg, seine Bindungsunwilligkeit und Allergie auslösenden Katzen. Ich kam mir auch so schon blöd genug vor. Die Retusche funktionierte, und Lena war beeindruckt.

»Du bist so toll, Sara! Dass wir Frauen an den Punkt kommen, wo wir plötzlich jüngere Männer treffen, die als nette Liebhaber mit jugendlichem Elan an unserem Leben teilhaben dürfen, sich um unsere Kinder kümmern, kochen und tun und machen. So wie ältere Männer es schon immer hatten«, sagte sie lachend. »Haha, jetzt sind die Feministinnen die neuen Sexisten!«

Ich lachte, sagte jedoch nichts, denn Ivan wäre kaum damit einverstanden, Babysitter für meine Kinder zu sein oder sich gar um meinen Haushalt zu kümmern. Er kochte zwar fantastisches Essen, zu dem er mich einlud, und auch im Bett war er bis auf wenige Ausnahmen unermüdlich, aber darüber hinaus war ich es, die auf seine SMS wartete, während ich seine verdammten Katzen hütete.

»Und solltet ihr ein Kind bekommen, dann geht er in Elternzeit und nimmt alle Krankentage und die durchwachten Nächte. Du hast ja schon deinen Teil an der Kinderbetreuung geleistet, aber wenn er unbedingt ein Kind haben will und du schließlich einverstanden wärst, müsste er die ganze Verantwortung übernehmen.«

Sie lächelte so glücklich, dass ich ihr die Illusion ließ, ich sei die mächtige sexistische Feministin und Ivan mein jüngerer Liebhaber, der meine Bedürfnisse erfüllte. Dieses Bild tröstete mich für einen Augenblick.

»I wish«, sagte ich.

»Warum denn nicht«, sagte Lena. »Ich kenne viele Frauen, die geschiedene ältere Männer mit Kindern kennengelernt haben und gerne die Rolle der jüngeren Ersatzmutter übernehmen und sich um seine Kinder und seinen Haushalt kümmern und er nach langem Zögern einwilligt, noch ein Kind zu bekommen. Ein Kind, für das sie dann dankbar und willig die Verantwortung übernimmt und er weiterarbeitet wie bisher. So wie Christians neue Freundin, er setzt sie als Babysitter ein, sooft es nur geht. Und sie macht es. Jetzt sind wir endlich an dem Punkt angekommen, wo dieses Szenario auch für uns Frauen denkbar ist. Ist doch ganz einfach. Du bist eine Pionierin, Sara!«

Mein Lächeln war erstarrt, aber Lena klatschte vor Begeisterung in die Hände. Ich wünschte mir, sie hätte recht, wusste jedoch, dass es mindestens noch hundert Jahre dauern würde, bis ihre Vision wahr würde.

Am Abend saß ich auf dem Balkon und starrte in den Sommerabend, Hindi Zahra sang mit voller Lautstärke. Ich dachte darüber nach, wie ohnmächtig der Feminismus eigentlich war, als ein Pling vom Handy meine Gedanken unterbrach.

»Ich finde ein Haar von dir auf meinen Kleidern, rezitiere keine Gedichte und schlafe fast ein. Ich komme am Freitag nach Hause, und je nachdem, wie müde ich dann bin, können wir uns sehen?«

Enttäuscht antwortete ich, dass das leider nicht ging, weil am Freitag die Kinder zu mir kämen.

Diese kinderlosen, jüngeren Männer verstanden einfach nicht, wie wichtig Planung war.

»Ich hasse es, zu planen!«, hatte Ivan in einer der ersten Wochen gesagt, als ich ihm mein Alle-zwei-Wochen-Leben erklärte.

»Das kann nur jemand sagen, der es sich leisten kann, nicht zu planen«, sagte ich. »Ohne eine strenge Planung würde mein Leben nicht funktionieren. Das ist so mit Kindern. Vorher konnte ich es mir auch leisten, die Tage so zu nehmen, wie sie kamen. Du wirst es verstehen, wenn du eines Tages selbst Kinder haben wirst.«

Er schaute mich und meinen Kalender ungnädig an und zuckte mit den Schultern. Ivans Abneigung gegen Pläne führte dazu, dass uns auch die wenigen Tage, die zur Verfügung standen, aus den Händen glitten. Wenn er mich treffen wollte, konnte ich nicht, weil ich die Kinder hatte, und wenn ich mich mit ihm zwei Wochen später verabreden wollte, wollte er sich so lange im Voraus nicht entscheiden. Er gab mir das Gefühl, ich sei gierig und fordernd, wenn ich lange vorher planen wollte. Frustriert und nervös schickte ich ihm eine Nachricht.

»Aber am Freitag darauf fängt meine kinderfreie Woche an. Dann! Ja?«

Er antwortete nicht.

Auf unserem Sonntagsspaziergang wies Rilke mich zurecht. Die Kinder lagen noch im Bett, als ich ging. Ich war immer noch erstaunt, dass ich sie ohne Probleme eine Weile allein lassen konnte.

»Das Frühstück steht auf dem Tisch, ruft an, wenn etwas ist!«, sagte ich und ging. Keine Antwort.

Rilke hörte meinem Ivan-Gejammer geduldig zu.

»Du willst immer gleich zu viel!«, sagte sie. »Du musst lernen, ein bisschen vorsichtiger zu sein. Nicht alle Gefühle gleich voll zulassen. Das endet sonst immer in einer Enttäuschung.«

»Ich weiß«, sagte ich verlegen. »Aber ich kann mich

einfach nicht bremsen. Ich möbliere in Gedanken schon unsere gemeinsame Wohnung und denke mir die Namen unserer Kinder aus, wenn ich jemanden treffe.«

»Das ist nicht dein Ernst?«, sagte Rilke.

»Nein!«, sagte ich seufzend. »Und ich will das natürlich auch nicht, es ist eher so ein unfreiwilliges Gedankenspiel.«

»Klingt voll daneben!«, sagte Rilke.

»Stimmt. Ich bin ziemlich daneben, wenn es um die Liebe geht«, sagte ich. »Eine unheilbare, alberne Romantikerin. Leider. Ich wünschte, ich könnte kälter und ruhiger sein, aber es geht einfach nicht.«

Sie seufzte und rief nach ihrem Hund, der im Gebüsch verschwunden war.

»Wie läuft es mit dir und Vanja?«, fragte ich, weil ich nicht mehr hören wollte, wie dumm und naiv ich war.

»Super«, sagte Rilke und grinste. »Im Moment ist es ganz toll. Wir haben wunderbaren Sex! Vanja hat einen Trick, sie wärmt den Dildo auf der Heizung oder in einem Topf an, viel angenehmer! Wir haben ja unsere Spielzeugkiste unterm Bett. Da zieht man immer einen Gewinn! Man muss nur die Hand ausstrecken, und schon hat man einen Wohltäter. Dann heißt es nur noch, ab durch die Mitte!«

Wegen Solanas mussten wir uns beeilen. Der Hund stand hinter der Kurve und bellte einen armen Mann an, der ängstlich schaute.

»Stopp!«, rief Rilke und lief auf Solanas zu.

Solanas hörte auf zu bellen und ließ sich widerwillig anleinen.

Fast zwei Wochen waren vergangen, seit Ivan und ich uns das letzte Mal gesehen hatten. Die Katzen waren aus unerfindlichen Gründen bei mir geblieben, weil wir keine passende Gelegenheit zur Übergabe gefunden hatten. Ich war so allergisch wie noch nie und sah aus, als hätte ich wochenlang geweint. Meine Augen waren rot und geschwollen, auch die Nase war rot und verschnupft.

»Mein Gott, was ist los?«, sagte Ivan, als er kam.

»Ich bin wohl allergischer gegen Katzen, als ich dachte«, sagte ich und kam mir elend und blöd vor, weil ich das Katzenhüten nicht einfach abgelehnt hatte.

»Oh, ich habe gar nicht gewusst, dass du allergisch bist. Du hast nichts gesagt.«

»Nein, ich weiß«, sagte ich und zog ihn in die Küche.

Ausnahmsweise hatte ich gekocht, meine Puttanesca, eines meiner Paradegerichte. Ich weiß nicht, warum ich mir noch solche Mühe gab. Warum hatte ich mir die Zeit genommen und war zum Alkoladen geradelt, um eine teure Flasche Rotwein zu kaufen, und dann in die Markthalle, um frische Nudeln, frischen Rosmarin, Kapern und Parmesan zu besorgen, wo ich doch wusste, dass es eigentlich aus war? Warum brannte da immer noch eine kleine Flamme aus Eitelkeit und Hoffnung? Warum wollte ich immer noch, dass Ivan von der tollen sexistischen Feministin beeindruckt war? Die sich nicht um seine nicht geschriebenen SMS, sein offenbares Desinteresse und seine Frauengeschichten scherte. Die nicht ich war.

Ivan schien nichts zu merken, er war damit beschäftigt, mit seinen Katzen zu schmusen und von seiner Tournee zu erzählen. Er hatte jede Menge spannende Menschen getroffen. Eifersüchtig überlegte ich, wie viele davon wohl Frauen waren.

»Und du? Was war hier los?«, fragte er naiv.

Ich holte tief Luft und legte das Besteck auf den Tisch.

»Nichts Besonderes. Hier war alles ruhig.«

Ich schaute zu, wie zärtlich Ivan seine Katzen kraulte, die ich gehütet und gepflegt hatte, obwohl ich allergisch bin. Ein Niesen verstärkte mein Selbstmitleid, und vielleicht war es Lenas Vision oder der Wein oder die Allergietabletten oder eine Kombination von allem, denn plötzlich hörte ich mich fragen, ob er sich vorstellen könne, am nächsten Mittwoch auf meine Kinder aufzupassen. Ivan erstarrte beim Streicheln der schwarzen Katze, die wohl Baudelaire hieß. Er sah aus, als hätte ich ihn geschlagen.

»Was hast du gesagt?«

»Kannst du dir vorstellen, am Mittwoch auf meine Kinder aufzupassen? Ich habe etwas vor, und es ist meine Kinderwoche. Das wäre super.«

Ihm war sicher nicht bewusst, dass er mich mit offenem Mund anstarrte. Und wie unattraktiv er aussah, wenn das Leben ihn überraschte. Nach einer weiteren Sekunde riss er sich wieder zusammen. Er schloss den Mund und ordnete seine Gesichtszüge.

»Nein. Ich bin ziemlich sicher, dass ich da nicht kann«, sagte er kalt.

»Ziemlich? Kannst du sicherheitshalber in deinen Kalender schauen, bist du so lieb?«, sagte ich ebenso unberührt und lächelte innerlich, weil Lena stolz gewesen wäre, wenn sie mich so hätte sehen können. Die mächtige sexistische Feministin. »Das wäre wirklich eine große Hilfe.«

Er schnaubte.

»Ich bin ganz sicher, dass ich nicht kann«, sagte Ivan.

»Hm«, sagte ich. »Bist du allergisch gegen Kinder?«

Ivan runzelte die Stirn, ich zwang mich, meine juckenden Augen nicht zu reiben.

»Nein?«, sagte Ivan.

»Na, dann sollte es klappen«, sagte ich. »Ich weiß, dass du selten länger als zwei Tage im Voraus planst, und bis nächsten Mittwoch ist es eine ganze Woche. Es sollte also eigentlich klappen.«

Jetzt lachte er auf, ein Lachen voller unterdrückter Wut.

»Ich weiß gar nicht, was du willst. Warum sollte ich deine Kinder hüten?«

Ich zuckte mit den Schultern.

»Weil ich jetzt zwei Wochen auf deine Katzen aufgepasst habe. Obwohl ich allergisch bin. Eine Hand wäscht die andere, oder?«, versuchte ich es und spürte, wie die mächtige sexistische Feministin langsam starb und ersetzt wurde von der alten unmöglichen Sara. Warum sagte ich nicht, wie es war, dass sein polyamores Ideal nicht zu meinem monogamen passte? Dass ich ihn nicht mehr sehen wollte, weil unsere Beziehung mich verletzte?

Meine Lüge funktionierte. Ivan verdrehte die Augen und schüttelte den Kopf.

»Ich komme da nicht mit, ich bin nicht dein Anhang! Der einfach in dein Leben kommt und den du als Babysitter verwenden kannst!« Er sprach es mit einem verächtlichen Spucken aus. *Babysitter!*

»Aber ich war doch dein Katzensitter. Wo ist der Unterschied? Deine Katzen bedeuten dir genauso viel wie mir meine Kinder. Wieso ist es okay, wenn ich dir helfe, deine verdammten ekligen Katzen zu versorgen, du aber nicht mal auf meine Kinder aufpassen kannst? Meine Kinder tragen keine Windeln mehr, sie können allein aufs Klo gehen und hinterher spülen. Deine Katzen hinterlassen stinkende kleine Würste und Urin in der ekligen Kiste und verpesten mein Badezimmer!«

Die Situation war schon lange aus dem Ruder gelaufen. Ich hatte keine Ahnung, wohin ich unterwegs war, außer dass ich wollte, dass er aus meinem Leben verschwand, überrascht von einem plötzlich aufflammenden Zorn. Ivan personifizierte alle schlechten, idiotischen Männer, die in den letzten Jahren in mein Leben gekommen und wieder gegangen waren.

Er stand auf.

»Sorry, ich glaube, ich gehe jetzt besser.«

»Ja, das ist wohl wirklich besser«, sagte ich und blieb sitzen, während er seine Katzen und deren Habseligkeiten einpackte.

»Tschüs«, rief er aus dem Flur.

»Tschüs«, rief ich aus der Küche.

Capri, April 2015

Ganz im Süden von Capri liegt der alte Leuchtturm Lido del Capri. Man kommt hin, indem man entweder der Autostraße folgt oder, wenn man waghalsig ist, versucht, den Pfad von Belvedere Migliera zu finden, dem Aussichtsplatz, wo der Fels Hunderte Meter senkrecht ins Meer abfällt. Ich entscheide mich für das Abenteuer, weil ich glaube, dass es wohl nicht gefährlich sein kann, wenn es in den Reiseführern beschrieben ist.

Am Anfang habe ich Probleme, den Pfad zu finden, aber nachdem ich mich durch ein Gebüsch gekämpft habe, finde ich einen ausgetretenen Waldweg. Ich folge ihm ein paar hundert Meter und entspanne mich schon, als ich plötzlich vor einer Hauswand stehe. Verwirrt und mit klopfendem Herzen überlege ich, was ich tun solle. Ich gehe ein paar Schritte an der Wand entlang und bleibe vor einem Dornengestrüpp stehen. Schließlich finde ich eine Öffnung, durch die ich hindurchkriechen kann, und auf der anderen Seite ist dann ganz deutlich der Pfad. Weit unten ist der Leuchtturm zu sehen, knallrot gegen das türkisfarbene Meer. Ich gehe eine Ewigkeit, dann komme ich auf eine asphaltierte Straße, die zum Leuchtturm führt.

Ich setze mich in das kleine Strandcafé und bestelle einen Kaffee und ein Wasser. Es ist keine Badesaison, aber am Strand spielt eine ältere Dame mit ihrem Enkelkind. Sie hat ihr Kleid hochgewickelt und in die Unterhose gesteckt. Ihre kräftigen Oberschenkel sind voller Dellen und Falten, dennoch bewegt sie sich leichtfüßig und mit Stolz. Wieder einmal wird mir bewusst, wie die ältere Generation hier ihren Platz einnimmt, an Stränden, in Cafés, Bars, Restaurants und mit befreiender Selbstverständlichkeit. In Stockholm kann man an einem Freitagabend in ein beliebiges Restaurant gehen, und man wird wenig Menschen über sechzig oder gar über siebzig finden. In Barcelona, Rom, Athen und all den anderen Städten wäre man erstaunt, nur zwanzigjährige Gäste anzutreffen. Das Gleiche gilt für die Strände in Schweden, wo sich junge Leute und Familien mit kleinen Kindern drängen, während über Sechzigjährige sehr selten sind. Ich weiß nicht, woran das liegt. Verachtung des Alters? Dass wir ältere Menschen als passé und abgeschrieben betrachten? Als wären deren Falten und Runzeln ansteckend. Noch nie hatte der Körper in unserer Gesellschaft einen höheren Status. Einen Körper kann man vorzeigen, wenn er gesund und durchtrainiert ist. Von einem defekten, aus der Form geratenen, übelriechenden, nässenden Körper auch nur zu sprechen wird verachtet.

Wenn ein solcher Körper einen Platz einnimmt und mit all seinen Defekten sichtbar wird, dann ist das eine Provokation. Kein Wunder, dass Kerstin Thorvall von Rezensenten und anderen Meinungsmachern so runtergemacht wurde. Der Körper hat in Thorvalls Romanen eine zentrale Bedeutung. Er lässt sie im Stich, bringt sie in höchste Höhen, versklavt und lähmt sie, und obwohl ihr Körper nie durchtrainiert ist, gibt es in ihren Texten erfrischend wenig Körperhass. Ein bisschen normales

Gejammer, manchmal Verachtung, aber kein Körperhass. Im Gegenteil, ihr Körper verschafft ihr den größten Genuss, auf den sie nicht verzichten will.

»Es erschien unheilbar. Ich war da mit einem Körper, der von außen nach innen fror. Dieser mein einziger Körper, der sich jammernd erinnerte, wie er gestreichelt, geküsst, geleckt wurde, und eine Haut, deren Poren sich an ihn erinnerten und die ich nicht ausziehen konnte wie einen Taucheranzug.« So schrieb sie über einen Liebeskummer in ihrem Buch *Ich erinnere mich an alle Liebhaber und wie sie mich anfassten.*

In der Regel mag ich ihre Beschreibungen von Lust und Körperlichkeit, mit Ausnahme ihrer naiven (um es vorsichtig auszudrücken) Schilderungen von Begegnungen mit jüngeren Männern aus anderen Teilen der Welt. Sowohl das Buch *Svart resa (Schwarze Reise)* als auch *Ensam dam reser ensam (Dame allein reist allein)* lässt mich verstehen, dass Kerstin nicht als einfaches Vorbild taugt. Sie ist allzu widersprüchlich und ahnungslos. Wenn es um ihre Reisen in wärmere Gefilde geht, wird es jedoch richtig problematisch. Ich habe nichts dagegen, dass sie sexuelle Beziehungen mit Männern unterschiedlichen Alters hat, aber ihre kolonialistischen, exotisierenden Beschreibungen von schwarzen Männern, die für ein paar Dollar oder ein Abendessen mit ihr aufs Zimmer kommen, kann ich nicht als lebensbejahende wunderbare Beschreibungen von Lustbefriedigung schlucken. Dass eine ältere Dame junge Männer trifft, ist völlig okay, solange das in Schweden passiert. Wenn es in einem armen Land stattfindet, kann man die ökonomischen Machtverhältnisse nicht ignorieren.

Sie scheint es als ihr Recht angesehen zu haben, weil

sie so alt war und in Schweden Probleme hatte, Männer zu finden. Es ist eine Underdog-Perspektive, mit der sie Beziehungen mit armen Männern in anderen Ländern legitimieren wollte. Aber wie ich es auch drehe und wende, wie sehr ich auch versuche, es mit ähnlichen Schilderungen von männlichen Schriftstellern in Beziehung zu setzen, ich bekomme es nicht zusammen. Käuflicher Sex ist käuflicher Sex, egal, ob eine Frau einen Männerkörper oder ein Mann einen Frauenkörper kauft. Und auch, wenn es aus nachvollziehbaren Gründen geschieht.

Es lässt sich nicht rechtfertigen, auch wenn die Frau in diesem Fall Kerstin Thorvall war, eine ältere Frau, die sich nach physischer Nähe und Aufmerksamkeit sehnte. Es ist einfach nicht okay. Da bin ich auf der Seite der Kritiker, obwohl ich ihre Beschreibungen von Lust und sexuellen Begegnungen sehr mag. Sie sind großartig und bahnbrechend.

Als Frau musst du früh lernen, deine Lust zu verbergen. Scharf sein ist was für Männer. Der Versuch, sie in eine literarische Erfahrung zu verwandeln, ist zum Tode verurteilt. Auch wenn Kerstin Thorvall im Alter als Schriftstellerin anerkannt und verehrt wurde, ein Hauch von Verachtung für ihre Person und ihre Literatur ist immer noch spürbar.

Vor ein paar Monaten hörte ich im Radio eine Büchersendung, in der es um Ulf Lundells *Jack,* Thorvalls *Alles was verboten ist* und Gun-Britt Sundströms *Ehemann* ging. Lundell und Sundström gingen als interessante Literatur durch, aber bei Kerstin Thorvall waren sich alle drei einig, dass das keine *gute Literatur* ist. Sie meinten unisono, *Alles was verboten ist* sei »der Schrei einer Dreijährigen«, »unreif«, und »ethisch sowie ästhetisch problematisch«, weil es Menschen ausliefere. Und schließlich wurde noch die abgenutzte Mutter-Karte gezogen, als einer die Schilderung von Thorvalls Mutterschaft kritisierte: »Egozentrisch. Ein Ich-Projekt.«

Diese Art von Aussagen werden nie über männliche Schriftsteller getroffen, die über sich selbst und ihr Leben, ihre Lieben und ihre Lust schreiben. Karl Ove Knausgård, einer der meistgelobten Autoren unserer Zeit, schreibt ausschließlich über sein Leben und seinen Alltag. Nicht nur in einem Buch, sondern in sechs Bänden mit über viertausend Seiten. Kein Rezensent hat ihn deswegen je egozentrisch oder unreif genannt. Nicht einmal die Tatsache, dass er in seinen Büchern schonungslos alle Menschen in seiner Nähe ausliefert, scheint die Rezensenten zu stören. Hier ist nichts »ethisch sowie ästhetisch problematisch«. Und obwohl er in Interviews berichtet hat, dass er sich im Prinzip mehrere Jahre eingeschlossen hat, unerreichbar für seine Familie war, um seine Bücher zu schreiben, habe ich nie gehört, dass jemand ihm vorgeworfen hätte, ein schlechter Vater zu sein.

Nein, da ist etwas mit den Frauen und ihren Körpern. Etwas mit Frauen und Lust. Etwas mit Frauen, die sich hingeben. Etwas mit Frauen und ihrer Sehnsucht nach Freiheit. Etwas mit Frauen und DER Literatur. Die nicht für Frauen ist.

Edith war krank, eine Erkältung. Die nicht weichen wollte. Als ich bemerkte, dass sie sich nicht einmal mehr schminkte, machte ich mir Sorgen.

»Wir sollten ins Krankenhaus fahren!«, sagte ich.

Edith lachte und hustete.

»Meine Liebe, das ist eine ganz normale Erkältung. Für eine alte Frau wie mich dauert es nur ein bisschen länger, wieder gesund zu werden.«

»Trotzdem«, sagte ich. »Du brauchst vielleicht Antibiotika oder so. Man kann nie wissen.«

Edith schüttelte den Kopf und bat mich, lieber eine Kanne Tee zu kochen und das Radio anzuschalten. Ich gehorchte und presste eine Zitrone und frischen Ingwer in den Tee.

»Bist du sicher, dass du nichts essen willst?«

»Nein, um Himmels willen!«, sagte Edith und wedelte mit den Armen.

An den Tagen, an denen ich zu Hause arbeitete, sah ich ungefähr einmal pro Stunde nach ihr. Sie schlief meistens, aber hin und wieder wollte sie etwas Tee oder Wasser. Ihre Stirn war fieberheiß und glänzte vor Schweiß, und doch weigerte sie sich, etwas gegen das Fieber zu nehmen. Ihr stolzer, voluminöser Körper schrumpfte vor meinen Augen.

Abends ging das Fieber meist ein wenig herunter,

manchmal konnte sie sich sogar aufsetzen und ein bisschen von der Gemüsesuppe essen, die ich ihr kochte.

Sie schloss die Augen und holte röchelnd Luft.

»Entschuldige, aber ich glaube, ich muss schlafen.«

Ich half ihr, sich hinzulegen, und sorgte dafür, dass sie Wasser auf dem Nachttisch hatte.

»Ich schau in einer Stunde nach dir!«, sagte ich.

Edith antwortete nicht. Vielleicht schlief sie schon.

Das ging zwei Wochen so, und Ediths Zustand verschlechterte sich. Eines Abends, als ich wie immer nach der Arbeit bei ihr hereinschaute, antwortete sie nicht, als ich ihren Namen rief. Ihre Stirn war fieberheiß.

»Edith?«, ich schüttelte sie vorsichtig. Sie stöhnte. Ich sah ihr blasses Gesicht und lauschte der angestrengten Atmung und beschloss, dass jetzt der Moment zum Handeln gekommen war.

»Jetzt fahren wir ins Krankenhaus!«, sagte ich.

»Nein!«, murmelte Edith. »Ich brauche nur Ruhe!«

»Du brauchst mehr als nur Ruhe. Das ist keine normale Erkältung, und ich lass dich nicht sterben, egal, was du sagst. Komm, ich helfe dir!«

Edith war zu schwach, um zu protestieren, vielleicht war ihr klar, wie ernst es war. Mit gemeinsamen Kräften zogen wir sie an.

»Und jetzt noch der Lippenstift!«, sagte ich, als wir im Flur standen. Edith lächelte und ließ mich die Lippen schockrosa schminken.

Sie wurde sofort stationär aufgenommen, ich fuhr nach Hause und versprach, am nächsten Tag wiederzukommen.

Es stellte sich heraus, dass Edith eine doppelseitige Lungenentzündung hatte.

»Für einen Menschen in ihrem Alter kann das lebensbedrohlich sein«, sagte die Ärztin, eine freundliche Frau Mitte fünfzig.

»Aber sie kommt doch durch?«

»Ja, sie wird durchkommen. Dafür, dass sie eine starke Raucherin ist, ist sie erstaunlich robust. Sie sagt, Sie sind die nächste Angehörige, aber Sie sind nicht verwandt, stimmt das?«

»Wie stehen uns viel näher«, sagte ich und dachte an meine Mutter, mit der ich einmal pro Woche telefonierte, das waren höfliche Gespräche über das Wetter und die Kinder. »Edith und ich, wir sehen uns fast täglich, sie gehört zu meinen engsten Freundinnen, und wir helfen uns gegenseitig, sowohl bei praktischen Problemen als auch in seelischen Fragen. Wenn das nicht Familie ist, dann weiß ich es auch nicht.«

Die Ärztin lachte.

»Das klingt gut.«

Edith musste im Krankhaus bleiben, aber es ging ihr bald besser, nachdem sie endlich behandelt wurde. Es gefiel ihr prima, bis auf das Essen.

»Es ist nicht genießbar. Absolut, total ungenießbar! Wenn man nicht schon krank wäre, man würde es von dem Essen. Sara, du musst mir helfen!«

Ich tat, was ich konnte, kam jeden Tag nach der Arbeit mit Delikatessen ins Krankenhaus. Teure Pralinen, von denen ich wusste, dass sie sie mochte, Kekse und Käse aus italienischen Spezialgeschäften, frisches Obst, Säfte und andere Köstlichkeiten.

Ganz allmählich wurde sie wieder wie früher. Sie schminkte sich und bat mich, ihren kirschroten Kimono mitzubringen, den trug sie als Morgenrock.

»Es gibt keinen Grund, sich gehenzulassen, nur weil

man im Krankenhaus liegt! Und übrigens, kannst du mir bitte mein Chanel No 5 mitbringen? Hier drinnen riecht es so schrecklich!«

Ich hatte mit einer elektrischen Wärmedecke geschlafen und wachte schweißnass auf. Das T-Shirt klebte mir am Körper, und die Haare waren ein feuchtes Durcheinander. Die Augen waren geschwollen und rot gerändert. Ich starrte fasziniert die jämmerliche Gestalt im Spiegel an und ließ ein Bad einlaufen.

Nach dem Bad legte ich mich nackt aufs Bett und betrachtete den schwitzenden Körper. Meine Zehennägel waren zu lang und mussten geschnitten werden. Die Brüste ruhten klein und schlaff auf den Rippen. Der Bauch sah aus wie ein blasser Hefeteig. An den Beinen wuchsen kurze stachelige Haare. Einen Moment versuchte ich, Empörung und brennende Selbstverachtung aufzubringen, aber erstaunlicherweise gelang es nicht. Ich war eine fast vierzigjährige Frau, deren Körper drei Schwangerschaften hinter sich hatte. Ich hatte nicht genug Zeit, so viel zu trainieren, dass es eine Wirkung hätte, und ich hatte keine Lust, eine Diät zu machen, weil ich so gerne aß. Meine körperlichen Unzulänglichkeiten waren eine natürliche Folge des Alters, und ich wollte meinen Körper nicht hassen, wie ich es eigentlich müsste, weil er nicht dem Körperideal unserer Kultur entsprach. Das Leben war zu kurz. Ich strich an meinen haarigen Beine entlang und dachte an Edith, die immer noch Kleider in kleinen Größen trug, obwohl ihr fülliger Körper längst herausgewachsen war.

»Man hat eine Größe, Punkt! Wenn sie nicht passt, dann hat man sie trotzdem!«, hatte sie ärgerlich gesagt, als wir einmal zusammen shoppen waren und ich vorschlug, sie solle die Bluse in Größe 42 probieren. Edith gehörte zu den Frauen, deren Diät darin bestand, ab und zu eine Grapefruit zum Frühstück zu essen. Ansonsten gab es keinerlei Einschränkungen, weder beim Essen noch bei Süßigkeiten. Besonders nicht bei teurer Schokolade, die war laut Edith ein Ersatz für Sex, deshalb brauchte sie sie. Ein Grundnahrungsmittel. Sie diskutierte übers Abnehmen, handelte aber nicht. Und es würde ihr auch nie einfallen, einen Fuß in ein Sportstudio zu setzen.

»Du verschwendest deine Zeit!«, schimpfte sie, wenn ich zum Boxen radelte, anstatt mit ihr Wein zu trinken. Ich versuchte, ihr zu erklären, dass es nicht um ein Körperideal ging, sondern um Stärke und Energie, dass ich fitter und fröhlicher war, wenn ich mich bewegte.

»Meine Güte, du bist ihnen wirklich auf den Leim gegangen«, sagte Edith. »Kein Wunder, dass deine Generation so unpolitisch ist. Wenn ihr immer nur trainiert, dann habt ihr keine Zeit für den politischen Kampf. Wenn ihr schlank bleiben wollt, dann esst weniger. Das ist zudem billiger.«

Viele meiner Freundinnen hatten irgendwann eine Form von Essstörung. Einige haben sie immer noch. Misha hatte noch vor zwei Wochen davon gesprochen, dass sie überlege, zu einem Hypnotiseur zu gehen, um ihre Körperverachtung loszuwerden.

»Ich würde mich gerne hypnotisieren lassen, damit ich erkenne, dass ich schlank bin«, sagte sie, als wir in der Sauna des Eriksdalsbads saßen. Ich hatte aus der Nähe verfolgt, wie sie darum kämpfte, normal zu essen, die Folge einer langjährigen Anorexie im Teenageralter, und ich fand es eine gute Idee.

Es war eher Regel als Ausnahme, dass man als Frau irgendwann den eigenen Körper mit einer Diät bestrafte, oder mit Fressattacken.

Der einzige Grund, warum ich wohl verschont geblieben war, war meine Mutter. Ihr war es einfach egal gewesen. Vielleicht weil sie keine Zeit gehabt hatte. Wenn man mit drei Kindern voll arbeitete und die gesamte Verantwortung für den Haushalt trug, dann hatte man keine Zeit für Diäten und Schönheitsprobleme. Sie hat sich nie abwertend über ihren eigenen untrainierten Körper oder den von anderen geäußert. Und sie hat auch nie mich oder meine Geschwister ermahnt, nicht so viel zu essen, auch nicht bei Süßigkeiten.

Der einzige Kommentar zu meinem Körper, an den ich mich erinnern kann, kam von meiner Großmutter. Ich war ungefähr neun und mochte das Essen in der Schule nicht besonders gern. Ich aß deshalb immer jede Menge Butterbrote und trank Kakao, wenn ich von der Schule kam. Eines Nachmittags war Großmutter zu Besuch, und als ich wie immer meine Butterbrote in den Kakao tunkte, sagte Großmutter in leicht gereiztem Tonfall, ich solle ein bisschen mehr darauf achten, wie viel ich esse.

»Du bist schon ein bisschen pummelig, wenn du so weitermachst, wirst du dick!«

Ich starrte sie erstaunt an. In meiner Welt waren dick oder dünn keine Maßeinheiten. Ich war weder noch. Ich war. Ein Körper. Der funktionierte. Ich konnte laufen, radeln, seilspringen und Gummitwist springen. Dass mein Körper als dick angesehen werden könnte, daran hatte ich nicht gedacht.

Ihr Kommentar hatte zur Folge, dass ich von nun an meine Butterbrote mit Schuldgefühlen aß. Das führte nicht zu einer Essstörung, und ich hörte auch nicht auf damit, aber ein nagendes Bewusstsein hat sich festgesetzt und wurde mit jedem Jahr stärker.

Ich seufzte und beschloss, einen Spaziergang zu machen.

Die Welt war von einer dicken Schicht glitzerndem Schnee bedeckt. Still und leer.

Ich kam an Rilkes Haus vorbei und klingelte, um zu sehen, ob sie zu Hause war. Sie öffnete splitternackt.

»Ich habe gerade geduscht!«

»Kommst du mit auf einen Spaziergang?«

Sie schürzte den Mund, zog sich selbst an einer Brustwarze, während sie nachdachte.

»Okay, aber nur kurz. Ich gehe nachher zu Vanja.« Sie zog sich schnell an und nahm Solanas an die Leine.

Die Årstabucht war so leer und verlassen wie der Rest der Stadt.

»Es ist wirklich Sonntag. Alle schlafen«, sagte ich.

»Wunderbar«, sagte Rilke. »Ich habe die Menschen satt. Ich ertrage nur noch Tiere.« Sie bückte sich und küsste Solanas.

»Alles gut zwischen dir und Vanja?«

»Ja, darum geht es nicht. Ich denke nur an all den Scheiß, der dauernd passiert, und spüre Zukunftsangst. Dieser Erde würde es guttun, wenn es keine Menschen gäbe. Wenn es nur Tiere gäbe, hätten wir keine Umweltprobleme. Was haben wir zustande gebracht, außer Scheiße und Elend? Wir quälen einander, wir quälen die Tiere, wir quälen die Erde. Alles geht zum Teufel!«

Wir gingen auf dem getrampelten Pfad, der von gelbfleckigen Schneewehen gesäumt war. Solanas blieb ab und zu stehen und fügte weiteres Gelb hinzu.

»Ich lag letzte Nacht lange wach und dachte an all die schrecklichen Sachen, die ich als Kind erlebt habe. Ein Wunder, dass ich nicht in der Klapse bin. Dass ich doch vergleichsweise gut funktioniere«, sagte Rilke.

Ich kannte ihre Kindheit, wir hatten oft darüber gesprochen und die Erlebnisse verglichen. Meine dysfunktionale Familie mit Alkoholikervater war dagegen die reine Wohlfühloase.

»Ja«, sagte ich. »Einverstanden, du bist ein Wunder. Du bist einer der gesündesten Menschen, die ich kenne. Und es stimmt, vieles ist die reinste Hölle. Und doch hat es auch etwas von einem Abenteuer, die ganze Scheiße. Dass ich das miterleben darf. Das Leben passiert, und es ist spannend zu sehen, wohin es einen führt.«

»So optimistisch können nur heterosexuelle Frauen sein! Obwohl ihr mehr als wir anderen keinen Grund dafür habt«, sagte Rilke. »Und jetzt lachst du auch noch so heterosexuell!«

Ich nahm etwas nassen Schnee auf, formte einen Ball und warf ihn auf sie.

Solanas' wahnsinniges Gebell weiter vorne machte uns Beine. Hinter der Kurve stand ein Mann um die fünfzig und schrie Solanas an. Rilke rief sie, widerwillig ließ sie den Mann stehen, und Rilke konnte sie anleinen. Der Mann schaute uns wütend an. Er schüttelte den Kopf und ging mit energischen Schritten auf Rilke zu, bis er nur ein paar Zentimeter entfernt war. Er war groß und kräftig und hatte so eine bedrohliche Ausstrahlung, die nur Männer haben, die es gewohnt sind, dass man ihnen gehorcht.

»Wie wäre es, wenn Sie den Hund an der Leine halten würden!«, sagte der Mann wütend.

»Tut mir leid, sie läuft sonst nicht weg«, sagte Rilke.

»Ist ganz egal. Hunde müssen angeleint sein. Besonders wenn das Frauchen offenbar keinerlei Kontrolle hat!« Er wedelte aufgeregt mit der rechten Hand und redete.

»Ich habe Kontrolle. Sie ist nicht gefährlich und hat noch nie etwas gemacht, außer manchmal zu bellen«, sagte Rilke und trat einen Schritt zurück.

Er folgte ihr, sein Gesicht näherte sich dem ihren. Sie beugte sich instinktiv nach hinten, um den Abstand zu vergrößern.

»Ist egal, dein Scheißhund muss angeleint sein! Das ist die Vorschrift!«

Rilke machte noch einen Schritt rückwärts, aber jetzt blitzte etwas in ihren Augen.

»Hast du etwas Beängstigendes mit Hunden erlebt? Bist du angefallen worden? Bist du deshalb so aggressiv?«

Rilkes Stimme war hart und schrill.

»Was zum Teufel soll das heißen?«, sagte der Mann.

»Dann weiß ich, worum es geht«, sagte Rilke. »Ich zum Beispiel wurde mit zwölf Jahren vergewaltigt und habe seitdem Probleme mit Männern. Besonders wenn sie aggressiv und bedrohlich sind wie du gerade. Da würde ich mir wünschen, dass es eine Vorschrift gäbe, die es verbieten würde, dass Männer so einfach frei in der Öffentlichkeit herumlaufen.«

»Was soll das denn? Bist du nicht recht gescheit?«

»Nein im Ernst«, fuhr Rilke fort. »Wenn du das nächste Mal in einen Park gehst, dann denk daran, dass jede zweite Frau, die dir begegnet, Erfahrungen mit sexuellen Übergriffen oder sexueller Gewalt hat und sie deswegen genauso Angst vor Männern hat wie du vor meinem Hund.«

»Du bist psychisch gestört!«, schrie der Mann. Er sah

verwirrt aus und verstand offenbar nicht richtig, welche Wendung die Situation genommen hatte.

»Ja, ich bin ziemlich gestört. Und wenn du jetzt nicht abhaust, dann könnte es passieren, dass ich wirklich verrückt werde und meinen Hund auf dich hetze. Sie hasst Männer fast genauso sehr wie ich!«

Hochrot und fluchend drehte der Mann sich um und ging. Rilke ging in die Knie und küsste Solanas.

»So, ja, braver Hund. Ganz recht, dass du diesen Idioten angebellt hast! Hier ist ein Leckerli.«

Sie stand auf und grinste.

»So, sollen wir nach Hause gehen?«

Ich starrte sie an und musste doch lächeln.

»Ich weiß nicht, ob ich wütend auf dich sein soll oder ob ich dich lieben soll«, sagte ich.

Rilke lachte freudlos.

»Dann ist ja alles wie immer.«

Der Schnee schmolz, und die Tage wurden länger. Ich zählte die Minuten und Sekunden. Januar, Februar und März waren für mich die schlimmsten Monate. In dieser Jahreszeit versank ich immer in Hoffnungslosigkeit, trotz Rilkes Gerede über meinen heterosexuellen Optimismus. Ich konzentrierte mich auf die Arbeit, auf die Kinder und die Freunde. An der Liebesfront gab es nichts Neues. Der aufgewirbelte Staub der letzten Jahre legte sich. Die Luft war klar und still.

Eines Nachmittags traf ich mich mit der Redakteurin einer Monatszeitung, um einen Freelance-Auftrag zu diskutieren. Ich hatte schon einmal für sie geschrieben, bisher aber nur via Mail und Telefon Kontakt gehabt. Jetzt trafen wir uns in der Redaktion, einem Großraumbüro mit Glastüren zu den wenigen abgeschlossenen Räumen, die den Chefs vorbehalten waren. Die Redakteurin servierte einen Espresso aus einer exklusiven Edelstahlmaschine. Als ich ihr in das Zimmer folgte, bemerkte ich, dass die Menschen in der Redaktion aussahen, als gingen sie zu einem Galadinner. Ich wusste nicht viel über Mode und Marken, aber hier konnte man sehen, dass die Sachen teuer waren. Ich sah auf meine zerschlissene Jeans und mein unansehnliches T-Shirt und wünschte, ich hätte etwas anderes angezogen. Das Leben als Freelancer bedeutete, dass ich oft zu Hause arbeitete, in bequemen Klamotten. Es gab keinen Grund, sich aufzubrezeln oder zu schminken.

Die Redakteurin hatte einen durchtrainierten Körper und ein perfektes Make-up, das ihre gepflegte Haut hervorhob. Vermutlich ging sie regelmäßig zur Kosmetikerin und verwendete teure Produkte. Die Zähne waren unnatürlich weiß und glänzend. Fasziniert studierte ich ihre Perfektion, während wir den Auftrag besprachen. Wann hatten die Leute Zeit? Das fragte ich mich oft. Wann hatten sie Zeit, die Wohnung einzurichten, Vorräte anzuschaffen, den Keller aufzuräumen, zu trainieren, gesundes Abendessen zuzubereiten, zur Kosmetikerin zu gehen, sich zu schminken, Kleider zu kaufen?

»Entschuldige eine private Frage«, sagte die Redakteurin und unterbrach so meine Gedanken. »Du bist doch geschieden, nicht wahr?«

Ich lächelte und nickte.

»Seit ein paar Jahren.«

»Und wie läuft es?«, fragte die Redakteurin.

»Gut. Immer besser.«

»Hast du jede zweite Woche die Kinder?«

»Ja«, sagte ich.

»Aber«, sagte sie und wand sich auf ihrem Stuhl, »wie hältst du es aus, sie alle zwei Wochen nicht zu sehen?«

»Das geht gut«, sagte ich. »Ehrlich gesagt, ich finde das Alle-zwei-Wochen-Leben ganz wunderbar. Ich genieße sowohl die Kinderwoche als auch meine Erwachsenenwoche, wenn ich all die Zeit für mich habe, die mir vorher gefehlt hat.«

Sie schüttelte den Kopf und wedelte mit ihren wohlmanikürten roten Nägeln.

»Ich würde es nicht aushalten, so oft ohne die Kinder zu sein.«

Ich schaute auf meine kurzgeschnittenen, unlackierten Nägel und überlegte, was ich antworten sollte. Ich hatte das schon öfter gehört, unbedachte Äußerungen, wie undenkbar, unnatürlich, unmöglich es sein musste, seine Kinder nicht immer zu sehen. Die Leute nahmen sich die Freiheit, das Leben von Geschiedenen so zu kommentieren, dass es manchmal wie Schadenfreude klang.

Wenn die Redakteurin eine Freundin und nicht eine potenzielle Arbeitgeberin gewesen wäre, hätte ich mir vielleicht die Zeit genommen, ihr zu erklären, wie mein Leben nach der Scheidung reicher geworden war. Wie viel Energie es gekostet hatte, in einer Beziehung zu leben, in der man sich nicht wohlfühlte. Vielleicht hätte ich auch etwas gesagt über die ständigen Schuldzuweisungen, denen Mütter ausgesetzt waren, sobald sie sich etwas Freiheit eroberten, und dass diese ins 19. Jahrhundert gehörten. Aber das sagte ich nicht. Ich sagte:

»Aha.«

Die Redakteurin strich eine Haarsträhne hinter die Ohren und überkreuzte die wohltrainierten Beine.

»Nein, ich könnte das nicht. Niemals!«

»Okay«, sagte ich.

»Und ich verstehe auch nicht, wie du es aushältst, immer allein zu sein. Fehlt dir nicht die physische Nähe zu jemandem?«

Ich überlegte einen Moment.

»Aber ich bin nicht allein. Ich habe Freunde, die sind meine neue Familie, an die wende ich mich mit allem, jederzeit. Und dann habe ich Liebhaber, die kommen und gehen, wenn ich solche Bedürfnisse habe. Tatsache ist, dass ich in meiner Ehe öfter allein war, als ich es jetzt bin.«

»Ich würde es nicht aushalten, lauter verschiedene Sexpartner zu haben«, sagte die Redakteurin, die offenbar sämtliche Einwände gegen eine Scheidung vorzubringen versuchte.

»Ich würde es nicht aushalten, jahrein, jahraus immer denselben Partner zu haben«, sagte ich und lächelte. Die Redakteurin lächelte nicht zurück.

»Aha«, sagte die Redakteurin und schüttelte wieder den Kopf.

»Aha«, sagte auch ich wieder.

»Tja, dann wären wir wohl fertig?«, sagte die Redakteurin.

Ich nickte und stand auf. Wir schüttelten uns die Hand, und ich versuchte zu lächeln, als ich die gestylte Moderedaktion verließ. Auf der Straße brach ich zusammen. Ich holte das Telefon heraus und rief Lena an. Sie war gerade am Kochen und sagte, ich solle zu ihr zum Essen kommen. Ich blinzelte die Tränen weg und fuhr mit dem Bus nach Söder.

Lena öffnete mir in verwaschenen Leggins mit einem

großen Loch im Schritt, Wollsocken und einer unförmigen Strickjacke, die bis zu den Knien reichte.

»Mein Gott, ich kann gar nicht sagen, wie sehr ich dich liebe!«, sagte ich und umarmte sie. »Das ist wie nach Hause kommen«, fuhr ich fort und roch an ihrem Hals. Lena lachte und blieb stehen, bis ich mich ausgeweint hatte. Ich erzählte von der Begegnung mit der Redakteurin, während sie den Tisch deckte. Die Fenster waren beschlagen vom Küchendunst. Auf dem Tisch brannten Kerzen, und Hindi Zahra sang laut.

»Ich weiß nicht, warum ihre Fragen mich so verletzt haben«, sagte ich. »Warum haben manche Leute ein solches Bedürfnis, einen kleinzumachen? Ich würde nie auf die Idee kommen, ihr ähnliche Fragen zu ihrer Ehe zu stellen.«

»Das habe ich doch schon immer gesagt«, sagte Lena. »Die Leute meinen, uns Geschiedene kann man unverschämt und kritisch behandeln und man kann uns ein schlechtes Gewissen einreden. Aber du weißt ja, was eigentlich dahintersteckt, nicht wahr?«, sagte sie und stellte eine Gemüselasagne auf den Tisch.

»Sie müssen ihre Entscheidung, zu bleiben, legitimieren?«, sagte ich.

Lena nickte und setzte sich.

»Seit ich geschieden bin, hat meine Umgebung mein schlechtes Gewissen geweckt und ermuntert«, sagte ich und nahm ein Stück Lasagne. »Am Anfang habe ich es fast nicht ausgehalten vor Schuldgefühlen gegenüber meinen Kindern, aber ich habe ziemlich bald gemerkt, dass sie es gut aufnahmen. Wir alle haben es gut aufgenommen. Das Leben als Geschiedene ist nicht so schrecklich und nachtschwarz, wie alle behaupten. Manches wird sogar besser. Aber immer wenn ich das zu erklären versuche, fühlen die Leute sich provoziert und hören nicht mehr zu. Ich weiß nicht, vielleicht haben sie recht, vielleicht bin ich unnormal und gefühllos, weil ich keine Ängste habe, wenn ich meine Kinder nur alle zwei Wochen sehe? Vielleicht ist das nur ein großer Selbstbetrug?«

»Dann sind wir sehr viele gestörte Lügnerinnen«, sagte Lena und lehnte sich zurück. »Natürlich betrügen wir uns alle hin und wieder selbst, um zu überleben, aber wenn du wirklich auf dein Herz hörst, dann weißt du, was du fühlst. Wenn du dir wirklich Sorgen machen würdest, dass es den Kindern nicht gut geht, würdest du alles in deiner Macht Stehende tun, um ihnen zu helfen. Psychologen aufsuchen, weniger arbeiten, kämpfen. Aber nun ist es eben so, dass Johan als Vater genauso liebevoll, verantwortungsvoll und wichtig für deine Kinder ist wie du. Du kannst also mit gutem Gewissen alle zwei Wochen tschüs sagen. Du weißt ja, dass es ihnen gut geht bei ihm.«

»Ja, das ist wahr«, sagte ich. Das Wissen, dass Johan ein fantastischer Vater ist, war entscheidend dafür, dass das Alle-zwei-Wochen-Leben so gut funktionierte.

»Meine Güte, wir leben in einer Kultur, in der die Mutterrolle belastet ist von schlechtem Gewissen gegenüber den Kindern. Wir haben gelernt, Schuld zu empfinden, sobald wir etwas für uns machen. Sich scheiden zu lassen und die Kinder nur alle zwei Wochen zu haben gibt den Frauen Zeit und Freiheit. Natürlich tun die Umgebung und die Gesellschaft alles, damit wir Schuld und nicht Genugtuung empfinden. Es ist kein Zufall, dass alle rechten Nationalisten und Neofaschisten die Kleinfamilie verteidigen und alles und alle hassen, die sie öffnen wollen. Sie wissen, genau wie wir, dass die Scheidung eine feministische Revolution ist. Eine Voraussetzung für die Gleichberechtigung zwischen Männern und Frauen. Sie wissen, genau wie wir, dass hinter jedem erfolgreichen Mann eine Frau mit müden Beinen und Migräne steht, aber hinter vielen erfolgreichen Frauen eine Scheidung. Deshalb sitzt du hier an meinem Küchentisch und fragst dich, ob du gestört bist, weil du keine Schuld empfindest. *Das* ist wirklich gestört!«

»Amen«, sagte ich und streckte mich auf dem Küchensofa aus. »Was ist das für ein Bild?« Ich zeigte auf ein Gemälde, das ich noch nie gesehen hatte.

Es zeigte eine nackte Frau, die auf dem Bauch lag und den Betrachter schelmisch anlächelte. Es war ganz offensichtlich von jemandem gemalt worden, der nicht malen konnte, die Proportionen waren unfreiwillig schief, die Farben zu grell und zu naturalistisch, aber nicht grell genug, um als bewusst modernistisch durchzugehen.

Lena seufzte und wurde rot.

»Ich habe es von Klas zu Weihnachten bekommen.«

»Oh nein!«, sagte ich und verzog das Gesicht. »Sag nicht, dass du das sein sollst?«

Lena nickte.

»Er hat im Herbst einen Anfängerkurs in Malerei besucht.«

»Ja«, sagte ich und erinnerte mich, dass sie es erwähnt hatte.

Sie zuckte mit den Schultern.

»Was soll ich sagen? Es ist schrecklich. Und ich kann nichts machen, ich muss es aufhängen und sagen: *Danke, Schatz! Wie lieb von dir!*«

»Nein«, sagte ich. »Man kann wirklich nichts machen.«

»Nein.«

Wir saßen schweigend da und schauten auf die verdrehte, kokette Version von Lena, die uns auf eine Art anlächelte, wie sie es in Wirklichkeit nie tun würde.

»Wenn du einen Anfängermalkurs besucht hättest«, sagte ich, »ich glaube nicht, dass du ein Porträt von Klas gemalt hättest und dann noch so viel Selbstvertrauen aufbringen würdest, es ihm zu Weihnachten zu schenken.«

»Ich weiß«, stöhnte Lena. »Das kommt auf jeden Fall auf die Liste mit seinen Fehlern, die ich schreiben werde, wenn es mal Schluss mit ihm ist.«

»Apropos Selbstbetrug«, sagte ich. »Dass wir so was schlucken, nur weil wir verliebt sind.«

»Ja«, sagte Lena unglücklich und wandte sich vom Bild ab. »Und wie leicht wäre es, Fehler beim jeweils anderen zu finden, wenn wir nicht verliebt wären. Da würden auf dieser Welt nicht viele Kinder entstehen.«

»Nein, vermutlich nicht. Die Liebe ist ein einziger großer Selbstbetrug, man würde es nicht aushalten, jahrelang mit einem anderen Menschen zu leben, wenn man die weniger vorteilhaften Seiten nicht ausblenden würde.«

»Genau!«, sagte Lena. »Ich schäme mich ein wenig für Klas, aber gleichzeitig verspüre ich eine Zärtlichkeit für ihn und seine stümperhaften Künstlerversuche.«

»Das Problem ist nur, wann weiß man, dass man zu viele Probleme ausblendet? Wenn man besser gehen sollte, statt sich weiter in die Tasche zu lügen«, sagte ich und dachte daran, wie leicht es mir fiel, große Gefühle für hoffnungslose Typen zu aktivieren.

»Aber irgendwie weiß man doch, ob es der schädliche Selbstbetrug ist oder konstruktives Ignorieren, damit man es aushält und weitermacht«, sagte Lena und schenkte uns Wasser ein. »Du hast doch von Anfang an gewusst, dass die Geschichte mit Ivan beschissen enden würde. Du hast beschlossen, dich nicht darum zu scheren, weil du Lust hattest. Aber du hast es gewusst!«

Ich verzog das Gesicht und klopfte auf meine glühenden Wangen. Lena hatte recht. Wenn ich nur innehalten und nachdenken würde, dann wüsste ich oft ganz genau, wann ich mich selbst anlog und wann nicht. Ivan war ein verlogenes Schöndenken. Aber das Fehlen eines schlechten Gewissens meinen Kindern gegenüber, das war wahr.

Ich kann mich nicht erinnern, dass wir jemals einen Babysitter gehabt hätten, als ich klein war. Meine Mutter war immer da, eine Kontinuität und ein Zentrum, das die Familie und den Haushalt zusammenhielt. Mein Vater war oft auf Reisen, manchmal mehrere Wochen am Stück. Er fehlte mir selten, es war ruhiger und sicherer, wenn wir mit Mutter allein waren.

Als Kind dachte ich, dass es bei allen so wäre wie bei uns, und die Anwesenheit meiner Mutter war selbstverständlich. Ich habe nie darüber nachgedacht, was das in der Praxis bedeutete. Erst als ich eigene Kinder hatte, wurde mir klar, wie gebunden sie an uns und das Haus gewesen war. Unglaublich, dass sie keinen Nervenzusammenbruch gehabt hatte, nicht ein Mal.

Ich rief meine Mutter ständig an und bat sie um Hilfe mit den Kindern. Sie war immer bereit dazu, setzte sich in den Zug, die Tasche voll mit Zimtschnecken und Fleischklößchen. Dafür war ich ihr ewig dankbar und fühlte mich schuldig.

Einige Freundinnen beschwerten sich, dass ihre Mütter immer so beschäftigt waren, mit allem Möglichen, nur nicht mit den Enkelkindern. Ausstellungen, Reisen, Kurse und dazwischen Gymnastik und so. Nach einer Weile erkannte ich ein Muster, und das hatte mit der Klassenzugehörigkeit zu tun. Mishas Mutter war Juristin gewesen und jetzt vollauf damit beschäftigt, sich als Pensionärin ein ereignisreiches Leben zu organisieren, sie hatte selten Zeit oder Lust zum Babysitten, während Lenas Mutter, die als Empfangsdame gearbeitet hatte, immer bereit war, wenn Lena sie anrief. Das Muster bestätigte sich, als ich bei meinen Bekannten herumfragte; diejenigen, die in der oberen Mittelschicht und mit gut gebildeten Müttern aufgewachsen waren, hatten größere Probleme, jemanden zum Kinderhüten zu finden, als wir anderen.

Einerseits war ich unendlich dankbar für die Hilfe meiner Mutter, andererseits machte es mich unendlich traurig, als mir klar wurde, dass sie die Rolle der sich aufopfernden Frau auch noch als Rentnerin einschränkte. Ich hätte ihr so gewünscht, dass sie auch so ein Rentnerleben führen könnte wie Mishas Mutter. Als Echo hörte ich Rilkes wütende Stimme fragen, wo denn die ganzen Männer waren. All die Großväter, Brüder oder männlichen Freunde. Die kamen in unserem Weltbild nicht als potenzielle Kinderhüter vor.

In einem Versuch, etwas gegen mein schlechtes Gewissen zu tun, hatte ich meine Mutter in einen Spa eingeladen. Soweit ich wusste, war sie noch nie im Leben in so einem Bad gewesen, bei einer Schönheitsbehandlung oder auch nur bei einer Massage. Das gehörte in die Kategorie unnötige Sachen, für die man in ihrer Welt kein Geld ausgibt.

»Wasser und Seife reichen auch!«, war das Mantra, das sie in meiner Kindheit immer wiederholt hatte.

Massage, Entspannung, Schönheit. Ein Besuch in einem Spa war das perfekte Geschenk.

Stella und Harry waren bei Freunden, Sigge wollte zu einem Basketballspiel. Mutter und ich winkten ihnen nach und gingen dann zum Bus. Ich betrachtete sie heimlich von der Seite. Sie war ungewöhnlich schweigsam. War sie vielleicht aufgeregt?

»Alles okay?«, fragte ich.

Mutter schaute mich erstaunt an.

»Ich will eine rauchen.«

»Wir sind gleich da.«

»In diesem Luxusbad darf man bestimmt nicht rauchen, nicht wahr?«

Ich lächelte und schüttelte den Kopf.

Wir warteten draußen, damit sie rauchen konnte. Die Frau an der Kasse lächelte uns freundlich an, ich nehme an, wir sahen aus wie Mutter und Tochter, die sich einen gemütlichen Tag im Spa machten. Unsere ungeschickten Kontaktversuche und steifen Gespräche würden einem Außenstehenden nicht auffallen. Wenn wir schweigend in unseren Bademänteln nebeneinanderlagen, konnte das auch nach Genuss aussehen.

Schon im sogenannten Waschraum wurde Mutter ärgerlich.

»Ich kann nicht auf so einem kleinen Holzschemel sitzen und mich waschen! Warum sollte ich, wo es doch prima funktionierende Duschen gibt?«, sagte Mutter mit so lauter, ärgerlicher Stimme, dass alle uns anschauten.

»Das ist ein japanisches Waschritual, probier es aus, es ist wunderbar!«, versuchte ich.

»So was Blödes. Du kannst es ja machen, ich gehe lieber duschen.«

Ich ahnte, dass die tibetanische Klangmeditation, die in ein paar Minuten anfangen würde, auch nicht ihr Ding war. Nur dazuliegen und einfach zu atmen, das hatte sie noch nie gemacht, außer wenn sie rauchte. Und doch bestand ich darauf, dass wir es probierten.

»Kann doch sein, dass wir es angenehm finden und jede Menge Kraft bekommen«, sagte ich, als wir in den Meditationsraum gingen.

Mutter sagte nichts, zuckte mit den Schultern.

»Außerdem haben wir noch eine Stunde Zeit, bevor unsere Behandlungen anfangen«, sagte ich mehr zu mir selbst als zu Mutter.

Wir setzten uns ganz nach vorne auf ein kleines Kissen. Meine Mutter machte nie Sport und auch keine Dehnübungen, sie konnte also nicht im Schneidersitz sitzen. Die Leiterin, eine Frau um die dreißig mit gepflegten, langen blonden Haaren, zeigte ihr, dass sie auch mit gestreckten Beinen sitzen konnte. Das sah auch nicht nach einer bequemen Stellung aus, Mutter seufzte und änderte die Position. Ich schaute sie besorgt an, aber entschied dann, dass sie nun eine Weile allein zurechtkommen musste. Wenn ich etwas davon haben wollte, musste ich die Augen schließen und den Rest der Welt ausblenden.

Nach ungefähr zehn Minuten spürte ich eine Hand auf meiner Schulter,

»Ich muss rauchen!«, sagte Mutter viel zu laut in den schweigenden Saal hinein.

Ich nickte und zeigte auf die Tür.

»Dort? Kann man nicht hier ein Fenster aufmachen?«, sagte sie mit normaler Lautstärke.

Die Frau mit den gepflegten Haaren stand auf und kam zu Mutter. Jetzt starrten uns alle an.

»Entschuldigung, aber in der ganzen Anlage darf nicht geraucht werden. Wenn Sie rauchen wollen, müssen Sie vor den Eingang gehen«, sagte die Leiterin.

»Aber ich will doch nur ein paar Züge nehmen, geht ganz schnell. Muss ich deswegen wirklich nach draußen gehen?«, sagte Mutter.

»Ja«, sagte die Frau und zeigte auf die Tür.

Mutter seufzte demonstrativ und ging.

»Wir sehen uns dann bei der Behandlung«, rief sie noch, ehe sie den Saal verließ.

Ich nickte, schloss die Augen, um die ärgerlichen Gesichter der anderen nicht sehen zu müssen.

Die tibetanische Klangmeditation ging weiter, aber für mich war sie vorbei. Ich konnte an nichts anderes denken als an Mutter und ob sie ihre paar Züge geraucht hatte und wie sie in die Abteilung mit den Anwendungen finden würde. Ich versuchte mir einzureden, dass sie eine erwachsene Frau war, dass sie ja jemanden fragen konnte, wenn sie nicht wusste wohin, aber als ich schließlich in die Anwendungsabteilung lief, sah ich sie nirgends. War sie vielleicht schon hineingegangen? Ich fragte eine Frau an der Rezeption.

»Entschuldigung, ich wollte nur fragen, ob meine Mutter schon zu ihrer Behandlung gegangen ist. Sie heißt Brittis und bekommt eine klassische Massage.«

Die Frau schaute auf ihren Bildschirm.

»Ja, eine Brittis ist gerade hineingegangen, aber nicht in die klassische Massage, sondern zu Wellness massageair.«

»Aha, da muss irgendetwas schiefgelaufen sein. Was ist das für eine Massage?«

»Das ist eine neue, vom Yoga inspirierte Massage, bei

der man in einem elastischen Stoff in der Luft hängt und der Masseur den Körper behandelt.«

»Oh nein. Meine Mutter ist total steif. Sie hat in ihrem Leben noch nie gestretcht. Ich weiß nicht, ob sie es aushält, in der Luft zu hängen«, sagte ich besorgt.

Die Dame lächelte.

»Doch, ganz bestimmt. Diese Massage ist total gut gegen Steifheit.«

»Wo ist es denn?«

Sie zeigte auf eine Tür ganz hinten.

»Da ist ein Flur, die erste Tür rechts führt zum Yogaraum.«

Ich bedankte mich. Vorsichtig, um nicht zu stören, öffnete ich die Tür zum Yogaraum und keuchte. Meine Mutter hing kopfüber in einem Stück Stoff von der Decke, und ein Masseur versuchte, ihre krampfadrigen Beine zu strecken.

»Aufhören!«, rief ich und lief hinein. Der Masseur schaute mich erstaunt an. »Da ist ein Fehler passiert!«, sagte ich und versuchte, meine Mutter wieder in eine aufrechte Position zu bekommen. »Sie hätte eine klassische Massage bekommen sollen«, erklärte ich dem Masseur und meiner Mutter.

»Gott sei Dank, das war das Schlimmste, was ich je erlebt habe!«, sagte Mutter und wickelte sich aus dem Stoff.

Die Frau am Empfang bat um Entschuldigung und bot uns eine neue Behandlung an.

»Ich will keine Behandlung mehr!«, sagte Mutter. »Können wir nicht was essen gehen, ich habe Hunger.«

»Das ist eine gute Idee!«, sagte ich.

Da es in dem Restaurant nur exklusives japanisches

Essen gab und meine Mutter sich weigerte, Sushi oder andere für sie unbekannte Dinge zu essen, bekamen wir nur Kaffee und einen trockenen Kuchen zum Mittagessen.

»Wir können später einen Hamburger essen!«, sagte ich, als wir das japanische Luxusbad verließen.

»Das klingt sehr gut«, sagte Mutter und lächelte zum ersten Mal an diesem Tag.

Die Menschen um mich herum wurden nach und nach vierzig, die Einsicht, dass auch meine Stunde bald kommen würde, setzte sich allmählich fest. Ganz gleich, ob Fernsehserien uns weismachen wollten, dass vierzig das neue zwanzig sei. Oder dass MILF ein schmeichelhaftes Epitheton sei. Vierzig war alt. Der Körper hat sichtbare Spuren gelebten Lebens, du bist müder, bitterer und weißt Dinge, die du lieber nicht wissen möchtest. Es war halt nicht sehr erbaulich. Das einzig Gute war, dass es den meisten von uns finanziell besser ging als mit dreißig, und um das deprimierende, unausweichliche Alter zu kompensieren, wurden fantastische, großzügige Feste arrangiert. An einem Samstag war Evelina an der Reihe. Sie war eine gemeinsame Kollegin von Misha und mir, und nach einem längeren Zögern und massiver Überredung durch Misha beschloss ich, hinzugehen. Mein Leben hatte seit Jahresanfang aus ruhigen Wochenenden in der Gesellschaft von Edith und den Kindern bestanden. Ich verstand die Bären, die Winterschlaf hielten, und versuchte, es ihnen gleichzutun. Sobald ich die Wohnung verließ, sehnte ich mich zurück nach meiner elektrischen Heizdecke, dem Sofa und dem Fernseher. Dieser Abend war keine Ausnahme, aber Misha hatte mich mehr oder weniger gezwungen, mitzukommen. Ich seufzte und legte eine Extraschicht Schminke auf.

Sie wartete in einem Taxi auf der Straße und war schon ganz aufgeregt.

»Vierzigste Geburtstage sind immer total lustig«, sagte sie. »Die Leute sind entweder frisch geschieden, oder sie sind verheiratet und wollen sich scheiden lassen. Aber vor allem haben die meisten die Kleinkindphase hinter sich und können wieder feiern.«

»Pah, wir wissen doch beide, dass du nur auf dieses Fest gehst, weil du auf Sex hoffst«, sagte ich.

Misha zuckte die Schulter und zog eine Grimasse.

»Das bedeutet ja nicht, dass das eben Gesagte nicht stimmt.«

»Ich verspreche, dass ich mein Bestes tun werde, Spaß zu haben, und hoffe, dass du einen Treffer landest!«

»Dafür liebe ich dich!«, sagte Misha unbekümmert. Sie trug einen lilafarbenen, glitzernden Hosenanzug und hohe Stiefel, ihre Haare standen wie eine Aura um ihren Kopf.

»Du siehst fantastisch aus! Du bist die Einzige, die ich kenne, die in einem Overall cool aussieht!«, sagte ich. »Mit Sicherheit die einzige Neununddreißgjährige, die so ein Ding mit Würde tragen kann!«

»Danke, Schatz!«, sagte Misha. »Ich habe ihn bei Beyond Retro gefunden, und ich glaube, er stammt aus den siebziger Jahren und den USA. Den hat bestimmt mal jemand im Studio 54 getragen.«

Das Fest war aufwendig, mit Tischkärtchen, Drei-Gänge-Menü, gemietetem DJ und Gratis-Getränken. Ich ließ meinen Blick über den Saal und all die festlich gekleideten Menschen schweifen und musste ein Gähnen unterdrücken. Misha schlug mich auf den Arm.

»Entschuldige«, sagte ich.

Ich verdrehte die Augen und bot mich an, als Entschädigung etwas zu trinken zu holen.

»Hoffentlich sitzen wir am selben Tisch«, sagte ich.

»Das tun wir hoffentlich nicht!«, sagte Misha. »So langweilig, wie du heute Abend bist.«

Ich versprach noch einmal, mich zusammenzureißen, aber ich wurde von Minute zu Minute müder. Zu meinem großen Glück und Mishas Unglück saßen wir am selben Tisch. Zwischen uns saß ein Cousin von Evelina, ein Mann in einem Anzug. Er arbeitete bei einer Telekomfirma. Das schien Misha egal zu sein, sie legte gleich los, lachte und stellte interessierte Fragen, die der Mann mit nonchalanter Selbstverständlichkeit beantwortete.

Zu meiner Rechten saß ein Mann, der sich erst als Personal Coach und dann mit allen Namen vorstellte.

»PatrikLarsHenrikSandgren.«

Ich betrachtete seine beginnende Glatze und fragte mich, ob die Vorstellung mit allen Namen ein heimlicher Code war, den ich verstehen musste. PatrikLarsHenrikSandgren sah meinen Blick und strich sich über die dünnen Haare.

»Sara«, sagte ich.

»Und du bist?«, sagte PatrikLarsHenrikSandgren.

»Müde«, sagte ich.

Er lächelte und strich sich wieder über die Glatze.

»Ich meinte, was du arbeitest.«

»Ach so«, sagte ich und lächelte zurück. »Ich sitze an der Kasse im Konsum.«

Er zog die Augenbrauen zusammen, schaute mich an und dann hinüber zu Evelina.

»Und woher kennst du Evelina?«

»Ich kenne sie nicht, ich bin mit Misha mitgekommen, sie ist eine Kollegin von Evelina.«

»Aha. Verstehe«, sagte PatrikLarsHenrikSandgren und schwieg.

Er trank einen Schluck Wein und schien darüber nachzudenken, warum er neben eine Supermarktkassiererin gesetzt worden war, dann schaute er mich forschend an und beschloss, dass ich trotzdem ganz okay wäre.

»Hast du mal darüber nachgedacht, etwas anderes zu machen? Ich meine, gefällt dir deine Arbeit?«

Ich nickte eifrig.

»Ja, die Arbeit ist super. Den ganzen Tag viele Menschen, ich liebe Menschen. Man macht seine Arbeit und sonst nicht viel mehr. Das gefällt mir gut.«

PatrikLarsHenrikSandgrens Gesicht hellte sich auf, als ob er etwas verstanden hätte.

»Aha, du hast also noch ein Hobby, das deine Zeit in Anspruch nimmt!«

»Nein, eigentlich nicht. Wenn man nicht Fernsehserien als Hobby rechnet. Das mache ich abends.«

Wieder runzelte er die Stirn und versuchte, zu verstehen. Es war beinahe rührend, wie seine Augen sich hin und her bewegten, und um ihn nicht mehr als nötig verlegen zu machen, warf ich einen Blick auf Misha, die immer noch dem Telekommenschen zuhörte. Ich trank einen Schluck Wein und hatte ein schlechtes Gewissen. Es war eigentlich gemein, meine Langeweile an PatrikLarsHenrikSandgren auszulassen. Er hatte mir nichts getan, außer dass er PatrikLarsHenrikSandgren hieß und als Personal Coach arbeitete. Dennoch. Ich holte tief Luft und nahm ein Buch, das neben seinem Teller lag. Es hatte ein bräunlich gelbes Cover und hieß *Ich und Du,* von einem

Martin Buber. PatrikLarsHenrikSandgren sah einen Moment lang froh aus.

»Das ist mein Geschenk für Evelina.«

Ich drehte das Buch um und las vor, was auf der Rückseite stand.

Über unsere zwischenmenschlichen Begegnungen. Die Urkraft hinter jeglicher menschlicher Lebensgestaltung. Die bedingungslose Begegnung mit einem Du, der Augenblick eines echten Dialogs im lebendigen Leben. Als Individuen und Weltbürger werden wir nicht zum Menschen nur durch uns selbst, sondern erst im Zusammensein mit anderen.

»Im Ernst?«, sagte ich und hielt das Buch hoch.

»Na klar«, sagte PatrikLarsHenrikSandgren. »Martin Buber war einer der größten Denker unserer Zeit.«

»Okay«, sagte ich.

Das missverstand PatrikLarsHenrikSandgren als Einladung zu einem unverlangten Vortrag über Martin Buber und seine Gedanken. Ich versuchte, ihm zu folgen, konnte jedoch meinen Blick nicht von dem kleinen Geißbart losreißen, der sein Kinn zierte. Er hüpfte beim Sprechen auf und ab, und ich überlegte, ob sein Monolog der echte Versuch war, eine arme, ungebildete Frau aufzuklären, oder ob das nur das übliche männliche egozentrische Gerede war. Einerseits und andererseits. Nach dreißig Minuten entschied ich, dass es doch nur das übliche Männerblabla war. Er hatte nicht eine Frage gestellt, und es schien ihn auch nicht zu kümmern, ob ich mich für Martin Bubers Leben interessierte oder nicht. Ich unterbrach ihn mitten im Satz und entschuldigte mich, dass ich zur Toilette müsse. Als ich zurückkam, wurden Reden gehalten, und PatrikLarsHenrikSandgren und ich waren vom gegenseitigen Nichtinteresse erlöst. Als das Essen endlich vorbei war, schienen die meisten spürbar betrunken zu sein. Misha und der Telekommann standen eng aneinandergedrückt an der Bar. Sie schien glücklich zu sein, und ich war erleichtert, dass mein Auftrag damit erledigt war. Ich beschloss, nach draußen zu gehen und etwas frische Luft zu schnappen. An der Garderobe kam ich an einer Frau und einem Mann vorbei, die sich anschrien.

»Du bist so verdammt uncharmant, weißt du das?«, schrie die Frau.

»Und du bist nie zufrieden mit mir, egal, was ich mache. Du kannst immer nur meckern! Ich weiß nicht, was ich machen soll, damit ich deinen verdammten Vorstellungen entspreche!«, schrie der Mann wütend zurück.

Ich schauderte und stellte mich neben ein Gruppe rauchender Menschen und schaute in den Sternenhimmel. Der Dialog hätte von mir und Johan sein können, wenn wir weiter zusammengelebt hätten. Wenn ich besonders wütend gewesen war, hatte ich manchmal geschrien, dass er so verdammt langweilig wäre. Das war gemein, und er war immer am Boden zerstört gewesen, weil er wusste, dass langweilige Menschen das Schlimmste für mich waren. Es war so schrecklich, denn jedes Mal wenn ich ihn anschrie, heftete sich das Wort wie unsichtbare Klarsichtfolie an ihn. Machte ihn geruchlos und fügsam.

Meine Gedanken wurden unterbrochen, weil eine bekannte Gestalt sich näherte.

»Sara?«

»Olle? Was machst du denn hier?«, sagte ich erstaunt. Wir umarmten uns ungeschickt. Er war genauso groß und unerreichbar wie damals, als wir Anfang der neunziger Jahre zusammen Medien- und Kommunikationswissenschaft an der Uni studiert hatten. Er war groß und selbstgenügsam und wirkte auf viele wie ein Snob aus der Oberschicht. Aber ich hatte oft genug mit ihm gesprochen, um zu wissen, dass er ein ungewöhnlich warmherziger und netter Mensch war.

»Meine Frau hat vor langer Zeit mal mit Evelina zusammengearbeitet«, erklärte Olle.

»Und was machst du heute so?«, fragte ich.

Olle erzählte, dass er sich bei der Zeitung hatte beurlauben lassen, um einen Roman zu schreiben, der in einigen Wochen erscheinen würde.

»Wie toll!«, sagte ich.

»Ja, man muss die sich nähernde Midlifecrisis ernst nehmen«, sagte Olle. Ich lachte. Ein heterosexuelles Lachen, hätte Rilke gesagt. Dienstbeflissen, aufmunternd. Ein Lachen, das einerseits zeigen sollte, wie ungefährlich ich war, das andererseits aber auch meine männlichen Brüder und Freunde, Liebhaber und Ehemänner auf Trab brachte. Ich hörte abrupt auf zu lachen, was den Eindruck von Geschlechterspiel und Verlogenheit nur noch verstärkte. Olle strich sich nervös durch die Haare. Ihm schien es genauso peinlich wie mir zu sein.

»Ich dachte, ich muss das Leben ernst nehmen und all das machen, wovon ich schon immer geträumt, was ich mich aber nie richtig getraut habe.« Ich nickte übertrieben begeistert, um meine Verlegenheit zu überspielen.

»Ich hatte vor ein paar Jahren das gleiche Gefühl, dass das Leben einem durch die Finger rinnt und ich keine Kontrolle habe. Dass ich auf einem Weg war, den ich nicht gehen wollte«, sagte ich.

»Was hast du da gemacht?«

»Ich habe mich scheiden lassen«, sagte ich und lachte wieder. Olle lachte auch.

»Jeder, wie er kann«, sagte Olle.

»Ja. Vielleicht«, sagte ich. »Manchmal denke ich, dass ich nicht recht weiß, ob meine Zweifel nur ein Ausdruck für meine allzu hohen Erwartungen an meinen Exmann und das Leben waren. Oder ob es romantische, verdrehte Vorstellungen von der Liebe und der Ehe waren, die am Ende alles kaputtgehen ließen. Oder ich wirklich unglücklich war.«

»Bist du denn jetzt glücklich?«, fragte Olle. Ich dachte nach.

»Ja. Irgendwie schon. Erheblich glücklicher, als ich es zuvor war. Auch wenn manches schwieriger wurde und das Alleinsein manchmal hart ist, so bin ich doch längst nicht mehr so frustriert wie in der Ehe. Irgendetwas war also falsch.«

Wir schwiegen. Ich sog die kalte Nachtluft ein und fühlte mich hoffnungslos nüchtern und wehmütig.

»Und du, seid ihr glücklich, du und deine Frau?«, fragte ich.

Olle lächelte schief.

»Ich antworte wie Prinz Charles, als er diese Frage vor seiner Hochzeit mit Diana gestellt bekam. Er sagte: Whatever in love means.«

»Oje, wie deprimierend!«, sagte ich.

»Vielleicht, aber ich war schon immer gut in aktivem Verdrängen, das klappt wirklich prima!«, sagte Olle.

Ich schüttelte den Kopf.

»So ein Blödsinn!«

Olle lachte.

»Das ist nicht blöd! Warum soll man sich Gedanken über etwas machen, wenn man es auch bleibenlassen kann?«, sagte Olle.

»Das Problem ist, du wirst es nicht ewig bleibenlassen können. Eines Tages kommt es hoch, und dann ist alles gelaufen!«, sagte ich. »Hast du das nicht in der Therapie gelernt?«

»Ich war noch nie in einer Therapie«, sagte Olle.

Ich verdrehte die Augen.

»Du Ärmster. Deine Midlifecrisis steht dir noch bevor.«

»Ach was«, sagte Olle.

»Warte nur, in ein paar Monaten bist du in einer Krise.«

Misha kam aus dem Haus gewankt und unterbrach uns.

»Hat einer von euch eine Zigarette?«

Wir schüttelten den Kopf.

»Was steht ihr denn langweilig herum, kommt mit zu den coolen Rauchern!«, sagte sie, packte mich am Arm und zog mich davon. Ich drehte mich um und winkte Olle zu, der nickte und ging ins Haus.

Misha bekam eine Zigarette von einem Mann, der sich gleich mit Fragen und Schmeicheleien auf sie stürzte. Sein Freund musterte mich von Kopf bis Fuß und beschloss offenbar, dass ich okay wäre. Er fragte mich, wer ich sei und wen ich kenne, ich antwortete höflich und stellte ihm die gleichen Fragen. Eine bleierne Müdigkeit hatte mich erfasst, und während des Smalltalks überlegte ich, ob ich ein Taxi rufen und das Fest verlassen könnte, ohne jemanden zu verletzen. Der Mann, der sich als Gustav vorgestellt hatte, war in Fahrt gekommen. Wie so viele Männer kannte er den Unterschied zwischen Höflichkeit und Interesse nicht. Er deutete mein Schweigen und meinen leicht abwesenden Blick als weiblich, als Teil des Spiels, und fing an, mir zu erzählen, wie schön ich wäre.

»Ehe wir weiterreden«, sagte ich, »ich würde gerne wissen, was du wählst.«

Er lächelte listig und studierte mich noch einmal von oben bis unten.

»Hm … was soll ich darauf antworten, damit ich nichts falsch mache …«, sagte Gustav.

»Sag einfach, was du wählst!«, sagte ich.

»Okay«, er zögerte einen Moment und betrachtete mich noch einmal, als sei er auf der Suche nach einem Fingerzeig. »Bei der letzten Wahl habe ich die Liberalen gewählt.«

Ich nickte.

»Das habe ich mir gedacht. Weißt du, ich kann dir jetzt schon sagen, es ist völlig sinnlos, diese Konversation fortzusetzen. Ich würde niemals, wirklich niemals mit einem Liberalen ins Bett gehen!«

»Verdammt!«, sagte Gustav, der immer noch zu glauben schien, dass es ein Quiz wäre. »Ich hätte Sozis sagen sollen!«

»Aber dann hättest du gelogen«, bemerkte ich und holte mein Telefon aus der Tasche, um ein Taxi zu rufen.

»Du fährst jetzt also einfach nach Hause?«, fragte Gustav verwirrt.

»Jawoll«, sagte ich. »Bringt ja nichts, auf einem Fest mit lauter Liberalen zu bleiben.«

Ich schaute zu Misha hinüber, sie küsste den Mann, von dem sie gerade eine Zigarette bekommen hatte. Politische Ansichten hatten sie noch nie interessiert. Außerdem besaß sie eine positive Einstellung zu wohlhabenden

Männern, und in dieser Hinsicht war dieses Fest ein ausgezeichnetes Jagdgebiet. Hausbesitzer, Konservative, Bewohner der besseren Stadtteile.

Ich sah das Taxi kommen und tippte ihr vorsichtig auf die Schulter. Sie unterbrach den Kuss und schaute mich ärgerlich an.

»Ich fahre jetzt heim.«

»Mach das. Ich bleibe noch ein Weilchen.«

Ich lächelte ihr und dem glücklich wartenden Mann zu.

»Wir telefonieren morgen!«, sagte ich und stieg ins Taxi.

Auf dem Heimweg holte ich das Handy heraus und schaute nach den Mails. PatrikLarsHenrikSandgren, Bubers Anhänger, hatte mir vor einer Stunde geschrieben.

Hallo Sara! Du warst beim Essen meine Tischdame und hast mir erzählt, du seist Kassiererin in einem Supermarkt. Von Evelina habe ich erfahren, dass du Journalistin bist. Es wäre interessant, bei Gelegenheit weiter miteinander zu reden. Sich vielleicht der Frage zu nähern, wie Wörter entstehen. Vor allem Wörter, die auch für andere von großer Bedeutung sind. Gruß, Patrik Sandgren.

Der Abend war eine eigenartige Mischung aus Leere, Lügen, Wehmut und Rausch, der allzu schnell in Nüchternheit überging. Aber ich hatte zumindest den merkwürdigsten Aufreißversuch des Jahres, wenn nicht der 2000er Jahre erlebt.

Edith lachte laut und lange, als ich ihr von Martin Buber und seinem persönlichen Werber PatrikLarsHenrikSandgren erzählte. Wir waren in einer Ausstellung, Edith hatte mich mitgeschleppt, weil sie es als ihre persönliche Aufgabe ansah, mich zu einer ordentlichen Kulturkonsumentin zu machen.

»Wir können nicht immer nur Wein trinken! Ich muss auch an meine Gesundheit denken«, sagte sie, als ich protestierte. Ich hatte mir vorgenommen, am Sonntag eine Runde zu boxen, beides würde ich nicht schaffen.

»Ich verstehe nicht, wie du auch nur überlegen kannst, zum Boxen zu gehen statt in eine Kunstausstellung!« Sie war indigniert, und wie immer ließ ich mich überreden, und als jetzt ihr Lachen durch den Raum hallte und ich die Blicke sah, die unruhig die voluminöse Frau in leopardengemusterten Leggings, hochhackigen rosa Schuhen und einem Mantel im gleichen Rosa ansahen, war ich froh, dass ich mich für Edith entschieden hatte. Ich war sowieso zu verkatert zum Boxen.

»Martin Buber, der alte Schlaumeier«, sagte Edith und lachte immer noch. »In den sechziger Jahren war der ziemlich en vogue, alle Männer, die als intellektuell dastehen wollten, zitierten ihn. Ich dachte, der wäre schon lange vergessen!«

»Offenbar nicht«, sagte ich.

Ein eleganter älterer Herr in grauem Anzug kam mit festen Schritten auf uns zu.

»Isak!«, sagte Edith und breitete die Arme aus.

Er hatte Tränen in den Augen und umarmte sie fest und lange.

»Wie lange ist das her!«, sagte der Mann, als er schließlich einen Schritt zurücktrat. »Aber du bist genauso schön wie damals!«

»Ach was, du alter Schmeichler!«, sagte Edith und errötete. Ich starrte sie erstaunt an. Ich hatte sie noch nie verlegen erlebt.

»Du siehst auch nicht schlecht aus!«, sagte Edith und strich ihm leicht über den Arm. Der Mann lächelte, nahm ihre Hand zwischen seine und küsste sie.

»Wann können wir uns treffen?«, fragte er und lächelte schelmisch.

Edith lachte.

»Direkt wie immer!«

»Edith, wir sind alt, vergiss das nicht! Wir haben keine Zeit für blöde Umwege. Wer weiß, was nächsten Monat ist. Oder nächste Woche«, sagte Isak.

»Du hast recht«, sagte Edith. »Ich kann Donnerstagabend.«

»Prima. Dann bestelle ich einen Tisch im Opernkeller«, sagte der Mann, verbeugte sich, drehte sich um und ging.

Ich schüttelte den Kopf.

»Was war das denn?«

Edith wischte sich ein unsichtbares Staubkorn von der Schulter und schaute mich an.

»Du meinst, *wer* das war?«

»Du weißt genau, was ich meine!«, sagte ich und gab ihr einen Klaps.

Edith lächelte und richtete sich auf.

»Das war ein ehemaliger Liebhaber. Aus Martin Bubers Zeit. Isak. Wir hatten in unserer Jugend eine Beziehung. Seitdem haben wir uns kaum gesehen.«

»Und dann wollt ihr euch plötzlich wieder treffen?«, fragte ich.

»Du hast gehört, was er gesagt hat, wir werden alt. Er hat ganz recht, wir haben keine Zeit zu verlieren.«

»Schon. Mich erstaunt nur, dass du immer noch rot werden kannst«, sagte ich.

»Ich bin nicht rot geworden!«, sagte Edith ärgerlich.

»Doch. Sehr sogar«, sagte ich.

»Bin ich nicht!«

»Bist du wohl«, sagte ich.

Wir waren so beschäftigt mit unserer Kabbelei, dass ich fast mit Olle zusammengestoßen wäre, der gerade den Raum betrat.

»Hallo!«, sagte er fröhlich.

»Hallo«, sagte ich.

»Lange nicht gesehen«, sagte Olle, und ich lachte mein lautes heterosexuelles Lachen.

Edith schaute uns verständnislos an.

»Wir haben uns gestern auf dem Fest getroffen«, sagte ich. »Das ist Olle, und das ist Edith.«

»Meine Güte, was für ein schlechter Witz«, sagte Edith.

»Soso, du bist auch hier und konsumierst Kultur«, sagte ich zu Olle.

»Ja, mit meiner Frau und unseren Kindern. Aber im Moment habe ich sie verloren.«

»Freud'scher Fehler«, sagte ich. Olle lachte.

»Du bist ja der Meinung, dass so was passiert, wenn man aktiv verdrängt.«

»Genau«, sagte ich.

Olle hob die Hände.

»Männerkrise?«

»Scheint so.«

Wir schwiegen und schauten uns an.

»Ja, ich sollte lieber meine Familie suchen«, sagte Olle.

Ich nickte.

»Viel Glück!«

Er lächelte, und wir verließen den Raum.

Jetzt war Edith an der Reihe, triumphierend zu lachen.

»Und was war das?«, fragte sie vielsagend.

»Du meinst, *wer* das war?«, imitierte ich sie.

»Du weißt genau, was ich meine.«

»Das war auf jeden Fall kein alter Liebhaber aus der Zeit von Martin Buber«, sagte ich.

»Nein, aber ganz deutlich wer Neues.«

Sie kniff die Augen zusammen und lächelte selbstsicher.

»Jetzt hör schon auf! Du hast doch gehört, was er gesagt hat. Er hat eine Frau und Kinder.«

»Beleidige nicht meine Intelligenz. Wenn ihr in nächster Zukunft kein Liebespaar werdet, dann werde ich Martin Bubers *Ich und Du* von der ersten bis zur letzten Seite lesen, das verspreche ich.«

»Du hast es versprochen!«

»Mal sehen, wer recht behält. Komm, wir gehen einen Wein trinken.«

»Wir wollten doch heute keinen Wein trinken. Wegen der Gesundheit und so«, sagte ich.

Edith schaute mich empört an.

»Man kann doch wohl nicht in eine Kunstausstellung gehen, ohne Wein zu trinken!«

Misha rief am Abend an und erzählte von ihrer missglückten Nacht.

»Wenn ich endlich mal wieder Sex habe, dann kann man sicher sein, dass es der schlechteste Sex des Jahres wird.«

»Was hast du denn erwartet? Da waren doch nur Konservative auf dem Fest!«, sagte ich.

Misha schnaubte.

»Als ob linke Männer besser im Bett wären!«

»Doch!«, sagte ich. »Meistens sind sie das.«

»Das sind doch alles nur Vorurteile, du prahlst ja immer damit, dass du noch nie mit jemandem Sex hattest, der rechts von den Sozis wählt, du hast also keine Ahnung!«, sagte Misha laut.

»Ich habe dein Gejammer gehört. Und das von allen anderen, die mit Konservativen geschlafen haben.«

Misha seufzte.

»Ich habe keine Lust, mit dir zu streiten, ich bin zu verkatert. Das Schlimmste war ja nicht, dass er schlecht im Bett war, das Schlimmste war, dass er ein Rassist ist. Er war schockiert, als er hörte, dass ich auf Djursholm groß geworden bin und nicht in Rinkeby, das war der einzige Vorort, den er kannte. Dass ich außerdem Journalistin mit einer festen Anstellung bin, passte ganz offensichtlich auch nicht in sein Weltbild, in dem dunkelhäutige Menschen entweder als Putzhilfen oder Kellnerinnen arbeiten. Da bekam er Erektionsprobleme. Ich glaube ehrlich gesagt, er hat gedacht, er würde eine Braut abschleppen, auf die er mit seiner Wohnung in Vasastan Eindruck machen kann, und mit seiner aufgemotzten Visitenkarte und seinem Juristengerede. Als das nicht klappte, wurde er schlapp. Depp.«

»Ich will ja nicht angeben, aber ich schwöre bei allem, was mir heilig ist, dass ich dir hätte sagen können, dass er eine Niete im Bett sein würde.«

»Jesses, wie blöd du bist!«, sagte Misha. »Wie willst du das gesehen haben?«

»Ein unsicherer, ängstlicher Typ, der sein mangelndes Selbstgefühl mit einem feinen Anzug, einer teuren Uhr und Deppengerede kompensieren muss. Uneasy und überhaupt nicht entspannt. Du spielst in einer völlig anderen Liga, und als er das kapierte, hat er das Gefühl von Unterlegenheit nicht ausgehalten.«

»Ach was«, sagte Misha, aber ohne Überzeugung.

»Aber du musst doch zugeben, dass du aus unerfindlichen Gründen, und sei es wegen deines Aufwachsens auf Djursholm, von diesen Typen angezogen wirst. Versnobte, wohlhabende Anzugkerle, die leider nicht besonders unterhaltend sind, weder im Bett noch sonst im Leben.«

»Immer noch besser als deine bärtigen linken Trolle!«, sagte Misha.

»Liebste, du weißt, dass ich dich liebe und nur dein Bestes will. Ich bin genauso beleidigt und enttäuscht wie du, wenn du wieder einmal mit so einem Deppen nach Hause gehst. Du verdienst nur das Beste, und es macht mich wahnsinnig, wenn du es nicht bekommst!«

Misha seufzte, ihre Stimme wurde sanft.

»Ich weiß. Das Gleiche gilt für dich. Ich will auch nur dein Bestes, auch wenn unser Männergeschmack unterschiedlich ist«, sagte Misha.

»Gut, ich liebe dich.«

»Ich dich auch«, sagte Misha.

Das Leben wurde viel interessanter, wenn man davon ausging, dass alles eine Konspiration war. Politisch und persönlich. Wenn ein Mensch plötzlich überall auftauchte, ob in der U-Bahn, in der Kneipe oder im Supermarkt, war das zu merkwürdig, um als Zufall durchzugehen. Das Universum wollte etwas sagen. Diese Vorstellung war auf jeden Fall unterhaltsamer. Plötzlich wollte eine höhere Macht offenbar, dass Olle und ich uns weiterhin treffen sollten. An einem Mittwochabend trafen wir uns in Stadshagen, einem Stadtteil, in dem ich noch nie gewesen war und den ich auch nicht aufgesucht hätte, wenn ich nicht über eine Annonce eine Kommode gekauft hätte. Wir schüttelten bloß den Kopf und sagten hallo und tschüs. Ein paar Tage später rief eine Kulturredakteurin an und fragte, ob ich ein Interview mit Olle Sandström machen könnte, wegen seines neuen Buchs.

»Selbstverständlich«, sagte ich.

»Wie bitte?«

»Nichts. Ich mache das Interview.«

Ich rief Olle an, und wir verabredeten uns in einem indischen Restaurant in der Nähe von Hornstull.

Die Abende davor widmete ich der Lektüre seines Buchs, eines Klagegesangs über die Ehe. Ich erkannte vieles wieder und musste ein paarmal weinen. Er schrieb besser, als ich vermutet hätte, und ich nahm an, dass vieles aus seinem eigenen Leben stammte.

Ich studierte das Autorenfoto von Olle (schwarzweiß, wichtigtuerische Denkerpose, stattlich, unbeirrbar) und dachte bitter, dass er wahrscheinlich gute Rezensionen und vielleicht sogar Preise bekommen würde. Nicht dass er das nicht verdient hätte. Nur dass viele seiner Kolleginnen den gleichen Erfolg und die gleiche Aufmerksamkeit verdient hätten.

Wir trafen uns an einem Mittwochabend gegen sieben. Ich machte Anstalten, ihn zu umarmen, aber er zog sich erschrocken zurück. Ich lächelte und streckte die Hand aus. Er nahm sie pflichtschuldig und schüttelte sie. Es schien ihm peinlich zu sein. Er zupfte an seinem Jackett und zitterte, als er die Karte studierte. Mehrmals strich er sich durch die Haare. Sein Blick traf meinen immer nur ganz kurz. Seine Nervosität übertrug sich auf mich, ich bestellte ein Bier, um die unangenehme Anspannung loszuwerden.

»Möchtest du auch ein Bier?«, fragte ich und hoffte, er würde ja sagen.

»Okay«, sagte Olle.

Wir aßen beide ein mäßig schmackhaftes Palak Paneer, und ich stellte meine Fragen.

»Warum ist es so schwierig, dass Liebesbeziehungen klappen, obwohl wir so sehr kämpfen und es wollen?«, fragte ich, als wir die einleitenden Fragen, warum er das Buch geschrieben hatte, hinter uns hatten.

Olle seufzte und strich sich wieder durch die Haare.

»Ich weiß es nicht«, sagte er. »Es ist so merkwürdig, sonst im Leben empfinde ich mich meistens als erwachsenen, reifen Menschen, ich kann meine Mitmenschen mit Respekt und Generosität behandeln. Aber in meinen Liebesbeziehungen werde ich oft zu einem kleinen Jungen, der sich beschwert, dass der Bruder mehr Süßigkeiten bekommen hat.« Er lachte und trank einen Schluck Bier. »Es ist, als würde der reife Mensch verschwinden und ich in einen kindischen Machtkampf verwickelt werden, der nur verheerend enden kann.«

»Verwickelt werden?«, sagte ich. »Oder sich hineinbegeben?«

Er lächelte und sah mir zum ersten Mal fest in die Augen.

»Nein, natürlich bin ich auch für den Machtkampf verantwortlich.«

»Aber warum ist das so? Warum können wir unsere Liebespartner nicht genauso respektvoll behandeln wie unsere Freunde?«, fragte ich.

»Ach, ich weiß nicht«, sagte Olle resigniert. »Ich habe nur ein Buch über eine problematische Ehe geschrieben, solche Fragen musst du einem Familientherapeuten oder Psychologen stellen. Mir ist das zu kompliziert.« Er schwieg. »Vielleicht ist es ja so einfach, wie manche behaupten, dass es unsere erste Verbindung nachstellt. Dass wir versuchen, die kaputten Beziehungen, die wir aus unserer Kindheit mitbringen, in unseren Liebesbeziehungen zu heilen. Ich denke manchmal, das könnte stimmen. Meine Mutter litt an einer Depression, als ich geboren wurde, und hatte vermutlich Probleme, eine Bindung aufzubauen und meine emotionalen Bedürfnisse zu befriedigen. Wir hatten immer ein recht kühles Verhältnis. Und mein Vater war ein Mann seiner Zeit und im Prinzip nie anwesend. Vielleicht habe ich mir deshalb immer Liebespartner gesucht, die wie meine Mutter schwer zugänglich und ein wenig kühl waren und die ich ändern wollte, indem sie mich lieben sollten. Das kann natürlich nur in die Hose gehen.«

Er lächelte schief und trank sein Bier aus. Wir bestellten ein weiteres.

»Was für eine Scheiße!«, sagte ich und nahm einen Schluck. »So viel Komplexität aushalten zu müssen!«

»Ja, aushalten!«, sagte Olle und lächelte. »Ich habe eine Untersuchung gelesen, die zeigte, dass etwa dreißig Prozent aller schwedischen Kinder an Bindungsproblemen leiden. Vermutlich ist die Zahl bei der älteren Generation noch größer, sie wussten ja nicht einmal, was für ein Trauma es für ein Kind sein kann, ins Krankenhaus eingeliefert zu werden, ohne dass ein Elternteil dabeibleibt.«

»Wir sind wohl alle irgendwie gestört. Mehr oder weniger«, sagte ich. »Kein Wunder, dass wir es nicht schaffen, Liebesbeziehungen zu leben.«

»Nein«, sagte Olle. »Besonders wenn wir auch den Anspruch haben, Liebe zu verspüren. Früher ging es bei einer Ehe ja um andere Dinge. Geld und Besitz. Liebe war da keine Forderung.«

Ich seufzte.

»Seit ich geschieden bin, denke ich darüber nach, wie ich leben und lieben will. Eine Zeitlang dachte ich, ich möchte nur kürzere, recht oberflächliche Beziehungen ohne all die Probleme und dafür tiefe, respektvolle Liebesbeziehungen mit meinen Freunden haben.«

»Und, hat es funktioniert?«, fragte Olle.

»Geht so«, antwortete ich wahrheitsgemäß. »Wir sind so sehr darauf programmiert, die Liebe zu suchen, und dann ist es fast nicht möglich, sich von der Vorstellung zu befreien, dass jede Begegnung ein potenzieller Partner für lange Zeit sein könnte. Am Ende ist immer einer von beiden verletzt oder enttäuscht. Aber ich will noch nicht aufgeben. Ich fände es super, wenn man Sex und Liebe trennen könnte, damit ich sexuelle Beziehungen mit Männern haben und die tiefe Liebe für meine Freunde aufheben könnte.«

»Tja, wenn du einfach nur den Kick brauchst, dann klingt das wie ein guter Plan«, sagte Olle. »Ein verliebtes Gehirn ähnelt einem Gehirn unter Drogen. Einem Rausch. Man denkt nicht klar, sieht im anderen nur das Wunderbare, blendet alles aus, was unangenehm oder schlecht ist.«

»Herrlicher Zustand!«, sagte ich. Er lächelte und schaute auf die Uhr.

»So was Blödes«, sagte Olle, sah allerdings nicht so aus, als ob er es ernst meinte. »Es ist nach zehn, und ich habe den letzten Zug nach Hause verpasst.«

Er und seine Frau wohnten außerhalb von Enköping in

einem Haus aus der Zeit der Jahrhundertwende. Genau wie das Paar in seinem Buch.

»Und was machst du jetzt?«, sagte ich und überlegte, wie es möglich war, den Zug zu verpassen, wenn man wusste, dass der letzte um zehn Uhr fuhr.

»Nichts. Ich übernachte in einem Hotel. Das mache ich manchmal, wenn ich in Stockholm bin, es wäre sonst nicht möglich, so weit draußen auf dem Land zu wohnen.«

»Na dann«, sagte ich.

Er holte sein Handy heraus und schrieb eine Nachricht.

»Entschuldige, ich will nur schreiben, dass ich heute Abend nicht nach Hause komme.«

Ich nickte und suchte meine Sachen zusammen. Wir verließen das Restaurant und gingen Richtung U-Bahn. Am Bahnhof blieb Olle stehen und schaute zwischen den Treppenstufen und mir hin und her.

»Dummerweise schlafe ich immer so schlecht im Hotel.«

»Wirklich?«, sagte ich. »Hotels haben doch immer so gute Betten.«

»Es hat weniger mit den Betten zu tun als mit dem Alleinsein, glaube ich«, sagte Olle.

Wir schwiegen. Ein Bus donnerte vorbei. Ich schaute zu Boden und schwor mir, ihm nicht ins Hotel zu folgen, was auch geschah. Ich dachte an Morris und all die anderen frustrierten Ehemänner, die mich als Katalysator und Zeitvertreib haben wollten. Was ich nicht sein konnte oder wollte. Ich dachte an alles, was er gesagt hatte, und dass das Ganze ein einziges Klischee war, es würde nicht mal für eine Hollywoodschmonzette taugen. Ich dachte:

Würde, Sara. Würde. All das dachte ich, und gleichzeitig hörte ich mich fragen: *Schläfst du besser in Gesellschaft?*

»Ja«, sagte Olle.

»Los, dann gehen wir.«

Edith stand vor ihrem riesigen Spiegel mit Goldrahmen und posierte in einem roten, engen Kleid.

»Kann ich das wirklich anziehen?«

Ich stand mit unseren Champagnergläsern daneben und schaute sie erstaunt an.

»Seit wann bist du denn unsicher, was du anziehen sollst?«

Sie seufzte und fiel in sich zusammen.

»Ich will doch nur, dass es sich richtig anfühlt.«

»Du meinst, du möchtest, dass Isak dich schön findet?«

»Ja, das wäre nett.«

»Edith, du bist die schönste, attraktivste Frau über siebzig, die ich je gesehen habe. Ist völlig egal, was du anhast, du verzauberst alle!«

»Bist du sicher, dass das nicht too much ist?«

»Jetzt krieg ich wirklich Angst! Seit wann machst du dir Sorgen, dass du too much bist? Deine ganze Persönlichkeit zielt doch darauf ab, too much zu sein.«

»Aber Isak ist stilvoll und elegant. Er findet mich vielleicht zu vulgär.«

Ich schüttelte den Kopf und verfluchte die Liebe, die uns schwach machte, sogar Edith.

»Wenn er findet, dass du too much bist oder vulgär, dann ist er kaum der richtige Mann für dich. Ich nehme an, dass deine fantastische, überwältigende Ausstrahlung ihn früher einmal angezogen hat. Dich klein zu machen, nur um ihm vielleicht zu gefallen, das ist keine Alternative.«

Sie nahm mir ein Glas aus der Hand und leerte es in einem Zug.

»Okay, du hast recht. Ich nehme das hier, wenn er mich nicht haben will, ist es sein Fehler!«

»Braves Mädchen, das wollte ich hören!«, sagte ich. »Außerdem ist die viel wichtigere Frage wohl, ob *du* ihn haben willst.«

»Oh ja, das will ich!«, sagte Edith mit einer fremden hohen Stimme.

Es war ihr zweites Date, das erste hatte in seiner Wohnung in der Vasastan geendet. Eine unvergessliche Nacht, hatte Edith errötend berichtet. Jetzt würden sie sich in einem Lokal in Östermalm treffen, wo Isak einen Tisch reserviert hatte. Aus nostalgischen Gründen, hier hatten sie sich in ihrer Jugend in den sechziger Jahren getroffen.

Als das Problem mit dem Kleid endlich geklärt war, setzten wir uns auf den Balkon und rauchten. Das schien ihre Nerven zu beruhigen, und ihr fiel plötzlich ein, dass sie mich noch gar nicht gefragt hatte, wie das Interview mir Olle Sandström gelaufen war.

»Gut«, sagte ich und erzählte ihr von unserer gemeinsamen Nacht. Er hatte geliebt wie ein Mann, der sehr lange keinen Sex gehabt hatte. Gierig und gehetzt. Dann noch einmal. Und noch einmal. Ich versuchte, mich zu erinnern, ob ich je mit einem Mann zusammen war, der öfter als dreimal in einer Nacht gekommen war, aber ich glaube nicht.

»Er war hungrig. Und lieb.«

Sie lächelte und drückte ihre Zigarette aus.

»Ihr seid also doch zusammen nach Hause gegangen?«

»Ja, so war es«, sagte ich.

Sie nickte und setzte eine oberschlaue, allwissende Miene auf.

»Natürlich war er ausgehungert, er ist schließlich verheiratet.«

»Es scheint eher die Regel als die Ausnahme zu sein, dass Paare, die länger als zehn Jahre zusammen sind, nur noch selten Sex haben«, sagte ich und dachte an das, was Olle mir von sich und seiner Frau erzählt hatte.

»Werdet ihr euch wiedersehen?«

Ich schüttelte den Kopf.

»Er hat mir neulich eine Nachricht geschickt und gefragt, ob wir uns sehen könnten, aber ich habe geantwortet, dass ich es altmodisch und unwürdig finde, etwas mit einem verheirateten Mann zu haben. Ich bin viel zu egozentrisch, um die Zweitfrau zu sein, und ich weiß inzwischen, dass das nie gut endet.«

»Was hat er geantwortet?«

»Dass er es versteht, es aber traurig findet, weil es für ihn ein starkes Erlebnis war, mich zu treffen. Dass ich eine fantastische Frau sei, nur damit du es weißt«, sagte ich und grinste.

»Na klar«, sagte Edith und starrte in den Park hinaus, wo eine Gruppe feiernder Menschen Rundlauf-Tischtennis spielte. »Aber dennoch ein wenig schade«, fuhr sie fort, den Blick immer noch in den Park gerichtet. »Ihr wärt ein schönes Paar.«

»Nein, kein verheirateter Mann mehr in meinem Leben!«, sagte ich und leerte mein Glas.

»Verheiratet muss man nicht für immer sein«, sagte Edith. »Außerdem braucht er so jemanden wie dich, um sich existenziell und sexuell zu befreien. Und du brauchst so einen wie ihn, einen Mann, der intellektuell zu dir passt. Zwischen euch besteht eine außerordentlich starke Chemie. So einen Mann verschludert man nicht leichtfertig.«

Ich antwortete nicht, kurz darauf stand Edith auf und verkündete, dass es nun an der Zeit sei, zum Essen mit Isak zu gehen.

Ich ging nach Hause und legte mich aufs Bett. Das ganze Reden über Olle hatte mich schläfrig gemacht und erregt. Vorsichtig öffnete ich meine Schamlippen. Ich onanierte und dachte dabei daran, wie sein Körper sich an meinem angefühlt hatte. Die Küsse. Die Berührungen. Ich kam schnell, blieb aber noch in einer Art Halbschlaf liegen und ließ meine Gedanken wandern. Vielleicht war es voreilig, etwas zu beenden, was nicht einmal die Chance für einen Anfang bekommen hatte? Wenn es stimmte, dass wir ungewöhnlich gut zueinanderpassten? Wenn ich nur wegen meiner früheren schlechten Erfahrungen etwas Großes verpasste? Ich nahm das Handy und war froh, dass weder Lena, Misha noch Rilke in der Nähe waren.

Ich schrieb:

»Ich denke an dich. Wie wär's, wenn uns alles Unwürdige und Gestrige egal wäre und wir uns treffen würden?«

Es dauerte keine Minute, bis mein Handy piepste.

»Ja, machen wir. So bald wie möglich.«

Ich zögerte einen Moment, dann schrieb ich.

»Freitag?«

Er antwortete sofort.

»Komm ins Restaurant Himmel, ganz oben, um 19 Uhr. Freut mich, von dir zu hören.«

Ich lächelte und spürte, wie mein Schoß wieder warm wurde.

Ich hatte Edith einige Tage nach ihrem Treffen mit Isak nicht gesehen und nahm an, dass sie in seiner Wohnung geblieben war. Ich war dennoch erleichtert, als sie schließlich eine meiner fragenden SMS beantwortete.

»*Alles ist ganz wunderbar. Mir geht es fantastisch! Komme morgen mal auf einen Sprung nach Hause.*«

»Auf einen Sprung?«, sagte ich laut vor mich hin. Sie klang wie eine Vierzehnjährige.

Als sie schließlich am Freitagnachmittag vor meiner Tür stand, sah ich eine deutlich verjüngte Version von Edith. Mit leichten Schritten und einem verschmitzten Lächeln glitt sie herein und legte sich auf mein Bett.

»Hier hat jemand Sex gehabt, das merkt man«, sagte ich und setzte mich in den Sessel.

Edith seufzte genüsslich.

»Meine Güte! Ich hatte völlig vergessen, wie wunderbar Sex ist. Wie konnte ich das bloß vergessen?«

»Ich weiß nicht. Aber ich erinnere mich, dass du mir vor einiger Zeit gepredigt hast, dass du dich erst ganz frei gefühlt hast, als deine Sexlust verschwunden war. Ich nehme an, dass du jetzt wieder in die Sklaverei zurückfällst?«

Edith kicherte und errötete.

»Eine sehr glückliche und befriedigte Sklavin!«

Ich schüttelte den Kopf, musste aber doch lächeln.

»Ich freue mich für dich, aber leider muss ich dich jetzt hinauswerfen. Ich bin nämlich auf dem Sprung, deinen Liebling Olle zu treffen.«

»Oh!«, sagte Edith. »Du hast dich also doch gemeldet?«

»Im Gegenteil. Ich habe deinen Rat befolgt und die Vernunft in den Schrank gesperrt. Von jetzt an bist du für alles, was passiert, verantwortlich.«

Es war ein kurzer Spaziergang zu dem Restaurant, wo ich Olle treffen sollte. Die Götgatan war wie immer voller Menschen, aber das Gedränge störte mich nicht. Meine Gedanken drehten sich um Untreue. Um all die Paare, die sich lieber gegenseitig betrogen, manchmal jahrelang, statt Schluss zu machen. Warum war das so? War der Gedanke an das Leben als Alleinstehende wirklich so beängstigend, dass einem Untreue und Lügen als bessere Alternative vorkamen? Oder war ich engstirnig und konservativ?

Ich verstand, dass in einer langen Beziehung etwas passieren konnte. Dass man auf einer Konferenz oder nach einem langen Kneipenabend mit jemandem nach Hause ging. Dass es in einer langjährigen Beziehung hin und wieder langweilige Perioden gab und man aus Tristesse dumme Sachen machte. Aber mit jemand anderem eine richtige Beziehung eingehen? Oder war es so, wie Rilke sagte, dass für die meisten Männer eine feste Beziehung so viele Bequemlichkeiten mit sich brachte, auf die sie nicht verzichten wollten, auch wenn die Liebe und die Anziehung schon lange erloschen waren? Das erklärte allerdings, warum auch meine Freundinnen ihren Partnern untreu waren.

Olle saß schon an einem Tisch und stand auf, als er meinen suchenden Blick bemerkte.

»Ich bin so froh, dass du dich gemeldet hast!«, sagte er, nachdem wir uns umarmt hatten.

Ich antwortete nicht, dafür warf ich sein Glas Rotwein um, als ich mich setzen wollte. Nach verlegenen Entschuldigungen und einem höflichen Kellner, der den Wein aufwischte, saßen wir uns schweigend gegenüber. Der verschüttete Wein verstärkte mein Gefühl, dass wir einen Fehler machten. Unsere Geschichte hätte in Frieden ruhen sollen. Olle schien unbekümmert zu sein, und als der erfahrene Journalist, der er im Grunde war, gelang es ihm bald, das Gespräch auf mich zu lenken. Er war ein guter Zuhörer, und wahrscheinlich kannte er die Tricks, damit ein Gesprächspartner sich wohlfühlte; interessiert sein und neugierige Fragen stellen. Was so viele Frauen jahrhundertelang praktizierten, damit Männer sich wie Könige fühlten, im Zentrum der Aufmerksamkeit von allen und allem. Es klappte, am Ende glaubte man selbst, dass man ein interessanter Mensch war, vielleicht sogar sehr interessant. Ich glitzerte und war immer erfüllter von meiner eigenen Vortrefflichkeit, er stellte Fragen, gab bewundernde Kommentare meine Klugheit betreffend von sich und füllte mein Weinglas. Wir mieden peinlichst das moralisch Zweifelhafte, das Unvernünftige und Unwürdige. Wir beendeten unser Essen und gingen zu mir nach Hause.

Olle kam mehrmals pro Woche vorbei, immer tagsüber, und das war eine Katastrophe für unsere Jobs. Stundenlang schlossen wir uns in eine Blase ein, liebten uns, redeten oder lagen nur eng umschlungen da und schauten uns an. Wir waren nie zusammen in der Stadt, mieden die Gesellschaft von anderen. Das gab unserem Verhältnis etwas Unwirkliches. Ein Ausnahmezustand, jenseits von unserem Alltag und dem Umfeld. Oder hatte ich mir alles nur eingebildet?

Nach drei Monaten war mir klar, dass wir uns zu oft trafen, um das Ganze als eine einmalige Angelegenheit abzutun. Wir hatten eine Beziehung.

Allmählich liebten wir uns. Vielleicht hatten wir das die ganze Zeit getan, wie Edith behauptete, aber was wusste sie? Ihr mentaler Gesundheitszustand war zweifelhaft, sie war wirklich in Isak verliebt, und wie sie mich schon öfter ermahnt hatte, so war ein verliebter Mensch ungefähr so zuverlässig wie ein Drogenabhängiger.

Ich hatte lange gezögert, Misha und Lena von Olle zu erzählen, aber sie waren dann doch sehr zugeneigt und wiesen mich klug zurecht.

»Du weißt schon, wie das enden wird, nicht wahr?«, sagte Misha.

»Ja«, sagte ich.

»Wenn du dich weiter mit ihm triffst, ist das eine bewusste Entscheidung. Du bist eine erwachsene Frau, und als solche musst du auch Verantwortung für dein Tun übernehmen.«

»Ja«, sagte ich mit leiser werdender Stimme.

»Und du weißt auch, dass du ihn überleben wirst, wie auch immer es endet«, fügte Lena hinzu.

Ich nickte.

»Na dann. Also nix wie hupen und losfahren und die Zeit genießen«, sagte Misha. »Wir sind für dich da, wenn du eine Bruchladung machst.«

Als ich nicht antwortete, sah sie mir fest in die Augen.

»Denn dass es eine Bruchlandung wird, das weißt du doch, oder?«

»Ja«, sagte ich kleinlaut.

»Du wirst doch wohl nicht auf ein glückliches Ende hoffen?«, fuhr sie gnadenlos fort.

»Ich weiß nicht. Vielleicht ein bisschen«, sagte ich und wandte den Blick ab.

Olle war ein Meister darin, mich als die schönste und klügste Frau der Welt dastehen zu lassen. Ich wusste, es war betrügerisch, und ich versuchte dagegenzuhalten. Aber in meinem ewigen Hunger nach Bestätigung schluckte ich Worte und Berührungen mit Haut und Haar. Abends saß ich nach seinen Besuchen mit heißen Wangen und wunder Haut da und spielte jedes Wort und jeden Kuss nach. Die Kinder spürten meine Abwesenheit, sagten aber nichts. Vielleicht dachten sie, ich arbeite an einem wichtigen Artikel, der große Konzentration erforderte, das kam schon mal vor. Der Unterschied war nur, dass ich bei der Arbeit selten selig lächelte.

Ich legte mich zur gleichen Zeit wie sie schlafen, ich wollte allein mit meinen Gedanken sein. Wenn ich die Augen schloss, hörte ich Mishas und Rilkes Stimmen. Die verständigen, nüchternen Freundinnen, die verlangten, dass ich den Unterschied sah – war ich verliebt in ihn oder eher in seine Verliebtheit in mich? War er wirklich so besonders? Gutaussehend, klug, zärtlich und liebevoll, aber zugleich ein Lügner, der seine Ehefrau betrog. Auch wenn ihre Ehe auf Sparflamme lief, hatte er keinerlei Pläne, sie zu verlassen. Sagte das nicht alles über ihn? Ich antwortete den nüchternen Stimmen, dass ich sowieso nicht an einer Beziehung interessiert wäre, unser Arrangement war perfekt, keine Forderungen, kein Alltag, nur reine rosa Liebe. Dass er zudem meiner Seele und meinem Körper schmeichelte, war gesund für das Selbstwertgefühl.

Die nüchternen Stimmen sagten, dass ich doch gar

nicht wisse, wie es wäre, eine Beziehung mit Olle zu haben. Es war nicht gerecht, unser Zusammensein mit einer ernsten Beziehung zu vergleichen, in der die alltäglichen Reibungen unweigerlich nach einer Weile einsetzen würden. Wann hatte man in einer ernsthaften Beziehung Zeit, stundenlang im Bett zu liegen, zu reden und zu lieben? Und auch wenn es die Zeit gäbe, würde man es nicht tun (außer in der allerersten Zeit des Verliebtseins).

Es war einfach, sich einzubilden, dass die Liebe etwas ganz Besonderes, Extravagantes war, ohne Fischstäbchen, Brotkrümel, Wäsche und frühes Aufstehen. Wir kochten nicht einmal zusammen, weil Olle immer irgendwelche Take-away-Gerichte mitbrachte, wenn er am späten Vormittag kam.

Und doch, der Unterschied zwischen dem, was ich wusste, und dem, was ich fühlte, ließ mich erröten.

Wir lagen in meinem Bett, Olle streichelte mir über den Arm und erzählte von seiner Kindheit. Es war eine Berührung, die ein angenehmes Schaudern hervorrief, mein ganzer Körper war noch berauscht nach dem gerade beendeten Sex. Ich wusste, dass das nicht alles war, bald würde einer von uns nicht an sich halten können und den anderen küssen. Erst vorsichtig und suchend, dann immer gieriger. Olles Libido schien unendlich zu sein, ich war einfach nur dankbar. Ich hatte ihm nur mit halbem Ohr zugehört und merkte plötzlich, dass er über seine Frau sprach.

»Sie will nie Sex, das ist so schrecklich. Und wenn wir dann mal Sex haben, dann liegt sie einfach still und wartet, bis ich fertig bin.«

Ich merkte, wie das Rauschgefühl verschwand.

»Weißt du«, sagte ich, »ich höre dir furchtbar gerne zu, und ich finde fast alles, was du sagst, sehr interessant und klug, aber ich finde es schrecklich, wenn du so über deine Frau sprichst.«

»Oh, Verzeihung, tut mir leid«, sagte Olle.

»Es ist schon schlimm genug, so wie es ist«, erklärte ich. »Ich halte es nicht aus, wenn du auch noch schlecht über sie redest. Das macht mich nicht an.«

»Okay, verstanden. Es ist nur so ein Riesenunterschied, mit dir oder mit ihr Sex zu haben. Ich verstehe nicht, dass es so fundamental anders sein kann!«

»Hast du mal darüber nachgedacht, dass es vielleicht mit dir und eurer Beziehung zu tun hat, dass sie nicht gerne mit dir schläft? Was, wenn du stinklangweilig im Bett mit ihr bist? Was, wenn sie sich bei ihren Freundinnen über dich beschwert, wie langweilig und machohaft du bist und nur über sie rutschst, ohne sich darum zu scheren, ob sie es auch genießt?«

»Oje«, sagte Olle.

»Ja, oje. Ich verstehe es nicht, wie kannst du Sex haben mit einer Frau, die ganz still liegt. Das ist doch ganz deutlich ein Zeichen, dass es ihr nicht gut geht mit dir im Bett. Wie kannst du das zulassen? Warum redet ihr nicht darüber? Warum macht ihr keine Sextherapie oder so was, aber vögel sie nicht, wenn sie es nicht genießt!«

»Ja, du hast recht, wie immer. Wieso bist du nur so klug?«, sagte Olle und küsste meine Schlüsselbeine und bewegte dann taktisch seinen Mund zu meinen Brustwarzen.

Ich setzte mich auf. Meine Erregung war wie weggeblasen, und ich wollte plötzlich nur noch, dass er ging.

»Wie kann denn ein so kluger Mann wie du sich so idiotisch benehmen«, sagte ich. »Wie hältst du es nur mit dir aus?«

»Ich halte es auch aus, weil ich dich habe.« Er streichelte meine Brüste und brachte mich mit Küssen zum Schweigen. Zu meinem Verdruss antwortete mein Körper, und ich gab auf. Er drehte mich auf die Seite und legte sich hinter mich. »Ich komme mir vor wie ein Blutsauger, ich komme hierher und ernähre mich von deiner Energie und Kraft«, sagte er, als er in mich eindrang.

Zwei Stunden später verließ er mich, warm und immer noch feucht. Ich machte die Balkontür auf, um unseren Geruch zu vertreiben, und duschte dann lange. In der Küche standen die Reste unseres Mittagessens, die ich gierig aufaß. Sex macht mich immer schrecklich hungrig. Kurz darauf kam Stella aus der Schule nach Hause.

»Warum hast noch den Morgenmantel an?«, sagte Stella. »Und warum hast du nasse Haare?«

»Ich habe mich nicht richtig wohlgefühlt, aber jetzt geht es mir besser.«

»Okay, was gibt es zu essen?«

Ich dachte fieberhaft nach, denn ich hatte noch keine Sekunde an das Essen gedacht.

»Entweder Tomatensuppe oder was mit Ofenkartoffeln.«

»Keine Tomatensuppe«, sagte Stella, setzte sich an den Küchentisch und holte ihr Mathebuch heraus.

»Möchtest du jetzt schon was essen?«, fragte ich.

»Später vielleicht, ich nehme mir selbst was.«

»Okay.«

Ich ging ins Badezimmer und schrieb Olle eine SMS.

»*Du machst mich zu einer schlechten Mutter. Ich kann*

an nichts anderes denken als an dich. Ich vernachlässige die Arbeit, die Kinder und alle anderen Pflichten.«

Ein paar Sekunden später kam seine Antwort.

»Geht mir genauso. Ich dachte so sehr an unseren Tag zusammen, dass ich eine Erektion bekam, als ich den Kindergarten betrat. Nicht so super.«

»Ich erkenne mich selbst nicht mehr!«, sagte Olle eines Tages, als wir ausnahmsweise einen Ausflug ins Naturreservat Nacka machten. »Am Wochenende war mein Vater zu Besuch. Ich streite mich eigentlich nie mit ihm, aber da habe ich einen Riesenkrach angefangen, nur wegen eines albernen Kommentars. Es gab eigentlich keinen Grund, sich aufzuregen, aber ich bin echt ausgerastet. Er war so schockiert, dass er einen Tag früher nach Hause gefahren ist.«

»Das ist vielleicht gut«, sagte ich und dachte an das, was er über seinen Vater erzählt hatte. Der große Schriftsteller, der nie zufrieden mit seinen Söhnen war.

»Wenn du dich noch nie mit deinem Vater gestritten hast, dann war es vielleicht höchste Zeit. Es muss nicht falsch sein, wenn man enge Beziehungen in Frage stellt.«

»Schon, aber der alte Olle gefiel mir besser. Da war ich ein netter Typ, der nie Probleme hatte, weder mit der Familie noch mit Kollegen. Jetzt ertappe ich mich dabei, dass ich bei der Arbeit die Leute angifte. Ich werde wie ein mürrischer, ungeduldiger alter Mann.«

Ich lachte.

»Ist das nicht auch schön?«

»Was?«, fragte Olle.

»Nicht immer der nette Typ sein zu müssen. Es kann auch befreiend sein, mal jemanden anzugiften, wenn man sich überfahren fühlt oder sich über blöde Kollegen ärgert.«

Olle seufzte.

»Ich weiß nicht, ich fühle mich bloß elend. Ich grübele die ganze Zeit darüber nach, wie man leben soll.«

Ich blieb stehen und küsste ihn. Es hatte keinen Sinn, noch einmal zu sagen, dass es ab und zu nötig war, zu justieren. Wir hatten diese Gespräche schon oft geführt, und nun fiel sein Kartenhaus langsam zusammen.

An einem Donnerstag einige Wochen nach unserem Ausflug rief Olle weinend an.

»Ich weiß nicht, was los ist, aber ich kann nicht aufhören zu weinen.«

»Nimm ein Taxi und komm her«, sagte ich und machte den Computer aus. Ich war mitten in einem Artikel, der um 18 Uhr fertig sein musste, aber ich würde die Abgabe wohl verschieben müssen. Wie so viele Artikel in letzter Zeit. Olle klingelte eine viertel Stunde später. Er zog die Jacke aus und rollte sich auf dem Bett in Embryostellung zusammen.

»Ich kann nicht mehr«, schniefte er.

Ich legte mich hinter ihn und streichelte seinen Rücken. Er tat mir leid, ein Mann in freiem Fall, der zum ersten Mal sein Lebensgebäude in Frage stellte. Und gleichzeitig freute ich mich, dass er weinte. Endlich war der Moment gekommen, wo er eine Wahl treffen musste. Die Situation war unmöglich geworden.

Das Weinen wurde weniger, und plötzlich setzte er sich auf und holte sein Handy aus der Tasche.

»Scheiße, ich muss Vera von der Kita abholen!«

Jetzt war ich an der Reihe, mich auf dem Bett zusammenzurollen. Müdigkeit, gefolgt von Härte.

»Ich kann nicht mehr«, sagte ich zur Wand.

»Was?«, er küsste mich in den Nacken.

»Das geht so nicht mehr. Wir können uns nicht immer nur treffen, wenn du in einer Lebenskrise steckst. Du musst offenbar viele Dinge in deinem Leben neu ordnen, aber solange dieser Prozess stattfindet, können wir uns nicht sehen.«

»Wie bist du ein so kluger Mensch geworden?«, sagte Olle und nahm meinen Kopf zwischen seine Hände. Ich entzog mich und setzte mich auf.

»Du weißt schon, dass ich es dir sehr leicht mache, nicht wahr?«

»Ja, du bist die Beste!«

»Ja, bin ich. Wenn ich nur an mich denken würde, dann könnten wir uns weiter treffen.«

Es tat ihm aufrichtig leid.

»Es war nie meine Absicht, dich zu verletzen.«

»Ja, ich weiß«, sagte ich. »Und ich habe die ganze Zeit gewusst, dass der Tag kommen würde, an dem diese Geschichte ein trauriges Ende nimmt.«

Mein neununddreißigster Geburtstag näherte sich, und aufgrund der umfassenden Lebensverwirrtheit beschloss ich, Brot zu backen und ein Fest für alle Frauen in meinem Leben zu geben. Im Unterschied zu den Männern waren sie immer für mich da, in guten wie in schlechten Zeiten. Durch sie schaffte ich alles und konnte weitermachen.

Lena und Misha kamen schon am Nachmittag und halfen, das Wohnzimmer in ein Esszimmer umzuräumen, ich wollte einen langen Tisch, an dem ungefähr zwanzig Personen sitzen konnten. Ich hatte eine Pilzsuppe mit Portwein gekocht und in der Markthalle meinen Lieblingskäse gekauft. Vier Torten standen in der Küche, außerdem Wein und Cava. Vom Balkon hörte man Mishas lautes Lachen, sie war zum Rauchen hinausgegangen. Ich fand sie in einem Gespräch mit Edith über die Wechseljahre.

»Gleitmittel bekamen eine völlig neue Bedeutung für mich, als ich mich der sechzig näherte«, sagte Edith, und Misha nickte begeistert und sagte, sie benütze immer Gleitmittel, obwohl sie gerade mal vierzig war.

»Es ist einfach viel besser!«

»Möchtest du nicht schon herüberkommen?«, fragte ich Edith, die ein türkisfarbenes Paillettenkleid trug.

»Gerne, wenn es nicht früh ist?«

»Für dich ist es nie zu früh und auch nie zu spät, mein Schatz«, sagte ich und winkte sie herüber.

Eine Stunde später kamen nach und nach die übrigen Frauen. Rilke kam in Gesellschaft von Vanja und Solanas, die sich gleich unter den Tisch legte. Isa kam mit einem riesigen Blumenstrauß in wilden Farben, den stellten wir auf den Tisch. Schließlich kamen noch Jackie und Mika und Rosa und alle anderen, ehemalige Kolleginnen und Freundinnen aus Kindertagen mischten sich mit ehemaligen Kommilitoninnen. Eine bunte Versammlung, deren gemeinsamer Nenner war, dass sie einen Platz in meinem Herzen hatten. Ich dachte an Rilkes Worte, dass Frauen im Allgemeinen interessanter waren als Männer. Heute Abend war ich bereit, ihr zuzustimmen. Wilde Diskussionen flogen durchs Zimmer. Edith und Rilke diskutierten mit meinen Freundinnen aus Västerås, ob es möglich wäre, eine dysfunktionale Familie ohne allzu große Schäden zu überleben. In einer anderen Ecke drehte sich das Gespräch um die Frage, wie wir eine feministische Revolution zustande bringen könnten, also im Ernst. Meine Kollegin Therese aus der Zeit beim Radio sagte, man müsse schon bei den Kindern in der Kita anfangen, während Mika meinte, nun sei es an der Zeit, dass die Männer ihre Bereitschaft zeigten, Macht und Privilegien abzugeben. Misha, Jackie, Isa und Vanja tauschten sich mit Rosa über Sexspielzeuge aus, sie versuchte sie davon zu überzeugen, dass lesbischer Sex viel besser wäre als heterosexueller. Ich lächelte zufrieden und trank meinen Cava. Es war schwer vorstellbar, dass zwanzig Männer, die sich zum Teil nicht kannten, so persönliche, politische Gespräche an einem Tisch führten.

Gegen zwei Uhr morgens waren die meisten nach Hause gegangen, auf meinem Doppelbett lagen außer mir noch Misha, Vanja, Rilke und Lena. Wir waren müde und betrunken, schafften es aber irgendwie nicht, den Abend zu beenden. Lena fragte, ob ich etwas von Olle gehört hätte, ich ließ meine übliche Litanei ab. Über meine Trauer und Unfähigkeit, sein Handeln zu verstehen. Misha erzählte von einer Beziehung zu einem verheirateten Mann, die sie gehabt hatte, als sie noch jung war.

»Merkwürdigerweise glaubte ich ihm, immer und immer wieder. Da halfen auch keine Filme und Geschichten, die mir zeigten, dass verheiratete Männer ihre Geliebten genauso oft anlügen wie ihre Ehefrauen. Die können eine ganze Nacht von ihren Gefühlen sabbeln, wie sehr sie einen lieben, wie unvergleichlich der Sex ist, am Ende passiert doch nichts, sie wollen allen Beteuerungen zum Trotz doch eine Ehefrau und eine spannende Geliebte.«

»Da war mein Mann wohl eine Ausnahme, er hat mich ja für seine Geliebte verlassen«, sagte Lena und lächelte schief.

»Aber sie leben ja schon nicht mehr zusammen!«, sagte Misha triumphierend.

»Nein. Ist aber auch kein Trost. Er hat sie für wieder eine andere Frau verlassen«, sagte Lena lakonisch.

»Ich höre, was ihr sagt, aber ich kann mir dennoch nicht vorstellen, dass Olle bei seiner Frau bleibt. Ich glaube allerdings, dass es dauern wird, und ich weiß, dass ich nicht danebenstehen und warten werde, bis er so weit ist.«

Rilke setzte sich plötzlich im Bett auf und schüttelte den Kopf.

»Tut mir leid, wenn ich die Party verderbe, aber habt ihr mal darüber nachgedacht, wie sich das anhört, was ihr so redet?«

Keine wollte antworten.

»Ihr nennt euch Feministinnen, und ihr seid in vielerlei Hinsicht kluge und tolle Frauen. Und doch handeln eure Gespräche hauptsächlich von Männern. Wisst ihr eigentlich, wie ermüdend das für eine alte Lesbe wie mich ist, euren ewigen Klageliedern zuzuhören?«

Vanja legte die Arme um Rilke und küsste sie besänftigend.

»So, beruhige dich, mein Schatz!«

Rilke giftete weiter.

»Ich will mich aber nicht beruhigen. Ich halte es nicht aus, wenn kompetente Frauen wie ihr so viel Energie und Zeit auf unmögliche Männer, die euch immer und immer wieder schlecht behandeln, verschwenden. Entschuldigt, wenn ich ungemütlich bin und die Stimmung verderbe, aber ganz ehrlich, wenn euer Leben ein Film wäre, dann würdet ihr den Bechdel-Test sicherlich nicht bestehen, und der verlangt nur, dass zwei weibliche Charaktere miteinander über etwas anderes als Männer reden.«

Wir tauschten verlegene Blicke. Rilke lehnte sich resigniert an die Wand.

»Ich würde mir so sehr wünschen, dass ihr euch nicht mit dem Scheiß herumschlagen müsstet, den die Männer verursachen. Dass ihr euren Wert erkennt und euch den Dingen widmet, die erbaulich und gut sind. Und wenn ihr nun unbedingt euer Leben mit Männern verbringen müsst, ich halte euer Gejammer nicht mehr aus. Ihr jammert in einem fort, und nichts ändert sich. Heterosexuelle Liebesbeziehungen scheinen genauso beschissen zu sein wie vor siebzig Jahren. Man sollte meinen, es hätte sich was verändert. Aber wenn es um die Liebe geht, dann sind die Heterofrauen absurd handlungsunfähig. Ihr findet euch ab, haltet aus, findet Lügen und Strategien, um es auszuhalten. Aber es passiert eigentlich nichts.«

»Aber wir haben heute Abend doch über ganz viele andere Sachen gesprochen!«, versuchte ich einzuwenden. »Ist es wirklich so merkwürdig, dass wir einen guten Teil unserer Zeit mit der Frage verbringen, wie wir das mit der Liebe hinkriegen und was wir glauben und hoffen sollen?«

Ich schaute sie flehend an, aber ihrem Seufzer nach zu schließen, war sie wohl nicht meiner Meinung.

»Du weißt genau, was ich meine, Sara. Ich kenne dich und weiß, dass du dir viele spannende Gedanken über alles Mögliche im Leben machst. Und doch finde ich, dass du zu viel deiner Zeit und Energie an Idioten verschwendest. Das klingt vielleicht hart, aber du würdest erheblich mehr im Leben geschafft bekommen, wenn du die Männer loslassen und dich nicht um sie scheren würdest.«

Wir saßen schweigend da und konnten nichts sagen. Ein Teil in mir wollte weiter protestieren. Unsere Suche nach Liebe war nicht eigenartig, sondern ein zutiefst menschliches Streben, das wir mit der ganzen Menschheit teilten, homo, hetero, trans oder was auch immer. Lieben zu wollen und geliebt zu werden war nichts Albernes oder Oberflächliches, sondern lebenswichtig. Ein anderer Teil von mir spürte, wie ich rote Wangen bekam. Sie hatte ja recht. Wir vergeudeten viel zu viel Zeit mit dem Gerede über Männer und die Liebe.

Aber ich hatte keine Ahnung, was wir machen sollten, um auf andere Gedanken zu kommen.

Es vergingen ein paar Wochen, das herbstliche Dunkel machte die Menschen unweigerlich müde. Hin und wieder kam eine nichtssagende SMS von Olle: *»Ich denke an dich. Wie geht es dir?«* Ich antwortete mit so wenig Gefühl wie möglich. *»Mir geht es gut. Tschüs.«*

Eines Tages rief er an.

»Ich muss einfach deine Stimme hören.«

»Aha. Jetzt hörst du sie«, sagte ich.

»Danke.«

Wir schwiegen.

»Wie geht es?«, fragte ich.

»Tja, ungefähr so wie immer.«

Das war die schlimmste aller Antworten. Das hieß, nichts war passiert, er lebte weiter, ohne Verantwortung für seine Gefühle oder Handlungen zu übernehmen. Ich sagte nichts, überwältigt von Enttäuschung und peinlich berührt, weil ich trotz allem auf eine Veränderung gehofft hatte, aber da Olle meinen Gesichtsausdruck nicht sehen konnte, deutete er mein Schweigen als Einladung, weiterzureden.

»Ich grübele darüber nach, wie das Leben gelebt werden sollte. Ich denke viel an dich. Du fehlst mir.«

»Aha«, sagte ich so neutral wie möglich.

»Können wir uns irgendwann sehen?«

»Das halte ich für falsch.«

»Du hast recht, wie immer«, er schwieg. »Starke, schöne Sara!«

Seine Worte machten mich wütend.

»Sag nicht, dass ich stark bin! Ich bin nicht stark, ich bin total geschwächt von dem Scheiß, den wir seit einem halben Jahr machen! Ich mag es nicht, wenn du sagst, dass ich stark bin, denn damit gibst du mir zu verstehen, dass du der Schwache bist, ein Opfer der Umstände. Tatsache ist, dass du mindestens genauso viele Entscheidungen triffst wie ich, indem du dich nicht entscheidest oder handelst. Deine Passivität oder Unfähigkeit zu handeln ist auch eine Wahl!«

Olle schwieg. Dann räusperte er sich und sagte, er würde vorbeikommen. Ich antwortete nicht und ließ es geschehen.

Einmal blieb er ausnahmsweise über Nacht bei mir. Ich benahm mich wie eine Co-Abhängige und fragte nicht, welche Lüge er seiner Frau erzählt hatte. Unsere Liebe war irgendwie reiner, wenn wir so taten, als gäbe es die Welt außerhalb nicht. Aber das Ungesagte nahm immer größeren Raum ein. Wir hatten gerade ein Essen abgeschlossen, zwei Stunden lang über alles Mögliche gesprochen, außer über uns, als sich plötzlich ein Schweigen aufdrängte. Ich schaute aus dem Fenster, Olle stocherte mit der Gabel in den Essensresten. Er seufzte schwer und sagte:

»Bist du auf mich böse, wegen allem, was passiert ist?«

»Nein«, sagte ich. »Aber wenn du es wirklich wissen willst, ich habe Probleme, dich zu respektieren. Wenn du dich entschieden hättest, zu deiner Frau zurückzugehen, und dich anstrengen würdest, die Beziehung zu reparieren, würde ich das respektieren, ebenso wie ich respektieren würde, wenn du dich von ihr trennst. Aber dass du dich nicht entscheidest, führt dazu, dass ich dich ein wenig verachte.«

Olle jaulte auf.

»Ich weiß. Ich bin ein Schlappschwanz! Ich bin erbärmlich und schwach, und ich verstehe nicht, dass du mich immer noch sehen willst!«

»Ich widerspreche dir nicht«, sagte ich. »Du *bist* schwach und erbärmlich. Klassischer Mann in der Krise. Du durchlebst etwas Großes, Umwälzendes. Wie ein Kartenhaus, das zusammenfällt und neu aufgebaut werden muss. Aber das zwischen dir und mir ist etwas anderes. Man nennt es Liebe, und das dürfen wir nicht verschleudern. Du bist verliebt in mich. Ich bin verliebt in dich. So ist es.«

Olles Blick war unsicher, mir wurde klar, dass ich nur mich selbst überzeugt hatte.

»Schon, das zwischen uns ist speziell, aber ich habe das Gefühl, kaputtzugehen!«, sagte er.

»Du brauchst nicht kaputtzugehen!«, sagte ich aufgeregt. »Du wirst ein ganzer und wahrer Mensch, wenn du nur deinem Herzen folgst und dazu stehst.«

»Ich will ganz werden«, sagte Olle. »Und ich werde Wege dorthin suchen.«

Aber diese Wege waren schwer zu finden. Oder er wollte sie nicht finden, genauso wenig wie ich einsehen wollte, dass unsere Beziehung immer verlogener wurde.

Wenn das Leben auf dem Weg nach unten ist, muss man manchmal ein bisschen nachhelfen. Ich drückte aufs Tempo. Wurde verzweifelt. Gierig und fordernd. Bestand darauf, dass wir Dinge machten, die wir noch nie gemacht hatten. Wie ein Wochenende zusammen verbringen. Olle drückte seine Ablehnung aus, indem er die Beine überkreuzte und die Zähne zusammenbiss, dass es knackte.

»Ich werden darüber nachdenken«, sagte er.

»Wie, darüber nachdenken?«, fragte ich ärgerlich.

»Du weißt, das heißt noch mehr Lügen, wenn ich ein ganzes Wochenende wegfahren will«, sagte er.

»Du hast doch schon so viel gelogen, was spielt in deinem Meer von Lügen ein Wochenende für eine Rolle?«, sagte ich.

Er seufzte und sagte, er müsse nach Hause. Nach Hause gehen bedeutete Kinder von der Kita abholen, einkaufen, Abendessen kochen und mit seiner Frau über den Tag sprechen. Ein Alltag, ein Zusammenleben, auf Lügen errichtet, gewiss, aber verdammt noch mal ein gemeinsames Leben.

Vielleicht spürte Olle, dass unsere Beziehung zerbrechlich wurde. Vielleicht wollte er mehr. Er teilte mir mit, dass er im Stadthotel von Trosa ein Zimmer für uns gebucht hätte.

»Trosa?«, sagte ich erstaunt. Er wich meinem Blick aus und streichelte zerstreut mein nacktes Bein.

»Ich war dort einmal beruflich, es hat mir gut gefallen. Und das Essen war gut.«

»Das klingt wie ein Ort, wo du hinfährst, wenn ihr eine Krise habt, du und deine Frau«, sagte ich und drückte meinen Körper an seinen. Wir lagen wie meistens in meinem Bett, der Ort, an dem wir fast unsere ganze gemeinsame Zeit verbrachten. Er strich mit den Fingerspitzen über meinen nackten Arm, ich schauderte, es war eine Zärtlichkeit, die mehr daran erinnerte, wie man ein unruhiges Kind streichelt als eine leidenschaftliche Geliebte. Oder ich projizierte meine Zweifel. Ich wusste es nicht mehr. Die Liebe lässt uns entweder übertrieben viele gute Seiten am anderen sehen, oder man verschwendet unnötig viel Zeit darauf, sich das Schlimmste einzubilden. Ich dachte an Misha, die einen Hypnotiseur aufgesucht hatte, um mit ihrer verdrehten Körperwahrnehmung zurechtzukommen. Es sollte Hypnose geben gegen die Projizierung von Gefühlen und Eigenschaften auf die, die wir lieben.

Es war der Donnerstag vor dem ersehnten Wochenende im Stadthotel von Trosa. Ich hatte das Hotel gegoogelt und die Bilder von pittoresken Zimmern mit kleinblumigen Tapeten studiert. Ich sah vor mir, wie wir einen langen Spaziergang am Meer machten und dann in das Doppelbett krochen und den restlichen Nachmittag damit verbrachten, uns gegenseitig zu wärmen.

Ich hatte auch heimlich für uns eine Massage gebucht. Das würde meine Überraschung für Olle sein.

Mit dem Kopf voller Bilder und Szenen, die mir halfen, die großen Gefühle in Zaum zu halten, rührte ich mir ein Omelette zusammen, als mein Handy piepste. Ich machte das Radio aus, wo eine aufgeregte Debatte über Flüchtlinge lief.

»Sara! Es tut mir schrecklich leid, aber ich schaffe es nicht, übers Wochenende nach Trosa zu fahren! Kuss, Olle.«

Ich las die Mitteilung immer und immer wieder, ich versuchte, die Armseligkeit zu deuten. Ein Echo kam aus der Leere in mir. Der Lärm, wenn alles zusammenbricht. Ich blieb mit dem Telefon in der Hand stehen und spürte, wie der Ärger überhandnahm und sich dann unerwartet wieder legte. Ich drehte die Lautstärke im Radio wieder hoch, jemand analysierte in einem innenpolitischen Kommentar die neuesten Wendungen in der Migrationspolitik. Ich schüttelte den Kopf.

»Du hast keine Ahnung!«, sagte ich laut. »Überhaupt keine Ahnung!«

Ich schaute mich um, die Welt drehte sich wie zuvor. Was hatte ich bloß gedacht? Ich war weder klüger noch dümmer als der Durchschnitt, und doch schien ich große Probleme zu haben, die Realität so zu sehen, wie sie war, wenn es um die Liebe ging.

Ganz ruhig fasste ich einen Beschluss. Olle sollte in Frieden ruhen, er war ein hoffnungsloser Fall, und ich hatte Probleme, die Wirklichkeit zu sehen. Aber Trosa gab es, und da ich keine anderen Pläne fürs Wochenende hatte, beschloss ich, hinzufahren und in Ruhe über mein Leben und meinen Selbstbetrug nachzudenken. Ich buchte mir ein Zimmer, dann antwortete ich ihm kurz *»Okay. Schönes Wochenende!«*, und ich wusste, dass wir uns nie wieder schreiben würden.

Am Freitagnachmittag setzte ich mich mit einer Zeitung und einer Flasche Wasser in den Zug nach Trosa. In meinem Rucksack hatte ich Unterwäsche, Schlafanzug, warme Socken, ein Kleid fürs Essen und Kerstin Thorvalls Buch *Von Signe zu Alberte.* Ich war mir nicht sicher, ob meine Ruhe ein Ausdruck des Schocks war oder das Zeichen eines gesunden Erwachens. Ich war mir über gar nichts mehr sicher, und doch war ich erstaunlich fröhlich, als ich in die vorbeirauschende Landschaft schaute. Ich hatte niemandem erzählt, was passiert war, Edith, Lena und Misha glaubten, dass ich in ein romantisches Wochenende mit Olle fuhr. Sie würden es noch früh genug erfahren, ich würde mir den Luxus gönnen, in meinem eigenen Tempo zu trauern.

Der Zug kam um 17 Uhr an, ich ging durch die kleine Altstadt, die an die dreißiger Jahre erinnerte. Eine ältere Dame mit einem lila Hut lächelte und grüßte mich. Ich grüßte zurück und fragte mich, ob man wohl nostalgischer und konservativer wurde, wenn man in einer so kleinen Stadt wohnte, die sich in den letzten siebzig Jahren nicht verändert zu haben schien.

Das kleine Hotel war genauso hübsch wie der Rest der Stadt. Ich checkte ein, und man zeigte mir das Zimmer. Es sah aus wie auf den Bildern, kleinblumige Tapeten, ein Doppelbett und zu meinem großen Glück eine Badewanne! Ich beschloss, vor dem Essen ein Bad zu nehmen, und ließ Wasser ein. Das Telefon lag dunkel und schweigend auf dem Waschbecken. Ab und zu schaute ich nach, ob ich eine Erklärung bekommen hatte, aber das Schweigen bestätigte nur, was ich schon wusste.

Das warme Wasser war tröstlich und befreiend, ich musste nur die Augen schließen, dann kamen die Tränen. Ich dachte an Olle und seine Liebe, seine Feigheit und seine Schönheit und seine Lügen. Weinte noch ein bisschen und hörte dann auf.

Nach einer Stunde stieg ich aus dem Wasser, ein wenig

benommen von der Wärme und dem Weinen. Ich legte mich aufs Bett, schwitzte und hörte, dass mein Bauch unruhige Hungerlaute von sich gab.

»Bald bekommst du zu essen!«, sagte ich und streichelte ihn. »Ein Drei-Gang-Menü!« Einen Moment lang erwog ich, Olle ein Bild von mir im Restaurant zu schicken. Da würde er sich wundern. Im letzten Moment ließ ich es bleiben. Von nun an, Ruhe.

Ich hielt das schwarze Kleid hoch und überlegte. Warum sollte ich mich schick machen? Für wen? Ich war hier, um mich auszuruhen und in Ruhe zu trauern. Ich war eine Frau, der gerade traurig und unfestlich zumute war. Ich wollte einfach nur ins Restaurant, mein Drei-Gänge-Menü essen und dann ins Bett gehen und vor dem Einschlafen noch ein wenig weinen.

Die sexistische Sozialisierung hatte mir beigebracht, mich immer für die anderen schön zu machen. Naomi Wolf beschrieb das in ihren Buch *Schönheitsmythos* als die dritte Arbeitsschicht der Frauen. Eine Arbeitsschicht, die nicht nur nicht bezahlt wurde, sondern uns auch einen bedeutenden Teil unseres armseligen Einkommens kostete. Wie viel Zeit hatte ich schon damit zugebracht, mich zu schminken, Kleider auszusuchen, die Haare zu machen. Vermutlich Stunden, Tage, Wochen. Jetzt war ich bald vierzig, es war an der Zeit, dass ich mich von den albernen Schönheitsnormen befreite. Ich würde in meiner Jeans und dem T-Shirt zum Essen gehen, ungeschminkt und unfrisiert. Das Essen genießen und mich auf mich selbst konzentrieren. Ich war reif.

Mit forschen Schritten ging ich ins Restaurant, blieb jedoch in der Tür stehen, als ich all die festlich gekleideten Menschen an den Tischen mit weißen Leinentüchern und Kerzen sah. Ich wollte mich gerade umdrehen und ins Zimmer zurückgehen, um mich umzuziehen, als eine mühsam freundliche Kellnerin zu mir kam und mich zu einem Tisch mitten im Raum führte. Das gefiel mir nicht. Ich wollte allein sein.

»Entschuldigung, wäre es möglich, dass ich einen anderen Tisch bekomme, ein bisschen mehr am Rand?«, fragte ich.

Sie warf einen Blick durch den Raum und schaute mich bedauernd an.

»Tut mir leid, die Fenstertische sind reserviert.«

»Bitte, haben Sie doch Mitleid mit einer älteren allein reisenden Frau in einem Restaurant!«, sagte ich und lächelte, um sie zu erweichen. Sie lächelte nicht, schaute nur gestresst um sich und schüttelte den Kopf.

»Tut mir leid, es geht nicht.«

Einfach so. Ich seufzte und setzte mich. Als erwachsene Frau sollte ich mit so einer Situation zurechtkommen. Es war nicht merkwürdig, dass ich allein an einem Tisch mitten im Restaurant saß, umgeben von müden Paaren, die ein Liebeswochenende verbringen wollten. Es war völlig normal, und wenn nicht, dann war das jetzt eine feministische Tat. Ja, genau so. Ich war eine feministische Aktivistin, die allen, die in ihrer Hetero-Zweisamkeit gefangen waren, zeigte, dass man auch in Jeans und T-Shirt und allein zu Abend essen konnte.

Die junge, gestresste Kellnerin kam mit der Karte.

»Sie hatten ein Drei-Gänge-Menü gebucht?«

Ich nickte.

»Was möchten Sie trinken?«

Ich tat so, als schaute ich in die Weinkarte. Eigentlich wollte ich eine Flasche Rotwein. Ich wollte mich betrinken und das Gefühl von Peinlichkeit und Versagen loswerden. Aber eine Flasche Rotwein würde vermutlich noch mehr Blicke von den Paaren um mich herum auf mich ziehen. Eine Flasche würde nicht nur bedeuten, dass ich eine alleinstehende Frau mittleren Alters war, ziemlich hässlich und ungepflegt, sondern auch noch Alkoholikerin.

»Ich nehme ein Glas Weißwein«, sagte ich.

Sie verschwand, ich saß da und drehte das Wasserglas. Eine Frau weiter weg lachte laut, ein sehnsüchtiges Lachen. *Sieh mich an, liebe mich!* Ich schaute vorsichtig um mich. Die meisten Leute schienen in meinem Alter zu sein. Logisch. Jetzt hatte man genug Geld, um übers Wochenende in ein Luxushotel fahren zu können. Die Kinder waren so groß, dass sie keinen Babysitter mehr brauchten. Und vor allem war es das Alter, in dem man mindestens zehn Jahre zusammen war, und alle, die länger als zehn Jahre mit jemandem zusammen waren, wussten, dass es nicht unbedingt spannender wurde. Im Gegenteil, jetzt war das meiste Routine. Es war schwierig, die prickelnde Freude zu empfinden, die sich am Anfang eingestellt hatte, wenn man dem Partner in die Augen schaute. Zehn Jahre logistische Meisterleistungen, Fischstäbchen, Magen-Darm-Infekte, Januar, Schlafmangel, Lustlosigkeit. Da beschloss man aus Verzweiflung, ein Wochenende wegzufahren und den Versuch zu unternehmen, zurückzufinden. Zu irgendetwas, ganz gleich, was. Ich seufzte und betrachtete ein schweigendes Paar an einem Fenstertisch und dachte, das Problem war nur, dass man nicht zurückfand. Zumindest nicht nach einem beschissenen Wochenende, ganz gleich, wie schön das Hotel und wie gut das Essen war. Am Sonntag würden alle in ihren kleingeblümten Zimmern hier im Hotel aufwachen und die Angst spüren, weil es keine radikale Veränderung gegeben hatte. Es war immer noch derselbe Partner, der neben einem lag und nicht das geringste Prickeln hervorrief.

Ich lächelte über meine Bitterkeit. Meine Güte, was hatte das Leben mit mir gemacht? Die junge Kellnerin unterbrach meine Überlegungen, als sie mir die Vorspeise und ein Glas Wein brachte. Ich lächelte besonders breit, um zu zeigen, was für ein netter und nichtbitterer Mensch ich war. Genau da, als ich gerade ein Stück vom Rogen-Toast abgebissen und festgestellt hatte, dass er nicht besonders schmeckte, betrat noch ein Paar das Restaurant. Ich sah, wie die Kellnerin zu ihnen eilte, der Mann sah bekannt aus. Ich schaute weg, damit mein Gehirn eine Chance bekam, sich vom Schreck zu erholen, dann schaute ich wieder hoch und sah, wie Olle und seine Frau zu einem Fenstertisch schräg vor mir gebracht wurden. Ich sah, dass er mich sah, seine Augen weiteten sich vor Schreck. Mit angestrengter Konzentration schaute er seine Frau an. Sie lächelte. Sie war hübsch, auf eine natürliche Art. Ruhig, gepflegt, braune Haare, die aussahen, als müsste man sie nur bürsten oder lose zusammenbinden, damit sie gut aussahen. Dezent geschminkt, Wimperntusche und rosa Lipgloss. Je genauer ich sie studierte, desto klarer wurde mir, wie unterschiedlich wir waren. Ich wusste nicht, ob das ein gutes oder schlechtes Zeichen war. Nur dass wir zwei total verschiedene Frauentypen waren. Ich hatte die schlechte Angewohnheit, mich immer zu stark zu schminken (wenn ich nicht, wie jetzt, versuchte, selbständig und ungeschminkt zu sein, was wirklich nicht zu meinem Vorteil war). Ich sah, wie sie ihr Wasserglas zum Mund führte. Natürlich war sie auch eine Frau, die Wasser oder Wein trinken konnte, ohne auch nur einen Fingerabdruck auf dem Glas zu hinterlassen, und schon gar keinen Lippenstift. Mein Wasserglas war voller Fettflecke von meinen Händen. Ich weiß nicht, wie man es schaffte, aus einem Glas zu trinken, ohne dass es schmutzig wurde. Ich weiß nur, dass es Frauen gab, die das konnten. Ich sah, wie Olle ihre Hand nahm, sich vorbeugte und etwas sagte. Sie lächelte und küsste seine Hand. Eine zärtliche, liebevolle Geste. Ich fühlte mit ihr, sie tat mir leid, weil sie so ahnungslos war. Ich dachte daran, wie er sich beklagt hatte, dass sie im Bett so langweilig wäre. Dass immer das Licht aus sein musste und dass sie ihn nie reiten oder lecken wollte.

»Manchmal komme ich mir im Bett vor wie ein Gewalttäter!«, hatte er einmal gesagt. Ich schaute ihn an, wie er da saß und seine betrogene Frau anlächelte, und dachte, er ist eine Art Gewalttäter. Wie man es auch drehte, Untreue war eine Aggressionshandlung.

Das Hauptgericht kam, und ich aß pflichtschuldig, ohne etwas zu schmecken, das blutige Lammfleisch. Olle und seine Frau aßen eine Suppe aus Meeresfrüchten und tranken Champagner. Sie hatten etwas Gelassenes, eine Ruhe, die in vielen gemeinsamen Jahren entsteht. Zumindest dachte seine Frau, dass sie so ein Paar wären.

Ich betrachtete die anderen Paare, die meisten schwiegen und schauten bedrückt. Widerwillig musste ich feststellen, dass von allen Paaren im Raum Olle und seine Frau den zufriedensten und liebevollsten Eindruck machten.

Ich seufzte, löffelte mein Vanilleeis und beschloss, ins Zimmer zu gehen.

Je länger ich lebte, desto weniger schien ich das Leben und die Menschen zu verstehen. Meine Verwirrung wurde täglich größer. Das machte mich müde. Aber zuerst würde ich sie begrüßen.

Er bekam einen Schreck, als ich an ihren Tisch trat, dass ich lachen musste.

»Hallo, ich heiße Sara«, sagte ich und streckte seiner Frau die Hand hin, die sie unsicher nahm und ihrerseits guten Tag sagte. »Olle und ich kennen uns seit ungefähr einem Jahr. Wir haben uns kennengelernt, als ich ihn zu seinem Buch interviewt habe.«

»Aha. Das hat er mir gar nicht erzählt«, sagte die Frau und runzelte die Augenbrauen. Olle sagte immer noch nichts, warf mir drohende Blicke zu.

»Wie gefällt es euch hier? Wie war das Essen?«, fragte ich.

»Sehr nettes Hotel!«, sagte seine Frau. »Hübsche Zimmer und gutes Essen. Nicht wahr, Olle?«

Olle rang sich ein Lächeln ab und nickte.

»Ja, der Fisch war gut.«

»Ich habe mich eben gefragt, wie viele Männer hier mit ihren Geliebten sind«, sagte ich und schaute in die Runde. »Oder wie viele verheiratete Männer ihre Frauen hierher einladen, um einen Verrat zu kompensieren!«

Seine Frau runzelte wieder die Augenbrauen. Olle sah aus, als würde er gleich explodieren.

»Ich geh jetzt in mein Zimmer. Nett, euch getroffen zu haben! Ich wünsche noch einen angenehmen Abend!«

Ich drehte mich um und ging. Am Empfang blieb ich stehen.

»Entschuldigung, wissen Sie, ob heute noch ein Zug nach Stockholm fährt?«

»Ich glaube, es geht gleich noch einer, um kurz vor zehn. Einen Moment, ich schaue nach ... ja, 21.56.«

»Gut. Ich muss nämlich leider abreisen. Kranke Kinder. Können Sie die Rechnung vorbereiten, dann hole ich meine Sachen.«

»Das tut uns leid. Hoffentlich war das Essen okay.«

»Ja, alles prima.«

Im Zug nach Hause durch die dunkle Nacht starrte ich in mein Spiegelbild im Fenster. Blass und undeutlich mit einem schwarzen Inneren. Die Folge einer langen emotionalen Überlastung. Ich war als Künstlerin am Ende.

Capri, April 2015

Eines ist klar: Ich brauche sehr wenig, wenn es mir gut geht. Wenn es mir jedoch schlecht geht, brauche ich viel von allem: Kosmetik, neue Klamotten, Restaurantbesuche, die ich mir nicht leisten kann, Massage, Reisen, Alkohol.

Wenn ich in Griechenland Ferien mache, kann ich wochenlang ungeschminkt im selben schmutzigen Kleid herumlaufen und von Wassermelone und Chips leben, weil ich dort immer zufrieden und glücklich bin. Im Winterhalbjahr in Schweden brauche ich viel von allem, um es zu ertragen.

Ich stehe in der kleinen Küche des Gästehauses unter der Leuchtröhre und starre in die Tomatensoße, die in einem alten Topf kocht. Seit vier Tagen wärme ich diese Soße auf und koche Nudeln dazu. Das ist okay, denn Trauer kann auch den Effekt haben, dass alles gleichgültig wird. Das Essen schmeckt sowieso nicht, da kann man auch Reste aufwärmen. Aber heute Abend, wo der Vollmond dem Himmel eine gefährlichere Farbe gibt, verspüre ich plötzlich eine Sehnsucht. Es ist zwar schon neun Uhr, und ich wollte eigentlich nach dem Essen ins Bett gehen, aber andererseits ist neun Uhr auf Capri nicht spät. Die letzten Monate waren alles andere als schön, ich beschließe also, mir ein gutes Essen zu gönnen, das jemand anders zubereitet hat.

Ich stelle die Herdplatte aus und gehe ins Zimmer, wo in einer Ecke mein Koffer steht, und wühle im Kleiderhaufen. Ich möchte gerne selbstbewusst sein, unabhängig von den Blicken der Leute, aber ich weiß inzwischen, dass dies ein Wunsch bleiben wird. Ich bin einfach noch nicht weitergekommen in meinem Streben nach Reife und Selbständigkeit. Ganz unten finde ich meinen lila gemusterten Kaftan, der modisch und auch ein wenig exzentrisch wirkt. Ich schminke mich und trage den roten Lippenstift auf und werfe die Pastasoße in den Müll.

Der Marktplatz ist um diese Zeit menschenleer, ich warte ein paar Minuten auf den gelbbraunen Bus. Im Bus sitzt nur ein Paar, das sich krampfhaft an den Händen hält. Nein, sie halten sich nicht krampfhaft, sie halten sich wie zwei frisch verliebte Menschen. Mein bitteres Innenleben vergiftet meine Beobachtungen, sodass sie zu meiner Verfassung passen. Ich bin für die Liebe von anderen nicht empfänglich. Ich weiß einfach nicht, wie andere es machen, damit es klappt. Entweder spielen sie ein Spiel, das ich nie gelernt habe, oder ich bin einfach hoffnungslos unangepasst.

Eine Bekannte von mir postete neulich auf Facebook, dass sie nach Singles suche. Wer alleine sei, sollte den Post liken, dann würde man sehen, wer im Moment zu haben ist. Der Post bekam schnell viele ironische Kommentare, der Zynismus blühte zwischen den Zeilen. Das Merkwürdige und vielleicht Hoffnungsvolle war, wie viele erfolgreiche, gutaussehende Frauen Singles waren.

Ich las die vielen Kommentare, und mein Gefühl von Einsamkeit nahm ab, ich war offenbar bei weitem nicht die Einzige, bei der es mit der Liebe nicht klappte. Viele waren desillusioniert, enttäuscht und müde. Vielleicht waren wir einfach zu selbständig, als dass Männer mit nicht so ausgeprägtem Selbstwertgefühl eine gleichberechtigte Liebesbeziehung wagten und wollten? Mein Selbsthass ist bisweilen groß, aber ich will nicht glauben, dass alle Frauen in den Kommentaren gestört sind.

Unten in Capri Town ist das Leben noch im vollen Gang. Ich gehe an den Straßencafés am Marktplatz vorbei und durch die verschlungenen Gassen, bis ich schließlich ein Restaurant finde, das an eine alte italienische Küche erinnert. An den Wänden hängen Fotos von früheren Besitzern, Gästen und Bewohnern von Capri. Die Wände sind gekachelt, und die dunkelbraunen Holztische sind mit weißen Leinentischdecken mit Spitze am Saum gedeckt, was den altertümlichen Eindruck verstärkt. Es gibt einen freien Ecktisch, von dem aus ich in Ruhe die anderen Gäste beobachten kann. Die Kellnerin, eine rundliche ältere Frau, die ihre langen grauen Haare zu einem Knoten hochgesteckt hat, lächelt freundlich und klopft mir mehrmals auf die Schulter, als ich auf die Karte zeige.

»Bravo bella!«

Sie hat offenbar Mitleid mit mir, aber wahrscheinlich bin ich ihr auch ein wenig suspekt. Ich bin eine der wenigen Frauen, die an diesem Donnerstagabend allein in Capri essen gehen. Vielleicht sogar die einzige. Sie versucht, mich zu trösten, und obwohl ich verstehe, dass sie es gut meint, verstärkt das nur meine Verlegenheit.

Ich bestelle frittierte Artischocken als Vorspeise und Trüffelpasta nach Art des Hauses als Hauptgericht. Sie verlässt mich mit einem langen unverständlichen Satz und klatscht dabei begeistert in die Hände. Ich lächle und klatsche auch, aber dann sehe ich, dass die anderen Gäste mich anstarren. An den runden Tischen sitzen drei Paare und an einem langen Tisch eine größere Gesellschaft. Die Paare sprechen deutsch, englisch und französisch. Die Gesellschaft besteht aus Italienern, vermutlich Einheimische, ich schließe es daraus, wie lange und freundschaftlich sie mit der Kellnerin reden. Nein, ich kann meine bitterfotzigen Beobachtungen der Paare nicht sein lassen.

Ja, ich bin bitter, aber ich habe auch einen Grund dafür. Oder mehrere. Ich bin bitter, weil ich verdammt schlechte Erfahrungen gemacht habe und zu viel über die Welt weiß. Ich bin bitter, weil das eine adäquate Reaktion auf eine kranke Gesellschaft ist. Wie sollte ich denn nicht bitter sein?

Die Kellnerin kommt mit der Vorspeise und einem Glas Rotwein, und ich muss zugeben, dass dieses Essen mich etwas weniger bitter macht. Es ist göttlich, ich genieße jeden Bissen. Aber dann höre ich zufällig, wie der Franzose lauter wird und wie seine Frau oder Freundin pst macht und ihn bittet, sich zu beruhigen. Da wird er noch lauter, und als sie die Hand ausstreckt, schlägt er ihre Hand. Ein kleiner Klaps, als wollte er ein Kind zurechtweisen. Sie schüttelt den Kopf, ihre Wangen sind blutrot. Jetzt sind schon zwei Frauen in diesem Restaurant verlegen. Vielleicht drei, denn die deutsche Frau hat es offenbar auch gesehen und starrt mit offenem Mund.

Ich tue so, als würde ich mich auf das Essen konzentrieren, und denke wie schon so oft, ob ich jemals wieder die Kraft oder den Mut haben werde, mich zu verlieben. All diese Hoffnungen und Enttäuschungen. So viel, was schiefgehen kann. So viel, was schiefgeht. Ich denke an Kerstin Thorvall, die besser als viele andere wusste, was es heißt, ständig enttäuscht zu werden. Und die trotzdem auf eine Veränderung hoffte. Einige ihrer Romane und Gedichte handeln genau davon. Eines tröstet mich, es heißt *Versprechen*.

Ich hatte versprochen
nie nie mehr
nie mehr
nicht noch einmal
es ist jetzt gut
Jetzt kommt der Winter und der Schnee
Und es wird ruhig und still
Ganz still

Man glaubt, man kann bestimmen
Man glaubt, man hat etwas dazu zu sagen.

Oh Kerstin. Genau so.

Das französische Paar bezahlt und verlässt das Restaurant. Ich bleibe sitzen und esse auf, aber es schmeckt mir nicht mehr.

Ich saß zurückgelehnt in Ediths Sessel, sie malte mir die Nägel schwarz und hielt einen ewigen Monolog über die minimale Bedeutung von Männern für das Wohlbefinden von Frauen. Er war als Trost gemeint, klang jedoch falsch, weil ihre Augen vor Verliebtheit blitzten.

»Ja, ja, ich weiß«, sagte ich und seufzte.

»Du hast ein reiches Leben, Sara. Lass es nicht zu, dass dich ein Mann auf diese Weise zerstört.«

»Ich weiß«, sagte ich wieder, nun mit größerer Ungeduld. »Du hast das schon tausend Mal gesagt.«

Sie schnaubte und stand auf.

»So. Jetzt muss es nur noch trocknen. Möchtest du einen Wein?«

Ich nickte und blätterte zerstreut in einem Modemagazin. Ich hörte Edith in der Küche, dann kam sie mit zwei Gläsern und einer geöffneten Flasche Amarone. Die Trauer machte mich schweigsam und langweilig, Edith seufzte, als sie mein abwesendes Gesicht betrachtete.

»Schatz«, sagte sie und setzte sich aufs Sofa. »Ich werde dir mal was erzählen.« Ich antwortete nicht, aber Edith kannte mich gut und ignorierte meine Schweigsamkeit. »Als ich Isak kennenlernte, war ich fünfunddreißig, nur ein paar Jahre jünger, als du jetzt bist. Zu jener Zeit war er verheiratet und uninteressant. Wir hatten eine kurze Affäre, die mich eigentlich unberührt ließ. Ich fand damals, dass er ein Streber war, so ein Typ, der Karriere macht, während seine Frau die familiäre Fassade aufrecht hält. Sie war zu Hause, kümmerte sich um Kinder und Haushalt, er wurde immer wichtiger und mächtiger. Wir trafen uns oft in der Bibliothek, ich pendelte in meiner Beziehung zu Arthur immer zwischen Glück und Unglück, und um mich davon zu befreien, hatte ich ab und zu etwas mit anderen Männern. Isak war einer von ihnen«, sie schwieg und trank einen Schluck, ehe sie fortfuhr. »Ich mochte ihn, aber er war viel zu unreif und mit sich selbst beschäftigt, tiefere Gefühle entstanden da nicht. Ich wusste auch, dass er viele Frauengeschichten hatte, und was ich am allerwenigsten brauchte, war ein weiterer unglücklich verheirateter Mann, der Zerstreuung suchte. Unsere kurze, oberflächliche Beziehung ging zu Ende, und das Leben ging weiter. *Das Leben passiert,* sage ich immer«, sie runzelte die Stirn, als sie meine Grimasse sah. »Warum darf ich denn nicht mich selbst zitieren? Männer machen das ständig, ohne dass wir das komisch finden. Ich bin nun einmal eine ungewöhnlich kluge und erfahrene Frau und darf mich deshalb auch selbst zitieren, ohne dass meine Freundin missbilligend das Gesicht verzieht! Wie auch immer, *das Leben passierte,* die Jahre vergingen. Bis ich plötzlich in einer Kunstausstellung Isak wiedersehe. Du weißt es, du warst dabei.«

Ich nickte und spürte, wie meine Augen feucht wurden bei der Erinnerung, dass Olle und ich uns kurz darauf im selben Museum getroffen hatten.

»Und was passiert?«, fuhr sie fort, sie schien meine feuchten Augen nicht zu bemerken. Vielleicht hatte sie sich so daran gewöhnt, dass es für sie der Normalzustand war. »Ja, ich treffe einen ganz anderen Mann als vierzig

Jahre zuvor. Einen Mann, der mein Seelenverwandter ist, wie sich herausstellt. Meine größte Liebe. Wie soll man das verstehen? Will mir das Leben einen Streich spielen und mir die größte Liebe erst schicken, wenn ich bald sterbe?«

»Du wirst nicht sterben!«, sagte ich und setzte mich auf. »Untersteh dich!«

Edith wedelte ärgerlich mit der Hand.

»Du weißt, was ich meine, ich werde bald achtzig, da bleiben nicht mehr viele Jahre. Was ich sagen will, ist, es wäre ein Leichtes für mich gewesen, es als Ironie des Schicksals zu deuten, als teuflischen Trick, als Scherz. Also, warum sitze ich hier und spüre tiefe Dankbarkeit?«

Sie wartete nicht auf eine Antwort.

»Weil Isak und ich uns niemals hätten treffen können vor diesem Sonntag im Museum vor einem Jahr. Wir wären nicht bereit gewesen. Als wir uns vor vierzig Jahren kennenlernten, waren wir beide andere Menschen, wir mussten viele Erfahrungen machen, um uns dann, vierzig Jahre später, wiederzufinden.«

Sie stellte ihr Glas auf den Tisch, nahm meine Hand und strich über die schwarz lackierten Nägel.

»Ich glaube, sie sind trocken«, sie betrachtete die Nägel einen nach dem anderen und schaute mir dann in die Augen. »Verstehst du, was ich meine?«

»Ich weiß nicht«, sagte ich wahrheitsgemäß.

Sie seufzte.

»Manche Teige müssen erst gehen, bevor man sie backen kann«, sie seufzte noch einmal, als sie meine ironische Miene sah. »Ja, ich weiß, ich bin keine Dichterin, was ich sagen will, ist, dass man Dinge, die noch nicht so weit sind, nicht erzwingen kann. Das Leben muss passieren, damit bestimmte Begegnungen zu etwas führen können. Du bist noch jung, meine Liebe! Du hast noch viele Erlebnisse vor dir, und wer weiß, eines Tages laufen du und Olle einander im Museum über den Weg, und ihr geht was trinken. Eines wissen wir mit Sicherheit, das Leben ist nie so, wie wir denken.«

Ich wischte mit dem Handrücken die Tränen ab. Edith warf mir einen Blick zu, dann stand sie auf und machte die Balkontüren auf.

»Was für ein wunderbarer Frühlingsabend!«, sie drehte sich zu mir um. »Ich glaube, jetzt ist der Winter vorbei.«

Edith hatte recht, der Winter war vorbei. Ich versuchte, den Gedanken zu akzeptieren, dass das Leben sich nicht nach meinen Launen und Gefühlen richtete. Rilke und ich machten lange Spaziergänge mit Solanas, Misha und Lena luden mich zum Essen ein, weil es endlich Sommer wurde. Der erste Sommer seit vielen Jahren, in dem wir nicht nach Griechenland reisten. Das tat meinem Portemonnaie gut, aber innerlich war ich traurig.

Lena hatte einen Vertrag für ihr zweites Buch unterschrieben und war überglücklich.

»Versteht ihr, ich bin ein halbes Jahr freigestellt, damit ich schreiben kann!«

Misha und ich lächelten und nickten. Lena schüttelte den Kopf.

»Nein, ihr versteht es nicht. Ihr seid so sehr an das Luxusleben, das ihr als Journalistinnen führt, gewohnt, dass ihr einfach nicht einschätzen könnt, was das wirklich für so jemanden wie mich bedeutet. Ich muss am Tag, am Abend und oft auch am Wochenende arbeiten, und das Tempo im Krankenhaus ist wirklich hoch. Ein halbes Jahr zu Hause sitzen zu dürfen und den ganzen Tag zu schreiben, das ist ein unglaublicher Luxus für mich!«

»Doch, ich verstehe das«, sagte ich. »Ich habe auch in der Pflege gearbeitet. Als ich zwanzig war, habe ich nebenher in einem Pflegeheim gearbeitet.«

Lena verzog das Gesicht.

»Ganz toll! Wie lange hast du da gearbeitet? Einen oder zwei Sommer? Und dann am Wochenende während deines Studiums?«

Ich seufzte.

»Natürlich ist das anders, als Vollzeit zu arbeiten, aber ich verstehe trotzdem, dass du es als Luxus empfindest. Ich weiß, es ist ein großer Luxus, dass ich frei arbeiten kann. Nur verdiene ich nicht sehr viel.«

»Ich doch auch nicht!«, sagte Lena. »Obwohl ich eine feste Vollzeitstelle habe.«

Mishas Blick war unruhig. Durch ihr Aufwachsen in Djursholm, beide Elternteile Juristen, hatte sie ein unneurotisches Verhältnis zu Geld. Während des Studiums hatten die Eltern für ihren Unterhalt gesorgt, danach hatte sie Jim kennengelernt, der kam auch aus einer reichen Familie und verdiente so viel, dass sie ein gutes Leben führen konnten und Geld keine Rolle spielte. Auch wenn sie sich nach der Scheidung ein wenig einschränken musste, halfen die Eltern immer noch, wenn es zusätzliche Ausgaben wie zum Beispiel Ferienreisen gab. Von meinen Freundinnen war sie die am wenigsten politisch engagierte. Sie wählte pflichtschuldig die Linkspartei, aber ihr Engagement ging nicht so weit, dass sie an Demonstrationen und Ähnlichem teilgenommen hätte, wenn Lena und ich sie nicht mitgeschleppt hätten. Sie scherte sich auch nicht um die politische Haltung von Leuten, mit denen sie Umgang hatte.

»Wie steht es denn mit dem Typ, den du auf dieser Hochzeit kennengelernt hast?«, fragte ich.

»Oscar. Geht so. Er ist wie die meisten Kerle auch, weder interessant noch amüsant, und kommen tu ich auch nicht mit ihm.«

»Mit anderen Worten, alles wie immer.«

»Vermutlich«, sagte Misha.

»Du glaubst also nicht, dass du dich verliebst oder so?«

Misha seufzte.

»Nein, aber wie weiß man denn, ob man verliebt ist?«

Lena schüttelte den Kopf.

»Wenn du es nicht weißt, dann bist du es nicht. Du würdest es wissen.«

»Die Liebe ist doch bei verschiedenen Menschen unterschiedlich. Meine Art, verliebt zu sein, ist vielleicht anders als deine«, sagte Misha.

»Nein, da glaube ich an das, was bell hooks in *All About Love* schreibt«, sagte Lena, »wie wichtig es ist, eine gemeinsame Definition für Liebe zu finden. Es trifft einen nicht zufällig und unterscheidet sich auch nicht.«

»Warum ist eine einheitliche Definition so wichtig?«, fragte Misha sauer.

»Damit bestimmte Idioten den Begriff nicht mehr missbrauchen«, sagte Lena. »Ein Mann, der seine Frau misshandelt, kann hinterher beteuern, dass er sie liebt. Aber wenn wir eine gemeinsame Definition haben, die beinhaltet, dass weder Gewalt noch der Wunsch nach Dominanz zur Liebe passen, weil sie das genaue Gegenteil von Liebe sind, dann könnte die misshandelte Frau die leeren Worte des Täters als das durchschauen, was sie sind, nämlich Lügen.«

»Ich glaube, wir sind viel zu komplexe Wesen, als dass eine gemeinsame Definition funktioniert«, sagte Misha. »Man kann jemanden lieben, auch wenn man sich manchmal dumm oder schlecht ihm gegenüber verhält. Okay, ich stimme dir zu, dass Gewalt nicht zu Liebe gehört, aber Untreue und Machtausübung können auch gegenüber einem Menschen, den man liebt, vorkommen. Auch wenn es sehr dumm ist.«

»Da meint bell hooks, und das glaube ich auch, dass dann die Liebe missbraucht wird. Dass derart dummes Handeln aus Angst oder Minderwertigkeit geschieht. Aber es hat in einer Liebesbeziehung nichts zu suchen.«

Sie diskutierten noch eine Weile so weiter, ich schaute mir die Anzugträger am Nebentisch an. Worüber sprachen die? Arbeit? Geld? Ich bezweifle, dass sie den Liebesbegriff analysierten. Rilke hatte recht, wir vergeudeten viel zu viel Zeit damit, über Männer zu reden. Warum gelang fast nie ein Gespräch, in dem es nicht um Männer ging? Ich nehme an, wir drei waren keine Ausnahme. Im Gegenteil. Die Welt war vermutlich voller Frauen, die gerade über Liebeskrisen oder die Freude, zu lieben und geliebt zu werden, sprachen, während die Objekte ihrer (unserer) Gespräche sich ganz anderen Dingen widmeten. Unwissend und glücklich.

Andererseits hatte ich schon oft genug Konversationen zwischen Männern zugehört, um zu wissen, wie langweilig und uninteressant die oft waren. Unpersönlich, omnipotent, offensiv, indiskutabel, unsensibel. Und doch waren es diese Gespräche, die wichtig waren. Dass Frauen mit ihren Liebesbeziehungen beschäftigt waren, war in den Augen der Männer vielleicht unwichtig und armselig, aber wir hatten wenigstens kapiert, dass die Beziehungen ein großer und wichtiger Teil unseres Lebens sind und dass wir, um sie zu verstehen, Zeit und Energie aufbringen müssen. Männern würde es sicher auch besser gehen, wenn sie sich selbst und die, mit denen sie lebten, besser verstehen würden. Siebzig Prozent aller Selbstmorde wurden von Männern begangen, und es gab einen deutlichen Zusammenhang zwischen dieser Tatsache und dem Gefühl von Sinnlosigkeit, für das enge Beziehungen heilsam sein können. Unsere Gespräche würden vielleicht nicht den Bechdel-Test bestehen, aber ich wollte sie dennoch nicht als irrelevant abtun. Ich unterbrach Lena mitten in einer Erklärung, warum sie Klas liebte.

»Können wir nicht lieber über den Sommer sprechen? Wann seid ihr weg, und wann kommt ihr zurück?«

Ich wachte auf, weil Sigge mich unsanft schüttelte. Vom Flur hörte ich Stellas Schreie, sie hämmerte gegen die Badezimmertür, wo Harry sich eingeschlossen hatte.

»Mama, sag Harry, dass er jetzt rauskommen muss! Stella und ich können beide nicht rein, und wir haben es eilig!«, sagte Sigge.

Ich seufzte und schlurfte zum Badezimmer.

»Harry, mach auf! Deine Geschwister wollen ins Bad!«

Harrys Schreien hallte durch die Wohnung.

»Ich mach nicht auf, ich bin so hässlich! Ich kann nicht in die Schule gehen, wenn ich so aussehe!« Er weinte.

»Liebling, du bist nicht hässlich! Wo hast du das nur her? Mach auf, ich will dich in den Arm nehmen!«, sagte ich mit meiner allerliebsten Mama-Stimme.

»Nein! Ich bleibe den ganzen Tag hier drin und komme nie wieder raus! Keiner darf mich sehen.«

Sigge schüttelte den Kopf und verdrehte die Augen in Richtung Stella, die als Antwort einen Finger an die Schläfe tippte. Ich runzelte die Augenbrauen und sagte pst.

»Aber, Schatz, du kannst dich doch nicht den Rest deines Lebens in der Toilette einschließen!«, sagte ich. »Komm raus, wir frühstücken zusammen und sprechen darüber.«

Harry antwortete, indem er etwas auf den Boden warf.

»Komm raus, du Psycho-Balg!«, schrie Sigge, der schon lange die Geduld verloren hatte.

»Ja, lass uns rein, du Idiot!«, sagte Stella.

»Schluss jetzt, keine solchen Wörter!«, sagte ich ohne großen Nachdruck.

»Ihr seid die Idioten«, schrie Harry weinend aus dem Badezimmer.

Ich ging in die Küche und schaute ins Tiefkühlfach. Unter einer Tüte Erbsen fand ich, wonach ich suchte.

»Harry, ich schiebe fünf Zimtschnecken in den Ofen, sie sind in zehn Minuten fertig. Ich mache inzwischen heiße Schokolade mit Schlagsahne. Können wir uns einigen, dass du herauskommst, wenn die Zimtschnecken fertig sind, dann können wir zusammen frühstücken und noch ein bisschen reden, bevor du in die Schule musst?«

Harry warf noch etwas auf den Boden. Es klang dumpf, und ich fürchtete, dass es das Shampoo gewesen war. Ich wandte mich Sigge und Stella zu und flüsterte:

»Lasst ihn jetzt Ruhe, ich verspreche euch, dass er herauskommt, wenn die Schnecken fertig sind.«

Sie seufzten demonstrativ, verließen jedoch ihren Posten vor der Badezimmertür.

»Du bist viel zu sanft zu ihm«, sagte Sigge. »Er tanzt dir auf der Nase rum!«

»Ja, genau!«, sagte Stella. »Für uns würdest du keine Schnecken aufwärmen, wenn wir so ein Theater machen würden.«

»Bitte, seid jetzt nicht auch noch ihr böse auf mich!«, sagte ich erschöpft.

»Nein, genau, es ist nicht gerecht, dass du immer Verständnis für Harrys Ausbrüche hast!«, sagte Sigge.

»Ihr seid älter als Harry«, sagte ich. »Hunderte Male habe ich solche Ausbrüche von euch ertragen, als ihr kleiner wart. Das habt ihr bloß vergessen.«

Sigge und Stella brummten ärgerlich und gingen in ihr Zimmer. Ich rührte schnell Kakao, Zucker und Milch zusammen und stellte den Topf auf den Herd. Machte Kerzen an und holte den Toaster hervor. Ich holte alles, was ich finden konnte, aus dem Kühlschrank (Aprikosenmarmelade, Käse, Schinken, Frischkäse, Paprika, Salzgurken, eine alte Dose Erdnussbutter), schnitt Orangen und Äpfel auf und legte sie auf einen Teller. Dann waren die Zimtschnecken fertig.

»Das Frühstück ist fertig!«, rief ich und war zufrieden mit mir.

Keine Antwort.

»Hallo, das Frühstück ist fertig. Kommt jetzt!«

Sigge kam, nahm ein Stück Apfel und drehte sich um.

»Hab keine Zeit mehr, was zu essen.«

»Ich auch nicht«, sagte Stella, die nun auch kam.

»Aber ihr müsst doch etwas essen«, sagte ich verzweifelt.

»Ach was, wir bekommen um elf schon Mittagessen«, sagte Stella. »Ich nehme eine Banane mit.«

»Aber es wäre toll, wenn das Psychokind aus dem Klo käme, damit wir wenigstens die Zähne putzen können«, sagte Sigge.

Ich ging zum Badezimmer und klopfte vorsichtig an die Tür.

»Harry, es gibt jetzt Zimtschnecken und heiße Schokolade.«

Harry antwortete nicht. Ich blieb stehen und starrte blöd die Tür an und überlegte, was ich machen sollte. Ich hatte keine Ahnung. Drohungen würden die Situation auch nicht besser machen, und mit Bestechung hatte ich es schon versucht. Ich seufzte. In solchen Situationen sehnte ich mich nach einem erwachsenen Partner an meiner Seite. Jemand, der beruhigend sagte, *ach was, lass ihn, der kommt schon wieder raus*. Und da, als spürte er, dass meine Panik größer wurde, hörte ich, wie leise aufgeschlossen wurde und die Tür sich einen Spalt öffnete.

Erleichtert drehte ich mich um und ging in die Küche.

»Beeil dich, sonst wird der Kakao kalt.«

Harry antwortete nicht, aber ich hörte seine Schritte hinter mir.

»Endlich!«, sagte Stella sauer.

»Schnauze!«, zischte Harry.

Ich goss Kakao ein und steckte ein Brot in den Toaster.

»Erst ein Brot, dann Zimtschnecke«, sagte ich in einem hilflosen Versuch, einen Hauch von Ordnung herzustellen. Harry sagte nichts, trank nur schweigend seinen Kakao.

Aus dem Flur hörte man, wie Sigge und Stella ihre Jacken anzogen. Ich ging zu ihnen und umarmte sie, aber Sigge wies mich zurecht.

»Glaub bloß nicht, dass alles wieder gut ist, nur weil Harry aus dem Klo gekommen ist. Ich habe es so satt, dass der machen kann, was er will. Und du sagst nichts dazu, er bekommt auch noch heiße Schokolade mit Zimtschnecken!«

»Das stimmt nicht!«, sagte ich matt. »Natürlich schimpfe ich mit ihm, aber er ist in einer schwierigen Phase und braucht viel Liebe.«

Sigge schüttelte ärgerlich den Kopf.

»Das ist keine Liebe, das ist Verziehen. Bei Papa würde er sich das nie trauen, weil er weiß, dass Papa wütend würde. Nur bei dir stellt er sich so an und macht so ein Theater. Aber ich habe es satt! Ich habe es satt, dass wir wegen ihm zu spät zur Schule kommen.«

»Ja. Genau«, sagte Stella und stellte sich hinter Sigge.

»Also bitte, jetzt seid nicht sauer! Es war nicht okay, dass Harry das Klo okkupiert hat, aber andererseits braucht ihr auch nicht so hart mit ihm umzugehen und ihn hässlich zu nennen. Das ist auch nicht okay.«

»Depp!«, sagte Sigge und warf die Tür zu. Ich blieb stehen und war so müde wie noch nie.

»Kann ich jetzt eine Zimtschnecke haben?«, rief Harry aus der Küche.

»Klar«, antwortete ich lahm.

»Und kannst du mir noch Kakao einschenken?«

»Das kannst du selbst machen. Der Topf steht auf dem Herd.«

Harry murmelte etwas, tat aber offenbar, was ich gesagt hatte.

»Was ist denn passiert?«, fragte ich und setzte mich an den Küchentisch. »Warum hast du dich eingeschlossen?«

Harry rutschte auf dem Stuhl hin und her und wollte mich nicht anschauen.

»Weiß nicht.«

»Aber du musst doch einsehen, dass du so etwas nicht früh am Morgen machen kannst, wenn alle gestresst sind und in die Schule müssen?«

»Sigge duscht jeden Morgen stundenlang.«

»Schon, aber er schließt nicht ab. Ihr könnt rein und aufs Klo gehen, wenn es sein muss.«

»Er sagt, ich bin ein Psychokind und ein Idiot.«

»Ja, das ist nicht okay, dass er so etwas sagt, aber ich verstehe auch, dass er sich über dich ärgert.«

Harry antwortete nicht.

»Kannst du mir versprechen, dass du dich nicht mehr im Badezimmer einschließt?«

»Vielleicht«, sagte Harry wahrheitsgemäß und stand auf. Ich schaute auf die Uhr, es war acht.

»Wir müssen uns beeilen, damit wir nicht zu spät kommen.«

Wir zogen unsere Jacken und Schuhe an und gingen los, Harry kam nur ein paar Minuten zu spät. Es regnete, ich verfluchte mal wieder meine Verpeiltheit, ich hatte nicht mal einen Regenschirm dabei. Als wir bei der Schule ankamen, war Harry patschnass, und ich schämte mich. Ich war eine miserable Mutter. In jeder Beziehung.

Mit heißen Wangen lief ich wieder nach Hause und sank am Küchentisch auf einen Stuhl. Dass es so schwierig war. Sigges wütende Worte klingelten in meinem Kopf. *Nur bei dir stellt er sich so an und macht so ein Theater!*

Meine Gedanken wurden vom Klingeln meines Handys unterbrochen. Es war Misha, die stöhnte und erzählte, sie habe mit Oscar Schluss gemacht.

»Er ist ein Idiot! Ich hätte das kapieren müssen, schon weil er mich jedes Mal bei den Haaren packt, wenn er mich von hinten nimmt. Als wäre ich ein verdammtes Pferd! Ich verstehe nicht, was sich die Männer eigentlich denken, alle haben einen Schaden von zu viel Pornos! Er schlug vor, dass wir zusammen Pornos schauen. Ich habe keinen Porno mehr gesehen, seit ich fünfzehn war, und ich dachte, man kann es ja mal ausprobieren, wenn es ihm so wichtig war. Er hat gestern Abend einen Film eingelegt, einen Vierer, drei Typen und eine Frau. Das allein schon genügte, um mich abzuturnen, aber es war zudem noch brutal, die ganze Gesichte war eine inszenierte Vergewaltigung, in der das anfangs widerwillige Mädchen auf einmal Feuer und Flamme war, sie wurde von hinten gevögelt, gleichzeitig penetrierte ein anderer ihre Vagina, während ein anderer seinen Penis in ihren Mund drückte und ein Dritter ihr ins Gesicht onanierte. Das alles hätte ich vielleicht noch ertragen, wenn Oscar nicht so erregt gewesen wäre, wie ich ihn noch nie gesehen habe. Als ich sagte, dass Gewalt und Schmerzen mich nicht anturnen, war er beleidigt, und dann haben wir uns gestritten. Plötzlich war ich eine politisch korrekte Feministin, eine Moraltante, die laut Oscar Probleme mit PMS und anderen weiblichen Hormonen hatte.«

Ich lächelte und unternahm einen lahmen Versuch, sie zu trösten.

»Na, ist doch gut, dass du das jetzt erfährst und nicht erst in einem halben Jahr!«, sagte ich.

»Mein Gott, bist du zynisch! Ich wollte wirklich an Oscar glauben.«

»Das klang aber nicht so, als wir neulich im Restaurant waren«, sagte ich.

»Ich war nicht ganz sicher, aber er war immerhin einer von den Besseren«, sagte Misha.

»Knapp daneben ist auch vorbei«, sagte ich lakonisch.

»Was ist denn mit dir los? Du bist ja so was von blöd!«, sagte Misha wütend.

»Entschuldige, aber ich habe eine Nacht und einen Morgen voller Grübeleien hinter mir. Ich bin im Moment nicht die richtige Ansprechpartnerin.«

»Ich rufe lieber Lena an.«

»Mach das«, sagte ich und blieb am Küchentisch sitzen.

Noch ein normaler Dienstag, und obwohl es schon Mai war, fiel Schneeregen. Ich ärgerte mich, dass ich keine Handschuhe angezogen hatte. Meine Hände waren rot und schuppig wie die meiner Mutter. Ich war vom Radfahren durchgefroren und gleichzeitig verschwitzt, wie immer das möglich war.

»Entschuldige, dass ich zu spät bin«, sagte ich zu Johan, der schon an einem Fenstertisch im Restaurant saß.

»Macht nichts«, sagte Johan. »Ich bin auch gerade erst gekommen!«

Wir wollten zusammen zu Mittag essen und über Sigges Geburtstag und die Finanzen reden. Meine Ausgaben, deine Ausgaben. Über die Termine im Sommer, wer zu wessen Abschlussfeier in die Schule geht. Jedes Jahr das gleiche logistische Meisterwerk mit drei verschiedenen Klassen.

Johan berichtete von der letzten Woche. Stellas Fußballspiel am Montag, Harrys Tanzstunde am Mittwoch und Sigges Englischarbeit, für die er nicht gelernt und die er deshalb versemmelt hatte.

»Sigge sagt, dass er kein Geburtstagsfest will«, sagte Johan. »Ich habe überlegt, ob wir nicht alle zusammen essen gehen könnten.«

Er schwieg und wartete auf meine Reaktion.

»Wie meinst du das? Du und ich und die Kinder? Alle fünf?«, sagte ich.

»Ja. Wir.«

»Wir?«

Wir waren seit fast fünf Jahren kein *wir* gewesen, immer nur ich und die Kinder oder Johan und die Kinder. Ein Mama-Zuhause und ein Papa-Zuhause. Zwei getrennte Einheiten mit den Kindern als gemeinsamem Nenner. Ich versuchte, dem Gefühl nachzugehen.

»Wäre das nicht merkwürdig? Wir waren seit der Scheidung immer nur ganz kurz zusammen«, sagte ich.

»Dann ist es wohl an der Zeit, dass wir es machen«, sagte Johan und lächelte.

»Würden die Kinder das nicht seltsam finden?«, fragte ich.

»Ach was, die Kinder sind mit der Scheidung besser umgegangen als alle anderen!«, sagte Johan.

Ich nickte. Vielleicht war es an der Zeit, die alte Bitterkeit über kleinliche Ungerechtigkeiten auszuradieren.

»Ja«, sagte ich zögernd, »das wäre vielleicht nett?«

»Gut, dann machen wir das so. Wir können in das Hamburgerrestaurant gehen, das Sigge gut findet, dort kann man auch Bowling spielen.«

»Ja, das ist gut! Das mögen Stella und Harry auch.«

Wir schwiegen und schauten uns an. Wir lächelten.

»Das fühlt sich richtig gut an!«, sagte Johan.

»Ja, ich bin sehr froh, dass wir das endlich so hinbekommen«, sagte ich und spürte, wie die Tränen hervortraten. Johans Augen glänzten. Er erhob sein Wasserglas und prostete mir zu.

»Prost, dass wir unsere Scheidung überlebt haben, ohne uns gegenseitig allzu sehr zu verletzen«, sagte Johan.

Jetzt liefen mir die Tränen, es war mir egal.

»Ja, Prost! Wir haben uns gegenseitig verletzt, aber

nicht so schlimm, dass es nicht hätte heilen können. Was mich betrifft, gibt es keine bleibenden Schäden«, sagte ich.

»Nur ein paar Kratzwunden«, sagte Johan. »Nicht mal Narben sind geblieben.«

Es wurde ein heißer Sommer. Der Asphalt kochte, die Cafés zogen auf die Bürgersteige, die Nächte waren schlaflos und verschwitzt.

Die Enttäuschungen des letzten Jahres hinterließen eine Leere, die sich nur schwer füllen ließ. Ich machte morgens vor dem Frühstück Spaziergänge entlang der Årstabucht. Da waren viele Leute, manche nahmen auf dem Weg zur Arbeit mit dem Fahrrad ein kurzes Bad. Ältere Damen im Bademantel kamen direkt aus ihren Wohnungen zu den Anlegestellen entlang des Wegs.

Manchmal ging ich auch ins Wasser, wenn es schon am Morgen sehr heiß war. Zu Hause warteten die Kinder, gerade aufgewacht und frühstückshungrig. Ich versuchte, mich zusammenzunehmen und eine fröhliche Sommermutter zu sein, wie ich mir vorstellte, dass Sommermütter wären, voller Energie und lustiger Ideen. Meistens gingen wir ins Eriksdalsbad, oder wir kauften beim Thailänder etwas zu essen und verspeisten es direkt aus den Kartons im Vitabergspark. Wenn ich die Kinder fragte, sagten sie, sie wollten nur ihre Ruhe haben und zu Hause bleiben.

»Wir reisen dauernd so viel herum, erst Griechenland und alles Mögliche mit Papa, ich bin ja nie zu Hause und kann nie meine Freunde treffen!«, beklagte sich Sigge. Stella und Harry waren der gleichen Meinung.

»Wir wollen nur unsere Ruhe und das Gefühl, dass Sommerferien sind!«, sagte Stella.

»Okay, aber ich bin nicht schuld, wenn ihr euch später nur an langweilige Sommerferien erinnert!«, sagte ich.

»Wenn ich mich an etwas erinnere, dann wahrscheinlich daran, dass wir in den Sommerferien nie zu Hause waren«, sagte Stella.

Ich seufzte, zuckte mit den Schultern und strich in Gedanken alle Pläne, sie zu animieren. Ich hatte schon vor zehn Jahren verstanden, dass wir die Reisen nach Griechenland nicht für sie machten, sondern dass es dabei hauptsächlich um meine Bedürfnisse ging. Damals, vor zehn Jahren, als Johan und ich unseren ersten Sommer mit Sigge dort verbrachten, er war damals erst drei Jahre alt. Drei Wochen lang badeten wir jeden Tag im türkisblauen, warmen Mittelmeer. Und doch war er am glücklichsten, als wir wieder nach Hause fuhren.

Ich war rastlos, gelangweilt, traurig und brauchte Zerstreuung. Meine Kinder brauchten das nicht. Deshalb machte ich meine Morgenspaziergänge. Manchmal kamen Rilke und Solanas mit. Sie war eine der wenigen Freundinnen, die den größten Teil des Sommers in Stockholm verbrachten. Misha und die Kinder waren in das Sommerhaus ihrer Eltern in den Schären gezogen, Lena und ihre Kinder waren mit Klas in seinem Sommerhaus in Skåne. Ich hatte seit Wochen nicht mehr mit ihnen gesprochen und vermisste sie. Rilke war froh, dass ich mich gerade nicht mit einem Mann traf.

»Du machst dich. Der letzte Rückfall muss Monate her sein?«

»Ja, wer weiß«, sagte ich. »Vielleicht habe ich endlich meine Abhängigkeit überwunden.«

»Die Hoffnung stirbt zuletzt«, sagte Rilke und ließ Solanas frei laufen.

»Aber wenn ich ehrlich bin, hätte ich gerne jemanden, der ein geordnetes Leben hat. Jemanden, der so alt ist wie ich, geschieden, der Kinder, einen Job und eine Wohnung hat. Jemanden, der sorgenfrei und unbekümmert ist.«

Rilke lachte.

Wir kamen zu einem Badesteg und beschlossen, ein Bad zu nehmen. Wir hatten beide nicht daran gedacht, Badesachen mitzunehmen, wir zogen uns also aus und badeten in unserer Unterwäsche. Wir waren in guter Gesellschaft, viele der älteren Frauen waren unter ihren Bademänteln ganz nackt.

»Wunderbare Lesben am Wasser!«, sagte Rilke und nickte in Richtung einer älteren Frau, die ihren Bademantel aufhängte und splitternackt ins Wasser ging.

»Wunschdenken!«, sagte ich, legte mich auf den Rücken und ließ mich treiben.

»Heterosexuelle Frauen sind selten so freizügig«, betonte Rilke.

Ich tauchte unter und schwamm so lange unter Wasser, bis ich Luft holen musste. Das spülte die letzten Reste der verschwitzten Müdigkeit der Nacht ab, und als ich wieder nach oben kam, knurrte mein Magen.

»Willst du zum Frühstück mit zu mir kommen?«, fragte ich Rilke.

»Na ja, ich weiß nicht. Sind die Kinder bei dir?«

»Ja«, sagte ich.

»Sei mir nicht böse, aber dann lieber nicht«, sagte Rilke unbekümmert.

Nach einer Woche zu Hause machten wir doch eine kleine Reise und besuchten meine Mutter in Västerås und meine Schwester Kajsa und ihre Familie in deren Sommerhaus im Härjedalen.

Meine Mutter erwartete uns mit Fleisch und Kartoffeln in ihrer Wohnung. Wie schon so oft war ich erstaunt, wie zufrieden sie war mit dem wenigen, was sie hatte. Nur über ihre minimale Rente beschwerte sie sich.

»Wie kann das sein?«, fragte ich, als sie erzählte, was sie nach Abzug der Steuern bekam. »Du hast doch dein ganzes Leben im Krankenhaus geschuftet. Neuntausend, das kann nicht stimmen, da muss etwas falsch sein! Das würde ja bedeuten, dass du unter der Armutsgrenze liegst!«

Mutter schüttelte den Kopf und erklärte, dass sie immer so schlecht verdient habe, obwohl sie, bis auf die wenigen Jahre, als wir klein waren, Vollzeit gearbeitet hatte.

Die erneute Erkenntnis, dass die Gesellschaft uns Frauen eine Ohrfeige nach der anderen gab, machte mich wütend. Es *war* wirklich eine Konspiration. Eine patriarchale Verschwörung, so perfekt ausgedacht, dass sie als von Gott gegeben erschien.

Sie umarmte die Kinder, und wie immer bekam ich einen wunden, warmen Kloß im Hals angesichts ihres faltigen Gesichts und ihres müden Körpers. Ich wünschte so sehr, dass ich ihr Leben ein wenig erleichtern könnte. Ein Sommerhaus, Ferien am Mittelmeer, schöne Kleider. Stattdessen überfielen wir sie und brachten sie so dazu, für uns zu sorgen. Es hatte keinen Sinn, sie zu bitten, mit den Kindern zu spielen und mich kochen zu lassen, ich hatte es schon oft versucht und schließlich aufgegeben.

Ich verstand, dass ein großer Teil ihrer Identität darin bestand, für andere zu sorgen. Auf diesem Gebiet hatte sie Kompetenz. Und es war ihre einzige Möglichkeit, Liebe zu zeigen, wenn es keine Worte mehr gab.

Jahrelang hatte sie angeboten, nach Stockholm zu kommen und meine Wohnung zu putzen als Geburtstagsgeschenk. Es machte mich traurig, dass sie dachte, nur damit könne sie mir eine Freude machen, weder eine Einladung zum Mittagessen noch zum Kino, noch Blumen schienen zu genügen. Zu ihrer großen Enttäuschung lehnte ich das Angebot immer wieder ab und wies sie damit jedes Mal zurück.

Wir blieben zwei Tage bei ihr, aus Erfahrung wusste ich, dass wir uns sonst stritten. Besser das zugeben, als unsere Beziehung zu etwas machen, was sie nicht war. Von dort fuhren wir zum Sommerhaus meiner Schwester. Sie, ihr Mann Tomas und die vier Kinder empfingen uns mit selbstgemachtem Johannisbeersaft und selbstgebackenen Vanilleschnecken.

»Du gehst wirklich mit Haut und Haaren in der Mutterrolle auf!«, sagte ich mit einem mehrdeutigen Tonfall aus Bewunderung, Neid, Sarkasmus, Ärger und Liebe, den es nur zwischen Schwestern gibt.

»Wenn es dir nicht passt, kannst du ja die trockenen Kekse essen!«, sagte Kajsa und umarmte mich fest.

»Ach, ich bin doch nur neidisch!«, sagte ich. »Aber ganz ehrlich, wie schaffst du das nur?«

»Es macht mir Spaß!«, sagte Kajsa.

Ich nahm eine Schnecke und dachte, dass das bestimmt stimmte. Aus mir unerfindlichen Gründen mochte sie das Bild von sich als backende Mutter. Irgendwie hatte ich auch meine ewige Leier satt, meine Freiheit zu demonstrieren, indem ich alle traditionell weiblichen Tätigkeiten ablehnte. Die alte Diskussion, ob die Gesellschaft traditionell weibliche Tätigkeiten mehr wertschätzen sollte oder Frauen sich weigern sollten, sie auszuführen, verwirrte mich. Selbstgebackenes *war* lecker, es *war* eine Kunst, einen Schal zu stricken oder ein Plaid zu weben. Das Problem entstand, wenn man das Ganze in einen historischen Kontext stellte. Man konnte kaum die Zeiten ignorieren, in denen Stickereien und Kuchenbacken ein verabscheuter Zwang für Frauen war.

Ich war aufgewachsen mit einer Mutter, die gestresst Kuchen backte, Socken und Handschuhe strickte und die Kleider selbst nähte, dass ich es einfach befreiend und erfrischend fand, Frauen zu treffen, die diese Tätigkeiten ablehnten. Die darauf bestanden, Kekse zu kaufen und nie, wirklich nie eine Häkelnadel in die Hand zu nehmen. Die ihre langen, unpraktischen Fingernägel knallrot anmalten, die ihr Geld für teure Kosmetik und Zigaretten ausgaben anstatt für pflanzengefärbte Wolle. Andererseits war das auch eine Frauenfalle. Wie man es drehte und wendete, wir waren immer verloren. Dammed if you do, dammed if you don't. Dafür hatte die patriarchale Verschwörung gesorgt. Wir wurden von hinten bis vorne betrogen, und sich zu benehmen wie die Männer war keine Alternative.

»Wie steht es mit deinem Liebesleben?«, fragte Kajsa. Ich drehte mich um und schaute, wo die Kinder waren, ob sie zuhörten. Stella und Harry spielten Fußball mit ihren Cousinen, und Sigge lag im Gras mit dem Handy vor der Nase.

»Nichts Neues, mal geht es rauf, mal runter, meistens runter«, ich schwieg und war verlegen.

»Heißt das, du triffst dich mit mehreren oder mit gar keinem?«

Nun war Kajsas Tonfall voller schwesterlicher Ironie.

Ich seufzte und überlegte, ob ich ihr von Olle erzählen sollte, entschied mich jedoch dagegen. Im Lauf der Jahre hatte ich verstanden, dass sie meine Geschichten nicht immer gutheißen konnte, besonders nicht die mit verheirateten Männern.

»Im Moment treffe ich mich mit niemandem«, sagte ich.

»Das klingt gut«, sagte Kajsa. »Du musst erst mal zu dir kommen und überlegen, was du eigentlich willst.«

Ich schluckte meinen Ärger runter und kam mir schlampig und unverantwortlich vor. Seit meiner Scheidung hatten sich unsere Rollen ins Gegenteil verkehrt, ich war plötzlich die Unreife. Das war mir egal, im Gegenteil, es war befreiend. Während sie den Tisch abdeckte und gleichzeitig einen Topf mit Kartoffeln aufsetzte, wollte ich eigentlich etwas sagen. Versuchen, es ihr zu erklären.

»Kann ich dir helfen?«, fragte ich.

»Nein, alles ist vorbereitet«, sagte Kajsa, nahm eine Pfanne aus dem Schrank und legte Fleischstücke hinein, die meine Kinder überglücklich machen würden. Wie sehr ich es auch versuchte, sie weigerten sich, Sojaprodukte als Ersatz für Fleisch zu akzeptieren.

»Und wie geht es euch?«, fragte ich Kajsas Rücken.

»Ausgezeichnet!«, sagte Kajsa schlicht. »Ich finde, es wird immer besser, jetzt, wo die Kinder größer werden und öfter allein zurechtkommen.«

»Ja, ich weiß!«, sagte ich. »Ich finde es toll, dass sie größer werden. Es ist ein ganz anderes Leben, wenn sie auch mal allein bleiben können.« Ich dachte plötzlich an

Griechenland und wie toll es wäre, wenn Kajsa und die Kinder einmal mitkommen würden. »Du, wollt ihr, du und die Kinder, nicht mal mitkommen nach Griechenland?«, sagte ich.

Kajsa drehte sich um und schaute mich mit gerunzelter Stirn an.

»Ohne Tomas?«

»Ja, nur du und die Kinder«, sagte ich.

Sie schüttelte den Kopf.

»Nein, ich würde nie ohne Tomas fahren wollen.«

»Also, ich meine ja nur ein oder zwei Wochen?«, versuchte ich es.

»Wenn ich Zeit und Geld in Ferien investiere, dann will ich, dass die ganze Familie etwas davon hat.«

»Aber ihr seid doch immer zusammen. Ihr wohnt zusammen. Wäre es nicht schön, auch mal ohne einander zu sein?«

»Nein, wenn wir freihaben, möchte ich, dass wir zusammen sind.«

Sie wandte sich wieder dem Herd zu und widmete sich dem Essen. Ich dachte, wie verschieden wir doch waren. Ich lebte nun schon so lange allein, dass ich mich fast nicht mehr erinnern konnte, wie es war, einen Partner zu haben, auf den man Rücksicht nehmen musste. Für mich war es unvorstellbar, dass man in einer Ehe keine Lust oder Sehnsucht hatte, auch mal ohne den anderen zu sein, mit Freunden die Ferien zu verbringen. Dann fiel mir ein, dass Ferien ohne Johan auch für mich undenkbar gewesen waren, als wir noch zusammenlebten. Erst nach der Scheidung war ich gezwungen gewesen, neue Formen zu finden. Ich schaute Kajsa an und versuchte, meine Gedanken in Worte zu fassen. Ich wollte es ihr so gerne erklären, aber ganz gleich, was ich sagte, sie würde es als überheblich, zurechtweisend und verletzend empfinden. Die Erfahrungen, die ich gemacht hatte, muss man selbst machen.

Die Hitzewelle hielt an. Die Luft flirrte. Jeden Morgen lag ein schwerer Dunst über der Stadt. Ausnahmsweise war es leicht, einen Platz in einem der Straßencafés zu finden, die Stadt war wie leer gefegt, bis auf ein paar verirrte Touristen und die wenigen, die wie wir kein Sommerhaus besaßen. Ich versuchte, mich nicht einsam und als Verliererin zu fühlen, während draußen vor dem Küchenfenster der Sommer stattfand. Es klappte nicht sehr gut. Mir fehlten meine Freundinnen, ich war verbittert, weil ich in der Stadt war und zwei wichtige Termine hatte. Normalerweise konnte ich das Alleinsein und die Stille genießen, die sich einstellte, wenn die Kinder bei Johan waren. Aber jetzt war ich nur traurig und nervös.

Vor dem Fenster gingen leicht gekleidete Menschen mit Sonnenbrillen und Sandalen vorbei. Sie bewegten sich langsam, was in Stockholm selten vorkam. Vermutlich hatten sie frei und konnten es sich leisten, durch die Gegend zu schlendern.

Gegen vier war die Hitze in der Wohnung unerträglich, ich beschloss, das Notebook zuzuklappen und in der Årstabucht schwimmen zu gehen.

Unten am Steg sah ich Rilke, die unbekümmert umherschwamm. Solanas stand am Strand und bellte, so wild, dass niemand sich in die Nähe traute. Normalerweise war der Steg voller sonnenbadender Menschen, aber jetzt waren dort nur eine ältere Frau und Rilke. Ihr Anblick munterte mich auf.

»Ich habe gar nicht gewusst, dass du in Stockholm bist!«, rief ich, zog mein Kleid aus und sprang ins Wasser.

»Ja, leider hat sich herausgestellt, dass das Haus, das wir hätten mieten können, doppelt vermietet war. Heddas blöde Cousinen waren dort. Vanja und ich mussten also wieder nach Hause fahren. Ich habe immer Pech, dauernd geht etwas schief. Nie läuft was einfach so.«

Ich lächelte und widersprach ihr nicht, obwohl das nicht stimmte. Ihr passierten ständig großartige Dinge, sie bekam unerwartet ein Stipendium oder wurde eingeladen. Eigentlich war Rilke eine reiche Frau mit vielen liebevollen Freunden. Und doch hatte sie immerzu das Gefühl, benachteiligt zu sein. Das lag an ihrer Kindheit, und ich bezweifle, dass irgendeine Therapie etwas an dieser Lebenseinstellung ändern konnte.

»Schade für dich, aber Glück für mich! Ich saß nämlich zu Hause und war allein und frustriert«, sagte ich.

»Super, dann kommst du heute Abend einfach mit! Wir gehen ins Bitter Pills, da gibt es bestimmte keine langweiligen Heteros!«

Seit ich denken kann, werde ich von Männern kontrolliert und beeinflusst. Ihr Blick hat mich definiert, bestätigt oder vernichtet. Männer begutachten Frauen und verkünden ihren Wert.

Ich habe eine frühe Erinnerung, ich war vielleicht sieben oder acht Jahre alt. Es war Sommer, und ich rannte wie gewöhnlich in Badehose herum, ohne Oberteil. Ich war frei und wusste noch nichts von den Blicken der Männer. Wir waren an einem Badestrand, und meine Schwester und ich jagten einander. Wir schwammen unter Wasser um die Wette, unsere Mutter lag mit unserem neugeborenen kleinen Bruder auf einer Decke im Schatten. Neben ihr in einem Korb waren Saft und Kekse. Wenn wir Hunger bekamen, liefen wir zu ihr, nahmen uns ein paar Kekse, ruhten uns aus und liefen dann wieder ins Wasser. Mitten im Spiel fühlte ich mich plötzlich nicht mehr wohl. Ohne zu wissen, warum, spürte ich instinktiv, dass es unpassend war, nur in einer Badehose herumzulaufen. Ich versuchte, meinen flachen Brustkorb zu bedecken. Ich konnte deshalb nicht mehr so schnell schwimmen, und meine Schwester gewann. Schließlich fauchte ich, dass ich keine Lust mehr hätte. Mit den Händen vor der Brust ging ich zu unserer Mutter und wickelte mir das Handtuch um. Ich schaute um mich und sah lauter Väter und Brüder, die mich anstarrten. Oder bildete ich mir das nur ein? Ich weiß es nicht. Ich weiß nur, dass etwas anders war. Ich hatte das unerklärliche Gefühl, dass es nicht mehr okay war, mit nackter Brust herumzulaufen.

Woher kommt dieses unausgesprochene Verbot? Und wieso konnte ich es spüren?

Eine andere Erinnerung. Ich bin dreizehn und rauche heimlich mit meinen Freunden Jonte und Pelle. Wir haben das Schülerverzeichnis vor uns, und Jonte und Pelle gehen alle Mädchen durch. Jonte sagt: »Kristin ist hässlich.« Pelle sagt: »Und fett.« Jonte sagt: »Unfickbar.« Pelle sagt: »Stimmt!« Ich sage nichts. Höre ihre Kommentare und spüre die Angst wachsen. Ich betrachte das Foto von Kristin und denke, sie ist hübsch. Kurze braune Haare, Kajal um die Augen. Große Totenkopfohrringe. Sie bewegt sich selbstsicher und frech. Als wäre ihr alles egal. Sie ist mollig, aber das steht ihr. Wenn sie finden, dass sie hässlich ist, was denken sie dann von mir? Ich habe keine

Brüste, bin dünn und knochig, ohne weibliche Formen. Ich sehe aus wie ein Junge.

Sie geben weiter ihre Kommentare zu den Mädchen ab. Die hat hässlich kleine Titten. Die hat magere Beine. Die sieht aus wie eine Lesbe. Und die wie eine Nutte. Aber die hat wenigstens gute Titten. Ja, aber bei der muss man beim Ficken ein Kissen übers Gesicht legen, die ist wirklich hässlich!

Plötzlich fällt ihnen auf, dass ich auch noch da bin. Jonte legt einen Armen um mich und sagt: »Aber du bist okay, Sara!« Und Pelle fügt hinzu: »Absolut! Total fickbar!« Jonte nickt.

Sie sind so nett. Ich sollte mich freuen. Wir sind dreizehn, und ich habe schon lange kapiert, dass sie über Wohl und Wehe entscheiden. Mein Wille. Den Bach runter. Ich antworte nicht.

Mir wurden meine körperlichen Unzulänglichkeiten früh bewusst. Zu kleine Brüste. Hässlich. Schmale Hüften. Manchmal zu dünn. Manchmal mollig. Dünne, fliegende Haare. Zu kleine Augen. Zu schmale Lippen. Eine schlechte Haltung. Ein Hintern voller Grübchen. Das ganze Ich eine einzige Hässlichkeit.

Wenn ein Junge mal sagte, er fände mich süß, dann war das eine Gnade. Ich konnte mich glücklich schätzen. Als wäre es total unfassbar, dass jemand mich mochte. Aussehen und Person waren eins. Wenn jemand sagte, ich sei süß, dann hieß das, er mochte mich. Ich war es wert, geliebt zu werden.

Meine Freundinnen waren wie ich. Wir standen vor dem Spiegel und betrachteten unsere missratenen Körper. Weinten angesichts der katastrophalen Erscheinung. Ich schaute eine meiner Freundinnen an, sie schluchzte, dass niemand sie je würde lieben können, und ich wusste, dass es nicht stimmte. Sie tanzte cooler als sonst jemand. In meinen Augen war sie so perfekt, wie ein Mensch nur sein konnte. Und doch hasste sie ihr Aussehen.

Ganz selten einmal hatte ich das Gefühl, wie es vor langer Zeit einmal gewesen sein muss. Ein freier Körper, nackt, und glücklich unwissend hinsichtlich der Blicke der anderen. Wörter wie »hübsch«, »hässlich«, »unfickbar« besaßen keine Bedeutung. Mein Körper funktionierte, war gesund. Mehr brauchte ich nicht. Mein Wert war davon unabhängig.

Rilke hatte mich schon oft gefragt, warum ich nicht lesbisch wäre. Ich hatte geantwortet, dass ich das nicht beeinflussen konnte. Ich war mit Männern zusammen und hatte Frauen gegenüber noch nie eine sexuelle Anziehung gespürt. Einmal hatte sie mich gebeten, darüber nachzudenken, was der männliche Blick für mich bedeutete.

»Frag dich doch mal, wie sehr die Aufmerksamkeit von Männern deinen Wert bestätigt. Frag dich doch, wie abhängig du inzwischen von dieser Art von Bestätigung bist und was passieren würde, wenn du dich davon frei machen könntest.«

Ich wusste, dass sie recht hatte. Ich war abhängig von den Männern und deren Bestätigung. Eine sexistische Sozialisierung von Kindesbeinen an. Wie frauenzugewandt ich auch in meinem Leben sein wollte (und ich bin davon überzeugt, dass ich erheblich frauenzugewandter als männerzugewandt bin, außer wenn es um Sex geht), so waren es doch die Blicke der Männer, durch die ich mich erwählt und begehrt fühlte. Vielleicht war es das, was Rilke meinte, dass ich umprogrammiert werden und von neuem lernen müsste, die Blicke und das Begehren von Frauen zu schätzen, sie als genauso wertvoll wie die von Männern zu erleben.

Jetzt stand ich also in der übervollen Bar Bitter Pills und dachte über die Frauendominanz im Raum nach. Die Tanzfläche hatte ohne Männer eine andere Hierarchie, vielleicht idealisierte ich es, aber mir kam alles großzügiger und freier vor. Die Frauen repräsentierten alle denkbaren Typen; groß, dünn, großbusig, flach, mit langen, wallenden Haaren, kurzgeschorenen Köpfen. Um mich herum knutschten, tanzten, redeten und lachten Frauen. In meinen bitterfotzigen Augen sahen sie freier aus als Frauen in einer beliebigen Heterobar. Sie bewegten sich sorglos, mit großen, platzgreifenden Bewegungen. Es tat meinem hoffnungslos verlorenem heterosexuellen Körper und meiner Seele gut, teilhaben zu dürfen. Ich trank mein Bier und dachte an meine Männer. Eine lange Reihe hoffnungsloser Enttäuschungen. Verdammte Loser. Blödmänner und Dummschwätzer. Verdammt schlechte Erfahrungen.

»Worüber denkst du nach?« Rosa legte die Hand auf meine und lächelte mich an.

»Ich wälze dumme, bittere Gedanken über Männer und ihre Blicke und was sie mit uns machen«, sagte ich.

»Aber jetzt bist du doch hier bei uns!«, sagte Mika. »Vergiss doch mal die Männer und überlass es uns, uns um dich zu kümmern!«

Rosa und Mika schauten sich an und lachten laut.

»Was?«, sagte ich.

»Mika ist unmöglich«, sagte Rosa. »Du bist unser Freifahrschein, weißt du.«

»Ach so, jetzt geht das wieder los«, sagte ich. »Ist das euer Ernst?«

»Na klar«, sagte Mika.

»Klarer geht nicht«, sagte Rosa.

»Wollt ihr mir damit sagen, dass eine mit mir knutschen darf, ohne dass die andere eifersüchtig wird?«

»Genau das bedeutet es«, sagte Rosa.

»Okay«, sagte ich. »Dann mal los!«

Rosa beugte sich vor und küsste mich. Es war natürlich und erregend. Als sie fertig war, kam Mika an die Reihe. Wir küssten uns abwechselnd. Zu meiner Freude spürte ich die wohlbekannte Schwere zwischen den Beinen. Ich musste daran denken, was Rilke immer und immer wieder gesagt hatte, dass ich es wenigstens einmal mit einer Frau versuchen sollte, um zu wissen, wie es ist. Mit Mika und Rosa zusammen zu sein erschien plötzlich als eine Möglichkeit, für die ich mich nicht einmal anstrengen musste.

Wir taumelten alle drei Hand in Hand zu mir nach Hause. Die Nacht war nur wenig kühler als der Tag. Ich öffnete die Balkontür sperrangelweit und ließ Luft ins Schlafzimmer.

Mit Mika und Rosa zusammen zu sein gehörte zum Schönsten, was ich je erleben durfte. Bisher hatte ich es mir immer schwierig vorgestellt, mit mehreren Sex zu haben. Ein Szenario, das zu Eifersucht einlud. Ich hatte mir Gefühle von Ausgeschlossenheit und Verlassenheit vorgestellt. Meine Befürchtungen erwiesen sich als falsch. Im Gegenteil, Großzügigkeit und Gemeinschaft prägten die Stunden mit Mika und Rosa. Ich hatte mich auch nie so wohl in meinem Körper gefühlt, befreit von abschätzenden Männerblicken. Mit Männern war ich mir oft meiner selbst und der Unzulänglichkeiten meines Körpers bewusst. Diese Gefühle hatte ich mit Mika und Rosa überhaupt nicht. Ich fühlte mich wie eine Göttin. Unsere Körper verschmolzen miteinander, niemand blieb außen vor. Es war zärtlich, großartig und sehr schön. Ich wachte von Kinderstimmen auf, die man vom Hof aus hörte. Die Sonne schien herein, ich schlüpfte in den Bademantel und dachte daran, dass die Balkontür die ganze Nacht offen gewesen war, genau wie die meiner Nachbarn. Ich stellte mich auf den Balkon und schaute in den Hof, wo Kinder und Erwachsene spielten und Kaffee tranken. Alle Balkontüren standen weit offen. Vermutlich hatte das ganze Viertel unsere Liebesgeräusche gehört. Einen Moment lang schämte ich mich, dann drehte ich mich um und betrachtete die schönen Menschen, die nackt in meinem Bett lagen und schliefen. Ich lächelte. Hoffentlich hatten unsere Geräusche die Nachbarn inspiriert.

Mein Lächeln wurde noch breiter, als ich die sieben Textmitteilungen las, die Rilke im Lauf der Nacht geschickt hatte.

»Wo seid ihr?«

»Seid ihr zusammen nach Hause?«

»Mein Gott, ich steeerbe! Antworte, seid ihr bei dir?«

»Was ist los? Geht's euch gut?«

»Ich will alles wissen!«

»Ich kann nicht schlafen, das ist deine Schuld!«

»Okay, ruft mich morgen an, wenn ihr wach seid!«

Ich setzte Kaffee auf und deckte den Frühstückstisch und antwortete, dass sie rüberkommen könne, wenn sie wolle. Sie antwortete binnen einer Minute, dass sie und Solanas sofort ihren Morgenspaziergang beenden und kommen würden.

Rosa kam in die Küche und rieb sich verschlafen die Augen.

»Hallo, meine Schöne! Hast du gut geschlafen?«, fragte sie und küsste mich.

»Ich habe sehr gut geschlafen. Und du?«

Sie nickte.

»Aber ich habe Hunger!«

Ich zeigte auf den Tisch.

»Bitte sehr.«

Kurz darauf kam Mika, und wir setzten uns und begannen zu frühstücken. Ich las Rilkes Mitteilungen vor und sagte, sie sei auf dem Weg.

»Sie ist bestimmt genauso glücklich und zufrieden wie wir!«, lachte Rosa. Ich nickte.

»Was hat sie mir in den Ohren gelegen!«, sagte ich.

Als ich Rilke die Tür öffnete, war ihr Lächeln selbstzufrieden und bewundernd zugleich. Ihr Gesicht war schief vom breiten Grinsen. Die Augen glitzerten erwartungsvoll.

»Endlich!«, sagte sie, ließ Solanas von der Leine und trat ein.

»Und wie glücklich fühlt ihr euch?«, sie nickte Mika und Rosa zu.

»Sehr glücklich!«, sagte Rosa.

»Jetzt musst du dich nur noch wie ein trockener Alkoholiker benehmen«, sagte Rilke und schaute mir ernst in die Augen. »Halte dich an mich, wir schauen von einem Tag zum nächsten, dann bekommst du keinen männlichen Rückfall!«

Dann machten wir, was man oft macht, wenn man zum ersten Mal einen lesbischen Dreier erlebt hat; wir tranken Kaffee und redeten über Politik, bis es Mittag war und wir den restlichen Tag in Angriff nehmen mussten.

Zu Rilkes großer Freude waren alle Männer, die ich kannte, in Ferien. Zumindest alle, die mir gefährlich werden konnten.

»Das war bestimmt die interessanteste Erfahrung meines gesamten Liebeslebens«, sagte ich zu Misha und Lena, als wir uns eine Woche später trafen.

Wir hatten Pizza gekauft und waren damit in die Årstabucht gegangen, um zu essen und zu schwimmen. Der Steg war voller entspannter Menschen. Wenn das Wasser nicht so schmutzig gewesen wäre, hatte es ausgesehen wie in einem Werbespot.

»Oh, ich möchte auch lesbische Erfahrungen machen!«, sagte Misha.

»Man muss es nur zulassen. Ich bin dankbar, dass ich etwas habe, womit ich angeben kann, in meinem ansonsten so erbärmlichen Heteroleben.«

»Ich frage mich manchmal, ob meine Großmutter nicht lesbisch war«, sagte Lena. »Sie war erst fünfzig, als mein Großvater starb, aber sie hat danach nie mehr einen Mann gehabt. Sie hatte allerdings viele enge Freundinnen, mit denen sie sich traf, da war immer eine zu Besuch, wenn man zu ihr kam. Was weiß ich, vielleicht haben sie sogar zusammengewohnt, ohne dass wir es wussten?«

»Was weiß man eigentlich genau voneinander? Also hinter der Fassade«, sagte Misha. Sie seufzte. »Im Moment bin ich ziemlich sauer auf meine Familie. Meine Schwester und meine Mutter haben eine Facebook-Gruppe gegründet, in der schöne Urlaubsfotos gepostet werden. Jenny dreht völlig durch, sie postet ein idyllisches Bild nach dem anderen. Ihre Kinder streiten offenbar nie, sind nie schmutzig oder schlecht drauf. Es sind Bilder von frisch gepflückten Blumen, kreativen Grillspießen und selbstgebackenem Blaubeerkuchen, Kindern am Sandstrand mit ihrem durchtrainierten Vater, der mit ihnen spielt.« Sie schaute uns an. »Findet ihr mich schrecklich? Ich komme mir kleinlich vor und könnte mich nur noch aufregen. Und gleichzeitig fühle ich mich schlecht, weil ich kein Sommerhaus habe mit Mann und Grill und wohlerzogenen Kindern.«

»Du bist nicht kleinlich«, sagte Lena. »Du störst dich an der Verlogenheit deiner Schwester, wenn sie nur gestellte Fotos postet. Dass sie nicht auch ein bisschen Alltag zeigt, sondern nur die heile Welt. Ich glaube, das ärgert dich, oder?«

»Ja, stimmt«, sagte Misha erleichtert. »Ich liebe meine Schwester und wünsche ihr alles erdenklich Gute. Aber diesen Wettbewerb, wer die glücklichste Familie hat, den ertrage ich nicht.«

»Ich frage mich die ganze Zeit, ob du sie wieder treffen wirst«, sagte Lena. »Bist du jetzt ihre Geliebte?«

Ich lächelte und stellte mir ein Leben mit Mika und Rosa vor. Dass sie mich rufen würden und ich käme.

»Tja, warum nicht. Nein, im Ernst, ich glaube, das war einmalig. Aber ich finde es gut zu wissen, dass ich auch auf Frauen scharf sein kann. Das eröffnet die Möglichkeit für andere Beziehungen und vor allem, ohne Männer auszukommen.«

Misha stöhnte.

»Mein Gott, ich muss wirklich mal ausprobieren, wie es mit Frauen ist!«

Lena lächelte.

»Ich würde vermutlich das Gleiche sagen, wenn ich nicht so verliebt in Klas wäre.«

»Schön, dass wenigstens eine von uns Glück in der Liebe hat«, sagte Misha.

Ich stand auf und ging an den Rand des Stegs. Zog das T-Shirt aus und sprang allen Bedenken zum Trotz in das braune, dreckige Wasser. Es war so kühl und angenehm, wie ich es mir vorgestellt hatte.

Hoffentlich lagen noch eine ganze Menge Jahre vor mir, das Wasser umschloss mich und drang in Nase, Ohren und Augen, und dann dachte ich, ich würde es wieder so machen, für den Rest meines Lebens. Mich für ein paar Sekunden Genuss in unbekanntes Gewässer stürzen.

Edith bestand darauf, meine neue Erfahrung mit Champagner zu feiern. Wir saßen mit einer Schüssel Erdbeeren auf ihrem Balkon in der Abendsonne.

»Du kommst dem Zustand als *freie Frau* näher. Das ist ein sehr gutes Zeichen!«

»Ich würde so gerne glauben, dass du recht hast, und ich bin auch sehr stolz darauf, aber ich fürchte, ich bin immer noch die alte verwirrte Spießertante.«

»Ach was, dummes Zeug! Verwirrt sein ist nicht spießig, im Gegenteil, wenn man immer alles gleich weiß, ist man ein Idiot!«

Ich lächelte und nahm eine Erdbeere.

»Dann bin ich wohl Einstein«, sagte ich.

»Warum nicht?«, sagte Edith todernst. »Sich selbst in Frage zu stellen und zu analysieren ist großartig. Verwirrt sein heißt menschlich sein. Genau wie Fehler machen und andere Dummheiten.« Sie seufzte, beugte sich vor und nahm meine Hand. »Das Einzige, was mich ein wenig besorgt, ist, dass du so hart zu dir selbst bist. Warum verstehst du nicht, dass du liebenswert bist?«

Ich verzog das Gesicht und wandte mich ab. Edith tätschelte meine Hand.

»So, jetzt brauchen wir noch ein bisschen Champagner!«, sagte sie. »Auf den Mut, die Liebe zu wagen!«, sie hob das Glas.

»Es ist total erstaunlich, dass überhaupt jemand sich traut!«, sagte ich und prostete ihr zu. »Hast du das Gefühl, jetzt mit Isak die große Liebe gefunden zu haben?«

Edith antwortete nicht sofort.

»Ich habe nicht gesagt, dass es nur eine Liebe gibt! Die große, wahre Liebe kann, wenn man Glück hat, mehrmals im Leben passieren. Arthur war meine erste große Liebe. Aber ja, Isak ist meine zweite. Und eins kann ich dir sagen, ich bin unendlich dankbar, dass ich es zweimal im Leben erfahren durfte. Jetzt kann ich zufrieden sterben.« Sie lachte laut und krächzend.

Ich schüttelte den Kopf.

»Die meisten Menschen haben zu viel Angst, um auch nur einmal im Leben richtig zu lieben«, fuhr sie fort. »Es ist nicht allen vergönnt. Man muss eine Begabung für die Liebe haben. Und Mut. Und du, meine liebe Sara, du hast sowohl die Begabung als auch den Mut, eine große Liebende zu werden. Das darfst du nie vergessen, was auch immer dein Umfeld dir in Form von Konventionen und Normen einredet.«

»Ich fühle mich so schrecklich naiv!«, sagte ich.

»Das ist doch das Tolle!«, sagte Edith.

Ich dachte an meine Liebhaber, sie waren in den letzten Jahren gekommen und gegangen. Ich hatte abwechselnd gejubelt und gewütet. Nur ganz wenige Erfahrungen waren ausschließlich positiv. Mika und Rosa gehörten dazu. Ich musste lächeln, als ich an sie dachte.

»Warst du nie mit Frauen zusammen?«, fragte ich. Mir fiel plötzlich auf, dass dies eines der wenigen Dinge war, die ich nicht über Edith wusste.

»Doch, in den siebziger Jahren. Ich war eine Zeitlang politisch lesbisch. Aber ich traf dann ziemlich bald Arthur.«

»Willst du damit sagen, dass du aus politischen Gründen lesbisch warst? Das klingt sehr rational«, sagte ich.

»Ja, das war eine rationale Entscheidung, die ich wegen einer ganzen Reihe von schrecklichen Erfahrungen mit Männern und dem Wissen, wie sie die Welt regieren, getroffen habe. Aber die Gefühle, die ich für die Frauen hatte, mit denen ich zusammen war, waren sehr ernst. Ich habe nie etwas gemacht, was ich nicht wollte. Meine Güte, man kann im Prinzip doch Sex mit einer Dusche oder einer Gurke haben und einen Orgasmus bekommen, genauso selbstverständlich kann jemand des eigenen Geschlechts dich erregen. Ich habe diese phantasielose Einteilung in hetero und homo noch nie verstanden.«

Sie seufzte und stand auf.

»Ich muss was holen.«

Der rosa Kaftan flatterte im Wind. Kurz darauf kam sie mit einer schwarzen Samtschachtel wieder.

»Ich habe dich schon lange um einen Gefallen bitten wollen.«

Erstaunt schaute ich sie an und nahm die Schachtel. Darin lag ein goldener Ring mit einer roten Koralle, die als Dreieck geschliffen war.

»Als ich vierzig wurde, fuhr ich nach Capri, um mich selbst zu feiern. Ich hatte die Lebensmitte erreicht, und mir war klar, dass ich nie Kinder bekommen würde. Arthur war zu wichtig geworden, und das bedeutete ein

Leben ohne Familie im traditionellen Sinn. Als Geburtstagsgeschenk habe ich mir diesen viel zu teuren Ring bei einem Juwelier in Capri Town gekauft. Am Abend aß ich in diesem wunderbaren Restaurant La Gelsomina ein Vier-Gänge-Menü und schaute aufs Meer und auf den Sonnenuntergang. Da und dort wurde mir klar, dass ich mich selbst liebte. Ich hatte Fehler und Mängel, aber nicht so schlimm, dass man sie nicht aushalten konnte. Wenn ich etwas im Leben gelernt habe, dann dies: Der Schlüssel zu psychischer Gesundheit ist die Fähigkeit, sich selbst zu lieben und zu trösten. Schafft man das, dann kann man auch gut weiterleben und sich wohlfühlen, wenn dumme Sachen passieren. Als ich vierzig wurde, war es diese Erkenntnis, die ich feiern wollte, nicht die Anzahl der Jahre. Ich war erleichtert und dankbar und dachte, wenn ich schon keine Hochzeit oder Taufe oder ein anderes Ritual unserer Kultur erleben würde, dann musste ich mir ein eigenes schaffen.«

Sie hielt den Ring hoch und schaute mir ernst in die Augen.

»Ich habe diesen Ring gekauft als Erinnerung daran, die Beziehung zu mir selbst zu pflegen.«

Sie schwieg und nahm einen Schluck Champagner. Die Sonne war gerade hinter dem Haus gegenüber untergegangen, und ich schauderte in der plötzlichen Kühle.

»Wenn ich gestorben bin, möchte ich, dass du ihn dem Meer zurückgibst. Capri war für mich immer ein magischer Ort. Ein Ort, an den ich zurückgekehrt bin, um Kraft und Lebensfreude wiederzufinden, wenn es im Leben gestürmt hat. Am liebsten würde ich mich dort begraben lassen, aber das ist zu kompliziert. Das mit dem Ring muss genügen. Gönne dir ein festliches Essen im La Gelsomina. Dann gehst du die wenigen Meter vom Restaurant zum Belvedere Migliera und wirfst den Ring vom Felsen hinunter ins Meer. Kannst du mir das versprechen?«

Ich nickte und blinzelte die Tränen weg, wie immer ging mir ihr Reden vom Tod nahe. Edith lächelte unbekümmert.

»Gut, ich weiß, dass ich mich auf dich verlassen kann.«

Capri, April 2015

Ich wache im Morgengrauen auf und bin wütend. Ich habe von Johan geträumt. Wir standen neben einer lauten Waschmaschine, in der sich die Wäsche drehte. Ich versuchte, ihm zu sagen, dass wir es eilig hätten, aber er lächelte nur und machte Zeichen, das er mich nicht hörte. Ich sprach lauter und sagte noch einmal, dass wir keine Zeit hätten, wir müssten uns beeilen. Johan schüttelte den Kopf und zuckte mit den Schultern. Ich wurde immer gestresster und frustrierter und schrie ihn an, aber er sah immer noch unbekümmert aus. Am Ende brüllte ich, unartikuliert und wahnsinnig. Er lächelte. Dann wachte ich auf, schweißnass und wütend.

Ich gehe in die kleine Küche, mache mir belegte Brote und packe sie zusammen mit einer Flasche Wasser, einem Apfel und meinem Tagebuch in meinen Rucksack. Dann setze ich mich auf die Terrasse und warte, bis die Sonne aufgegangen ist. Ich nehme meinen Rucksack, meine Strickjacke und gehe los. Es ist immer noch so früh, dass die Straßen leer sind. Ich biege in den kleinen Pfad ein, der auf den Berg Monte Solaro führt. Durch die Anstrengung legt sich die Wut ein wenig, es bleibt ein diffuser Ärger zurück.

Als ich eine halbe Stunde später den Gipfel erreiche,

bin ich nassgeschwitzt. Die Sonne steht schon ziemlich hoch am Himmel. Die weißen Blumen im Gras sind noch taunass, und einen Moment lang überlege ich, ob ich ein Foto machen soll, lasse es aber bleiben. Bilder werden nie so schön wie das Bild in der Erinnerung. Das trügerische Bild, das manchmal verschönert, um in der nächsten Sekunde alles zu schwärzen. Die Geschichtsschreibung kennt vor allem selbstsichere Männer, die niemals Zweifel hegen. Ich jedoch will wirklich verstehen, was in meinem Leben eigentlich passiert ist. Ich habe mich scheiden lassen, und viele Jahre später sitze ich hier und bin genauso verwirrt und ärgerlich wie damals.

Ich setze mich auf die grüne Bank und hole mein Tagebuch heraus. Es ist alt, denn ich schreibe nur selten etwas hinein. Ich blättere acht Jahre zurück und lese. Das übliche Gejammer, Selbstmitleid, Missverständnisse und Frust. Vor allem Frust, das erkenne ich und denke an den Traum. Die Ohnmacht, dass mein Leben nicht so läuft, wie ich es mir vorgenommen habe. Die Unzufriedenheit, Ereignisse, die jetzt lächerlich erscheinen. So viel habe ich vergessen. Es ist, als läse ich die Gedanken einer unbekannten Person. Einer nicht sehr sympathischen Person, stelle ich fest, und Wellen von Scham gehen durch meinen Körper. Ich lese, dass wir damals dauernd gestritten haben, aber hier, auf dieser grünen Bank auf Capri, habe ich keine Ahnung, worum es eigentlich ging, *tatsächlich* ging. Und doch war es damals lebenswichtig, die Nacht, als ich weinte angesichts des Abgrunds, der sich vor mir öffnete. Wie die Seele schrumpfte, eiskalt und voller Verachtung für den Mann, der neben mir lag. Ein Tagebucheintrag von der dunklen Novembernacht, als ich Harry auf die Welt brachte. Da steht, wir haben ein Taxi gerufen und sind ins Krankenhaus gefahren. Eine Reise ins Unbekannte. Würde ich die Schmerzen aushalten? Überleben? Würde das Baby sich unbeschadet aus meinem Körper zwängen können? Ich versuche, mich an den Taxifahrer zu erinnern, der uns fuhr, aber ich kann nicht einmal den Schatten eines Gesichts herbeirufen. Auch an die Hebammen habe ich keine Erinnerung. Nur dass sie freundlich waren und mich mit sanften Händen anfassten. Auch der Schmerz ist vergessen und vergeben. Die Wehen, die immer häufiger kamen. Das Feuer, als ich ihn endlich herauspresste. Die Tränen der Erleichterung danach. An die erinnere ich mich.

Wie die mühsamen Nächte, die folgten. Unendlich in ihrer Einsamkeit. Johan schlief gut, während ich stillte, wiegte und summte. Schwindelig und halb wahnsinnig vom Schlafmangel und den Hormonen. Die glühende Wut, wenn Johan am Morgen ahnungslos fragte, wie die Nacht gewesen wäre. Der Schlafmangel machte jegliche Distanz und allen Humor zunichte. Ich kann das Gefühl nur als Hass beschreiben. Ich hasste ihn, weil er gut schlief und ich ein Wrack war. Ganz allmählich, als die Nächte ruhiger wurden und der Schlaf zusammenhängender, verebbte es. Aus Hass wurde Ärger, aus dem Ärger Frust, der wurde zum Normalzustand. So verfestigt, dass ich immer noch davon träume, wortloses Brüllen mit einer Waschmaschine zwischen uns. So viel habe ich vergessen, wird mir klar, als ich die alten Aufzeichnungen durchblättere. Die hellen Stimmen der Kinder, als sie klein waren. Wie konnte ich das vergessen? Wie war es, an einem Samstagmorgen zusammen zu frühstücken? Worüber redeten wir?

Die Erinnerung trügt und bricht zusammen. Und doch schrieb ich meine Geschichte, ohne eine Ahnung zu haben, wie es wirklich war. Manches malte ich schwarz, anderes malte ich schön. Manches ist jetzt deutlicher, aber allzu viel immer noch völlig unbegreiflich. Ich versuche eine Zusammenfassung.

Im Lauf der Jahre bin ich mir einer Sache sicher geworden: Ich weiß nichts. Ich kann auch nicht sagen, dass ich klüger geworden bin oder die Liebe verstehe. Im Gegenteil. Meine Sehnsucht hat mich nur noch verwirrter gemacht. Dinge, deren ich mir sicher war, stellten sich als falsch heraus. Jedes Mal wenn ich meine Bedürfnisse formuliert hatte, erwiesen sie sich als betrügerisch, oberflächlich und in keiner Weise zufriedenstellend, es sei denn, für einen kurzen Moment. Die Liebe war genauso merkwürdig und trügerisch wie eh und je. Möglicherweise habe ich gelernt, dass es nicht so schrecklich ist, allein zu leben, wie unsere Kultur einen glauben macht.

In einem Eintrag aus dem Sommer 2009 beschreibe ich eine Dokumentation über Marguerite Duras, die ich offenbar gesehen habe. Darin sagt sie in Bezug auf ihr Familienleben, dass sie nie so wenig über die Welt zu sagen gehabt hätte wie zu der Zeit, als die Kinder klein waren. Dem Tagebuch nach zu schließen hat das großen Eindruck auf mich gemacht, zu einer Zeit, als ich kämpfen musste, nicht ganz von der Mutterschaft verschluckt zu werden. Als die Kinder klein waren, kam ich mir oft verlassen und betrogen vor. Duras' Worte schlugen wie der Blitz bei mir ein, sie bestätigten, was ich vermutete: Das Familienleben drohte, mich zu vernichten (wie alle anderen Frauen, die nachweislich die schwerere Bürde zu tragen hatten). Meine Existenz als verheiratete Frau und Mutter von drei Kindern stellte Bedingungen: Du kannst schreiben, aber erst musst du kochen/waschen/putzen/aufräumen/Kinder ins Bett bringen. Das Gefühl, dass die Zeit und das Leben vor meinen Augen zerrannen, ohne dass ich die Möglichkeit hatte, anzuhalten und abzuspringen.

Jetzt, wo ich alle zwei Wochen meine ersehnte Freiheit habe, bin ich nicht mehr so sicher, dass Duras ihre Worte so meinte, wie ich sie verstand. Gewiss, das Familienleben frisst einen Haufen Zeit und Energie, und gewiss, es sind hauptsächlich wir Frauen, die ständig ihre Bedürfnisse hintanstellen müssen, um die anderer befriedigen zu können. Aber das Leben mit kleinen Kindern lässt dich auch die Welt mit anderen Augen sehen. Du setzt einfach für eine gewisse Zeit andere Prioritäten. Plötzlich ist es interessanter, den neuen Schlafrhythmus deines Kindes zu verstehen, als die politische Entwicklung in Afghanistan. Das Gehirn steht unter dem Einfluss eines Cocktails aus Schlafmangel, Hormonen und dieser neuen Leidenschaft (dein Kind), und das verändert dich. Aus irgendwelchen tiefenpsychologischen, kindheitstraumatischen Gründen erlebte ich diese Veränderung als bedrohlich. Geradezu existenzbedrohend. Als Frau in einer Welt, in der Frauen systematisch gekränkt und erniedrigt werden, gibt es eine feministische Analyse, die dieses Gefühl der Bedrohung verstärkt. Damals, als Sigge geboren wurde und kurz darauf Stella, fehlte mir die Erkenntnis, dass Kinder allmählich groß werden und die Frauen ebenso allmählich wieder sie selbst werden. Der Schlafmangel war nicht mehr so alarmierend, die Hormone tobten nicht mehr so wild, und plötzlich, eines Tages, ertappst du dich dabei, dass du mit der Zeitung am Küchentisch sitzt und in aller Ruhe einen langen Artikel über die Politik in Afghanistan liest. Kein Kind lenkt dich ab, kein Mann will deine Aufmerksamkeit. Du bist ungestört. Und zu deinem Schrecken stellst du fest, dass die Stille schön und langweilig zugleich ist.

Duras hatte das Gefühl, nicht sehr viel über die Welt sagen zu können, als ihre Kinder klein waren. Aber in einer Kultur, in der es genauso wichtig wäre, das Familienleben und den Alltag mit kleinen Kindern zu schildern, hätte sie es da anders formuliert?

Je älter ich werde, desto sterbenslangweiliger finde ich die ewigen Kriegsromane der Männer, die Geschichten über Machtkämpfe, Eroberungen und politische Intrigen. Sie berühren mich nicht.

Je älter ich werde, desto trotziger werde ich angesichts der allgemeinen Bedeutung des Ausdrucks *etwas über die Welt sagen*, zu dem weder Kinder noch private Beziehungen zu gehören scheinen. Je älter ich werde, desto klarer erkenne ich, dass es genau diese Geschichten sind, die mich am meisten berühren.

Je älter ich werde, desto klarer erkenne ich, dass mir vor allem die Kinder und meine Freundinnen etwas bedeuten. Dann kommt sehr, sehr lange nichts, und erst auf dem siebten Platz kommen die Männer.

Ich denke an Kerstin Thorvall. Wie schade es ist, dass sie die Stärke der Frauenfreundschaft nicht kannte. Wie dringend sie sie gebraucht hätte. Stattdessen verband sie sich mit Männern. Sprach anerkennend und bewundernd über männliche Kollegen, während sie die Frauen mit Missgunst und Verachtung überzog.

Was den Feminismus angeht, war sie doppeldeutig und widersprüchlich. Einerseits versorgte sie die Familie und lehnte sich immer wieder gegen Erwartungen auf, die man an sie als Mutter stellte, indem sie ab und zu in ein Hotel ging. Eine feministische Praxis, die zu ihrer Zeit unglaublich radikal war. Indem sie ihre Erfahrungen zudem in Literatur verwandelte, weitete sie die enge Frauenrolle für Tausende von Frauen, die sie lasen und ihre eigene Frustration und Sehnsucht nach Freiheit in ihren Texten wiedererkannten.

Andererseits schrieb sie Artikel, in denen sie das Recht von Frauen, nicht zu arbeiten, sondern bei den Kindern zu bleiben, verteidigte. In einem Artikel mit dem Titel »Deshalb bin ich der Apostel der Weiblichkeit« schrieb sie, »die Freiheit der Frau besteht nicht darin, sich nicht um die Kinder kümmern zu müssen. Sie besteht darin, dass sie Kinder nicht weggeben muss, solange sie klein sind.«

In einem ähnlich absurden Geist bezeichnete sie in einer Diskussion sexuelle Übergriffe als »Luxusproblem«, was aus nachvollziehbaren Gründen bei den Frauen, die diesen Übergriffen ausgesetzt waren, große Wut hervorrief.

Sie war einfach unangepasst und anstrengend.

Lena und ich machten einen Spaziergang zum Restaurant Blå Porten. Die Bäume leuchteten, die Luft war klar.

»Es ist so schön, dass ich fast religiös werden könnte!«, sagte ich und schaute über das Wasser und die rotgelben Bäume.

Lena nickte.

»Ja, an einem so schönen Tag ist es schwer, nicht an Gott zu glauben.«

»An eine höhere Existenz oder Gott wie in *Gott?*«, fragte ich und blieb stehen. Gott war ein Thema, über das wir nur selten sprachen.

Lena zögerte mit der Antwort und dachte nach.

»Ich nenne diese höhere Existenz Gott«, sagte Lena.

Ich schaute sie erstaunt an.

»Ich habe gar nicht gewusst, dass du gläubig bist!«

»Ich bin nicht gläubig in dem Sinn, dass ich in die Kirche gehe und alle Dummheiten glaube, die in der Bibel stehen, aber ich glaube an Gott, und der Gott, an den ich glaube, der ähnelt dem christlichen Gott. In der Bibel gibt es viele kluge Gedanken.«

»Ich bin sprachlos!«, sagte ich. »Ich hatte keine Ahnung, dass du gläubig bist.«

»Aber warum ist das so merkwürdig?«, sagte Lena.

»Weil ich dachte, ich weiß alles über dich. Ich dachte, wir hätten die gleiche politische Anschauung, die gleiche Sicht auf die Kindererziehung. In meiner Welt gibt es den christlichen Glauben nicht. Ich kann an keinen christlichen Gott glauben und auch an keinen anderen Gott.«

»Aber du glaubst doch an Gespenster!«, sagte Lena. »Und du glaubst, dass es Dinge gibt, die man wissenschaftlich nicht erklären kann. Du glaubst an die Magie, die durch Kunst, Musik oder Literatur entsteht. In meinen Augen bist du ein sehr spiritueller Mensch, und da sollte die Idee von einem Gott doch nicht so unfassbar sein.«

Ich schüttelte den Kopf.

»Aber das ist doch etwas ganz anderes! An Magie zu glauben, oder dass es unerklärliche Dinge gibt, andere Dimensionen, wenn man so will, ist für mich etwas ganz anderes, als an den Gott des Christentums zu glauben.«

»Aber du glaubst doch an die Liebe!«, sagte Lena.

»Was hat denn die Liebe mit Gott zu tun?«, fragte ich.

»Ganz viel«, sagte Lena. »Wenn ich glaube, dass es Gott gibt, wenn ich an ihn glaube, so glaube ich, dass es bei der Liebe um Glauben geht. Wenn zwei Menschen sich entscheiden, an die gegenseitige Liebe zu glauben, entsteht etwas Starkes, beinahe Magisches. Wenn ich es wage, mich an Klas zu lehnen, und er an mich glaubt und sich an mich lehnt, dann treffen wir uns in einer Art Dreieck, und es entsteht eine Stärke. Wenn jedoch einer von uns verschwindet, wird der andere fallen. Bei der Liebe geht es um Vertrauen und Glauben, und ohne sie kann sie nicht funktionieren. Deshalb ist Untreue so verheerend für die Liebe.«

»Okay«, sagte ich und lächelte.

»Ich meine das ernst«, sagte Lena. »In meiner Welt gleicht mein Glaube an Gott meinem Glauben an die Liebe. Mein Glaube und meine Handlungen erwecken Gott und die Liebe zum Leben. Wenn ich es nicht wagen würde, zu glauben, dann würden beide wackeln.«

Ich antwortete nicht, aber ich dachte an das, was sie gesagt hatte.

»Aber warum gilt das nur für die Liebe zu einem Partner?«, fragte ich.

Lena zuckte mit den Schultern.

»Tja, warum. Sie ist wohl anders. Komplizierter und fordernder.«

»Da sollte es aber keinen Unterschied geben«, brummte ich.

Es war ein besonders schöner Herbsttag. Ein Tag, an dem die Welt unter dem gnädigen Licht der Sonne glänzte. Ich wachte auf, machte die Balkontür auf und atmete tief die klare Luft ein, die kurz darauf von einem vorbeidonnernden Bus verunreinigt wurde. Es war Samstag, und zum ersten Mal seit langer Zeit verspürte ich ein Glücksgefühl.

Ich durfte leben. Banal und großartig zugleich, vielleicht sogar pathetisch, wenn man eher zynisch veranlagt war. Unten auf der Straße bellte ein Hund, eine laute Männerstimme wies den Hund zurecht. Ich ließ die Balkontür offen, damit Abgase und Geräusche mich noch erreichten.

Es war ein Tag, wie geschaffen für ein bombastisches Frühstück. Ich setzte Kaffee auf und schenkte mir ein Glas Orangensaft ein. Ich schnitt einen Apfel klein und streute Nüsse und Samen darüber. Dann mischte ich das Obst mit einem Löffel Joghurt und dem griechischen Honig, den ich letzten Sommer mitgebracht hatte und den ich mir an besonderen Tagen gönnte. Im Tiefkühlfach gab es Brot, das ich toasten konnte. Im Kühlschrank Manchegokäse und Aprikosenmarmelade. Ich las die Zeitung, das Radio spielte laut. Ich war ungestört, das war ein Luxus, den ich erst zu schätzen wusste, seit ich Kinder hatte. Nach dem Frühstück ließ ich ein Bad einlaufen, schloss die Augen und schwitzte, das Radio spielte weiter. Worte und Überlegungen, die mich im feuchten Badezimmer nicht erreichten.

Es klingelte ungeduldig an der Haustür, ich wickelte das Handtuch um meinen schwitzenden Körper. Es war Misha.

»Genießt du den Samstag?«, fragte sie und steuerte in die Küche. Sie schenkte sich eine Tasse Kaffee ein und trank gierig einen Schluck.

»Und wie!«, sagte ich. »Es gibt auch Brot, wenn du was essen möchtest?«

Misha nickte, ging an den Kühlschrank und holte Butter, Käse und Marmelade heraus. Ich sank auf einen Stuhl und seufzte. Misha betrachtete meinen nackten Körper.

»Ich möchte dich ja nicht stressen, aber wir sind in einer halben Stunde mit Lena am Medborgarplatsen verabredet.«

Ich lächelte ihr zu.

»Keine Panik. Ich bin in zwei Minuten angezogen. In fünf Minuten. Muss noch ein wenig nachschwitzen. Wie war deine Nacht?«

»Leer, öde und einsam«, sagte Misha. »Ich weiß nicht, was mit mir los ist, aber ich fühle mich so zerbrechlich. Sehne mich nach den Kindern, wenn sie bei Jim sind, und bin depressiv, rastlos und allein.«

Ich nahm sie fest in die Arme.

»Liebste! Du bist nicht allein. Ich bin da. Lena ist da. Du hast jede Menge Freunde, eine tolle Arbeit, Liebhaber, die kommen und gehen.«

Misha begrub ihren Kopf an meinem Hals.

»Ich weiß. Es ist nur ein Gefühl. Ich weiß nicht, warum es gerade jetzt kommt, ohne ersichtlichen Grund. Oder wofür es steht. Es ist einfach da.«

Ich wusste genau, wovon sie sprach. Das Dunkel, das immer wieder auftauchte. Ich wusste auch, was dagegen am besten half, mit Freunden zusammen zu sein. Niemand hatte mich so oft getröstet wie Misha und Lena, wenn das Leben Probleme machte. Ich wusste, dass es Misha genauso erging.

»Komm jetzt, du Trauerkloß, wir gehen los und treffen Lena!«

An der Würstchenbude an der Götgatan warteten Lena, Rilke, Isa, Mika und Rosa auf uns. Auf dem Medborgarplatsen standen Hunderte von Leuten und hörten den Rednern auf der Bühne zu. Es war eine der vielen Demonstrationen gegen Vergewaltigung. Wie immer waren es vor allem Frauen, die demonstrierten, es gab nur wenige Männer.

»Na ja, da demonstrieren wir mal wieder und widmen unseren freien Samstag der Gewalt von Männern gegen Frauen«, sagte Rilke und drückte ihre Zigarette aus.

»Ja, weiß Gott, das kostet uns viel Zeit und Energie, gegen diese Scheiße anzugehen!«, sagte Isa und trat gegen den Papierkorb.

So konnte man es natürlich sehen. Andererseits standen Demonstrationen für Kampf, Liebe und Gemeinschaft. Das Gefühl, dass viele eine Veränderung wollten, war unschlagbar.

»Hört jetzt auf zu meckern, es ist ein schöner Tag!«, sagte ich. »Die Sonne scheint, und wir haben einen Grund, uns zu treffen. Man kann es als feministische Entsprechung zum Besuch der Kirche, Moschee oder Synagoge sehen«, sagte ich. »Und dabei haben wir es besser, wir müssen uns keine langweilige Predigt über Sünde, Moral, Scham und Schuld und Hölle anhören.«

Eine Sambagruppe spielte. Ganz vorne tanzten die Leute.

»Ach was, du und dein heterosexueller Optimismus!«, sagte Rilke. »Dass du das aushältst!«

»Ich liebe dich auch!«, sagte ich und lächelte breit. An diesem Tag konnte kein Sarkasmus der Welt meine gute Laune verderben.

Eine Stunde später, als alle Redner gesprochen hatten, beschlossen wir, zusammen essen zu gehen. Weil es ein warmer Herbsttag war, setzten wir uns auf die Terrasse.

»Dass man noch draußen sitzen kann, obwohl schon bald Oktober ist!«, sagte Lena.

»Prost!«, sagte Mika und erhob ihr Glas.

In meiner Jackentasche vibrierte das Handy, und als ich es herausholte, sah ich eine unbekannte Nummer auf dem Display. Ich zögerte einen Moment, aber dann war die Neugier stärker.

»Hallo, hier ist Isak, der Freund von Edith.«

»Hallo?«, sagte ich.

»Ich wollte dich fragen, ob du nach Edith schauen kannst. Sie antwortet nicht, und wir waren vor zwei Stunden verabredet. Du hast doch einen Schlüssel?«

»Ja«, sagte ich besorgt. »Ich gehe sofort zu ihr!«

»Danke, das ist lieb. Ich wollte dich nicht stören oder erschrecken, ich denke, sie hat es nur auf lautlos gestellt, aber sicher ist sicher …«

»Natürlich!«, sagte ich. »Kein Problem. Ich rufe dich an, sobald ich in ihrer Wohnung bin.«

»Danke. Bis dann.«

Ich stand auf und nahm meine Tasche.

»Ich muss leider gehen, das war Isak, der Freund von Edith, er bat mich, nach ihr zu schauen. Offenbar geht sie nicht ans Handy, und er macht sich Sorgen.«

»Mein Gott, wie süß!«, sagte Misha.

»Sag ihr einen schönen Gruß von mir!«, sagte Rilke.

»Von uns auch!«, riefen die anderen.

Ich nickte und lief rasch nach Hause, die Unruhe im Bauch wurde immer stärker. Edith ging immer ans Telefon, und sie vergaß nie eine Verabredung. Erst recht nicht mit Isak. Von der Straße aus schaute ich zu ihrer Wohnung hoch. War sie vielleicht einkaufen? Meine Hände zitterten, und zu meinem Erstaunen bemerkte ich, dass ich weinte. Wusste ich es bereits?

Edith lag auf ihrem Bett und schien friedlich zu schlafen. Sie war schön angezogen, trug die rosa Leopardenleggings und den rosa Seidenkaftan. Ich setzte mich neben sie, nahm ihre kalte Hand. Sie war schöner als je zuvor, und obwohl ich schon lange wusste, dass ich sie liebte, wurden die Gefühle deutlicher wahrnehmbar, als mir aufging, dass ich sie verloren hatte.

Edith. Meine Extramutter, meine liebe Freundin und beste Nachbarin. Die Erkenntnis, dass ich nie mehr auf dem Balkon stehen und rauchen würde, während sie mich liebevoll zurechtwies, tat so weh, dass ich keine Luft bekam. Ich hyperventilierte und zwang mich, mich mit dem Kopf zwischen den Beinen auf den Boden zu setzen. Ich hatte irgendwo gelesen, dass man das machen soll. Schließlich konnte ich wieder atmen und schloss die Augen. Das Telefon vibrierte, es war Isak.

»Es tut mir so leid, Isak. Sie liegt auf dem Bett und sieht aus, als würde sie schlafen, aber ich kann sie nicht wecken. Verstehst du, was ich sage?«

Ich lauschte dem Schweigen, als die Information bei ihm ankam. Das Schweigen war schlimmer als alles Schreien und Weinen der Welt. Minuten vergingen, man hörte nur Isaks Atmen. Schwer und angestrengt. Weinte er vielleicht?

Schließlich kam seine röchelnde Stimme.

»Kannst du die Ambulanz anrufen?«

»Ja«, sagte ich.

»Ich komme so schnell wie möglich. Aber sie sollen sie nicht mitnehmen, bevor ich mich richtig verabschieden kann. Ich will sie ein letztes Mal sehen, wie sie in Wirklichkeit ausgesehen hat!«

Ich versicherte ihm, dass sie auf ihn warten würde, wie ich sie gefunden hatte.

Ich blieb in der Wohnung. Sie war so still. Edith hatte

immer das Radio oder Musik an. Manchmal beides gleichzeitig. Im CD-Player lag ihre Lieblingsplatte. Ich drückte auf Play, Tangomusik erfüllte die Wohnung. Ein Kandelaber stand auf der Kommode, ich zündete die Kerzen an und stellte ihn auf den Nachttisch neben sie. Im Weinschrank fand ich eine Flasche Amarone, ich schenkte ihn in ihre schönsten Weingläser, die aus Kristall, die sie einmal vor einer Ewigkeit von Arthur bekommen hatte. Ich setzte mich auf die Bettkante und betrachtete ihr friedliches Gesicht. Das Leben, das großartige und schreckliche. Das nie so wurde, wie man es sich vorstellte, das aber doch wurde. Und wurde. Und zu Ende ging. Und wieder wurde.

Weiter leben zu müssen ohne die, die wir lieben. Leben zu müssen mit dem Wissen, dass alles jeden Augenblick zu Ende sein konnte. War das überhaupt möglich?

In einem rosa Buch in ihrer Schreibtischschublade standen genaue Anweisungen, wie die Beerdigung abzulaufen hatte. Sie wollte eine bürgerliche Beisetzung, aber doch auf dem Katarina-Friedhof. Zwei Musikwünsche: *Remembrance* von Astor Piazzolla und *Manhã de Carnaval* von Luiz Bonfá. Danach sollten wir uns bei Kristinehovs Malmgård zusammenfinden, essen und Amarone und Champagner trinken. Bezahlt werden sollte das alles von einem bestimmten Konto, das sie nur für die Beerdigungskosten eingerichtet hatte.

Es gab auch eine lange Liste mit Informationen über alle möglichen Abonnements, die gekündigt werden mussten, und über Bankkonten und Versicherungen. Diese praktische Genauigkeit erstaunte mich, sie passte nicht zu Edith, es sah ihr gar nicht ähnlich, sich um solche langweiligen Dinge zu kümmern. Aber was wussten wir schließlich voneinander?

Isak und ich halfen uns gegenseitig, ich kümmerte mich vor allem um die praktischen Dinge. Er war am Boden zerstört. Ich hatte ihn als stattlichen älteren Herrn kennengelernt, der Edith dazu brachte, zu erröten und sich wie ein Teenager zu benehmen. Binnen weniger Wochen wurde er zu einem Schatten seiner selbst. Die Augen wirkten leblos, die immer ungepflegteren Kleider hingen an seinem hageren Altmännerkörper.

Es war noch zwei Tage bis zur Beerdigung. Wir hatten gerade das letzte Treffen mit dem Beerdigungsinstitut abgeschlossen, sie hatten schließlich akzeptiert, dass Isak und ich die nächsten Angehörigen waren. Edith hatte keine Geschwister. In Norrland gab es entfernte Verwandte, aber mit denen hatte sie seit sechzig Jahren keinen Kontakt mehr gehabt. Sie standen auch nicht auf der Liste von Gästen, die zu ihrer Beerdigung eingeladen werden sollten. Es gab noch mich und Isak und eine Handvoll alter Freunde. Wir waren ihre Familie.

»Kommst du alleine zurecht?«, fragte ich Isak, als wir auf das Taxi warteten, das ihn nach Hause fahren sollte.

Isak verzog das Gesicht und lächelte.

»Ja. Eigenartigerweise ist das so. Man überlebt, trotz allem. Es ist merkwürdig, aber das Leben geht weiter, ohne Rücksicht auf deine Gefühle.«

»Ja, das ist merkwürdig«, sagte ich und nahm seine trockene Hand in meine.

»Hast du jemanden, der dir Gesellschaft leistet?«

Mir wurde plötzlich klar, dass ich nichts über Isaks Leben wusste.

»Danke der Nachfrage!«, sagte Isak. »Ich komme zurecht. Ich habe meine Kinder. Joshua, der Jüngste, kommt heute Abend zu mir und kocht.« Er schwieg und schaute mich an. »Ihr solltet euch kennenlernen! Ich werde euch mal zusammen zum Essen einladen.«

»Das klingt gut!«, sagte ich.

Wir standen da und warteten. Schwere bleigraue Wolken bedeckten den Himmel. Trockenes Laub raschelte im Wind. Schließlich kam das Taxi.

»Ich komme also am Freitag um eins und hole dich ab?«, sagte ich, als Isak sich umständlich auf dem Rücksitz niedergelassen hatte.

Er seufzte, nickte und hob die Hand in einer abwehrenden Geste.

Am Abend lag ich mit den Kindern im Bett, wir schauten *Indiana Jones und der Tempel der Toten*. Nur wenige Filme machten mir so gute Laune wie *Indiana Jones*. Das war ein Film, den wir alle vier anschauen konnten. Niemand war zu klein, niemand war zu groß. Eine große Müdigkeit überkam mich, und ich schloss für ein paar Sekunden die Augen. In der Müdigkeit ruhte die Trauer. Die Trauer, die ständig die Tränen kommen ließ. Ich öffnete die Augen und sah, wie Indiana Jones eine Suppe serviert bekam, mit schwimmenden Augen. Stella und Harry schrien angeekelt auf. Ich lächelte und zog sie an mich. Die Wärme ihrer Körper verdrängte das Weinen. Das Leben passierte hier und jetzt. Mit den Kindern in meiner Nähe. Das war der Grund, warum ich jeden Morgen aufstand, wie müde und traurig ich auch war. Ich roch an Stellas Haaren, sie roch noch genauso wie als Neugeborene, nach Milch und Knäckebrot.

Irgendwann musste ich eingeschlafen sein, denn als ich

aufwachte, war es mitten in der Nacht. Die Kinder lagen kreuz und quer im Bett. Ich stand leise auf und ging zur Toilette, dann schob ich vorsichtig Harry beiseite, damit ich Platz hatte. Sigge streckte die Hand aus und streichelte unbeholfen meinen Arm.

Ich drückte im Dunkeln seine Hand.

»Ist alles okay, Mama?« Er klang besorgt.

»Alles ist gut, Schatz! Alles wird gut!«

»Gut!«, sagte Sigge.

»Nicht wahr?«, sagte ich. »Schlaf jetzt.«

In der Nacht nach Ediths Beerdigung stand der Mond hoch und voll am Himmel. Edith hätte diese dramatische Inszenierung gefallen, dachte ich, als ich vom Leichenschmaus nach Hause ging. Alles war nach Plan verlaufen. Niemand war betrunken oder unerträglich gewesen, alle, die eingeladen waren, waren gekommen. Freunde eines ganzen Lebens hatten geweint und gelacht und in Erinnerungen geschwelgt. Ich hatte ein Gedicht von Kerstin Thorvall aus *Die glückliche Liebe* gelesen, ohne zu weinen.

Lieber Gott
Wenn ich sterbe
Lass mich sterben wie eine Pfingstrose
Lässig und schnell
Alle Blätter
fallen auf einmal
braun und schrumpelig am Rand
und so unglaublich müde

Aus dem üppigen weit offenen Leben
direkt hinein
in den endgültigen Tod im Kies
wo Schuhe auf mich treten
und mich mit dem Absatz wegschieben
Damit ich nicht
einfach so herumliege.

Ein Nachtbus dröhnte auf der Hornsgatan an mir vorbei. Ich schaute hinauf zum Mond und lächelte. Ich wusste, dass Edith glücklich war, wo immer sie sich befand.

Capri, April 2015

Am letzten Tag auf Capri wache ich wie immer mit Herzklopfen im Morgengrauen auf. Das Kissen ist feucht, aber das Zimmer kalt. Draußen singen schon die Vögel, ich nehme meine Strickjacke und setze mich auf die Terrasse. Ich bleibe dort, bis die Sonne aufgegangen ist, und gehe erst hinein, als mein Körper vor Kälte zittert.

Mit steifen Händen stelle ich den Espressokocher an, koche ein Ei und lege die letzten Mozzarellascheiben auf ein Brot. Ich gehe wieder ins Bett und frühstücke halb im Sitzen. Die Wärme macht mich schläfrig, ich schließe die Augen und gestatte mir, noch einmal einzuschlafen. Zwei Stunden später wache ich mit einem Ruck auf. Ich habe wieder von Edith geträumt. Sie tanzte in einem großen, leeren Ballsaal und hielt dabei einen Vortrag über das Leben. Plattitüden, vermischt mit echter Klugheit. Leider weiß ich ihre Worte nicht mehr, nur dass einiges klug war. Ich spüre den Verlust von Edith physisch. Ein stechender Schmerz in der Brust, der kommt und geht.

Als ich Isak gefragt habe, wie er zurechtkomme, hat er geantwortet, es sei okay. »Es ist merkwürdig, aber das Leben geht weiter, ohne Rücksicht auf deine Gefühle.« Das ist wahr. Die Trauer ist immer da, in Form von schweißnassem, unruhigem Schlaf, Herzklopfen, dem

Gefühl zu fallen, und trotzdem lebt um einen herum alles weiter. Das Leben geht weiter.

Ich ziehe Jeans und ein T-Shirt an und gehe in die Stadt, um Geschenke für meine Kinder und Freunde zu kaufen. Misha und Lena bekommen Limoncello. Gemischt mit Prosecco, ist es der beste Sommerdrink, den es gibt. Rilke bekommt einen hübschen Porzellanhund, der aussieht wie Solanas. Ich habe ihn ein paar Tage zuvor in einem Antiquitätengeschäft am Marktplatz gefunden. Im Juweliergeschäft ein paar Straßen weiter kaufe ich eine Korallenkette für Stella und für Harry einen Goldohrring, er hat sich im Jahr zuvor ein Ohrloch stechen lassen. Sigge ist am schwierigsten. Ich gehe durch alle Geschäfte und entscheide mich schließlich für einen Herrenduft. Vielleicht ist er noch nicht so weit, er hat gerade begonnen, ein Deo zu verwenden. Oder es ist genau das Richtige, und er nimmt es als Anerkennung dafür, dass er erwachsen wird.

In der kleinen Trattoria in der Hauptstraße von Anacapri esse ich zu Mittag. Es gibt dort einen hübschen Innenhof, in dem man draußen sitzen kann, wenn die Sonne scheint. Ich nehme ihre Puttanesca und streue reichlich Parmesan drüber. Das Salzige macht mich durstig, und ich trinke gierig das Mineralwasser, das man mir hingestellt hat. Ich sehne mich nach dem Leitungswasser, das man in Schweden immer bekommt. Nach dem Essen gehe ich weiter einkaufen und besorge guten Käse und Fenchelkekse. Ich gehe zurück in mein kleines Gästehaus, lege mich aufs Bett und schlafe ein. Das ist auch eine Folge der Trauer; ich kann nachts nicht gut schlafen und bin tagsüber ständig müde. Als ich wieder aufwache, ist es Abend. Mein Handy ist voller unbeantworteter Nachrichten von den Kindern und Freunden. Misha und Lena haben im Blå Porten ein Selfie gemacht, sie sitzen dort bei Kaffee und Apfelkuchen. »*Die Tanten vermissen dich! Komm bald nach Hause!*«

Ich schreibe: »*Die traurige Tante heilt langsam, ist bald so weit, wieder nach Hause zu kommen! Liebe und Kampf!*«

Stella hat Hunderte von Emojis geschickt, sie bedecken das ganze Display. Herzen, Clowns, Blumen, Sonne, Meer, Kätzchen und Eis, Torten, tanzende Frauen und Hühner. Ich lächle und schreibe: »*Ja, genau! Wir werden uns immer lieben, fröhlich sein, freitags bunte Blumen kaufen, wieder jeden Sommer nach Griechenland fahren und in der Sonne liegen und baden, Kätzchen streicheln, wenn wir welche sehen (aber keine kaufen), viel Eis und Torte essen und immer tanzen. Hühnerpower to the people!*« Ich schließe mit einem roten Herzen und einem Huhn.

Sigges Mitteilung ist schlichter: »*Hallo Mama! Hoffentlich geht es dir gut. Hier zu Hause ist alles okay. Kuss!*« Und ein rosa Herz.

Ich schreibe: »*Alles gut hier, aber ihr fehlt mir! Ich liebe dich!*«

Harry will mich an die Geschenke erinnern: »*Hallo Mama! Mein Wunschzettel: 1. Hund. 2. Airboat. 3. Süßigkeiten. 4. Geld. 5. Was Cooles.*«

Ich antworte wie Mama Brittis, indem ich mich in die dritte Person setze: »*Mama hat die Geschenke nicht vergessen! Airboat ist schwer zu finden. Ich liebe und vermisse dich!*«

Ich drehe das Gesicht in die Sonne, meine Gedanken pendeln zwischen den Kindern und den Freundinnen hin und her. Nach einer Weile, vielleicht drei Minuten, vielleicht zehn, öffne ich wieder die Augen.

Die Zeit ist reif. Es ist so weit.

Sorgfältig schminke ich mir den Mund mit dem roten Lippenstift, ziehe das schwarze, rückenfreie Kleid und die rosa Sneakers an und gehe Richtung La Gelsomina, entlang der römischen Straße Migliera am Fuß des Berges. Drunten glitzert das Meer, an den Häusern hängt Wäsche. Eine ältere Frau mit einem Hund grüßt und lächelt. Ich lächle zurück.

Der Kellner führt mich zu einem Fenstertisch, und ich sage, ich brauche keine Karte. Ich weiß schon, was ich möchte. Einen Bellini als Aperitif, die hausgemachten Ravioli caprese und Tiramisu als Nachspeise. Es schmeckt so wunderbar, wie Edith gesagt hat, und ich proste ihr und dem Sonnenuntergang zu. In meiner Tasche liegt ihr goldener Korallenring, er ist der offizielle Grund meines Besuchs hier.

Ihr Tod war so wohlorganisiert. Das rosa Buch mit den Anweisungen für die Beerdigung, das Konto mit den Ersparnissen. All die Versprechen, die sie ihren Freunden abgenommen hatte. Bei der Beerdigung kam heraus, dass mehr als zehn Leute Aufgaben übernommen hatten.

Da musste ich wieder weinen, weil es zeigte, wie gut Edith organisieren konnte. »Ich halte mein Versprechen, Edith!«, sage ich in den Sonnenuntergang, ich stelle mir vor, dass sie irgendwo einen Cocktail trinkt.

Nach dem Essen gehe ich das kurze Stück zur Migliera, dem Aussichtspunkt, wo der Fels senkrecht in die Tiefe stürzt und das Meer sich gegen die Felswände wirft. Wie das Leben, ein ständiger Kampf mit ruhigen Tagen dazwischen, damit wir es schaffen.

Eine Möwe kreist weit unten. Ich nehme den Ring aus der Tasche und lass ihn fallen.

Ich sehe Edith vor mir, wie sie auf dem Sofa sitzt, ein Glas Amarone in der Hand. Ihre dunkle, heisere Stimme.

»Das Leben, Sara, wird nie so, wie man denkt. Man kann nur versuchen, sich in den Kurven festzuhalten und sich auszuruhen, wenn es geradeaus geht.«

In den Jahren nach meiner Scheidung ging es kaum geradeaus. Und doch möchte ich sie nicht missen. Ich bin stärker und schwächer zugleich geworden. Fröhlicher und trauriger. Hoffnungsvoll und enttäuscht. Naiv und zynisch. Ich bin ein *Mensch* geworden, wie Edith sagen würde. Mit rotem Lippenstift, um mich daran zu erinnern, dass das Leben zwischendurch auch Spaß macht.

Da unten dröhnt und zischt es, das Meer wird zu weißem Schaum, wenn es auf die Felsen trifft. Meerjungfrauen, die verwandelt wurden, weil sie ein Leben nach eigenen Vorstellungen leben wollten. Das Märchen lehrt uns, dass man bestraft wird, wenn man von einem Leben außerhalb des Wassers träumt. Damit bin ich nicht einverstanden. Ich werde nicht um Entschuldigung bitten, weil ich meine Seele, mein Leben besitzen will.

Ich denke an Kerstin Thorvall und ihre Liebhaber. Ich denke an meine Liebhaber. Ich erinnere mich an jeden einzelnen und alle zusammen. Wie sie mir Freude und Trauer, aber im Großen und Ganzen auch Erfahrungen bereitet haben, die ich nicht missen möchte. Ich denke an Johan und vergieße eine Träne für alles, was war und nicht mehr ist. Meine größte Liebe bisher, vielleicht jemals. Ich denke an unsere Kinder und die unendliche, bedingungslose Liebe zu ihnen.

Ich weiß nichts über die Zukunft. Höchstwahrscheinlich werde ich immer wieder die gleichen Fehler machen, bis ich mit viel Glück eine Art Klugheit erlangen werde.

Wenn aber alles unerträglich ist, dann musst du abhauen, um Stille und Ruhe zu finden und über alles nachzudenken. Lebe ich das Leben, das ich leben will?

Ich schaue aufs Meer hinunter und versuche, mir Ediths Korallenring auf dem Grund vorzustellen. Wie die Wellen ihn in einen Spalt wiegen, einer Vagina nicht unähnlich, wo er sich zurechtlegt, mit der roten Koralle in der Mitte. Ediths Reliquie, die in der Ewigkeit ruht.

Es gibt kein Ende.

Es fängt jetzt an.

Ich schere mich nicht um Strafen, sage ich.
Der Regen und der Schnee können kommen
und Feuer und Blut.
Lass die schwarzen Vögel ihre roten Schnäbel
wetzen.
Den roten Bus auf mich hetzen,
Das macht nichts.
Ich habe keine Angst mehr.
Ich lebe. Ich *lebe.*
Ich habe gelebt.
Und die Strafen können mich nicht erreichen.
»Guter Gott, lass mich leben, bevor ich sterbe.«
Ich durfte es.
Ich tue es.

Kerstin Thorvall, *Alles was verboten ist*

Dank an Kerstin Thorvall für Worte, Mut und Inspiration.
Dank an alle meine Freundinnen, weil ihr immer für mich da seid, mit Liebe, Klugheit, Humor und Wärme. Dank an meine Kinder Leo, Max und Sasha, weil ich durch euch die allergrößte Liebe erleben darf, die bedingungslose.